Ira

Jonathan Kellerman

Ira

TRADUÇÃO DE
Haroldo Netto

EDITORA RECORD
RIO DE JANEIRO • SÃO PAULO
2009

CIP-Brasil. Catalogação-na-fonte
Sindicato Nacional dos Editores de Livros, RJ.

K38i Kellerman, Jonathan, 1949-
Ira / Jonatahn Kellerman; tradução de Haroldo Carvalho Neto. – Rio de Janeiro: Record, 2009.
– (Coleção Negra)

Tradução de: Rage
ISBN 978-85-01-08237-4

1. Romance americano. I. Carvalho Neto, Haroldo. II. Título.

09-2533 CDD – 813
CDU – 821.111(73)-3

Texto revisado segundo o Novo Acordo Ortográfico da Língua Portuguesa

Título original em inglês:
RAGE

Editoração eletrônica: Abreu's System

Impresso no Brasil

ISBN 978-85-01-08237-4

PEDIDOS PELO REEMBOLSO POSTAL
Caixa Postal 23.052
Rio de Janeiro, RJ – 20922-970

Para minha mãe, Sylvia Kellerman

Agradecimentos especiais a Larry Malmberg,
e ao detetive Miguel Porras

Capítulo 1

Em um sábado lento e gelado de dezembro, logo depois dos Lakers terem virado uma diferença de 16 pontos no primeiro tempo e vencido o New Jersey, recebi o telefonema de um assassino.

Eu não assistia a um jogo de basquete desde os tempos de faculdade; retomara o hábito porque estava procurando aperfeiçoar minha capacidade de aproveitar as horas de lazer. A mulher em minha vida fora visitar a avó em Connecticut, a mulher que antes fizera parte de minha vida morava agora em Seattle com seu novo homem — temporariamente, segundo afirmava, como se eu tivesse o direito de me importar — e, no campo profissional, não havia mais casos sob minha responsabilidade.

Três casos judiciais em dois meses: duas disputas de guarda de crianças, uma relativamente amigável, e um laudo avaliando uma garota de 15 anos que perdera uma das mãos em um acidente de automóvel. Agora tudo estava encaminhado, e eu estava pronto para uma ou duas semanas de folga.

Tomei duas cervejas durante o jogo e estava quase cochilando no sofá da sala. O barulho característico do telefone de trabalho me acordou. Normalmente deixo a secretária eletrônica atender. Por que respondi, ainda não sei.

— Dr. Delaware?

Não reconheci a voz dele. Oito anos tinham se passado.

— Ele mesmo. Quem é?

— Rand.

Consegui me lembrar. A mesma voz que pronunciava as palavras indistintamente, com um timbre de barítono. A esta altura já seria um homem feito. Um homenzarrão.

— De onde você está falando, Rand?

— Eu saí.

— Saiu do reformatório California Youth Authority.

— Eu, bem... Sim, eu terminei.

Como se tivesse completado um curso. Talvez tivesse sido mesmo.

— Quando?

— Duas semanas.

O que eu poderia dizer? *Parabéns? Deus nos ajude?*

— O que tem em mente, Rand?

— Eu podia, bem, falar com você?

— Vá em frente.

— Não, assim não... tipo conversa... de verdade.

— Pessoalmente.

— Certo.

As janelas da sala estavam escuras. 18h45.

— A respeito de que você deseja falar, Rand?

Sem resposta.

— É alguma coisa sobre Kristal?

— É-é — a voz dele tremeu e a palavra saiu cortada.

— De onde você está falando?

— Não estou longe de você.

O endereço do meu consultório em casa não constava da lista. *Como você sabe onde moro?*

— Eu vou até você — falei. — Onde é que você está?

— Hum, acho que... Westwood.

— Westwood Village?

— Acho... deixe-me ver... — ouvi um barulho metálico quando o telefone dele caiu. Aparelho pendurado no fio, trânsito ao fundo. Telefone público. Ele ficou afastado da linha por mais de um minuto.

— Aqui diz Westwood. Tem um centro comercial grande, desses só para pedestres. Com uma ponte.

Um shopping.

— Westside Pavilion?

— Acho que sim.

Três quilômetros ao sul do Village. Uma distância confortável da minha casa no Glen.

— Onde é que você está aí no shopping?

— Bem, não estou lá dentro. Posso vê-lo do outro lado da rua. Tem uma... Acho que diz Pizza. Dois z's...é, pizza.

Oito anos e ele mal conseguia ler. Prefiro não falar em reabilitação.

Levou algum tempo, mas consegui definir a localização aproximada: Westwood Boulevard, logo ao norte de Pico, lado leste da rua, um cartaz verde, branco e vermelho desenhado na forma de uma bota.

— Estarei aí em 15, 20 minutos, Rand. Alguma coisa que queira me contar agora?

— Bem, eu... Podemos nos encontrar dentro da pizzaria?

— Você está com fome?

— Tomei café da manhã.

— Já é hora de jantar.

— Acho que é.

— Vejo você em 20 minutos.

— OK... Obrigado.

— Tem certeza de que não quer me contar nada antes de me ver pessoalmente?

— Tipo o quê?

— Qualquer coisa.

Mais barulho de trânsito. O tempo passava.

— Rand?

— Não sou uma pessoa má.

Capítulo 2

O que aconteceu a Kristal Malley não foi uma história de detetive.

No dia seguinte ao Natal, a menina de 2 anos acompanhou a mãe ao Buy-Rite Plaza em Panorama City. A promessa de MEGALIQUIDAÇÃO!!! DESCONTOS ESPETACULARES!!! tinha entupido o decadente centro comercial de caçadores de ofertas. Adolescentes em férias de inverno matavam o tempo perto do pátio de alimentação Sabor Feliz e se reuniam entre as prateleiras cheias de CDs da Flip Disk Music. A caixa barulhenta e iluminada com luz negra que era o Galaxy Vídeo Emporium pulsava com hormônios e hostilidade. O ar cheirava a pipoca doce, mostarda e suor. Através das portas mal ajustadas do ringue de patinação no gelo que acabara de fechar, soprava um vento frio.

Kristal Malley, uma garotinha ativa e temperamental de 2 anos, conseguiu escapar da mãe e libertar-se da mão dela. Lara Malley afirmou que o lapso tinha sido uma questão de segundos; ela virou a cabeça para experimentar a textura de uma blusa na banca com artigos em liquidação, sentiu a mão da filha soltar a sua, virou-se para procurá-la e viu que tinha desaparecido. Abrindo caminho a cotoveladas por entre a multidão de clientes, saiu à procura de Kristal, chamando-a pelo nome. Gritando.

A segurança do shopping chegou; dois sexagenários sem experiência policial. Seus pedidos para Lara Malley se acalmar a fim de que eles pudessem entender o que acontecera fizeram com que ela gritasse ainda mais alto. Ainda por cima ela atingiu um deles no ombro. Os dois a contiveram e telefonaram para a polícia.

Os homens da polícia do Valley apareceram 14 minutos mais tarde e teve início uma revista do shopping, loja por loja. Todas elas foram vasculhadas. Todas as instalações sanitárias e depósitos inspecionados. Uma tropa de escoteiros foi convocada para ajudar. Unidades de cães treinados entraram em ação. Os animais captaram o cheiro da menina na loja onde a mãe a perdera. Depois, confundidos por milhares de outros odores, seguiram na direção da saída leste do shopping e se perderam.

A busca durou seis horas. Os policiais falaram com todos os clientes que saíam, um por um. Ninguém tinha visto Kristal. A noite caiu. O Buy-Rite fechou. Dois detetives da guarnição de Valley ficaram e reviram as fitas do circuito de segurança do shopping.

Todas as quatro máquinas utilizadas pela firma de segurança eram antiquadas e mal conservadas, motivo pelo qual os filmes preto-e-branco eram enevoados e escuros, ficando às vezes por alguns minutos completamente em branco.

Os detetives se concentraram no período imediatamente após a hora em que o desaparecimento da menina fora notado. Mesmo isso não foi simples; as leituras digitais das máquinas ficaram indisponíveis de três a cinco horas. Finalmente foram encontrados os fotogramas.

E lá estava.

Uma tomada a distância de uma pessoinha minúscula balançando de um lado para outro entre dois homens. Kristal Malley vestia um moletom e aquela figurinha também. As perninhas iam desferindo chutes.

Três vultos afastando-se do shopping pela saída leste. Nada mais: nenhuma câmera cobria o estacionamento.

A fita foi assistida de novo para que os detetives procurassem detalhes. O sequestrador maior usava uma camiseta clara, calças jeans e sapatos claros, provavelmente tênis. Cabelo escuro e curto. Pelo que os detetives podiam afirmar, parecia ser corpulento.

Nenhuma imagem facial. A câmera, localizada a um canto em posição alta, pegava a visão frontal de quem chegava para fazer compras, mas apenas as costas dos que iam embora.

O segundo homem era mais baixo e mais magro que seu companheiro, com o cabelo mais comprido e parecia ser louro. Camiseta escura, calça jeans e tênis.

A detetive principal, chamada Sue Kramer, disse:

— A mim dão a impressão de serem crianças.

— Concordo — disse Fernando Reyes, seu parceiro.

Eles continuaram revendo a fita. Por um instante Kristal Malley torceu a mão do seu captor e a câmera pegou seu rosto durante dois ou três segundos.

Distante demais e muito desfocado para registrar qualquer coisa além de um círculo pequenino e claro.

— Olha só essa linguagem corporal. Ela está resistindo. — comentou Kramer.

— E ninguém está notando — complementou Reyes, apontando para o mar de gente que se despejava para dentro e para fora do shopping. As pessoas fluíam em torno da garotinha como se ela fosse uma coisa qualquer flutuando em uma marina.

— Todos provavelmente pensavam que eles só estavam brincando — disse Kramer. — Meu Deus do céu!

Lara Malley viu a fita entre lágrimas, suspiros e respiração hiperventilada, mas não reconheceu os dois sequestradores.

— Como posso reconhecer? — ela choramingou. — Mesmo que os conhecesse, eles estão longe demais!

Kramer e Reyes assistiram à fita de novo. E de novo. Seis vezes mais. Em cada oportunidade ela sacudia a cabeça mais vagarosamente. Na hora em que um policial apareceu na sala da segurança e anunciou: "O pai está aí," a pobre mulher estava quase catatônica.

Supondo que a casa de jogos eletrônicos fosse o local que mais atraía a garotada ao shopping, os detetives convocaram o dono da

Galaxy e seus dois funcionários, dois irmãos cheios de espinhas no rosto e viciados em computadores chamados Lance e Preston Kukach, que tinham abandonado os estudos no ensino médio, embora mal houvessem saído da adolescência.

Foi preciso apenas um segundo para o proprietário dizer:

— A fita está uma droga, mas esse cara é o Troy.

Ele era um engenheiro cinquentão formado na Caltech, chamava-se Al Nussbaum, e ganhara mais dinheiro em três anos com locação de máquinas de vídeo do que em uma década trabalhando nos laboratórios de propulsão a jato. Naquele dia Nussbaum levara os filhos para andar a cavalo e voltara para checar os recibos.

— Qual deles é Troy? — indagou Sue Kramer.

Nussbaum apontou o garoto menor, de camiseta escura. — Ele vem todos os dias, sempre usa essa roupa. É uma camiseta da Harley, está vendo a logomarca aqui?

Ele bateu com a ponta do dedo nas costas da camiseta. Para Kramer e Reyes as asas da famosa logomarca não passavam de um borrão cinzento.

— Qual é o sobrenome de Troy? — perguntou Kramer.

— Não sei, mas ele é cliente assíduo — Nussbaum voltou-se para Lance e Preston. Os dois irmãos confirmaram.

— Que tipo de pessoa ele é, rapazes? — perguntou Fernie Reyes.

— Um idiota — afirmou Lance.

— Peguei-o tentando furtar uns trocados uma vez — disse Preston. — Debruçou-se por cima do balcão e pegou um rolo de notas. Quando tirei da sua mão ele tentou me agredir, mas dei-lhe um pontapé no rabo.

— E você deixou que ele *voltasse*? — estranhou Nussbaum.

Lance ruborizou-se.

— Temos uma política — Nussbaum explicou aos detetives. — Você rouba, está fora. Pior ainda, ele *bateu* em você.

Preston Kukach fixou os olhos no chão.

— Quem é o outro? — indagou Sue Kramer, apontando o garoto mais corpulento.

Preston continuou de cabeça baixa.

— Se você sabe vai dizendo! — exigiu Al Nussbaum.

— Não sei o nome. Aparece de vez em quando, nunca joga.

— O que é que ele faz?

— Passa o tempo.

— Com quem?

— Troy.

— Sempre Troy?

— Sim.

— Troy joga e este sujeito fica zanzando à toa.

— É isso aí.

— Agora que vocês sabem quem são, por que não vão atrás deles logo e acham a menina? — disse Al Nussbaum.

Reyes virou-se para os dois empregados de Al.

— Em que consiste exatamente ficar à toa?

Ele fica por perto enquanto Troy joga — disse Lance.

— Já tentou roubar?

Os irmãos Kukach fizeram que não.

— Já viram algum deles com crianças pequenas?

— Nunca — respondeu Lance.

— Nunca — repetiu Preston.

— O que mais vocês podem contar a respeito deles? — indagou Reyes.

Os dois deram de ombros.

— Qualquer coisa rapazes, isto é sério.

— Vamos, botem para fora o que sabem! — falou Al Nussbaum.

— Não posso garantir, mas talvez eles morem perto. — disse Lance.

— Por que diz isso? — quis saber Sue Kramer.

— Porque já os vi saindo e andando até o estacionamento e de lá irem direto para a rua. Ninguém os apanhou de carro, sabe como é?

— Saindo por onde?

— Aquela saída que dá no estacionamento.

— São três as saídas que dão no estacionamento, Lance — lembrou Al Nussbaum.

— A que fica mais perto do lixo.

Fernie Reyes deu uma olhada na direção de sua parceira e saiu.

* * *

Nenhum corpo nos grandes recipientes de lixo que ficavam perto da saída leste.

Cinco horas mais vasculhando as casas do bairro finalmente identificaram os dois meninos. Ambos moravam em um conjunto habitacional destinado à população de baixa renda. O conjunto cortava como uma cicatriz o parque cheio de arbustos e que seguia paralelo à parte dos fundos do shopping. Duzentas unidades de quarto e sala, construção barata, financiadas pela União e distribuídas em um quarteto de edificações de três andares cercados por uma rede metálica na qual mais de dez buracos já tinham sido cortados. Um lugar imundo que mais parecia uma prisão e que era bem conhecido dos policiais que patrulhavam a área — 415 City, era como o chamavam, usando o número do artigo do Código Penal que define a perturbação da paz.

O gerente do Prédio 4 assistiu ao vídeo por um segundo e apontou o garoto menor.

— Troy Turner. Vocês já vieram aqui atrás dele. Semana passada, na realidade.

— É mesmo? — disse Sue Kramer.

— Com certeza. Ele bateu na mãe com um prato raso, arruinou o lado do rosto dela — o gerente massageou o próprio rosto com a barba por fazer. — Antes disso andou assustando umas criancinhas.

— Assustando como?

— Agarrando e sacudindo, brandindo uma faca. Vocês deveriam trancafiá-lo. Mas então o que ele andou fazendo?

— Quem é o maior dos dois? — quis saber Reyes.

— Randolph Duchay. Um tanto retardado, mas não causa problemas. Se fez alguma coisa, provavelmente foi por influência de Troy.

— Qual é a idade deles? — perguntou Fernie Reyes.

— Deixa ver — disse o gerente. — O Troy deve ter uns 12 anos, o outro deve ter uns 13.

Capítulo 3

Os detetives encontraram os garotos no parque.

Lá estavam eles, no escuro, sentados nos balanços, fumando, as pontas luminosas dos cigarros parecendo vaga-lumes cor de laranja. Sue Kramer sentiu o cheiro de cerveja a metros de distância. Quando ela e Reyes se aproximaram, Rand Duchay jogou sua lata de Bud na grama, mas o menor, Troy Turner, sequer se deu ao trabalho de esconder a sua.

Tomou um gole prolongado quando ela se posicionou cara a cara com ele. Encarando-a de volta com o mais frio dos olhares tipo vá-se-foder que ela vira nos últimos tempos.

Ignorando-se os olhos, ele era um menino surpreendentemente pequeno e de aparência frágil, braços finos, rosto triangular pálido sob uma massa grossa de cabelo louro sujo precisando de um corte. Ele raspava a cabeça nas laterais à navalha, o que fazia a parte de cima parecer ainda maior. O gerente dissera que ele tinha 12 anos: podia passar por menos.

Randolph Duchay era de bom tamanho e ombros largos, cabelo castanho ondulado curto e rosto gordo com lábios grossos, infectado por espinhas de aspecto úmido. Seus braços já começavam a exibir algumas veias e uma certa definição muscular. A ele Sue teria dado 15 ou 16 anos.

Grande e *amedrontado*. O facho de luz da lanterna de Sue iluminou imediatamente o medo dele, o suor na testa e no nariz. Uma gota escorreu pelo queixo espinhento. Piscadelas repetidas.

Ela se adiantou e apontou um dedo para o rosto dele.

— Onde está Kristal Malley?

Randolph Duchay sacudiu a cabeça. Começou a chorar.

— Onde está ela? — insistiu Sue.

Os ombros do garoto se ergueram e caíram. Ele fechou os olhos com força e começou a se balançar.

Ela o puxou até que ficasse de pé. Fernie fazia a mesma coisa com Troy Turner, repetindo a mesma pergunta.

Turner aceitou ser revistado com passividade. Tinha o rosto absolutamente inexpressivo.

Sue aumentou a pressão no braço de Duchay. O bíceps do garoto era duro como pedra; se resistisse representaria um desafio. A arma dela estava no quadril, dentro do coldre, fora do alcance.

— Onde diabos ela está, Randy?

— Rand — protestou Troy Turner. — Ele não é Randy e sim Rand.

— Onde está Kristal, Rand?

Nenhuma resposta. Ela apertou com mais força, meteu as unhas. Duchay gritou e apontou para a esquerda. Para um ponto além dos balanços e do parquinho de diversões, onde ficavam dois lavatórios públicos.

— Ela está no banheiro? — quis saber Fernie Reyes.

Rand Duchay sacudiu a cabeça.

— Onde ela está? — rosnou Sue. — Diga-me *agora*!

Duchay apontou na mesma direção.

Mas ele estava olhando para outra coisa. À direita dos lavatórios. Do lado sul do bloco de concreto, onde uma quina de metal escuro se destacava.

Os camburões de lixo do parque. Oh, meu Deus!

Ela algemou Duchay e o pôs no banco de trás do Crown Victoria, virado de modo a poder enxergar a paisagem. Saiu correndo para averiguar. Quando voltou, Troy também estava algemado. Ao seu lado, ainda intocada, a Bud.

Fernie esperava do lado de fora do carro. Quando a viu, levantou uma das sobrancelhas numa indagação muda.

Sue sacudiu a cabeça.

Ele chamou o legista.

Os meninos não fizeram qualquer tentativa para esconder. O corpo de Kristal jazia em cima de cinco dias de lixo do parque, totalmente vestido, mas sem um pé de sapato. A meia branca estava suja no dedão. O pescoço da garotinha fora quebrado como o de uma boneca rejeitada. Com um pescoço delicado daqueles, Sue imaginou — rezou para — que a menina tivesse morrido instantaneamente. Vários dias mais tarde o legista confirmou a suposição dela: diversas vértebras cervicais fraturadas, traqueia rompida, hemorragia craniana concomitante. O corpo também exibia dezenas de machucados e ferimentos internos que poderiam ter sido fatais. Nenhuma prova de violência sexual.

— Isso interessa mesmo? — perguntou o patologista encarregado da necropsia. Um sujeito normalmente durão chamado Banerjee. Quando falou com Sue e Fernie parecia derrotado e velho.

Colocado em uma cela da delegacia, Rand — e não Randy — Duchay, recurvado, mantinha-se imóvel e silencioso. Tinha parado de chorar e seus olhos estavam sem vida e entorpecidos. A cela fedia. Sue sentira aquele odor terrível muitas vezes. Medo, culpa, hormônios, o que fosse.

A cela de Troy Turner cheirava levemente a cerveja. As latas que os detetives encontraram indicavam que cada garoto bebera três Buds. Com o peso corporal dele isso não podia ser considerado uma quantidade insignificante, mas não havia sinal de desorientação nele. Sem lágrimas, calmo. Levou o tempo todo do trajeto até a delegacia contemplando as ruas escuras de Valley pela janela do carro da polícia. Como se fosse uma excursão escolar.

Quando Sue perguntou se queria alguma coisa, ele produziu um estranho grunhido.

O barulho que um velho teria feito — um velho aborrecido. Como se tivessem estragado os seus planos.

— Que é, Troy?

Os olhos dele transformaram-se em duas fendas. Sue tinha dois filhos, inclusive um de 12 anos. Turner a apavorava. Obrigou-se a sustentar o olhar dele e por fim o garoto desviou o olhos e soltou outro grunhido.

— Alguma coisa em mente, Troy?

— Tenho, sim.

— O quê?

— Posso fumar um cigarro?

Ambos os garotos, como se veio a descobrir depois, tinham 13 anos, e Troy era o mais velho, a um mês de completar 14. Nenhum deles conhecera Kristal Malley. Como os jornais noticiaram, o par tinha ficado sem dinheiro trocado; quando saíram do fliperama viram a garotinha andando de um lado para o outro no shopping, parecendo perdida. Decidindo que seria "legal" "zoarem um pouco", deram a Kristal balas velhas encontradas no bolso da calça jeans de Rand e a pequena os acompanhou de boa vontade.

A despeito das provas em contrário, sugestões de violência sexual estiveram presentes na cobertura local. A história foi pautada pela imprensa nacional e pela internet, atendendo à sede de sensações melodramáticas e sinistras de seus clientes internacionais.

Disso resultou a costumeira aglomeração de comentaristas pretensiosos, intelectuais conhecidos e outros cafetões da miséria a se expressarem pública e ofensivamente. Autores de editorais viram-se de repente em um mercado comprador.

A raiz óbvia de tamanho ultraje era um misto de pobreza, falência da sociedade, a violência da mídia, o hábito de só comer bobagem e a consequente desnutrição, a erosão dos valores familiares, a falta de Deus, a impossibilidade da religião organizada de atender às necessidades da classe baixa, a ausência do culto de valores morais na escola, falta às aulas, fundos governamentais insuficientes para os programas sociais e controle excessivo sobre as vidas dos cidadãos.

Um gênio, um guru custeado pela Fundação Ford, tentou relacionar o crime à estação das vendas pós-natalinas — materialismo pernicioso que leva à frustração a qual leva ao crime. "Fúria de aquisitividade" foi como ele denominou o fenômeno. A mesma coisa acontece o tempo todo nas favelas do Brasil.

— Compre até não conseguir nem carregar — observou Milo na ocasião. — Que panaca.

Não tínhamos discutido muito o caso e eu falara sozinho quase que o tempo todo. Milo resolvera centenas de homicídios, mas aquele o incomodara.

O barulho feito pela mídia durou algum tempo. No Tribunal o processo deu entrada, em segredo de justiça. Os meninos foram colocados na ala de segurança da cadeia do condado. Como ambos eram jovens demais para serem ouvidos na chamada audiência 707, destinada a determinar se poderiam ser julgados como adultos, os entendidos achavam que o processo terminaria no Juizado de Menores.

Citando a brutalidade do crime, o promotor fez um pedido especial para apresentar o caso na Suprema Corte. Os defensores públicos designados pela corte para Troy Turner e Randolph Duchay entraram com petições em que manifestavam forte oposição. Durante mais uns dias os editoriais foram dedicados a esse assunto. Depois outro período de calmaria, enquanto argumentos eram escritos e um juiz foi designado para ouvir as partes.

O juiz de menores Thomas A. Laskin III — um antigo promotor com experiência na acusação de membros de gangues — tinha reputação de ser um sujeito duro. Os comentários dos corredores do tribunal diziam que o caso seria interessante.

Recebi o telefonema três semanas depois do crime.

— Dr. Alex Delaware? Tom Laskin. Nós não nos conhecemos, mas o Juiz Bonnaccio disse que o senhor é o homem perfeito para o trabalho.

O juiz Peter Bonnaccio presidia a Divisão de Família da Corte Superior há uns dois anos e eu já depusera em processos julgados por ele. Não o achei muito simpático no início, considerando-o apressado e superficial ao tomar decisões sobre a guarda de crianças. Mas eu me enganara. Ele falava depressa, fazia piadas, às vezes era inadequado. Mas suas decisões eram muito pensadas e ele acertava com mais frequência do que errava.

— Que trabalho é esse, Meritíssimo?

— Prefiro que me chame de Tom. Sou o cara de sorte a quem foi designado o caso do assassinato de Kristal Malley e preciso que seja feita uma avaliação psicológica dos réus. A questão principal, obviamente, é saber se houve premeditação e avaliar a capacidade mental deles antes e durante a realização do crime, de forma a qualificá-los como portadores de capacidade psicológica adulta plena. O promotor abriu novo caminho, mas, pelo que vi, a idade mínima de 16 anos para uma audiência 707 não foi violada. A segunda questão — muito mais pessoal do que oficial — é que eu gostaria de saber o que os motiva. Tenho três filhos e isto não faz sentido para mim.

— É difícil — concordei. — Infelizmente, não posso ajudá-lo.

— Como?

— Não sou o homem adequado para esse trabalho.

— Por que não?

— Testes psicológicos podem revelar como alguém está funcionando intelectual e emocionalmente no presente, mas nada dizem a respeito de um estado de espírito passado. Ademais, eles foram desenvolvidos a fim de medir coisas como dificuldades ou facilidades de aprendizagem, e não comportamento homicida. Em termos do que motivou esses garotos, minha formação ainda é menos útil. Somos bons em criar regras sobre o comportamento humano, mas péssimos na compreensão das exceções.

— Estamos falando aqui de comportamento incomum — disse Laskin. — Não é a sua especialidade?

— Tenho opiniões, mas elas são apenas isso... meu ponto de vista pessoal.

— Tudo o que quero saber é se eles estavam pensando como crianças ou como adultos.

— Não há nada cientificamente definitivo que eu possa dizer a esse respeito. Se outros psicólogos afirmarem o contrário, estarão mentindo.

Ele riu.

— Bem que Pete Bonnaccio avisou que eu poderia ouvir uma dessas. Mas é exatamente por isto que entrei em contato com você. Tudo o que eu fizer neste caso será examinado sob a lente de um microscópio. A última coisa que preciso é de uma dessas vacas que costumam trabalhar aqui transformando a audiência em um circo. Não confiei apenas na palavra de Pete afirmando que você era sem preconceitos; conversei com outros juízes e alguns policiais. Mesmo as pessoas que o veem como um chato compulsivo, admitem que não é dogmático. O que preciso aqui é de uma mente aberta. Não tão aberta, contudo, que o cérebro caia.

— Sua cabeça está aberta? — perguntei.

— Como assim?

— O senhor realmente ainda não se decidiu?

Ouvi a respiração dele. Primeiro rapidamente, depois mais devagar, como se procurasse se acalmar.

— Não, ainda não me decidi, doutor. Acabo de dar uma olhada nas fotos da autópsia. Fui até a cadeia e também dei uma olhada nos réus. Metidos em roupas de prisioneiros, com os cabelos cortados, davam a impressão de terem sequestrado a si próprios. E simplesmente não faz nenhum sentido.

— Eu sei mas...

— Corta essa, doutor. Tenho cidadãos de respeito clamando por vingança e o pessoal de direitos humanos querendo fazer confusão. Resumindo: vou avaliar os dados e me decidir. Mas preciso ter certeza de que disponho das melhores informações. Se não for você a avaliar esses meninos será uma dessas piranhas do tribunal. Se não quiser cumprir seu dever cívico, tudo bem. Na próxima vez que alguma coisa de ruim acontecer, diga a si próprio que fez o melhor que estava ao seu alcance.

— Impressionante a tentativa de fazer com que eu me sinta culpado.

— Ei — ele deu uma risada. — Vale tudo para obter o que quero. E então, que tal? Fale com eles, submeta-os a testes, faça o que bem entender e depois se reporte diretamente a mim.

— Deixe-me pensar.

— Não pense demais. Então, já decidiu?

— Preciso ser claro. Pode ser que eu termine sem recomendar que sejam tratados como adultos.

— Saberei lidar com isso se e quando acontecer.

— Vou precisar de acesso ilimitado — acrescentei. — E nenhuma pressão de tempo.

— Sim para o acesso, não para o tempo. Meu prazo é até daqui a trinta dias. Posso prorrogar até 45, talvez 60, mas se eu não cumprir os prazos ficarei suscetível a todos os tipos de apelações. Você topa?

— Topo.

— Qual é o seu honorário?

Eu disse qual era.

— Salgado — disse ele. — Mas não inadequado. Mande a conta diretamente para mim. Pode ser inclusive que você venha a ser pago dentro de um período de tempo razoável.

— Reconfortante.

— Este é todo o conforto que você vai ter com este caso.

Capítulo 4

O serviço social avaliou as famílias dos garotos antes de os mandarem para o conjunto residencial. Foi preciso uma ordem judicial, mas consegui os registros.

Troy Turner Jr. vivia com a mãe, uma mulher de 28 anos viciada em bebidas alcoólicas e cocaína chamada Jane Hannabee. Ela entrara e saíra de clínicas de reabilitação na maior parte de sua vida adulta e passara dois anos, quando adolescente, em um hospital público para doentes mentais em Camarillo. Seus diagnósticos variavam de transtorno do humor do tipo depressivo, personalidade narcisística à desordem psicoafetiva. Significando que na verdade ninguém conseguira entendê-la. Durante as tentativas de tratamento da mãe, Troy foi mandado ficar com os pais dela em San Diego. O avô de Troy, um sargento aposentado do exército, considerou intolerável o comportamento do menino. Agora ele estava morto há sete anos e sua esposa há seis.

Troy Wayne Turner, criminoso reincidente e viciado em drogas, era o suposto pai do menino. Jane Hannabee afirmava que aos 15 anos compartilhara um concerto de rock e uma aventura sexual de uma noite com ele, então com 39 anos, em um motel de San Fernando. Turner tinha passado para o ramo do assalto a bancos a fim de sustentar seu hábito, e após o encontro amoroso com Hannabee foi pego fugindo de uma agência do Bank of America em Covina.

Condenado a dez anos em San Quentin, sucumbiu a uma doença do fígado três anos mais tarde, não chegando a conhecer ou mesmo reconhecer o filho.

Logo após a prisão do filho, Jane Hannabee partira de 415 City para um lugar desconhecido.

Os pais de Rand Duchay eram caminhoneiros de longa distância e tinham morrido em Grapevine num engavetamento de inverno que envolveu trinta veículos. Com 6 meses à época, Rand estava no caminhão, envolto em fraldas, dentro de um compartimento de bagagem atrás do banco da frente. Ele sobrevivera sem ferimentos visíveis e morou toda sua vida com os avós, Elmer e Margaret Sieff, pessoas sem estudos que fracassaram na lavoura e em uma série de pequenos negócios. Elmer faleceu quando Rand tinha 4 anos e Margaret, sofrendo de diabete e problemas circulatórios, mudou-se para o conjunto residencial quando seu dinheiro acabou. Segundo a maneira de pensar dos assistentes sociais, ela fizera o melhor que podia.

Tanto quanto se possa dizer, nenhum dos dois meninos passou muito tempo na escola e ninguém notou.

Apresentei meu pedido para visitar os prisioneiros e o pessoal da assistência social designado para o caso requisitou um encontro prévio. Assim também os defensores públicos do menino. Eu não precisava da interferência nem de um lado nem do outro e recusei. Quando todos os advogados protestaram, pedi ao Juiz Laskin que interferisse. No dia seguinte fui autorizado a entrar na cadeia.

Eu já estivera na cadeia do condado antes e sabia do aspecto cinza, da espera, dos portões e formulários. Conhecia o escrutínio desconfiado dos assistentes do xerife enquanto eu esperava de pé diante da porta fortificada. Conhecia também a ala de segurança, tinha visitado um paciente lá, anos atrás. Outra criança que não resistira e perdera o rumo. Ao descer o corredor escoltado por um dos ajudantes do xerife, gemidos e risadinhas vinham das celas distantes e o ar se enchia dos fortes cheiros conflitantes das excreções e de desinfetante. O mundo podia ter mudado, mas aquele lugar não.

As avaliações psicológicas seriam feitas em ordem alfabética: Randolph Duchay em primeiro lugar. Ele estava encolhido em cima de um catre na cela, virado para a frente, mas dormindo. Fiz um gesto ao policial para que recuasse um pouco e me demorei um segundo a observar Rand.

Grande para a sua idade, mas naquele espaço frio, sem adornos em que tudo era amarelo claro, parecia insignificante.

O equipamento da cela: uma pia, uma cadeira, um vaso sanitário sem tampa, uma prateleira para itens pessoais que não tinha nada. As semanas passadas atrás das grades o tinham deixado pálido, com meias-luas escuras debaixo dos olhos, lábios rachados e um rosto indolente devastado pela fúria da acne. O cabelo fora cortado bem curto. Mesmo de longe eu podia ver o flagelo das espinhas estendendo-se até o couro cabeludo.

Fiz um gesto indicando que eu estava pronto e o policial destrancou a cela. Quando a porta clicou atrás de mim, o menino levantou a cabeça. Os olhos castanhos sem vida mal chegaram a ganhar foco antes de se fecharem de novo.

— Passo aqui a cada 15 minutos. Se precisar de mim antes, grite — avisou o policial que me acompanhara.

Agradeci, pus minha maleta no chão e me sentei. Quando ele saiu, eu falei.

— Olá, Rand. Sou o Dr. Delaware.

— Olá — voz áspera, catarrenta, pouco mais audível que um murmúrio. Piscou diversas vezes. Permaneceu deitado de barriga para baixo.

— Pegou um resfriado? — perguntei.

Sacudiu a cabeça.

— Como o estão tratando?

Nenhuma resposta, e em seguida ele meio que se sentou, só que permaneceu recurvado tão baixo que seu tronco quase ficou paralelo à cama. Torso grande, pernas desproporcionalmente curtas. Orelhas implantadas baixo, mais largas em cima, dobradas de modo estranho. Dedos gordos e curtos. Pescoço cheio de dobras. Uma boca que nunca se fechava totalmente. Os dentes da frente eram pequenos e irregulares. O quadro geral: "leves sinais" — sugestões de uma anormalidade que não se qualificavam para qualquer síndrome formal.

— Sou psicólogo, Rand. Sabe o que é isso?

— Uma espécie de médico.

— Certo. Sabe de que tipo?

— Hum.

— Psicólogos não aplicam injeções ou examinam seu corpo.

Ele vacilou. Como qualquer outro preso ele fora submetido à sequência completa do escrutínio físico.

— Eu lido com aquilo que você sente emocionalmente.

Os olhos dele rolaram para cima. Toquei na minha testa.

— Com o que está dentro da sua cabeça.

— Como um psiquiatra.

— Você sabe a respeito de psiquiatras.

— Birutas.

— Psiquiatras trabalham com birutas.

— Ahã.

— Quem lhe disse isso, Rand?

— Vó.

— Sua avó.

— Ahã.

— O que mais ela lhe disse sobre psiquiatras?

— Se eu não me comportasse, ela me mandava.

— Para ver um psiquiatra.

— Ahã.

— O que significa "se comportar"?

— Ser bonzinho.

— Há quanto tempo atrás sua avó lhe disse isso?

Ele pensou, deu a impressão de estar realmente tentando se lembrar, desistiu e voltou a olhar fixamente para os joelhos.

— Foi antes ou depois de você ter ido para a cadeia?

— Antes.

— Sua avó estava furiosa com você quando disse isso?

— Mais ou menos.

— O que a deixava zangada?

A pele granulada ficou mais vermelha.

— Uns troços.

— Troços — repeti.

Sem resposta.

— Sua avó veio ver você aqui?

— Acho.

— Você acha?

— É, acho.

— Com que frequência ela vem?

— Às vezes.

— Ela tem mais alguma coisa para dizer?

Silêncio.

— Nada? — insisti.

— Ela me trouxe comida.

— O que foi que ela trouxe?

— Oreos. Ela está furiosa.

— Por quê?

— Porque arruinei.

— Arruinou o quê?

— Tudo.

— Como foi que você arruinou tudo?

Seus olhos se agitaram. As pálpebras se fecharam.

— Meu pecado.

— Seu pecado.

— Matar aquele bebê — ele se deitou de costas e tapou os olhos com um braço.

— Faz com que você se sinta mal.

Sem resposta.

— Matar o bebê — insisti.

Ele me deu as costas, ficou de frente para a parede.

— Como você se sente a respeito do que aconteceu com o bebê, Rand?

Diversos segundos se passaram.

— Rand?

— Ele riu.

— Quem riu?

— Troy.

— Troy riu.

— Ahã.

— Quando?

— Quando ele bateu nela.

— Troy riu quando bateu em Kristal.

Silêncio.

— Troy fez alguma outra coisa com Kristal?

Ele ficou inerte por quase um minuto depois rolou de volta na minha direção. Suas pálpebras ergueram-se a meio caminho. Ele lambeu os lábios.

— É difícil falar sobre isso — comentei.

Aceno de cabeça quase imperceptível.

— O que mais Troy fez com a menina?

Sentando-se com os movimentos duros e trabalhados de um velho, ele circulou o próprio pescoço com as mãos e fez a pantomima de um estrangulamento. Mais que mímica: os olhos se arregalaram, o rosto ficou escarlate, a língua foi lançada para fora.

— Troy estrangulou a garotinha — falei.

As juntas dos dedos de Rand ficaram brancas quando ele apertou com mais força.

— Chega, Rand.

Ele começou a balançar quando os dedos cravaram na carne. Levantei e soltei-lhe as mãos. Garoto forte; deu trabalho. Ofegou, fez o barulho de quem vai vomitar, caiu prostrado de costas. Fiquei ao seu lado até que a respiração voltou ao normal. Ele puxou os joelhos na direção do peito. As marcas da pressão eram visíveis no pescoço.

Fiz uma anotação para requerer vigilância contra suicídio.

— Não faça isso de novo, Rand.

— Desculpe.

— Você se sente mal a respeito do que aconteceu com a garotinha.

Sem resposta.

— Você viu Troy estrangular e bater na menina e pensar nisso faz com que você se sinta realmente mal.

O rádio de alguém cuspiu uma música de hip-hop. Soaram passos ao longe, mas ninguém se aproximou.

— Você se sente mal por ter visto o que Troy fez — falei.

Ele resmungou.

— O que disse, Rand?

Os lábios dele se moveram silenciosamente.

— O quê, Rand?

O agente policial que me escoltara passou no corredor, examinou a cela e seguiu adiante. Não tinham se passado 15 minutos. A administração estava tomando cuidados especiais.

— Rand?

— Eu bati nela também — disse ele.

Na semana seguinte eu o vi todos os dias em sessões de duas horas, uma de manhã, outra de tarde. Só que ao invés de se abrir ele regrediu, recusando-se a esclarecer mais qualquer coisa a respeito do assassinato. Muito do meu tempo foi dedicado à aplicação formal de testes. A consulta clínica era um desafio. Em alguns dias ele parecia decididamente mudo; o máximo que eu podia esperar eram respostas passivas e monossilábicas a perguntas de sim ou não.

Quando introduzi o assunto do sequestro, ele pareceu confuso a respeito do motivo pelo qual participara, mais atônito que horrorizado. Parte era negação, mas suspeitei que o baixo nível intelectual também fosse um fator. Ao se vasculhar histórias de crianças seriamente violentas, é comum encontrar traumas cranianos. Eu estranhava o desastre que matara seus pais, mas o poupara de uma lesão evidente.

Os resultados do teste de inteligência Wechsler não foram de espantar, Q.I. 79, com severos déficits em argumentação verbal, construção de linguagem e lógica matemática.

Tom Laskin queria saber se ele estava agindo como um adulto quando matara Kristal Malley. Mesmo que Rand estivesse então com 35 anos de idade, a pergunta seria relevante.

O TAT (teste de apercepção temática) e o teste de Roschach foram praticamente inúteis. Ele era demasiadamente deprimido e prejudicado intelectualmente para produzir reações significativas aos cartões. Seu resultado no teste de QI Peabody não foi mais alto que no teste Wechsler, onde a influência verbal é maior. Seu Desenheuma-Pessoa foi uma figura de pauzinhos minúscula e sem membros, com dois fios de cabelo e sem boca. Meu pedido para que fizesse um desenho livre produziu como resposta um olhar vazio. Quando sugeri que desenhasse a si próprio e a Troy ele resistiu fingindo dormir.

— Então desenhe qualquer coisa.

Ele permaneceu deitado, respirando pela boca. A acne piorou ainda mais. Sugerir uma consulta dermatológica teria produzido risos sarcásticos do pessoal que trabalhava na cadeia.

— Rand?

— Hum.

— Desenhe alguma coisa.

— Não posso.

— Por que não?

Sua boca torceu como se os dentes doessem.

— Não posso.

— Senta direito e desenha de qualquer maneira — meu tom duro fez com que Rand piscasse. Ele me encarou, mas não sustentou o olhar mais que alguns segundos. Nível de atenção desprezível. Talvez em parte se devesse à privação sensorial por estar preso, mas meu palpite era de que sempre tivera problemas para se concentrar.

Entreguei-lhe papel, lápis e a prancheta de desenho. Ele ficou parado por um minuto e finalmente pôs a prancheta no colo e agarrou o lápis. A ponta ficou imobilizada no papel.

— Desenhe — mandei.

A mão dele começou a circular preguiçosamente, flutuando acima do papel. Finalmente fez contato e ele criou elipses concêntricas fluidas, quase invisíveis. A página começou a se encher. Elipses mais escuras. Ele fechou os olhos enquanto rabiscava. Por duas semanas ele fizera muito aquilo — fechar os olhos à sua realidade infernal.

Hoje a mão com o lápis moveu-se mais depressa. As elipses foram ficando mais e mais angulosas. Mais chatas, mais escuras. Afinando e afinando até adquirirem formatos que lembravam lanças irregulares.

Ele seguiu em frente, a ponta da língua esgueirando-se por entre os lábios. O papel transformou-se em um temporal negro. Ele cerrou a mão livre e agarrou a bainha da sua camisa de prisioneiro ao mesmo tempo em que a mão que desenhava andava mais depressa. O lápis mergulhou e o papel franziu. Rasgou. Ele deu um golpe para baixo. Circulou mais velozmente. Mergulhou com força, o papel se estilhaçou. O lápis atravessou até a prancheta, bateu na superfície brilhante de fibra plástica e escorregou da mão dele.

Foi parar no chão da cela.

Ele moveu-se rapidamente, pegou-o. Bufou. Segurou o toco amarelo na palma da mão úmida. Imunda.

— Desculpe.

O papel virou confete. A ponta do grafite quebrara, deixando atrás madeira estilhaçada. Afiada como uma farpa.

Peguei o lápis. Pus no bolso.

Após minha visita final, caminhando até a garagem subterrânea, ouvi alguém chamar meu nome e virei para ver uma mulher corpulenta num vestido florido, apoiada em uma bengala de alumínio. O céu esbranquiçado combinava com a cor de sua pele. Eu acordara para o firmamento azul ensolarado de Beverly Glen, mas a alegria fugira da esquina suja da East L.A. dominada pela cadeia.

Ela deu uns passos em minha direção, a bengala produzindo um som metálico na calçada.

— Você é o psicólogo, certo? Eu sou a avó de Rand.

Aproximei-me dela, estendi a mão.

— Margaret Sieff — disse ela, voz de fumante.

O braço livre permaneceu ao lado do corpo. O vestido era um estampado de algodão com desenho tosco, cedendo nas costuras. Camélias, lírios, delfins e folhagens se espalhavam em um fundo azul-piscina. O cabelo era branco, curto, encaracolado, escasseando a tal ponto que viam-se extensões do couro cabeludo cor-de-rosa. Os olhos azuis se fixaram em mim. Olhos pequenos, penetrantes, indagadores. Nada de parecido com os olhos do neto.

— Você esteve toda a semana aqui, mas nunca fez contato comigo. Não fazia parte dos seus planos conversarmos?

— É o que planejo fazer depois que terminar de avaliar Rand.

— Avaliar — a palavra pareceu angustiá-la. — O que imagina que possa fazer por ele?

— O Juiz Laskin me pediu para...

— Sei disso tudo — interrompeu ela. — Espera-se que você diga se ele é um menino ou um adulto. E isso não é absolutamente claro? O que quero saber é o que você pode *fazer* por ele.

— O que é tão claro assim, Sra. Sieff?

— O menino é idiota. Biruta — ela bateu com a ponta do dedo na testa. — Não falou senão quando já estava com 4 anos e ainda assim não fala direito.

— A senhora está dizendo que Rand...

— Estou dizendo que Randolph nunca será *adulto.*

O que era um diagnóstico tão bom quanto o que constava, expresso no jargão dos psicólogos, nas minhas anotações.

Atrás dela, erguendo-se bem acima de nós dois, a grade de concreto da cadeia era a maior persiana do mundo.

— A senhora está indo ou vindo, madame?

— Meu compromisso é só para daqui a duas horas. Como os ônibus que vêm do Valley são difíceis, eu chego aqui bem cedo, porque, se eu me atrasar, aqueles filhos da mãe não me deixam entrar de modo algum.

— Que tal um cafezinho?

— Você paga?

— Pago.

— Então eu aceito.

Capítulo 5

As cadeias originam atividades comerciais muito específicas, o aumento gradual de advogados baratos, estabelecimentos destinados a fornecer serviços de tradução e espeluncas de comida rápida. Eu conhecia um lugar que vendia hambúrguer por perto, mas atravessar o estacionamento era demais para as pernas trôpegas de Margaret Sieff. Ela esperou perto da entrada enquanto eu pegava o carro. Quando saltei para abrir a porta, ela comentou:

— Bonito Caddy. Deve ser legal ser rico.

Meu Seville é 1979, com o motor recondicionado. Naquela época ele já estava no terceiro revestimento de vinil do teto e a segunda camada de pintura começava a perder a batalha contra o ar corrosivo. Peguei a bengala e sustentei-a pelo cotovelo enquanto ela lutava para entrar. Quando finalmente se acomodou, ela disse:

— Quanto estão lhe pagando para fazer a avaliação?

— Não é da sua conta, senhora.

Minha resposta fez com que abrisse um sorriso.

Dirigi até a lanchonete, acomodei-a numa mesa ao ar livre, entrei e esperei na fila atrás de um policial motociclista bem maior que sua camisa feita sob medida, de um menino que parecia ter 15 anos e de um par de sujeitos bigodudos e imundos, com tatuagens de gangues desbotadas. Esses dois pagaram com moedas e foi preciso algum tempo para o garoto atrás do balcão fazer as contas. Quando finalmente chegou minha vez pedi dois cafés de gosto absolutamente artificial.

Quando retornei à Margaret Sieff ela disse que estava com fome e voltei para comprar-lhe um cheeseburger.

Ela arrancou o cheeseburger da minha mão, comeu vorazmente, ensaiou gestos simbólicos de delicadeza — rápidas enxugadelas com o guardanapo de papel na boca cheia de manchas — antes de retornar ao ataque.

— Era exatamente o que eu precisava — disse, lambendo o ketchup do dedo. — Olha, tem hora que eu seria capaz de comer cinco desses aí.

— O que a senhora quer me contar sobre Rand?

— Além dele ser um pateta?

— Deve ter sido difícil criá-lo.

— Tudo é difícil. Criar a mãe dele foi difícil.

— Sua filha tinha problemas.

— Tricia era pateta, que nem ele. Como também o idiota com quem se casou. Ele foi o culpado da morte deles. Todas aquelas multas por excesso de velocidade e tanta bebida. E ainda lhe dão um caminhão — ela riu. — Idiotas. *Olha só* para quem foram entregar um caminhão.

— Tricia teve problemas na escola — sugeri.

O olhar furioso dela disse que começava a duvidar da minha inteligência.

— Foi o que falei, não foi?

— Que tipo de problemas?

Ela suspirou.

— Quando se dava ao trabalho de ir à escola, detestava ler, detestava fazer contas, detestava tudo. Morávamos no Arizona nesse tempo e a maior parte do tempo ela fugia e ia circular pelo deserto com más companhias.

— Onde no Arizona?

Em vez de responder, ela disse:

— Era quente como o inferno. Grande ideia do meu marido, ele ia plantar cactos porque ouvira dizer que se ganhava muito dinheiro plantando cactos e vendendo para os turistas. "Uma barbada, Margie, não precisa regar, basta conservar em vasos até que estejam do tamanho certo." Sim, e se assegurar de que o cachorro não coma nenhum e morra com as tripas furadas pelos espinhos, e ainda tem que montar um estande na estrada e respirar poeira debaixo daquele sol na esperança de que algum turista se dê ao trabalho de parar.

Ela dirigiu outro olhar ao copo vazio.

— Eu me sentava naquele estande dia após dia, vendo as pessoas passarem por mim a toda velocidade. Pessoas que iam a algum outro lugar.

Ela fez um bico.

— Quer saber de uma coisa? Até os cactos precisam de água.

Levantou o copo. Arranjei para que servissem outro refrigerante.

— Quer dizer então que Tricia cresceu no Arizona — comentei.

— E em Nevada e em Oklahoma, e antes disso em Waco, Texas, e ainda antes no sul de Indiana. E daí? Isto não diz respeito ao lugar onde se vive. É sobre Randolph e a coisa feia que ele fez.

Ela pressionou o corpo contra a mesa, acomodando o busto sobre o plástico azul manchado de gordura.

— Está certo — concordei —, então vamos falar sobre isso.

Os lábios dela recurvaram-se para dentro, puxando o nariz para baixo. Os olhos azuis endureceram e se transformaram em seixos de granito.

— Eu disse a ele para não andar com aquele monstrinho. Agora nossas vidas se transformaram numa merda.

— Troy Turner.

— Olha, não quero nem mesmo ouvir esse nome. Monstro pecador, eu tinha certeza de que ele ia meter Rand em encrenca — ela terminou o segundo copo de refrigerante, espremeu o copo, dobrou-o e colocou a mão sobre o rolo deformado. Sua boca tremia. — Não pensei que fosse ser uma encrenca desse tipo.

— O que a amedrontava em Troy?

— Eu? Eu não tinha medo daquele merdinha. Eu me *preocupava*. Por Randolph. Porque ele é burro, faz o que mandam ele fazer.

— Troy também é burro?

— Troy é o mal. Quer fazer alguma coisa de útil, senhor? Diga ao juiz que sem má influência Randolph nunca teria... nunca *poderia* fazer nada daquele tipo. E isto é tudo o que vou falar, porque o advogado de Randolph falou que você não estava necessariamente do nosso lado.

— Não estou do lado de ninguém, Sra. Sieff. O juiz me nomeou para que eu pudesse...

— O juiz é *contra* nós, se fôssemos negros ricos seria diferente — ela retrucou. — E em minha opinião o que você está fazendo é uma perda de tempo e de dinheiro. Porque Randolph não tem chance, vai ser mandado para algum lugar. Pode ser uma cadeia de adultos ou um lugar qualquer cheio de monstrinhos.

Ela encolheu os ombros. Tinha os olhos úmidos e os esfregou furiosamente.

— Não faz a menor diferença. Ele não será solto senão daqui a muito, muito tempo e minha vida virou uma merda.

— Acha que ele deveria ser libertado?

— Por que não?

— Ele matou uma menina de 2 anos.

— Foi o *monstro* que matou — contrapôs ela. — Randolph só foi burro demais para não dar o fora de lá a tempo.

O neto dela me contara outra história.

— Se você quer encontrar culpados — disse ela — tem muita culpa por aí. Que tipo de mãe é essa que deixa uma filha de 2 anos sozinha? Deviam levá-la a julgamento também.

Esforcei-me para permanecer inexpressivo. Devo ter falhado, porque ela levantou a palma da mão.

— Ei, não estou dizendo que a culpa foi *toda* dela. O que estou querendo dizer é que tudo tem que ser... levado em consideração. Porque tudo tem que se mover ao mesmo tempo para que as coisas aconteçam, entende o que quero dizer? Como todos os signos da astrologia entrando nos respectivos lugares. Ou como todas as peças de um quebra-cabeça se ajustando.

— Muitas coisas desempenharam um papel — falei.

— Exatamente. Para começar, ela deixa a menina sozinha. Em segundo lugar a menina sai e se perde. Em terceiro lugar, Randolph vai com aquele monstro ao shopping mesmo que eu tivesse dito a ele para não ir. Quarto, minhas pernas estavam doendo e por isso deitei para ver se a dor passava e Randolph aproveitou para fugir. Entende o que quero dizer? É como... Como um filme. Estrelado pelo demônio e nós sendo as pessoas contra as quais o demônio age. Como se não importasse o que fazemos, tudo vai para o inferno.

Ela pôs-se de pé com dificuldade e equilibrou-se com sua bengala.

— Leve-me de volta, sim? Se eu chegar tarde demais aqueles filhos da mãe vão adorar poder me trancar do lado de fora.

Capítulo 6

Levei Margaret Sieff de volta à cadeia, fui para casa e ouvi os recados. O defensor público nomeado para Rand Duchay, um homem chamado Lauritz Montez, deixara dois.

Ele não perdeu tempo com papo furado.

— Agora que terminou com meu cliente, podemos finalmente conversar?

— Sinta-se à vontade para apresentar quaisquer fatos relevantes, Sr. Montez.

— Um fato apenas, doutor, mas é crucial. A saúde mental de Randy é evidentemente comprometida. Não há como o senhor não ter verificado isso. Qual a extensão da deficiência dele?

Ninguém chamava o garoto de Randy.

— Tudo constará do meu laudo.

— Vê se me poupa — retrucou Montez. — Não estamos debatendo medicina legal.

— Você sabe como funciona. O Juiz Laskin vê tudo primeiro.

— Sim, sim... e então, o que acha daquela avó dele? Você pagou o lanche dela. Vê isso como um conflito de interesses?

— Estou muito ocupado, Sr. Montez...

— Calma, só estou brincando. Mas o que você pensa dela? A sério?

— Correndo o risco de me repetir...

— Deixa disso, doutor. Não é possível que esteja nutrindo qualquer dúvida séria sobre competência. Talvez queira saber que meu perito está conduzindo uma bateria psicométrica completa. Herbert Davidson, professor de Stanford, autoridade reconhecida no campo.

— Estudei um livro dele na faculdade.

— Seria lamentável que seus resultados fossem muito diferentes dos dele.

— Seria mesmo.

— Então, quando vou ler seu relatório?

— Quando o Juiz Laskin enviar para você.

— Claro — disse ele. — Seguindo ordens. Deus proíba que alguém pense independentemente.

Troy Turner fora alojado o mais longe de Rand possível, em uma cela de canto depois de uma curva escura do corredor.

— Você vai amar este aqui — disse o policial que me acompanhava.

Ele era um halterofilista chamado Sherrill, de cabeça raspada a navalha e um imenso bigode cor de palha. Normalmente ele projetava a confiança que os homens fortes irradiam. Hoje parecia distraído.

— Garoto durão? — perguntei.

Ele diminuiu o passo.

— Tenho filhos. Quatro meus mais um adotado. Além do mais, passei três anos trabalhando com crimes cometidos por menores, de modo que entendo de garotos. Ao contrário de alguns colegas, sei que criminosos podem ter começado como vítimas. Mas este... — ele sacudiu a cabeça.

— Ele fez alguma coisa aqui dentro?

— Não, é só o *jeito* dele — Sherrill deteve-se. Atrás de nós havia celas vazias. — Doutor, se alguma coisa disso que estou lhe dizendo se espalhar, nunca poderá haver confiança entre nós.

— Isto é confidencial.

— É sério — disse ele. — Estou lhe falando porque a notícia que corre é que o senhor é um cara legal e está fazendo o melhor que pode para o Juiz Laskin, e todos nós o respeitamos porque ele sabe como é o mundo de verdade.

Eu esperei.

Ele olhou por cima do ombro e parou de novo. Silêncio absoluto; somente em uma ala de segurança máxima uma cadeia poderia ser assim tão silenciosa. Mais uns poucos metros havia uma cela ocupada e eu podia ver seu ocupante nos examinando. Bem vestido, cabelos grisalhos, meia-idade. Exemplar da revista *Time* em uma das mãos.

Sherrill me puxou para longe, murmurando:

— Esse aí é da máfia russa, corta seu pescoço com a mesma facilidade com que sorri para você.

Quando nos vimos sozinhos de novo, ele continuou.

— Não converso muito com prisioneiros, a vida da gente é muito curta para enchê-la de lixo. Mas o tal de Troy Turner, sendo um garoto, tentei ser amistoso. Só que a reação dele foi me ignorar. Completamente. Como se eu fosse invisível. Uma vez, quando voltei de minha folga, achei que ele tivesse perdido um pouco de peso. Levei seu café da manhã e acrescentei uma torrada porque sua aparência era mesmo péssima. Ele pegou um pedaço e devorou como uma hiena. Perguntei então se ele compreendia o motivo pelo qual estava preso. Desta vez prestou atenção em mim e respondeu: "Por causa do que fiz." Mas sem o menor sentimento. Como se estivesse fazendo um pedido de batatas fritas com Coca-cola. Depois ele pegou um outro pedaço de torrada na bandeja, me olhou no olho e começou a mastigar. Devagar, bem devagar, relaxado mesmo. Caíam pedaços da sua boca e ele começou a salivar e babar, rolando os olhos. Agindo como um idiota, como se fosse uma grande piada. Fico ali parado e continuou e depois cospiu tudo no chão e perguntou, "O que é?" como se eu o estivesse aborrecendo. E eu disse, não respondeu minha pergunta, cara, por que você está aqui? E ele respondeu, porque fodi aquela garotinha, é por isso. Em seguida ele triturou a torrada no chão com o pé e disse, Esta merda *fede*, cara. Me dá comida *de verdade*.

— Arrependido — comentei.

— Doutor, Deus me perdoe por dizer isso, se o senhor repetir eu nego tudo, mas alguns espermatozóides deviam morrer afogados antes de terem a chance de nadar.

Capítulo 7

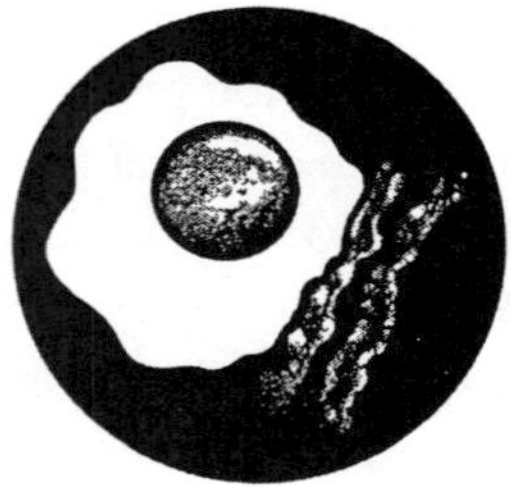

Menino pequeno, braços finos, rosto em forma de coração. Olhos castanhos que se arregalaram quando entrei na cela. As feições aflitas e magoadas de um órfão dickensiano.

Apresentei-me.

— Prazer em conhecê-lo — disse ele.

As palavras saíram com facilidade, como se tivessem sido decoradas, mas se havia sarcasmo nelas não percebi.

Eu me sentei e ele disse:

— Essa cadeira não é muito confortável.

— Não tem muita escolha por aqui — respondi.

— Você pode se sentar na cama e eu me sento aí.

— Obrigado, Troy, mas estou bem.

— Certo — ele endireitou sua postura e descansou uma das mãos sobre cada joelho.

Peguei meu bloco. Olhei as mãos dele. Magras, brancas, dedos compridos, sujeira em torno das cutículas, mas as unhas tinham sido cortadas rente. Mãos delicadas. Não seria preciso muita força para estrangular uma garotinha de dois anos, mas ainda assim...

— Troy, eu sou psicólogo.

— Para falar comigo a respeito dos meus sentimentos.

— Alguém lhe disse isso.

— A Sra. Weider.

Sydney Weider fora sua primeira defensora pública. Fora mais insistente que Lauritz Montez quanto a se encontrar comigo antes que eu começasse minha avaliação e ficara agressiva quando eu me recusara. Laskin a denominara de "pitbull". Pode acreditar em mim, ela já está fazendo anotações para os advogados da apelação.

— O que foi que a Sra. Weider lhe disse a meu respeito?

— Que você ia fazer perguntas e eu devia cooperar — ele sorriu, como que para demonstrar suas palavras.

— Existe alguma coisa a respeito da qual você queira conversar?

— Acho que sim.

— E o que é?

— Eu devia falar a respeito dela.

— Ela?

— A neném.

— Muita gente a chama de neném, mas ela era mais uma garotinha que estava aprendendo a andar, não é mesmo?

Ele ainda não tinha pensado nisso.

— É, pode ser.

— Kristal Malley tinha 2 anos. Ela andava e falava um pouco.

— Não ouvi ela falar.

— Já a tinha visto antes?

— De jeito nenhum.

— Por que vocês decidiram pegá-la?

— Ela nos seguiu.

— Onde?

— Fora.

— Fora do shopping.

— É.

A câmera pegara Kristal oscilando, chutando as perninhas. A polícia presumira que ela estivesse brigando, mas os dois libelos da defesa sugeriram que as três crianças estavam brincando.

Como se isso tivesse importância.

— Por que a Kristal seguiu vocês? — perguntei.

Ele deu de ombros.

— Você consegue imaginar algum motivo, Troy?

— Provavelmente ela achou que a gente era legal.
— Por que ela iria pensar uma coisa dessas?
— Porque ela era pequena e nós grandes.
— Grande é legal.
— É.
— OK. Kristal seguiu vocês e depois o que aconteceu?
— Fomos ao parque, fumamos e tomamos cerveja.
— Todos vocês.
— Isso.
— Onde conseguiram a cerveja?
Os olhos dele semicerrados. Subitamente precavido.
— Nós tínhamos.
— Vocês tinham cerveja em seu poder dentro do shopping?
— De antes.
— Onde guardaram?
— No parque.
— Onde no parque?
Hesitação.
— Atrás de uma árvore.
— Escondida.
— Exatamente.
— Então vocês beberam e fumaram. Todos os três.
— Isso.
— Kristal bebeu e fumou.
— Ela tentou. Não era boa nisso.
— Kristal teve dificuldades em beber e fumar — insisti.
— Fez ela tossir.
— E o que vocês fizeram?
— Continuamos tentando.
— Fazer Kristal fumar?
— Ajudá-la.
— E como se saíram?
— Não tão bem.
— O que aconteceu?
— Ela tossiu mais.
— Mais alguma coisa?

— Ela vomitou.

— Onde?

— Na minha camisa — agora os olhos dele se transformaram em fendas.

— Você não gostou.

— Fiquei fedendo como o diabo... fedendo mesmo.

— Nojento.

— Isso.

— O que foi que você fez a esse respeito?

— A respeito de quê?

— Ter sido vomitado.

— Eu a empurrei.

— Onde foi que você empurrou Kristal?

Ele colocou as mãos no peito.

— Onde foi que ela aterrissou?

— No chão.

— No chão do parque.

— Na grama.

— Ela bateu com força?

— Era grama.

— Macia.

— Isso.

— Você empurrou com muita força?

Sem resposta.

— Troy?

— Eu não fiz nada de sério — disse ele. — Ela se sentou e começou a chorar muito alto. Rand lhe deu um pouco de cerveja.

— Por quê?

Sacudir de ombros.

— Acho que para ela ficar calma.

— Ideia de Rand.

— Isso.

O laudo do legista acusara traços de Budweiser no minúsculo estômago de Kristal Malley. Nos pulmões também — a criança aspirara cerveja.

— Foi ideia de Rand dar cerveja para Kristal beber — falei.

— Foi o que eu falei.

— Por que você acha que Rand teve essa ideia?

— Ele é burro.

— Rand é burro.

— É.

— Você sai muito com ele.

— *Ele* sai comigo — a voz dele ganhou um toque de dureza que não tinha ainda aparecido. Ele percebeu. Sorriu. — A maior parte do tempo ele é legal.

— E o que acontece quando ele não é legal?

— Faz burrices. Como essa.

— Essa?

— Dar cerveja para a bebê.

— Kristal gostou da cerveja?

— Não muito.

— Ela vomitou mais?

— Ela ficou fazendo barulhos de falta de ar — as bochechas dele inflaram e ele exalou ruidosamente. — Começou a sair uma gosma do seu nariz. Depois começou a chorar.

— Chorar alto?

— Tipo isso.

— Meio irritante.

Seus olhos eram hífens.

— Não era legal.

— O que foi que você fez a respeito?

— Nada.

— Kristal vomitou em cima de você, gritou e o aborreceu e você não fez nada?

— Não tive que fazer — disse ele. Um sorriso malicioso, quase imperceptível passou pelos seus lábios. Durou menos que um segundo antes que suas feições retomassem o ar de inocência infantil. Se eu estivesse fazendo anotações teria perdido a cena.

— Por que você não teve que fazer nada, Troy?

— Rand fez.

— Rand resolveu o problema.

— É.

— Como?

— Sacudiu a garota, bateu nela e pôs a mão no seu pescoço.

— Rand pôs a mão no pescoço de Kristal.

— Ele a estrangulou.

— Mostre para mim como foi que Rand estrangulou Kristal.

Ele hesitou.

Eu disse:

— Você estava lá, Troy.

— Assim — disse ele, agarrando o próprio pescoço com a mão mole. Pressionou de leve com o dorso da mão e depois foi soltando. — Foi assim — disse.

— Depois, o que aconteceu?

— A neném caiu dura — ele inclinou-se de lado, em demonstração e deitou-se em câmera lenta. Sentou de novo. — Assim.

— Kristal caiu depois que Rand a estrangulou.

— É.

— Como você se sentiu quando viu isso?

— Mal — respondeu ele, demasiadamente depressa. — Muito mal, senhor.

— Por que você se sentiu mal, Troy?

— Ela não estava se movendo — ele pestanejou. — Eu devia ter parado ele.

— Você devia ter impedido que Rand estrangulasse Kristal?

— É.

Seus lábios curvaram-se para cima e fiquei aguardando o retorno do sorriso irônico. Mas alguma coisa aconteceu a seus olhos que suavizaram a expressão.

O sorriso resignado e cansado da vida de uma pessoa que vira tudo mas conseguira manter sua dignidade.

— Sinto muito — disse ele. — Cabia a mim. Sou eu o esperto.

Ele era.

Seu QI de 117 o colocava na faixa dos 25 por cento mais inteligentes. Tendo em vista que a avaliação do seu raciocínio abstrato ficou na casa dos 90 por cento e a freqüência escolar instável enfraquecia sua base de conhecimento, imaginei que os 117 seriam uma estimativa por baixo.

Anos-luz distante intelectualmente de Rand Duchay.

Eu devia ter parado ele.

Talvez o treinamento que Sydney Weider lhe ministrara não tivesse atingido seu objetivo. Ou ela lhe contara os fatos e ele os bloqueara.

Podia ser também que ele tivesse simplesmente preferido mentir, considerando-me um imbecil ingênuo.

Eu lera o laudo da autópsia.

Traços da pele de Kristal Malley tinham sido encontrados sob as unhas de Troy, não de Rand.

Por todo o resto de nossas sessões ele cooperou integralmente, mentindo descaradamente sobre tudo.

Quando lhe perguntei sobre a mãe, ele me disse que ela estava tentando ser uma atriz e que o visitava o tempo todo. Os registros da cadeia diziam que ela estivera lá apenas uma vez. Sherrill me disse que Jane Hannabee estava obviamente chapada, a visita demorara dez minutos e ela saíra parecendo furiosa.

— Conhecendo-a, Doutor, talvez o senhor compreenda alguma coisa a respeito do menino. Alguma coisa, mas não tudo, entende? Outros punks que têm piranhas viciadas em drogas como mães fazem coisas ruins, mas não tão ruins assim.

De acordo com Troy, seu pai morrera "no exército. Matando terroristas".

Quando lhe perguntei o que era um terrorista, ele disse:

— Terroristas são como criminosos, só que geralmente são pretos e explodem coisas.

Falei do crime diversas vezes e sua posição permaneceu sempre a mesma: Kristal acompanhara a ele e a Rand voluntariamente; Rand tinha cometido toda a violência. Troy sentia-se mal por não ter intervindo.

Na sexta sessão ele trocou mal por "culpado".

— Você se sente culpado.

— Realmente culpado, senhor.

— Culpado de quê?

— De não ter parado aquilo, senhor. Vai atrasar minha vida.

— Atrasar, como?

— Eu ia ser rico logo, agora vai demorar mais.

— Por quê?

— Porque vão me prender em algum lugar.

— Na cadeia.

Ele deu de ombros.

— Por quanto tempo acha que vão prender você?

— O senhor pode dizer a eles a verdade e talvez não tenha que ser tanto tempo — ele inclinou a cabeça, quase como que uma menina. Seu sorriso também tinha um quê feminino. Ele tinha uma dúzia de sorrisos, primeira vez que eu via aquela variante.

— Você acha que se eu disser a eles a verdade sua sentença pode ser mais curta.

— O juiz gosta do senhor.

— Alguém lhe disse isso?

— Não.

Quando a maioria das pessoas mente, se denuncia através de uma "evidência" — uma modificação na postura, mudanças sutis nos movimentos dos olhos, tom de voz. Aquele garoto mentia com tanta desfaçatez que eu era capaz de apostar como enganaria o aparelho detector de mentiras.

— Troy, você já sentiu medo alguma vez?

— Medo de quê?

— Qualquer coisa?

Ele pensou.

— Tenho medo de fazer coisas más.

— Por quê?

— Porque não quero ser mau.

— Você já foi mau?

— Às vezes. Como todo mundo.

— Às vezes todo mundo é mau.

— Ninguém é perfeito — disse ele. — Exceto Deus.

— Você é religioso?

— Drew e Cherish dizem que sou, senhor.

— Quem são Drew e Cherish?

— Ministros.

— Eles visitam você?

— Sim, senhor.

— Você acha úteis as visitas deles?

— Sim, senhor. Muito úteis.

— Como Drew e Cherish o ajudam?

— Dizem que vou ficar bem. Que todo mundo comete erros.

— Quer dizer então que você às vezes acha que é ruim. Tipo o quê?

— Matando aula. Não lendo livros. — ele se levantou e pegou um volume na estante. Capa de cartão preto. A palavra *Bíblia* em letras manuscritas verdes.

— Drew e Cherish lhe deram isto?

— Sim senhor. E eu li.

— O que você está lendo agora?

— Segundo Dia.

— Da criação?

— Sim senhor. Deus fez o Céu.

— O que o Céu significa para você?

— Um lugar bom.

— O que tem de bom nele?

— Você é rico e tem coisas legais.

— Que tipo de coisas legais?

— Tudo o que você quiser.

— Quem vai para o Céu?

— As pessoas boas.

— Pessoas que não fazem coisas realmente más.

— Ninguém é perfeito — disse ele, e sua voz se contraiu.

— Sem a menor dúvida — concordei.

— Eu vou para o Céu — disse ele.

— Depois de ter se atrasado um pouco.

— Sim, senhor.

— Você falou em ficar rico. Como planeja enriquecer?

Ressurgimento do sorriso sarcástico. Desta vez perdurou e seus olhos perfuraram os meus ao mesmo tempo em que suas mãozinhas delicadas transformaram-se em pequenos punhos ossudos.

— Porque eu sou esperto — disse ele. — Posso dormir agora? Porque estou cansado. *Senhor*.

As demais sessões foram improdutivas, com Troy oscilando entre alegações de fadiga e estar "enjoado". Minhas tentativas de extrair sintomas específicos foram infrutíferas. Um exame clínico feito pelo médico da cadeia em nada resultou. A última vez em que o vi ele estava lendo a Bíblia e me ignorou quando sentei.

— Interessante? — perguntei.

— É.

— O que está fazendo?

Ele pôs o livro aberto para baixo sobre a cama e dirigiu um olhar fixo na minha direção.

— Troy?

— Estou me sentindo doente.

— Onde?

— O corpo todo.

— O Dr. Bronsky o examinou e disse que você estava bem.

— Estou doente.

— Esta pode ser a última vez em que venho ver você — falei. — Alguma coisa que queira me dizer?

— O que é que o senhor vai dizer ao juiz?

— Só vou relatar o que nós conversamos.

Ele sorriu.

— Você está feliz com isso.

— O senhor é uma boa pessoa. Gosta de ajudar os outros.

Eu me levantei e peguei a Bíblia. Manchinhas cinzentas marcavam o lugar onde ele estava. Gênesis, capítulo quatro, Caim e Abel.

— Uma história e tanto — comentei.

— Sim, senhor.

— O que você acha?

— De quê?

— Caim ter matado o irmão, ser amaldiçoado.

— Ele mereceu.

— Caim mereceu?

— Sim, senhor.

— Por quê?

— Ele pecou.

— O pecado do assassinato.

— Exatamente — disse ele, pegando a Bíblia de minhas mãos e fechando-a delicadamente. — Como Rand. Ele vai para o inferno.

Capítulo 8

Encontrei-me com os dois defensores públicos em uma sala de reuniões na cadeia.

Lauritz Montez estava lá quando cheguei, um homem franzino com cerca de 30 anos, cabelo escuro puxado para trás e preso num rabo-de-cavalo. O bigode extravagante encerado dominava um cavanhaque ralo. Vestia um terno clássico de três peças, cinzento, com uma gravatinha azul borboleta fina como um cordão de sapatos.

Sydney Weider entrou, animada, alguns segundos mais tarde. Ela era mais velha — 40 e poucos anos, magra e alta, cabelo louro penteado de modo eficiente e grandes olhos claros. O terninho preto feito sob medida, a bolsa de crocodilo e os grandes brincos de pérola situavam-se além do salário de uma defensora pública. Podia ser que a pedra no dedo anular explicasse. Ou talvez esta fosse uma dedução sexista e ela tivesse feito fortuna no mercado de ações.

Ela sentou-se e girou o anel no dedo para que o brilhante ficasse virado para dentro. Pôs um par de óculos de leitura, armação dourada e lentes pequenas, e disse:

— Bem, aqui estamos nós — suas palavras saíram atropelando umas às outras. Muita pressa para se expressar.

Ambos tinham preferido reuniões individuais. Eu disse a eles que começaríamos juntos e veríamos como as coisas se desenrolavam.

Não precisava ir além. Eles trabalharam comigo individualmente, mas seus objetivos eram idênticos: ressaltar a juventude e a inexperiência criminal de seus clientes, destacando as péssimas condições em que ambos tinham sido criados, asseverando-me que qualquer outra coisa diferente de um julgamento em tribunal de menores seria cruel e desumana.

Ao cabo de uma hora eles trabalhavam em equipe. Pelo teor de minhas conversas com Troy achei que Weider ia jogar toda a culpa nas costas de Rand, mas não cabia a mim levantar esse assunto.

À medida que ela ia esquentando, ia falando mais e mais depressa e dava a impressão de dominar Montez. Terminando com uma longa dissertação sobre os males dos videogames e dos conjuntos residenciais proletários, ela fechou com um estalo seu caderno de folhas soltas Filofax, removeu os óculos e inquiriu-me com os olhos.

— O que dirá o seu laudo? — as palavras saíram como uma rajada de metralhadora.

— Ainda não escrevi.

— Você já deve ter chegado a alguma conclusão.

— Vou me reportar ao Juiz Laskin. Ele mandará cópias para vocês.

— Então é assim que vai ser — disse ela.

— De acordo com o Juiz Laskin, este é o modo como será.

Ela recolheu seus papéis e brincou com o anel.

— Pense nisso, Dr. Delaware. A psicologia é uma ciência que está longe de ser exata e não é nada difícil fazer com que psicólogos pareçam bastante vulneráveis ao deporem.

— Tenho certeza que sim.

— Mais que vulneráveis — acrescentou ela. — Absolutamente ridículos.

— Tenho certeza de que alguns psicólogos fazem por merecer.

Ela endireitou-se na cadeira, tentou me fazer desviar os olhos e pareceu aborrecida quando não conseguiu.

— Doutor, o senhor não pode estar pensando seriamente em fazer com que esses meninos sejam submetidos a um julgamento de adulto.

— Não vai depender de mim...

— O Juiz Laskin vai se apoiar na sua competência, de modo que para todas as finalidades práticas, *vai* depender do senhor, doutor...

— Pelo que vi, o Juiz Laskin é um sujeito bastante independente.

— Tudo o que estamos querendo é justiça, doutor — disse Montez. — Vamos dar a esses meninos uma chance de reabilitação.

— Doutor — disse Weider —, vamos recorrer aos nossos peritos.

— O Sr. Montez já contratou o Professor Davidson de Stanford — falei.

Weider virou-se e olhou para sua colega. Enrolou o bigode e balançou a cabeça.

— Levou algum tempo para conseguir a autorização para os honorários dele, mas Davidson já está do nosso lado.

— Que estranho, Lauritz — disse Weider, dirigindo a ele um sorriso glacial. — Telefonei para Davidson na semana passada e a secretária me disse que ele estava cuidando de outro caso.

— Se você o quer para o seu menino, talvez possamos combinar alguma coisa — sugeriu Montez.

— Não precisa — apressou-se a retrucar Weider. — Já contratei LaMaria da Califórnia.

— Algum de vocês tem uma teoria que explique o motivo pelo qual seus clientes mataram Kristal Malley? — perguntei.

Os dois advogados se viraram para mim.

— Doutor, exatamente o quê o senhor está querendo saber? — indagou Weider.

— O que vocês pensam sobre o motivo de seus clientes para cometer o homicídio.

— Motivação não é assunto da *sua* área, doutor?

— Imaginei que seria da área de vocês.

Ela se levantou, sacudiu a cabeça e me fulminou com um olhar.

— O senhor pensa mesmo que vou revelar minha estratégia agora?

— Não estou interessado em estratégias — falei. — E sim em percepções. Insights.

— Doutor, não tenho nenhum insight. O que é precisamente meu ponto considerando o seu relatório. Uma nova perspectiva faz-se necessária. Espero que o senhor esteja preparado para apresentar essa nova perspectiva.

Os olhos de Montez seguiram Weider quando ela se encaminhou para a porta.

— Nós nos veremos no tribunal, doutor.

Montez saiu um segundo depois: ele evitou olhar para mim.

Fiquei ali sentado por algum tempo, imaginando o que eu haveria de fazer.

Quando entrei no estacionamento da cadeia, Sydney Weider chamou meu nome. Ela estava de pé ao lado de um BMW conversível azul-claro, batendo a bolsa de crocodilo contra uma coxa comprida e fina. À sua esquerda podiam-se ver duas mulheres e um homem.

Weider acenou como se fôssemos velhos amigos. Eu me aproximei. Quando a alcancei, ela sorriu como se tivéssemos acabado de compartilhar uma tarde agradável. Puxou uma das mulheres mais para perto.

— Doutor, esta é Jane, a mãe de Troy.

Jane Hannabee era diversos centímetros mais baixa que a advogada e pareceu encolher mais ainda sob seu aperto de mão. Meus arquivos davam 28 anos a ela. O rosto pálido era marcado por rugas. A blusa de tricô de mangas compridas era dividida em duas partes iguais por uma faixa vermelha larga e parecia nova em folha. Da mesma forma a calça jeans baggy e os tênis brancos. A tatuagem de uma serpente enrolada, pronta para dar o bote, passava por baixo de sua gola do suéter. A cabeça triangular terminava logo abaixo da orelha esquerda. Um tipo qualquer de víbora, presas de fora.

Magra, lábios e nariz finos, cabelo castanho liso abaixo dos ombros. Três orifícios em cada orelha, sem brincos. Um pontinho preto na narina direita dizia que ali já houvera um piercing. A boca murcha prenunciava falta de dentes. Olhos azuis, margens das pálpebras avermelhadas.

A crosta de maquiagem não mascarava um ferimento na face esquerda.

O relatório policial dizia que Troy batia nela de vez em quando. Ela parecia mais velha que Weider.

— Prazer em conhecê-la — cumprimentei.

Jane Hannabee mordeu o lábio e olhou para o chão manchado de óleo da garagem e estendeu os dedos frios e secos.

— Doutor, tenho certeza de que o senhor gostará de conversar com a Sra. Hannabee — disse Sydney Weider.

— Sem dúvida alguma. Vamos marcar dia e hora.

— Que tal agora?

Assumindo o controle.

Sorri para ela e ela sorriu de volta.

— O senhor *tem* tempo para a mãe de Troy, doutor.

— Claro.

Weider virou-se para as duas outras pessoas.

— Obrigada por terem trazido Jane.

— Sempre que for preciso — disse o homem. Ele teria 20 e tantos anos, quase 30, robusto, cabelo grosso e ondulado que me fez pensar em uma alcachofra madura demais. Rosto largo e agradável, ombros musculosos, pescoço bojudo de lutador. Vestia um terno de veludo cotelê cor de manteiga de amendoim, botas negras, camisa azul-marinho com as pontas do colarinho compridas e uma gravata azul-celeste.

Sua aliança de ouro branco era salpicada com minúsculas pedras azuis e fazia par com a que estava na mão da mulher ao seu lado.

Ela deveria ter mais ou menos a sua idade, ligeiramente cheia de corpo e muito bonita, com o cabelo comprido quase branco de tão descolorado, eriçado em cima e penteado para trás dos lados. Tinha no pescoço uma corrente fina de prata e um crucifixo. A pele era cor de bronze e imaculada.

O homem deu um passo em frente e bloqueou o rosto dela.

— Drew Daney, senhor — apresentou-se. Dedos grossos, mas aperto de mão delicado.

Sydney Weider explicou:

— Doutor, são pessoas que apoiam Troy.

A frase fez com que parecesse que o garoto era candidato a alguma coisa. Talvez a analogia fosse válida: aquilo ia mesmo ser uma campanha.

— Esta é minha mulher, Cherish — continuou Drew Daney.

— Não consigo ver nada, querido — reclamou a loura.

Drew Daney recuou e o sorriso de Cherish Daney surgiu diante de meus olhos.

— Vocês apoiam Troy — falei.

— Conselheiros espirituais — disse Cherish Daney.

— Ministros?

— Ainda não — disse Drew. — Somos estudantes de teologia, no Seminário Fulton. Doutor, muito obrigado pelo que tem feito por Troy. Ele precisa de todo o apoio que puder conseguir.

— Vocês também orientam Rand Duchay?

— Nós o faremos, se pedirem. Onde quer que formos necessários...

— Vamos andando — disse Sydney Weider, que apertou com mais força o braço de Jane Hannabee. Ela estremeceu e começou a se agitar. Angústia maternal ou privação de droga? Disse a mim mesmo que aquilo era pensamento equivocado. Que ela tivesse uma chance.

— É melhor irmos ver Troy — disse Cherish Daney.

Seu marido consultou o relógio esportivo.

— Puxa vida, é melhor mesmo.

Cherish moveu-se na direção de Jane Hannabee, como se fosse abraçá-la, mas mudou de ideia, acenou ligeiramente e disse:

— Deus a abençoe, Jane. Tudo de bom.

Hannabee baixou a cabeça.

— Foi um prazer conhecê-lo, doutor — disse Drew Daney. — Boa sorte.

Os dois saíram andando na direção do portão elétrico da cadeia, passo vivo, braços dados.

Sydney Weider observou-os por alguns segundos, feições inexpressivas, e se virou para mim.

— Conseguir outra sala de reuniões na cadeia vai ser uma confusão. Que tal eu deixar que vocês conversem no meu carro?

Jane Hannabee sentou-se atrás do volante do BMW de Weider parecendo ter sido sequestrada por alienígenas. Fiquei no banco do carona. Sydney Weider manteve-se a alguns metros de distância, andando de um lado para o outro, fumando e falando ao telefone celular.

— Há alguma coisa que a senhora queira me dizer, Sra. Hannabee?

Ela não respondeu.

— Senhora?

Sem tirar os olhos do painel de instrumentos, ela disse:

— Não deixe que eles matem Troy.

Voz insípida, levemente nasalada. Um apelo, mas sem paixão.

— Eles — repeti.

Ela coçou o braço por cima da manga, enrolou o tecido e passou a coçar a pele nua e flácida. Mais tatuagens enfeitavam seu antebraço, grosseiras, escuras e góticas. Weider provavelmente lhe comprara as roupas novas que lhe serviriam de camuflagem.

— Na prisão — disse ela. — Quando o mandarem para a prisão, ele vai ganhar um apelido feio. Vão achar legal machucarem ele.

— Que tipo de apelido?

— Matador de bebês — respondeu ela. — Mesmo que não tenha sido ele. Os negros e os mexicanos vão dizer que é legal pegarem ele.

— Troy não matou Kristal — falei —, mas sua reputação o colocará em perigo na prisão.

Ela não respondeu.

— Quem foi que matou Kristal? — perguntei.

— Troy é o *meu* bebê — ela conservou a boca aberta, como se precisasse de mais fôlego. Por trás dos lábios ressecados havia três dentes, escuros e debilitados. Dei-me conta então de que ela estava sorrindo.

— Fiz o melhor que pude — disse ela. — Acredite ou não.

Eu assenti.

— Você não acredita em mim — disse ela.

— Tenho certeza de que criar um filho sozinha foi muito difícil.

— Eu me livrei dos outros.

— Dos outros?

— Engravidei quatro vezes.

— Abortos?

— Três abortos. O último me prejudicou.

— Você teve o Troy.

— Achei que eu merecia.

— Merecia ter um filho.

— Isso — disse ela. — É um direito das mulheres.

— Ter um filho.

— Você não acredita?

— Você quis Troy. Você fez o melhor que pôde para criá-lo.

— Você não acredita nisso. Vai mandar o Troy para a prisão.

— Vou escrever um relatório sobre o estado psicológico de Troy, o que acontece na cabeça dele e dar ao juiz. Assim, qualquer coisa que possa me dizer a respeito do Troy pode ajudar.

— Você está dizendo que ele é louco?

— Não — respondi. — Não acredito que ele seja nem um pouco maluco.

A franqueza da resposta a espantou.

— Ele não é louco — ela insistiu, como se continuássemos discutindo. — Ele é esperto *de verdade*. Sempre foi esperto.

— Ele é muito inteligente — falei.

— Isso — disse ela. — Quero que ele faça faculdade — ela se virou e me lançou outro sorriso, boca fechada, sutil. O arco do seu sorriso fazia par com a espiral da serpente no pescoço e o efeito era desconcertante. — Imaginei que ele podia ser um doutor ou alguma outra coisa para ficar rico.

Troy tinha falado sobre ficar rico. Sem se perturbar. Como se as acusações contra ele não passassem de um inconveniente no trajeto para a riqueza. As ilusões de sua mãe fizeram meus olhos doerem.

Ela colocou as mãos no volante do BMW. Apertou o pedal do acelerador inativo.

— É impressionante — murmurou.

— O carro?

Ela olhou para Weider através do para-brisa.

— O senhor acha que ela vai ajudar Troy?

— Ela parece ser uma boa advogada.

— O senhor não responde a uma pergunta, responde?

— Vamos falar sobre Troy — retruquei. — Você quer que ele faça faculdade.

— Ele não vai mais. O *senhor* vai mandar ele para a prisão.

— Sra. Hannabee, eu não posso mandá-lo para parte alguma...

— O juiz odeia Troy.

— Por que diz isso?

Ela adiantou-se e tocou no meu braço. Alisou meu braço.

— Conheço os homens. Os homens só sabem odiar e pular.

— Pular?

— Em cima das mulheres — disse ela, subindo com a mão até meu ombro. Tocando meu rosto. Removi sua mão.

Ela me dirigiu um sorriso de conhecedora.

— Posso garantir que sei quando um homem precisa de alguma coisa.

Recuei e toquei no painel da porta.

— Há alguma coisa que queira me contar sobre Troy?

— Eu conheço os homens — ela repetiu.

Sustentei o olhar dela. Jane Hannabee tocou no ferimento do seu rosto. Seus lábios tremeram.

— Onde você conseguiu isso aí? — perguntei.

— Você acha que sou feia.

— Não, mas eu gostaria de saber...

— Antigamente eu era gostosa — disse ela. — Meus peitos pareciam balões de água, eu dançava — ela pressionou as palmas das mãos no tórax.

— Sra. Hannabee...

— Você não tem que me tratar por senhora. Eu não sou senhora.

— Jane...

Ela se virou e agarrou meu braço de novo. Dedos que eram mais garras afiadas atravessaram o tecido de lã da minha manga. Nada de sedução desta vez. Desespero e quando o medo frio iluminou seus olhos eu pude ter uma noção da garota que ela havia sido um dia.

— *Por favor* — lamuriou-se ela. — Troy não matou aquele *neném*. Foi o retardado. Todo mundo sabe.

— Todo mundo?

— Ele é o grandalhão. Troy é pequeno. Troy é meu homenzinho. Não foi culpa dele ter se unido ao retardado.

— Rand é o culpado — falei.

Ela apertou meu braço com mais força.

— Exatamente.

— Troy lhe disse que Rand matou a menina?

— Isso.

Olhei para os seus dedos. Ela tossiu, fungou e retirou-os.

— Ele vai melhorar.

— Quem vai melhorar?

— Troy. Se você der uma chance a ele, ele melhora e vai para a faculdade.

— Você acha que ele está doente.

Ela me encarou.

— Todo mundo é doente. Estar vivo é ser doente. Todos nós temos que perdoar. Como Jesus.

Eu não disse nada.

— Você compreende? Compreende isso de perdoar?

— É uma qualidade maravilhosa — respondi. — Ser capaz de perdoar.

— Eu perdoo todo mundo.

— Todo mundo que magoa você?

— Sim, por que não? Quem se importa com o que aconteceu antes? Mesma coisa com Troy, o que ele fez está feito, acabou. E ele nem mesmo fez. Foi o retardado.

Ela se virou no banco, bateu com o quadril no volante e esquivou-se.

— Vai ajudá-lo?

— Vou me esforçar ao máximo para ser sincero.

— Devia ajudá-lo — disse ela. Chegando mais perto. Seu cheiro era um misto de roupa precisando ser lavada e perfume doce demais. — Você podia ficar parecido com ele.

— Com quem?

— Jesus — ela sorriu, passou a língua sobre os lábios. — Sim, definitivamente. Com uma barba, e um pouquinho mais de cabelo e sim, claro. Você podia ser um verdadeiro Jesus bonitinho.

Capítulo 9

A funcionária de Tom Laskin me telefonou dois dias mais tarde a fim de perguntar pelo meu relatório. Eu disse a ela que precisava de mais uma semana, escolhendo o prazo arbitrariamente, já que eu não saberia dizer ao certo por que queria uma extensão do prazo.

Gastei mais dez dias no caso, entrevistando os assistentes sociais e os funcionários encarregados de se pronunciar sobre a aptidão dos menores que cobriam a 415 City, visitando o conjunto residencial e batendo papo com os vizinhos, com quem quer que afirmasse ter algo a oferecer. Em todas as oportunidades, Margaret Sieff esteve fora. Jane Hannabee se mudara e ninguém sabia para onde.

Visitei a escola dos meninos. Ninguém — nem o diretor, o orientador e tampouco os professores — tinha a mais vaga lembrança de Troy ou Rand. A última vez que qualquer um dos meninos fora submetido a uma prova tinha sido há um ano. C menos e dois D's para Rand, o que era promoção social; minhas provas tinham determinado que ele era analfabeto com conhecimentos de matemática da segunda série. Para Troy, B, C e D. Fora julgado "inteligente, mas contestador".

Para os assistentes sociais, os jovens assassinos eram nomes em formulários. Todos os residentes concordavam que, antes de sua prisão, Rand Duchay era visto como um imbecil inofensivo. Todo mundo com quem falei tinha certeza de que ele fora levado para o mal por Troy Turner.

Não havia opiniões divididas sobre Troy, tampouco. Ele era visto como astuto, sórdido, mesquinho, "malvado", assustador a despeito do pequeno tamanho. Diversos residentes afirmavam que ele ameaçara seus filhos, mas os detalhes eram vagos. Uma mulher, jovem, negra e nervosa, apareceu quando eu já estava me retirando e disse: "Aquele garoto fez coisas feias com minha filha".

— Qual é a idade da sua filha?

— Vai fazer 6 anos, mês que vem.

— O que aconteceu?

Ela sacudiu a cabeça e afastou-se correndo e eu não fui atrás.

Pedi para entrevistar de novo os meninos, mas fui impedido pelos dois advogados de defesa, Montez e Weider.

— Eles se mostram inflexíveis — Tom Laskin informou-me. — Deram-se ao trabalho de apresentar moções destinadas a manter você longe.

— Qual é o problema? — perguntei.

— Tenho a impressão de que é principalmente a Weider. Ela é maníaca.

— Ela realmente fala muito depressa.

— Tudo entra em conflito com ela, mesmo quando não precisa — disse Laskin. — Diz que você teve tempo de sobra com o cliente dela, e não quer que ele fique confuso antes que ela traga seus peritos. Montez é um preguiçoso, segue pelo caminho onde a resistência for menor. Eu provavelmente poderia forçar a barra, Alex, mas se minha decisão vier a ser revogada, prefiro que não seja por algo insignificante. Você precisa realmente de mais tempo?

— Por que iria eu confundir a cabeça dos clientes deles?

— Não leve isso pessoalmente. É papo de advogado. A premissa básica deles é que você tende pelos argumentos da acusação.

— Não troquei uma só palavra com o promotor.

— É um artifício para ganhar o jogo. Estão arrumando o palco de forma tal que se você disser algo de que não gostem, terão caracterizado de antemão como passível de ser contestado.

— Entendo.

— Não se preocupe. Vou proteger você quando subir ao banco das testemunhas. Assim, quando posso esperar que o relatório contendo sua sabedoria psicológica apareça na minha mesa?

— Logo.

— Logo é melhor do que depois.

Sentei-me para escrever meu relatório, começando pela parte fácil — a cena do crime, informações de fundo, resultados dos testes psicológicos. Mas mesmo isso foi complicado e eu não tinha progredido muito quando Lauritz Montez me telefonou.

— Como vai, doutor?

— Mudou de ideia quanto a me deixar ver Rand? — retruquei.

— Talvez. Meu cliente cooperou integralmente da primeira vez, não foi? Você vai ressaltar este ponto, certo?

— Vou me esforçar ao máximo para não ser tendencioso.

— Olha, a moção foi ideia da Weider. Você sabe como ela é.

— Na verdade, eu não sei.

— Seja lá o que for. O que interessa é que você se lembra de que Rand cooperou totalmente.

— Eu me lembro.

— Ótimo — a voz dele estava tensa. — Ele está bastante deprimido.

— Não me surpreende.

— Pobre garoto.

Não respondi.

— O motivo pelo qual estou ligando, Dr. Delaware, é que a Weider acaba de requerer uma audiência dividida. O senhor entende o que isso significa?

— Ela quer separar a defesa de Troy da de Rand.

— Ela quer me *ferrar* e quer ferrar Rand. Pensei que estivéssemos todos no mesmo barco, mas ela resolveu trapacear e passou a jogar toda a culpa no meu cliente para que o seu pequeno sociopata possa se dar bem. Achei que o senhor devia ser alertado.

— Obrigado.

— Estou falando sério — disse ele. — A verdade é óbvia.

— Que verdade?

— Um garoto basicamente bom e verdadeiramente obtuso envolveu-se com um assassino cruel, muito cruel. Sei que o senhor voltou a 415 City, sei que todo mundo lá lhe disse isso.

— O que posso fazer pelo senhor, Sr. Lauritz?

— Respeito sua competência e quero manter aberta a comunicação entre nós. Não quis ofendê-lo com a moção para negar seu acesso a Rand, certo? Se realmente quiser falar com ele, tudo bem. Ele está cheio de remorso. *Consumido* pelo remorso.

Não respondi.

— Então, o senhor irá vê-lo de novo?

— Eu lhe telefono antes.

Não telefonei.

Ele nunca verificou o que aconteceu.

Já estava escrevendo o relatório há três dias quando telefonei para Tom Laskin.

— Isso não está dando certo.

— O quê?

— Eu lhe disse no princípio que podia ser que eu não chegasse a recomendações relevantes, e foi o que aconteceu. Se quiser reduzir meus honorários, tudo bem.

— Qual é o problema?

— Não consigo apresentar dados claros que ajudem a decidir. Minha preferência pessoal seria vê-los processados como menores, porque são garotos e carecem da competência legal de adultos. Mas não tenho certeza de que dormiria bem se fosse responsável por esta decisão.

— Por que não?

— O crime foi hediondo e eu duvido que mandá-los para a custódia da Califórnia Youth Authority por uns anos irá reabilitá-los.

— Eles ainda são perigosos?

— Se fariam de novo algo tão horrendo? Sozinho, Rand Duchay provavelmente não. Mas se ele se associar com uma pessoa dominadora e violenta, é possível.

— Algum remorso da parte dele?

— Parece sentir um pouco de remorso — respondi. — Estava pensando como um adulto na hora do assassinato? Não. Isso mudaria em cinco anos, ou mesmo dez? Provavelmente não, dado seu nível intelectual.

— Que é?

Passei a ele os resultados dos testes.

Laskin assobiou baixinho.

— E o que me diz de Turner?

— Mais inteligente. Muito mais inteligente. Tem a capacidade de calcular e planejar. Sydney Weider vai alegar que Rand Duchay deu início ao crime e que o cliente dela foi um espectador inocente. Os peritos do laboratório dizem que não, mas Rand admitiu ter golpeado Kristal e seu tamanho pode ser um dado contra ele, quando se levam em conta só as aparências.

— Continuo interessado na questão do remorso — disse Laskin. — Turner sente algum remorso?

— Ele fala em pecado, diz que está lendo a Bíblia, tem um casal de estudantes de teologia oferecendo-lhe apoio moral. Mas eu duvido que haja qualquer seriedade nisso. Ele nega ter tocado em Kristal, apesar da pele da menina ter sido encontrada debaixo de suas unhas.

— Weider entrou com um arrebatado pedido de audiência em separado. Está cheirando ao velho truque de culpar o outro.

— Você vai conceder o que ela pede? — perguntei.

— Não, a menos que me veja obrigado. Qual o nível da inteligência de Turner?

— Consideravelmente acima da média — passei para ele os resultados dos testes de Troy Turner.

— Nenhuma capacidade reduzida aí. Compreensão adulta?

— Intelectualmente, ele é capaz de raciocinar. Mas tem 13 anos, que é uma idade interessante. Há algumas provas de que os cérebros adolescentes sofrem mudanças dos 14 aos 15 anos no sentido de ganharem capacidade de raciocínio mais completa. Mesmo assim, você sabe como são os adolescentes. A racionalidade leva anos para se instalar.

— E às vezes isso nunca chega a acontecer — disse ele. — Quer dizer então que você se inclina pelo julgamento como menores mas tendo em vista a enormidade do crime prefere não fazer constar sua opinião no relatório.

— Não penso que seja uma questão psicológica — acrescentei.

— O que é, então?

— Uma questão judicial. De que forma a justiça seria aplicada mais extensamente.

— Em outras palavras, o problema é meu.

Não respondi.

— Sei que os adolescentes são uns idiotas — disse ele. — O problema é que se dermos tratamento especial a criminosos adolescentes, muitos deles, realmente perigosos, se safariam com facilidade. E nada em minha experiência se iguala à perversidade desse crime. Eles maltrataram aquela pobre garotinha de um modo inacreditável.

— Eu sei. Mas você viu Turner. Parece que tem 12 anos. Tento imaginá-lo em Quentin ou outro presídio como esse e não é uma imagem bonita.

— Pequeno e inteligente, mas assassinou uma menina de 2 anos, Alex. Por que diabos um garoto inteligente faria uma coisa dessas?

— Esta é outra pergunta que não sei responder. Q.I. e desenvolvimento moral são dois assuntos separados. Como Walker Percy disse, você pode ser o primeiro da turma e ainda assim ser reprovado na vida.

— Quem é Walker Percy?

— Um romancista e psiquiatra.

— Combinação interessante — disse ele. — Você está me dizendo então que tenho um garoto estúpido e um sociopata brilhante e aconteceu de os dois juntos matarem uma menina de 2 anos. Alguma outra história antissocial da parte de qualquer um deles?

— Não para Rand. Todo mundo que conhece Troy o descreve como esperto e algumas pessoas do conjunto residencial o chamam de cruel. Ele tem uma história de ameaçar crianças menores. Também é suspeito de ter matado cães vira-latas e gatos, mas não pude encontrar fatos que comprovassem isso, de modo que é possível que a fábrica de boatos tenha feito hora extra por causa do crime. Uma mulher deu a entender que ele molestou sua filha, mas se recusou a falar comigo sobre isso. Tendo em vista sua criação, não me chocaria saber que ele próprio foi molestado.

Dei a ele um resumo das histórias de ambos os meninos, inclusive a batida na cabeça que Rand Duchay levou durante a infância.

— Se estiver atrás de fatores atenuantes, vai encontrar muitos.

— Prisioneiros da biologia? — perguntou ele.

— Da biologia, da sociologia e também da má sorte. Nenhum deles levou qualquer vantagem no modo como foi criado.

— O que não justifica o que eles fizeram com a pobre menina.

— De modo algum.

— Você concluiu algo quanto a um motivo possível? — perguntou ele. — Porque ninguém ainda falou nisso, incluindo os policiais.

— Pelo que posso dizer, o sequestro foi impulsivo. Os dois iam para o parque a fim de fumar e beber quando viram Kristal vagando. Eles acharam que seria engraçado ver a menina beber e fumar. Ela ficou enjoada, começou a perturbar, vomitou e as coisas saíram do controle. Não há indicação de que a tivessem seguido.

— Falta de sorte da menininha — disse ele. — Tudo bem, então este é o típico crime irracional. Eu estava esperando algo mais... psicologicamente elucidativo. Mas sem problema, você foi muito positivo acerca de não fazer promessas. Esqueça essa bobagem de reduzir seus honorários. Quando o governo quer lhe dar dinheiro, aceite... não há absolutamente nada que você possa me dar sobre prescrição legal?

— O que acontecerá se você os certificar como adultos?

— Inicialmente, eles vão receber longas sentenças que cumprirão em Quentin ou local semelhante. Se eu disser que serão julgados como menores, eles irão para a California Youth Authority* que, nos dias de hoje, não é tão diferente assim das prisões de adultos, exceto pelo fato dos reclusos serem mais baixos. O limite máximo para a permanência deles sob custódia da C.Y.A. é a idade de 25 anos.

— Ou seja, seriam libertados no auge do impulso criminoso.

---

* Centro de recuperação para jovens infratores. (N. do E.)

— Pode apostar — disse ele. — Em uma prisão de gente grande, eles seriam vulneráveis ao Exército da Guerrilha Negra e à Nuestra Familia, provavelmente indo buscar proteção na Irmandade Ariana. Assim, estaríamos criando um par de pequenos nazistas. Mas a maior parte das instalações da C.Y.A. está tomada por gangues também.

— Por que você disse que eles teriam sentenças longas "inicialmente"?

— Porque se eu determinar que sejam julgados como adultos há uma boa chance de que um tribunal de instância superior reduza suas sentenças e os transfira para instalações com menor grau de segurança. Significando que terminariam com menos tempo do que se fossem entregues à custódia da C.Y.A. Tenho que pensar na família da vítima. Como você disse, o melhor que podemos esperar é aplicar a justiça o mais extensamente possível e Deus sabe que nunca daremos esta tarefa por terminada, seja o que for que isto queira dizer. Mas tem que haver alguma coisa que faça o menor mal possível.

— Não vi a família na mídia.

— A família mantém um perfil baixo, mas o pai telefonou para a promotoria algumas vezes, exigindo justiça. Ninguém pode lhe dar o que ele realmente deseja: sua filha de volta. E os dois outros garotos arruinaram as próprias vidas. É uma situação terrível para todos os envolvidos.

— Mais que terrível.

— Alex, eles são tão *jovens*. O que diabo fez deles tão maus?

— Gostaria de poder lhe dizer. Os antecedentes estão todos aí, péssimo ambiente, talvez péssima biologia. Mas a maior parte das crianças com os mesmos antecedentes não saem por aí matando meninas de 2 anos.

— Não, na verdade não. Tudo bem, mande para mim o que quer que você acha melhor colocar no papel. Vou lançar no sistema a documentação que há de garantir seu reembolso.

Capítulo 10

No final, a solução encontrou o caminho de sempre quando os casos começam a ser esquecidos pela opinião pública: negociações reservadas e a tentativa de se chegar ao menor de todos os males.

Cinco meses após as prisões, naquilo que os jornais denominaram "um movimento surpresa", ambos os garotos confessaram ser culpados e foram entregues à custódia da Califórnia Youth Authority até que tivessem 25 anos ou quando fosse provado terem sido reabilitados com sucesso.

Sem julgamento, sem espalhafato da mídia. Sem necessidade de depor como perito, mas com meu cheque do tribunal chegando a tempo.

Não falei com ninguém, exceto Milo, a respeito disso e fingi que estava dormindo bem.

Troy Turner foi mandado para o campo N. A. Chaderjian, em Stockton, e Rand Duchay terminou na Herman G. Stark Youth Correctional Facility, em Chino. A C.Y.A. prometeu proporcionar aconselhamento para os dois garotos e educação especial para Rand.

No dia em que isso foi anunciado uma equipe de TV surpreendeu os pais de Kristal Malley quando saíam do tribunal e perguntou a eles o que pensavam da solução dada.

Lara Malley, uma morena baixinha e pálida, estava soluçando. Seu marido, Barnett, um homem alto e ossudo com cerca de 30 anos, fechou a cara e disse, "Sem comentários".

A câmera fechou no rosto dele porque a raiva é mais interessante que o desespero.

Ele tinha cabelo fino e ruivo, costeletas compridas, feições marcadas e ossos proeminentes.

Sem lágrimas, olhos imóveis de um atirador de elite.

— Em sua opinião, senhor — insistiu a repórter —, as idades dos réus fazem com que esta seja uma solução apropriada para o encerramento do caso?

Barnett Malley flexionou a mandíbula ao mesmo tempo em que jogava a mão para cima e o operador de som captou barulhos desordenados. A repórter recuou; Malley não se moveu. A câmera deu um zoom no seu punho e congelou no meio do ar.

Lara Malley choramingou. Barnett encarou a câmera por outro segundo, agarrou a mulher pelo braço e empurrou-a para longe.

Tom Laskin telefonou para mim seis meses mais tarde. Passava um pouco do meio-dia e eu terminara uma sessão com um garoto de 8 anos que queimara o rosto brincando com produtos químicos para tratamento de água de piscina. No processo que os pais dele abriram, um especialista em "medicina ambiental" afirmara em seu depoimento que a criança contrairia câncer quando crescesse. O menino ouvira este vaticínio, ficara traumatizado e o meu trabalho era desprogramá-lo.

— Oi, Tom.

— Podemos nos encontrar, Alex?

— Qual o assunto?

— Prefiro falar pessoalmente. Irei ao seu consultório.

— Claro. Quando?

— Termino em uma hora. Qual é o seu endereço?

Ele chegou na minha casa usando um paletó de pelo de camelo, calça marrom, camisa branca e calça vermelha. O laço da gravata estava frouxo e o colarinho, aberto.

Nós conversávamos por telefone, mas nunca tínhamos nos encontrado. Eu vira seu retrato nas matérias publicadas nos jornais sobre o caso Malley — 50 e tantos anos, cabelos cortados estilo executivo, feições retangulares, óculos de aro de metal, olhos desconfiados de promotor — e aí estava formada a imagem de um homem grande e imponente.

Só que ele era baixo — um metro e setenta —, mais pesado e frágil e velho que eu imaginara, cabelo branco, papada cedendo à ação da gravidade. O paletó era bem cortado, mas bastante usado. Os sapatos precisavam de uma graxa e as bolsas debaixo dos olhos eram azuladas.

— Belo lugar — disse ele, sentando-se na beirada da poltrona que lhe ofereci. — Deve ser bom trabalhar na própria casa.

— Tem suas vantagens. Alguma coisa para beber?

Ele considerou a oferta.

— Por que não? Cerveja, se tiver.

Fui até a cozinha e peguei duas Grolsches. Quando retornei, a postura dele não tinha relaxado. Suas mãos estavam cerradas e ele parecia uma pessoa que tivesse sido forçada a procurar terapia.

Abri as cervejas e passei uma garrafa para ele. Embora tivesse aceitado, não bebeu.

— Troy Turner morreu — disse ele.

— Ai, não.

— Aconteceu há duas semanas. A C.Y.A. sequer pensou em me avisar. Descobri graças ao Serviço Social que estava procurando a mãe dele. Encontraram Troy enforcado em um saco para treinamento dentro do depósito do ginásio. Era sua obrigação guardar o equipamento usado, foi esse o emprego que lhe deram. Ele foi considerado perigoso demais para trabalhar na cozinha ou na horta com ferramentas.

— Suicídio?

— Foi o que pensaram até que viram sangue empoçado no chão, viraram-no e descobriram sua garganta cortada.

Sempre fui muito bom em conjurar quadros mentais. A vulgaridade da cena — um corpo pequeno e muito branco pendurado em um lugar escuro e desolado — visitaria meus sonhos.

— Já sabem quem foi? — perguntei.

— Estão pensando que foi coisa de alguma gangue — disse Laskin. — Troy estava lá, o que, há um mês? Tentou de imediato se ligar aos Garotos Brancos Sujos, uma gangue chamada Arianos-B. Ele ainda se encontrava no estágio de iniciação e parte da tarefa era agredir um garoto latino. Ele levou a cabo isso dez dias atrás, surpreendendo um dos Vatos Locos menores no chuveiro, a quem atingiu na cabeça com uma escova pesada e chutou quando estava caído. O menino sofreu uma concussão, teve algumas costelas quebradas e foi transferido para outra instalação. Quanto a Troy, teve que enfrentar confinamento solitário por uma semana. Estava de volta à sua cela há três dias. No dia em que morreu, tinham mandado que voltasse ao trabalho no depósito do ginásio.

— Então todo mundo tinha conhecimento de onde ele estaria em dado momento.

Laskin assentiu.

— O sangue ainda estava úmido e a arma foi deixada na cena do crime. Um estoque feito com uma escova de dentes e um pedaço de faca de passar manteiga, afiado como uma navalha. Quem quer que o tenha matado fez questão de apagar suas pegadas.

— Quem encontrou o corpo?

— Um conselheiro — Tom Laskin terminou a cerveja e deixou a garrafa de lado.

— Quer outra?

— Sim, mas não — ele descruzou as pernas e levantou uma das mãos como se pedisse algo. — Pensei que estava sendo compassivo ao mandá-lo para Chaderjian. Inequivocamente salomônico.

— Eu também pensei.

— Você concordou com a decisão?

— Dadas as alternativas — respondi —, achei que foi a melhor decisão.

— Você nunca disse nada.

— Você nunca perguntou.

— Os Malleys não ficaram felizes com a decisão. O pai telefonou para me dizer.

— O que ele preferia?

— A pena de morte — o sorriso dele foi desconfortável. — Parece que agora ele conseguiu o que queria.

— Mandar Troy para uma prisão de adultos teria sido mais seguro para ele?

Laskin pegou a garrafa vazia e rolou-a entre as palmas de suas mãos.

— Provavelmente, não, mas ainda assim não foi uma boa solução.

— A mãe dele foi localizada?

— Finalmente. O condado tinha acabado de autorizá-la a consumir metadona, e a encontraram em um ambulatório, esperando na fila para receber a sua dose. O diretor de Chaderjian disse que ela visitou Troy uma vez em todo o mês e por dez minutos. — Ele sacudiu a cabeça. — O filho da mãe nunca teve uma chance.

— Nem tampouco Kristal Malley.

Laskin me encarou.

— Você retrucou com muita rapidez. É assim tão rígido?

— Não sou rígido de forma alguma. Trabalhei durante anos nas alas de câncer de um hospital pediátrico e parei de tentar imaginar as coisas.

— Você é um niilista?

— Sou um otimista que mantém seus objetivos limitados.

— Geralmente sou bastante bom para lidar com toda a porcaria que vejo — disse ele. — Mas tem alguma coisa neste caso... talvez seja a hora de me aposentar.

— Fez o melhor que pôde.

— Obrigado. Não sei por que estou aborrecendo você.

— Não é aborrecimento algum.

Nenhum de nós dois falou por algum tempo, depois ele conduziu a conversa para seus dois filhos na faculdade, consultou o relógio, agradeceu de novo e foi embora.

Poucas semanas depois li a notícia de uma festa de aposentadoria dada em sua homenagem no Biltmore. "Juiz do Caso do Assassinato da Criança" era o seu novo título, e na minha opinião ia pegar.

Bela festa, pelo que deu para perceber. Juízes, promotores, defensores públicos e funcionários de tribunal louvando-o por 25 anos de bons serviços. Ele planejava gastar os próximos anos velejando e jogando golfe.

O assassinato de Troy Turner permaneceu comigo e me deu vontade de saber como Rand Duchay estava se saindo. Telefonei para o estabelecimento da C.Y.A. em Chino. Lutei com a burocracia algum tempo até conseguir falar com o chefe dos consultores, um sujeito com voz de entediado chamado DiPodesta.

— E daí? — ele perguntou quando lhe falei sobre a morte de Troy.

— A vida de Duchay pode estar em risco.

— Registrarei a informação.

Pedi para falar com Randy.

— Telefonemas pessoais são limitados a parentes consanguíneos e pessoas constantes da lista aprovada.

— Como faço para entrar na lista?

— Cadastre-se.

— Como faço para me cadastrar?

— Preencha formulários.

— Você poderia fazer o favor de enviá-los para mim?

Ele pegou meu nome e endereço, mas os formulários jamais chegaram. Pensei inclusive em insistir, mas racionalizei arranjando um pretexto para não fazê-lo: não tinha tempo — nem vontade — para um compromisso de longo prazo, então como poderia ser útil para Rand?

Nas semanas seguintes li atentamente os jornais à procura de más notícias a respeito dele. Quando nada apareceu, convenci-me de que ele estava onde deveria.

Aconselhado, tutorado e cuidado pelos próximos 12 anos.

Agora ele estava fora em oito.

Queria falar comigo.

Supus que estava pronto para ouvir.

Capítulo 11

Saí de casa e fui para Westwood.

O restaurante se chamava Newark Pizza. Um cartaz abaixo da bota italiana tricolor prometia *Massas Autênticas de New Jersey e Iguarias Sicilianas Também!*

Luzes por trás das cortinas xadrez rosa e branco, o tênue contorno dos fregueses.

Ninguém esperando do lado de fora.

Entrei e fui agredido por uma baforada de alho e queijo rançoso. Murais de péssima qualidade recobriam as paredes — colhedores de uvas garantindo a safra de Chianti sob um sol amarelo bilioso. Cinco mesas redondas em cima de um linóleo vermelho, cobertas por toalhas com o mesmo padrão xadrez das cortinas. Nos fundos ficava o balcão onde eram entregues as pizzas e o forno de tijolos de onde se desprendia uma fumaça que cheirava a fermento.

Dois hispânicos de aventais brancos manchados atendiam os clientes do jantar, que se resumiam a três grupos. Os cozinheiros tinham feições de astecas e levavam o trabalho a sério.

Os clientes eram um casal japonês dividindo uma torta de pepperoni pequena, um casal jovem de óculos tentando controlar um par de pré-escolares sujos de molhos de tomate e três caras negros na casa dos 20 anos usando abrigos esportivos Fila e comendo salada e lasanha.

Um dos homens do balcão adiantou-se.

— Pois não?

— Estou esperando alguém. Um cara jovem, mais ou menos 20 anos?

Ele encolheu os ombros, atirou para o ar um disco branco de massa crua, salpicou farinha em cima e repetiu o movimento.

— Alguém parecido esteve aqui? — perguntei.

Salpicar farinha. Jogar para cima.

— No, amigo.

Saí e esperei na frente. O restaurante ficava num quarteirão calmo, ensanduichado entre um serviço de fotocópia e um prédio de escritórios de um andar. Ambos às escuras devido ao fim de semana. O céu estava negro e, duas quadras acima, o trânsito na Pico era anêmico. L.A. nunca tinha sido uma cidade de vida noturna muito intensa, e esta parte de Westwood hibernava quando o shopping não estava fervilhando de gente.

O shopping.

Oito anos depois de ter brutalizado Kristal Malley, Rand queria falar sobre o crime, a dois quarteirões de um shopping.

Eu sou uma boa pessoa.

Se era absolvição que ele estava querendo, eu não era padre.

Talvez a diferença entre terapia e confissão fosse mínima. Talvez ele soubesse a diferença. Talvez só quisesse falar. Como o juiz que decidira sua vida.

Eu gostaria de saber como andava Tom Laskin. Gostaria de saber como andavam todos eles.

Permaneci ali parado, tomando cuidado para ficar no clarão do luminoso da bota, esperando o homem em quem Randolph Duchay se transformara.

Ele fora um garoto grande, de modo que provavelmente hoje era um homem também grande. A menos que oito anos de comida institucional e Deus sabe quantas outras indignidades houvessem travado seu crescimento.

Pensei no modo como tinha lutado para pronunciar a palavra "pizza".

A palavra media mais de meio metro em néon tricolor.

Cinco minutos se passaram. Dez. Quinze.

Resolvi dar uma caminhada, tomando cuidado para não ser atacado por trás, por nenhum motivo, exceto que talvez um assassino podia estar me procurando.

O que ele *queria?*

Retornando à Newark Pizza, abri uma fresta na porta, para o caso de não tê-lo visto. Nada. Desta vez os negros me investigaram e o pizzaiolo com quem eu tinha falado exibiu uma expressão desagradável no rosto.

Recuei, posicionei-me a uns três metros de distância da pizzaria e esperei mais cinco minutos.

Nada. Peguei o carro e fui para casa.

Nenhum recado na minha secretária eletrônica. Perguntei-me se não seria o caso de ligar para Milo e pedir que verificasse os pormenores da soltura de Rand Duchay. Pedir também que desse sua opinião de detetive quanto ao que Rand poderia estar querendo e por que não aparecera.

Um quarto de século de trabalho especializado em homicídios tinha implantado um chip de juízo final no cérebro de Milo e eu tinha uma ideia bastante boa de como ele reagiria.

Uma vez escória, sempre escória, Alex. Por que se envolver?

Preparei um sanduíche de atum, tomei um café descafeinado, armei o alarme da casa e me acomodei no sofá do consultório com dois meses de revistas de psicologia. Em algum ponto na escuridão um coiote uivou — um solo agudo *a cappella*, parte protesto de carniceiro, parte triunfo de predador.

A região do Glen é cheia de coiotes. Eles se alimentam com o lixo de alta qualidade que enche as latas do Westside e alguns são tão educados e sem medo como animais domésticos.

Antigamente eu tinha um pequeno buldogue francês e me preocupava deixá-lo no quintal sozinho. Agora ele morava em Seattle e a vida era muito mais simples.

Limpei a garganta. O som ecoou; a casa era cheia de ecos.

A serenata de uivos repetiu-se. Ampliada para um dueto, cresceu até virar um coro de coiotes.

Uma matilha de coiotes, exultantes com o abate.

A violência da cadeia alimentar. Fazia sentido. Achei o uivo dos coiotes reconfortante.

Li até as 2 horas da madrugada. Dormi ali mesmo no sofá, consegui me arrastar para a cama às 3 horas. Às 7 horas estava de pé, acordado sem estar refeito. A última coisa que eu queria era fazer exercício. Assim mesmo me vesti como sempre para a corrida e já me dirigia para a porta quando Allison telefonou de Greenwich.

— Bom-dia, bonitão.

— Bom-dia, linda.

— Que bom que consegui encontrar você — a voz dela soou um pouco abatida. Por se sentir só? Ou talvez este fosse o meu caso.

— Que tal a vida com Vovó?

— Você conhece a Vo — ela riu, sem completar a palavra. — Você não conhece a Vovó, conhece? Esta manhã, a despeito de estar um gelo, insistiu para que fôssemos fazer uma caminhada na propriedade e procurar umas "folhas raras". Noventa e um anos e rompe caminho pela neve como um caçador de peles a verificar suas armadilhas. Ela estudou botânica na Smith e afirma que teria feito doutorado "se não tivesse se deixado levar inesperadamente para o casamento aos 20 anos".

— Encontrou alguma coisa? — perguntei.

— Depois de abrir caminho através de uma barreira de neve de um metro e vinte com as próprias mãos, consegui apresentar uma coisa marrom murcha que ela considerou "interessante". Meus dedos ficaram dormentes, e eu estava de luvas. Vovó, é claro, evita proteger as mãos, exceto em almoços na cidade.

— Uma grande geração. Qual o tamanho da propriedade?

— Quarenta e oito mil metros quadrados, com montes de árvores e plantas raras que cultivou em todos esses anos.

— Deve ser legal.

— Está um pouco desleixada — disse ela. — E a casa é grande demais para ela. Ainda acertando suas consultas?

— Elas estão em dia.

— Bom para você.

Antes que ela desligasse, perguntei se queria que eu lhe fizesse companhia em parte da viagem.

— Se dependesse de mim, Alex, você podia ficar o tempo todo, mas a Vovó é possessiva. Para ela é um ritual, uma "ocasião especial" com cada um dos netos.

Aos 39 anos, Allison era a neta mais moça.

— Estou privando você de alguma coisa?

— Em absoluto — respondi, perguntando a mim mesmo se estaria falando a verdade.

— As consultas estão indo bem?

— Tão bem quanto o esperado.

— Então o que temos mais, querido?

Ponderei se lhe contava ou não sobre o telefonema de Duchay.

— Nada de empolgante. A que horas chega o seu voo?

— Essa é uma das razões pelas quais estou ligando. Vovó me pediu para prolongar a visita mais duas semanas. É difícil dizer não para ela.

— Ela está com 91 anos — lembrei.

— Os aposentos cheiram a cânfora e eu tenho a impressão de que estou com 101. Estou com uma séria síndrome de isolamento, Alex. Ela se deita às 20h.

— Você podia fazer anjos na neve — sugeri.

— Sinto falta de você — disse ela.

— Também sinto saudade.

— Eu estava pensando que podíamos fazer algo a este respeito. Vovó vai receber uma amiga de St. Louis amanhã e ficará ocupada com ela por três dias. Os hotéis de Nova York estão com uma promoção especial de pós-Ano Novo. Grandes descontos e melhorias de classe gratuitas.

— Quando você quer que eu esteja lá?

— Sério?

— Sério.

— Que maravilha. Tem certeza mesmo?

— Ei, também preciso de um tempinho especial.

— Puxa vida, você não calcula o que acaba de fazer pelo meu moral. Há como chegar lá amanhã? Posso pegar o trem e estar no hotel à hora em que você chegar.

— Que hotel?

— Quando eu viajava com meus pais nós sempre ficávamos no St. Regis. A localização é perfeita, rua 55 perto da Quinta Avenida, e tem serviço de mordomo em todos os andares.

— Uma boa, se o mordomo não for metido.

— Não será, se nós nos trancarmos em nossos beliches e nunca o chamarmos.

— Qual vai ser a minha cama? — perguntei. — A de cima ou a de baixo?

— Eu estava pensando mais em termos de compartilhar.

— Eu levo uma lanterna e a gente brinca de casinha de cachorro.

— Alex, é uma demonstração de incrível flexibilidade sua fazer isso.

— De jeito nenhum. Minha motivação é puramente egoísta.

— Esta é a melhor parte.

Reservei uma passagem em um voo que saía às 9 horas, vasculhei meu armário atrás de um sobretudo de tweed cinzento que nunca usava, encontrei um par de luvas e um cachecol igualmente esquecidos, meti minhas coisas numa bagagem de mão e fui dar uma corrida.

A temperatura em Beverly Glen era de 20 graus, tempo claro, aguardemos o inverno. As condições do tempo são uma razão insignificante para a pessoa residir em algum lugar, a menos que ela seja sincera.

Iniciei a corrida na esperança de alcançar logo a serenidade proporcionada pela endorfina. Meu cérebro, contudo, tinhas outras ideias e fiquei especulando a respeito de Rand. Meu corpo permaneceu tenso e pesado enquanto eu bufava e chutava poeira e meu cérebro funcionava como uma tela bipartida: atenção nos carros que passavam de um lado, visões do passado do outro.

Quando voltei, liguei para a casa de Milo. Ninguém atendeu. Resolvi tentar então a subdelegacia de Westside e perguntei pelo tenente Sturgis. Levou algum tempo para Milo atender, e eu ainda estava respirando com dificuldade.

— Não sabia que você se importava — disse ele.

— Ha.

— O que é que há?

— Vou me encontrar com Allison em Nova York. Amanhã.

Ele assassinou alguns compassos de "Leaving on a Jet Plane".

— Onde vai se hospedar?

— St. Regis.

— Legal. A última vez que o departamento me mandou a Nova York foi para aquele seminário de segurança depois do 11 de setembro, com direito a me hospedar em um pulgueiro na altura das ruas trinta. Quando estiver lá, compra para mim uma camisa dos Knicks na loja da NBA.

— Sem problema.

— Eu estava brincando, Alex. Os Knicks?

— O otimismo faz bem à alma.

— Assim como a lógica. Presumo então que você telefonou por alguma outra razão além de se gabar pela superioridade das suas acomodações sobre as minhas?

— Foi você quem puxou o assunto.

— Se você fosse realmente o cara sensível que diz ser, teria mentido.

— O St. Regis tem serviço de mordomo.

— Estou chorando dentro da minha caixa de casos. Que, atualmente, tem pouca coisa. Segundo um memorando interdepartamental, estamos experimentando uma queda oficial nas estatísticas de crimes.

— Parabéns.

— Não tenho nada com isso. Provavelmente foram os cristais cármicos ou uma cantilena ou o fato da lua estar em Escorpião ou o Grande Baal da Imprevisibilidade... O que é que você tem em mente?

Contei a ele.

— Aquele caso, você não gostou de trabalhar nele.

— Não foi divertido.

— Duchay deu alguma pista do que queria?

— Ele parecia perturbado.

— Ele *devia* mesmo estar perturbado. Depois de oito anos na C.Y.A. por ter assassinado um bebê?

— Alguma sugestão profissional para explicar o motivo pelo qual ele não apareceu?

— Mudou de ideia, não conseguiu estar lá, quem sabe? Ele é um canalha, Alex. Rand Duchay era o idiota, certo?

— Certo.

— Assim, pegue uma capacidade de concentração pífia, ou sei lá como vocês psicólogos chamam isso atualmente, e some ao fato de ser um assassino que sem dúvida foi completamente recriminado depois de ter sido trancafiado por oito anos com gangues. Com que idade ele está hoje?

— Vinte e um.

— No auge de sua carga hormonal criminosa — disse ele. — Eu não apostaria em qualquer aperfeiçoamento sério de sua personalidade. Também não atenderia seus telefonemas de agora em diante. Provavelmente ele é mais perigoso agora do que oito anos atrás. Por que se envolver?

— Parece que não estou envolvido — retruquei. — Embora não tenha percebido nenhuma ameaça ou traço de hostilidade em sua voz pelo telefone. Mais tipo...

— Mais tipo ele se sentir perturbado, eu sei, eu sei. Ele liga de Westwood, que não é longe de sua casa. Semianalfabeto, mas consegue descobrir seu telefone.

— Ele não teria razão para ter ressentimento de mim.

Silêncio.

— O plano era encontrá-lo longe de minha casa.

— É um começo.

— Não estou minimizando o que ele fez, Milo. Ele, sozinho, admitiu ter golpeado Kristal. Mas sempre achei que Troy Turner foi a força primária atrás do crime e que Rand viu-se envolvido na situação.

— Ponha-o em outra situação como essa e ele se envolverá de novo.

— Suponho que sim.

— Ei — disse Milo —, você ligou para *mim* e não para outro psicólogo. Quer dizer, estava procurando a verdade nua e crua, não empatia e compreensão.

— Não sei o que estava procurando.

— Você pediu o conselho judicioso de um detetive e a ação protetora instintiva de tio Milo. Agora que o primeiro foi dispensado, vou me esforçar ao máximo para proporcionar a última enquanto você estiver vagabundeando pela Quinta Avenida com uma linda dama pelo braço.

— Ótimo...

— Aqui está o plano — disse ele. — Embora se situe muito fora da minha descrição de cargo, passarei de carro pela sua casa pelo menos uma vez por dia, duas vezes se der, pego seu jornal e sua correspondência e estarei alerta para o caso de me deparar com personagens sombrios escondidos em torno de sua propriedade.

— Vagabundeando — falei.

— Sabe como vagabundear? Ponha um pé na frente do outro... E simplesmente exploda.

Às 13 horas Milo ligou de novo.

— Quando você estava planejando ir para Nova York?

— Amanhã de manhã. Por quê?

— Foi encontrado um corpo ontem à noite em Bel Air, jogado em meio a uns arbustos perto da 405. Branco, sexo masculino, jovem, 1m88 de altura, 90 quilos, tiro na cabeça, sem carteira ou identidade. Mas metido no bolso da frente do seu jeans havia um pedaço de papel. Engordurado e rasgado, como se tivesse sido muito manuseado. O que estava escrito, contudo, ainda era legível, e adivinha o que era: o número do seu telefone.

Capítulo 12

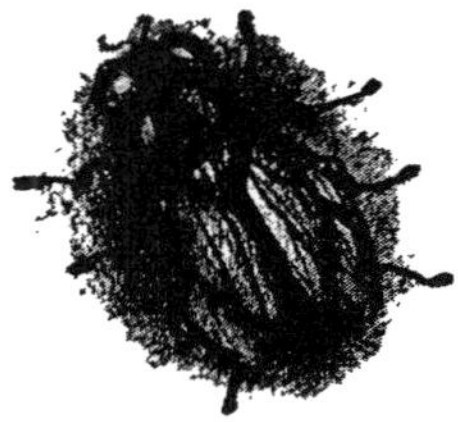

Encontrei-me com Milo no seu escritório no segundo andar da subdelegacia de Westside. Tratava-se, na verdade, de um aposento sem janelas que antes fora um depósito de utilidades, afastado do burburinho da grande sala dos detetives. O espaço mal comportava uma escrivaninha com duas gavetas, um armário para arquivar documentos, um par de cadeiras de dobrar e um computador senil. A delegacia é uma área não-fumante, mas às vezes Milo fuma uns panatelas, as paredes amareleceram e o ar cheira como uma dezena de velhos.

Milo tem 1m90 de altura, e, quando está fazendo dieta, pesa 120 quilos. Recurvado à sua mesa demasiadamente pequena, parece uma caricatura.

É um cenário inadequado para um tenente, mas ele também não é o tenente típico e diz que está tudo bem para o seu lado. Pode ser que fale a sério e pode ser que o fato dele dispor de uma segunda sala ajude — um restaurante indiano a algumas quadras de distância, onde os proprietários o tratam como se fosse membro da realeza.

O salto de Detetive III para Tenente resultara de uma influência com que ele nunca sonhara: a revelação de feios segredos sobre o antigo chefe de polícia.

O combinado foi que ele receberia o salário de tenente, evitaria as obrigações executivas que normalmente acompanham o posto, e seria autorizado a trabalhar em alguns casos. Desde que trabalhasse sozinho e não atrapalhasse ninguém.

Aquele chefe tinha saído e o novo parecia disposto a remodelar tudo. Até agora, porém, a situação de Milo tinha escapado ao seu escrutínio. Se a atual administração fosse tão orientada para os resultados quanto afirmava ser, talvez sua taxa de solução de casos garantisse a ele uma certa boa vontade.

Ou talvez não. Um policial gay não era mais a impossibilidade que tinha sido quando ingressara na força, mas ele começara em épocas mais difíceis e jamais se enquadrara.

Sua porta estava aberta e ele lia um relatório preliminar de investigação. O cabelo negro precisava de um corte, o topete alto, as costeletas brancas que ele chamava de suas enormes faixas de gambá, mais que um centímetro abaixo dos lóbulos.

O paletó esporte verde-claro pendurado nas costas da cadeira se espalhava pelo chão. A camisa branca de manga comprida era uma derrota e a gravata amarela fina podia passar por uma mancha de mostarda. Calças de veludo cinza e botas leves na cor bege completavam o conjunto. A lâmpada nua pendurada no teto era vagamente cor-de-rosa e favorecia suas feições marcadas pela acne com um falso bronzeado solar.

Milo indicou a cadeira sobressalente que eu montei para me sentar. Ele me passou o relatório preliminar e algumas fotos da cena do crime.

O relatório era o habitual texto neutro gravado no local do crime pelo Detetive Sean J. Binchy. Sean, um cristão renascido que antigamente tocava baixo em uma banda *ska*, era um garoto dócil que Milo às vezes convocava para o trabalho braçal.

Bom garoto, texto correto. A única novidade que descobri com seu relatório foi que uma turma de limpeza da rodovia encontrara o corpo às 4h14.

A primeira foto era frontal, com o cadáver deitado de costas, rosto para cima, com o fotógrafo do legista clicando de cima.

Difícil distinguir os detalhes do rosto. Uma foto de perto mostrava a boca entreaberta e os olhos semicerrados que eu vira tantas vezes antes. A concavidade por trás das íris. A face direita ligeiramente convexa, mas não era a distorção que se vê com uma bala de pequeno calibre dançando em torno da cabeça.

Duas tomadas laterais revelavam um ferimento de entrada em forma de estrela, cercado por um halo preto de pólvora, e um ferimento de saída, irregular, muito maior e ligeiramente mais alto na têmpora direita, exibindo osso e músculo e a matéria cerebral parecendo um mingau de aveia.

— O tiro atravessou completamente — falei.

— O legista diz que o tiro foi dado com a arma encostada na vítima, ou quase encostada, projétil totalmente encamisado, calibre não maior que 38, sem carga suplementar.

A voz dele era remota. Mantendo distância da vítima.

A foto seguinte era um close-up.

— E esses arranhões no rosto? — perguntei.

— Ele foi encontrado deitado de bruços, talvez tenha se machucado na queda. Nenhum ferimento defensivo, tecido embaixo das unhas ou quaisquer outros sinais de luta. Nenhuma quantidade importante de sangue na cena do crime, de modo que deve ter sido baleado em algum outro lugar.

— Ele é grande — falei. — Assim, se não houve luta, ele provavelmente foi atacado de surpresa.

— Eu ia lhe pedir para reconhecê-lo, mas acabamos de receber a informação do AFIS.* As digitais confirmam que se trata de Duchay.

Revi os retratos, tentei enxergar além do dano e da morte. A estrutura facial de menino de Rand Duchay tinha sido transformada pela puberdade em algo mais comprido e mais duro. O cabelo era mais escuro do que eu me lembrava, mas isso podia ser efeito da iluminação. Em vida, ele fora um garoto lerdo, com as feições imperfeitas. A morte não mudara isto, mas ela sempre dá um jeito de embotar as arestas. Eu o teria reconhecido se tivéssemos nos cruzado na rua?

— Algo quanto à hora em que ocorreu?

* Sistema de Identificação Automático de Impressões Digitais. (N. do T.)

— Você sabe como é essa coisa de hora da morte, basicamente conjeturas. A melhor hipótese é qualquer coisa entre 21h e 1 hora da madrugada.

Nove horas era bem antes de eu ter chegado em casa após o encontro frustrado com Duchay. Talvez ele tivesse mudado de ideia a respeito do encontro. Ou fizeram com que mudasse de ideia.

— Você o encontrou por acaso ou saiu procurando?

Milo esticou as pernas compridas tanto quanto o tamanho do aposento permitiu.

— Depois que você telefonou decidi fazer uma rápida pesquisa sobre Duchay e descobri que ele tinha sido libertado três dias antes. Antecipação de quatro anos, por bom comportamento — as narinas dilatadas de Milo diziam o que ele pensava a esse respeito. — Descobri para a casa de quem ele devia ter ido ao ser liberado, o que deu um pouco de trabalho. Telefonei, não tive resposta, decidi que um assassino que matara uma menina de dois anos perambulando pelo Westside não apelava ao meu sentido de ordem. Deixei um recado com Sean para verificar relatórios de roubos ou tentativas de arrombamentos ocorridas nos últimos três dias. Depois peguei o carro e fui até Westside, onde percorri umas ruas secundárias.

Ele passou a língua por dentro da boca.

— Eu estava pensando em terminar na sua casa, onde você podia me preparar um sanduíche e eu lhe desejaria boa viagem. Aí então Sean me liga de volta, ele estava no legista, entrou um caso na noite anterior que parecia misterioso, os caras da cena do crime tinham deixado passar algo, mas o auxiliar do necrotério encontrou ao despirem o corpo. Um pedacinho de papel no bolso da vítima. Sean estava quase certo de ter reconhecido seu telefone, mas queria confirmar.

— Sean tem uma boa memória — falei.

— Sean está vindo aí.

— Você vai trabalhar no caso com ele?

— Ele vai trabalhar comigo.

Quando saímos, Sean Binchy deixou a sala dos detetives e nos chamou. Um cara ruivo e sardento, com quase 30 anos, tão alto quanto Milo, muitos quilos mais leve. Sean prefere paletós de quatro botões, camisas azuis-claras, gravatas escuras e tênis Doc Martens. As tatuagens antigas ficam escondidas pelas mangas compridas. O cabelo curto e bem penteado substitui as melenas dos velhos tempos de música.

— Oi, Dr. Delaware — disse ele, animadamente. — Parece que o senhor está envolvido neste.

— Sean — disse Milo. — O Dr. Delaware tem reserva em um voo para Nova York amanhã de manhã. Não vejo nenhuma razão pela qual ele deva mudar seus planos.

— Claro, sem problema; bem, Tenente, finalmente consegui falar com o pessoal com quem Duchay se hospedou e eles não tinham ideia de que ele fora para a cidade a fim de se encontrar com o Dr. Delaware. Ele disse que ia procurar emprego.

— Onde?

— Uma obra — respondeu Binchy. — Estão construindo um conjunto residencial não muito longe de onde moravam e Duchay foi falar com o supervisor.

— No sábado?

— Acho que a obra abre aos sábados.

— Verifique isso, Sean.

— Deixa comigo.

— A que horas ele saiu para a tal entrevista? — perguntou Milo.

— Cinco da tarde.

— O cara sai para dar uma voltinha a pé às 17 horas, não volta a noite inteira e ninguém se preocupa?

— Eles estavam preocupados — disse Binchy. — Às 19 horas ligaram para a delegacia de Van Nuys a fim de participar o desaparecimento, mas como ele era adulto e ainda não havia se passado bastante tempo, não foi possível fazer uma ocorrência oficial.

— Um assassino condenado zanzando por aí não perturbou ninguém?

— Não sei se isso foi dito ao pessoal da Van Nuys.

— Verifique se foi, Sean.

— Sim, senhor.

— Com quem ele estava morando? — perguntei.

— Umas pessoas que acolhem crianças problemáticas — respondeu Binchy.

— Duchay era adulto — lembrou Milo.

— Então eles acolhem adultos problemáticos, Tenente. São ministros, ou coisa semelhante.

— Os Daneys? — perguntei.

— Você os conhece?

— Estiveram envolvidos com o caso de Rand anos atrás.

— No tempo em que ele matou a tal garotinha — disse Binchy. Não havia rancor em sua voz. Todas as vezes que eu o vira, seu comportamento tinha sido exatamente o mesmo: agradável, tranquilo, seguro. Talvez águas calmas sejam realmente profundas. Ou Deus ao seu lado seja realmente o melhor bálsamo da alma.

— Envolvidos como? — quis saber Milo.

— Conselheiros espirituais — respondi. — Eles eram seminaristas.

— Muita gente poderia se aproveitar desse tipo de ajuda — comentou Binchy.

— Não parece ter ajudado Duchay — contrapôs Milo.

— Não neste mundo — disse Binchy com um rápido sorriso.

— Ambos foram assassinados — falei então.

— Rand e Troy Turner.

— Eu não sabia quanto a Turner — disse Milo. — Quando foi que aconteceu?

— Um mês depois da prisão dele.

— Estamos falando então de um intervalo de oito anos. O que foi que aconteceu?

Descrevi como Troy emboscara um Vato Loco, a teoria da vingança da gangue latina, o modo como ele tinha sido pendurado no depósito no ginásio onde trabalhava.

— Não sei se o caso chegou a ser resolvido. — falei.

— Um mês em custódia e ele já se vê como um cara durão — comentou Milo. — Descontrolado... É, parece uma história bastante popular nas prisões. Ele e Duchay estavam no mesmo estabelecimento?

— Não.

— Sorte para Duchay. Se ele fosse visto como o parceiro de Troy Turner teria sido o seguinte.

— Duchay não saiu incólume da prisão. O legista disse que havia velhas marcas de faca em seu corpo.

— Mas ele permaneceu vivo até ontem à noite. Grande e durão o bastante para se defender — disse Milo.

— Ou aprendeu a evitar encrenca — contrapus. — Foi solto antecipadamente por bom comportamento.

— O que significa que ele não estuprou ou acertou ninguém na frente de um guarda.

Silêncio.

— Vou verificar o que foi dito exatamente em Van Nuys, Tenente. Aproveite a viagem para Nova York, doutor. — disse Binchy.

Depois que ele saiu, Milo enfiou uns papéis na sua pasta de executivo, descemos a escada do fundo da delegacia e caminhamos dois quarteirões até o local onde eu deixara meu Seville.

— Caras como Turner e Duchay *atraem* coisas ruins — disse ele.

— Irônico, não é mesmo? — retruquei.

— Como assim?

— Rand consegue sobreviver a oito anos de prisão na C.Y.A., é libertado e três dias depois é morto.

— Você está incomodado com isso, não é mesmo?

— Você não está?

— Eu escolho a hora de sofrer.

Abri a porta do carro.

— O que é que realmente está te perturbando, Alex?

— Ele era um garoto burro, impressionável, que perdeu os pais na infância, provavelmente sofreu um dano irreversível no cérebro quando bebê, foi criado por uma avó que se ressentia dele e ignorado pelo sistema escolar.

— E também matou uma criança de 2 anos. Neste ponto, minha simpatia o abandona.

— Posso compreender isso.

Ele colocou a mão no meu ombro.

— Não se deixe consumir por isso. Vá se divertir em La Manzana Grande — disse.

— Talvez eu não devesse ir.

— Por que diabos não deveria?

— E se eu for relevante para o caso?

— Não é. Adeus.

Fui para casa pensando nos últimos momentos de Rand Duchay. Um tiro na têmpora talvez significasse que ele estava olhando para a frente e não vira o que ia acontecer. Talvez não tivesse experimentado a explosão final de medo e dor.

Imaginei-o deitado de bruços em um lugar frio e escuro, sem saber de nada, sem se importar com nada. Imagens de televisão de oito anos antes passaram pela minha cabeça. Barnett e Lara Malley saindo do tribunal. Ela, soluçando. Ele, lábios contraídos, ardendo de raiva, ao ponto de quase agredir um operador de câmera.

Exigindo a pena de morte. Agora ambos os assassinos de sua filha tinham morrido. Estaria se sentindo reconfortado com isso?

Teria ele desempenhado algum papel nisso?

Não, seria banal e ilógico. A vingança é um prato que se deve comer frio, mas o frio de oito anos entre as mortes era glacial. Milo tinha razão. Meninos problemáticos como Turner e Duchay *realmente* atraíam violência. De certo modo, o que lhes acontecera era o fim previsível de duas vidas desperdiçadas.

Três.

Examinei minha mala, acrescentei a escova de dentes que tinha esquecido e pus a casa em relativa ordem. Entrei num site de condições do tempo, vi que chegaria a Nova York no dia seguinte em meio a uma tempestade de neve.

Mínima: - 9°; máxima: - 1°. Imaginei céu e calçadas brancas. O piscar das luzes de Manhattan na nossa janela e eu e Allison hibernando em uma bela suíte aquecida com serviço de mordomo.

Por que Rand tinha ligado para mim?

O telefone tocou.

— Alex, graças a Deus peguei você em casa. Não vai acreditar no que aconteceu. — disse Allison.

Tensão na voz dela. Minha primeira ideia foi de que tinha acontecido alguma coisa de ruim com sua avó.

— O que foi?

— A amiga de Vovó, aquela que vinha de Saint Louis, sofreu um ataque hoje de manhã. Acabamos de ser avisadas. Vovó está péssima, Alex. Sinto muito, mas não posso deixá-la sozinha.

— Claro que não.

— Ela ficará bem, tenho certeza, ela sempre fica. Você pode ser reembolsado pela passagem? Já liguei para o hotel e cancelei a reserva. Lamento profundamente tudo isso.

— Não se preocupe — falei, deixando transparecer bastante calma. Não era fingimento, eu estava mesmo *aliviado* por não ir. O que isto dizia a meu respeito?

—... apesar da situação, vou tentar cair fora deste turno de duas semanas, Alex. Em uma semana, no máximo, vou ligar para o meu primo Wesley e pedir a ele que me substitua. Ele é professor de química em Barnard, mas está em Boston, para um ano sabático, de modo que seu horário é flexível. É justo, não acha?

— Acho.

Ela fez uma pausa para respirar.

— Você não está zangado?

— Adoraria ver você, mas as coisas acontecem.

— É verdade... de qualquer modo está muito frio.

— Mínima de –9°, máxima de –1°, tudo abaixo de zero em Nova York.

— Você foi ver — disse ela. — Estava todo preparado para ir. Vou chorar. Buá.

— Buá — repeti.

— A suíte tinha uma lareira. Que droga!

— Quando você voltar eu acendo a minha.

— Com essa temperatura de 20°?

— Compro gelo e espalho pela sala.

Ela riu.

— Belo quadro... Volto assim que puder. Uma semana, no máximo... Ah, Vovó está me chamando de novo, o que será agora? Quer mais chá... Desculpe, Alex, falo com você amanhã.

— Excelente.

— Você está bem?

— Claro. Por quê?

— Está parecendo um pouco perturbado.

— Só desapontado — menti. — Tudo vai dar certo.

— Nada como o otimismo — disse ela. — Com tudo o que você vê, como consegue ser tão otimista?

Allison enviuvara quando tinha 20 e poucos anos. Sua disposição básica era muito mais animada que a minha. Mas eu representava melhor.

— É um bom modo de se viver.

— Com certeza.

Capítulo 13

Na segunda-feira de noite liguei para Milo em sua casa. Era pouco mais de 22 horas e a voz dele estava grossa de uísque e cansaço.

— É uma hora da manhã em Nova York, cara.

— Ainda estou na hora padrão do Pacífico.

— O que aconteceu?

— A avó de Allison precisou dela — contei o que aconteceu.

— Sinto muito. O que você tem em mente?

— Só verificar.

— Está falando de Duchay? Acontece que os fins de semana em locais de obras são destinados à faxina, mas o supervisor disse que nunca chegou a ver Duchay. Assim, ou a história era fictícia ou Duchay estava confuso. A não ser por isso, nada para relatar. Minha teoria de trabalho é que Duchay se envolveu com algum mau elemento da C.Y.A. para cometer algum delito. Os dois entraram em conflito e o amigo o matou.

— O que o faz pensar que ele estivesse planejando alguma coisa.

— Porque oito anos preso equivale a tirar um Ph.D. em ruindades. A razão pela qual imaginei um cúmplice foi que o padrão de Duchay é o da colaboração criminosa.

— Um crime é um padrão?

— Quando é um crime como o que ele cometeu. E você precisa levar isso em consideração, Alex. O plano podia envolver você. Como alvo.

— Uma teoria e tanto — falei.

— Pare um pouco e tente ser objetivo. Um assassino condenado telefona para você assim sem mais nem menos, diz que quer conversar sobre o crime que cometeu, mas não dá mais detalhes. Se fosse realmente algo no estilo confissão-absolvição, por que esperar oito anos? Ele poderia ter-lhe escrito uma carta. E por que você? Ele tinha conselheiros espirituais, pessoas bem-intencionadas, que adorariam conceder a absolvição a ele. A coisa toda cheira mal, Alex. Ele o atraiu para fora da sua casa.

— Por que ele haveria de querer me fazer mal?

— Porque você é parte do sistema que o deixou preso por oito anos. E o ferimento de faca que ele tinha no corpo nos garante que esses oito anos não foram de férias. Nove facadas, Alex, e três foram bastante profundas. Havia cicatrizes no seu fígado e em um dos rins.

Margaret Sieff — a mulher que Rand chamava de "Vó" — tinha sido clara a respeito de minha lealdade.

O advogado de Randolph disse que o senhor não estaria necessariamente do nosso lado.

Talvez ela tivesse transmitido seu modo de pensar a Rand. Ou o próprio advogado, Lauritz Montez. Ele me vira como uma ferramenta da acusação e acompanhara a petição da advogada de Troy Turner, Sydney Weider, para me manter longe dos meninos.

— O seu silêncio indica que minhas palavras estão fazendo sentido?

— Tudo é possível. Mas ele não me pareceu hostil ao telefone.

— Eu sei, só perturbado.

— Já no tempo em que o avaliei não havia hostilidade, Milo. Ele era manso, cooperativo. Ao contrário de Troy, nunca tentou me manipular.

— Rand teve oito anos para cozinhar as mágoas em fogo lento, Alex. E, não se esqueça, ele cooperou e *assim mesmo* foi mandado para o inferno. Você sabe o que é a C.Y.A. Não há mais distinção de status entre os diversos tipos de infratores. Este ano houve seis assassinatos no sistema.

— Cicatrizes no fígado — lembrei.

— Ainda assim, a maioria das pessoas com certeza considera que Duchay foi libertado cedo demais pelo que fez. Mas tente dizer isso para o cara que ficou preso. Estou pensando em um ex-condenado de 21 anos e muito amargurado. Talvez ele tivesse planos para se vingar e você fosse o primeiro da lista.

— Por que você tem dúvidas a respeito da associação dele com um companheiro de prisão?

— Como assim?

— Você disse *que era* sua teoria de trabalho.

— Meu Deus, estou sendo *analisado* — disse ele. — Não, não abandonei a premissa básica. Só não levantei ainda os nomes dos companheiros de Duchay na prisão. O cara da C.Y.A. com quem falei disse que ele não era afiliado a nenhuma gangue, que era "socialmente isolado".

— Algum problema disciplinar na ficha dele?

— Quieto, dócil.

— Bom comportamento.

— Et cetera et cetera.

— E agora?

— Agora é falar com as pessoas que o conheciam, tentar determinar seus movimentos naquele dia. Mandei Sean ir a todas as lojas de Westwood, três quarteirões ao norte de Pico, para ver se alguém viu Duchay andando por lá de modo suspeito. Nada. Mesma coisa no Westside Pavilion, de modo que se ele esteve por lá, não deu na vista. Amanhã de manhã visitarei o reverendo e a Sra. Andrew Daney.

— Reverendo e reverenda. Os dois estavam estudando para serem ministros.

— Seja como for. Falei com ela... Cherish, aí está um belo nome para você. Parecia bastante abalada. Todas aquelas boas intenções esfaceladas em mil pedaços.

— Por que você resolveu assumir este caso, grandalhão?

— Por que não?

— Você não gosta muito da vítima.

— De quem eu gosto ou não gosto não tem nada a ver — disse ele. — E eu me sinto profundamente magoado por suas insinuações no sentido contrário.

— Et cetera noves fora nada — retruquei. — Falando sério, você pode escolher o que faz. Por que este caso?

— Eu o *escolhi* para me assegurar de que você não está correndo perigo.

— Agradeço, mas...

— Um simples obrigado basta.

— Obrigado.

— De nada. Tente aproveitar o sol até que a Dra. Gwynn volte.

— A que horas você vai ver os Daneys amanhã?

— Não é seu problema. Vá dormir.

— Quer que eu vá dirigindo?

— Alex, esses sujeitos serviram como advogados para os meninos. Isso pode fazer com que você não seja a pessoa preferida deles.

— Meu relatório não favoreceu a decisão de submetê-los a julgamento como menores. O que, permita-me lembrar, era exatamente o que os advogados deles queriam. Não há razão para que eu seja eleito como alvo.

— Estrangular e espancar uma menina de 2 anos não tem nada de lógico.

— Que horas?

— O encontro está marcado para as 11 horas.

— Eu dirijo.

Peguei-o na delegacia às 10h30 e segui pelo Sepúlveda Pass para o Valley. Ele nada disse quando cruzamos Sunset Boulevard e passamos pelo local onde o corpo de Rand Duchay tinha sido encontrado.

— Eu gostaria de saber como ele conseguiu sair do Valley e vir para a cidade.

— Sean está verificando os ônibus. Provavelmente uma perda de tempo. Como tanta coisa que a gente faz.

* * *

O endereço na Galton Street onde Drew e Cherish Daney orientavam espiritualmente seu rebanho era uma região de Van Nuys habitada por operários e afins, a poucos quarteirões da 405. O céu era cor de papel de jornal. O barulho da rodovia expressa era um castigo constante.

A propriedade era cercada por uma cerca de madeira mas o portão estava aberto e entramos. Um bangalô retangular azul-claro ocupava a frente do terreno. Na parte de trás ficavam duas outras construções menores, uma garagem convertida pintada no mesmo tom de azul e, ligeiramente mais recuada, uma espécie de cubo de cimento sem pintura. O espaço livre era quase todo pavimentado, interrompido por uns poucos canteiros de plantas ornamentais com as bordas definidas por rocha vulcânica.

Cherish Daney estava sentada em uma cadeira de jardim à esquerda da casa principal, lendo em pleno sol. Quando nos viu fechou o livro e pôs-se de pé. Aproximei-me o suficiente para ler o título: *Lições de vida: enfrentando a dor*. Um pedaço de lenço de papel saía de dentro de suas páginas.

O cabelo dela ainda era louro quase branco e comprido, mas o volume e o penteado mais complicado de oito anos atrás tinham sido trocados por uma franja e simplicidade. Vestia uma regata branca sobre as calças azuis, sapatos cinzentos e a mesma corrente de prata com um crucifixo que usara naquele dia na cadeia. A maior parte das pessoas ganha peso quando envelhece, mas ela se vira reduzida a uma magreza rija e seca. Ainda jovem — meu palpite era de que não tinha mais que 35 anos — mas um pouco de gordura serviria para preencher bem as rugas que seu rosto exibia.

A mesma pele bronzeada de sol, as mesmas feições bonitas. Costas visivelmente encurvadas, como se sua coluna tivesse cedido sob algum peso terrível.

Ela sorriu sem abrir a boca. Olhos vermelhos. Se me reconheceu, nada disse.

— Obrigado por nos receber, Reverenda.

— Claro — disse ela. Uma porta de tela bateu e nós três nos viramos na direção do som.

Uma garota, de 15 ou 16 anos, saíra da casa principal e parou nos degraus da frente segurando o que parecia um caderno escolar.

— O que você precisa, Valerie? — perguntou Cherish Daney.

O olhar da garota pareceu ressentido.

— Val?

— Ajuda com o dever de matemática.

— Claro, deixa ver aqui.

A menina hesitou antes de se adiantar. O cabelo preto ondulado ultrapassava sua cintura. Cheinha de corpo. O rosto era sombrio, redondo, o passo rígido e inibido.

Quando chegou perto de Cherish Daney, ora olhava para nós, ora fingia que não nos via.

— Esses homens são da polícia, Val. Estão aqui por causa de Rand.

— Ah.

— Todos nós estamos muito tristes por causa dele, não é, Val?

— Ãhã.

— OK, agora me mostra o problema.

Valerie abriu o livro. Aritmética do ensino fundamental.

— São esses aqui. Sei que estou fazendo direito, mas não chego às respostas certas.

Cherish tocou no ombro da garota.

— Vamos dar uma olhada.

— Eu sei que estou fazendo direito — os dedos de Valerie se flexionaram. Ela balançou em cima dos pés. Olhou para Milo e para mim.

— Val? — era Cherish de novo. — Vamos nos concentrar — tocando no rosto da menina ela conduziu seus olhos na direção do livro.

Val sacudiu a cabeça, mas manteve os olhos fixos na página. Ficamos ali parados enquanto Cherish tentava desemaranhar os mistérios das frações, falando devagar, enunciando claramente, cruzando a linha entre paciência e condescendência.

Sem perder a calma durante os lapsos de concentração de Valerie. Que, por sinal, eram frequentes.

A garota bateu os pés, tamborilou com as mãos em várias partes do corpo, retorceu-se, esticou o pescoço, suspirou um bocado. Seu olhar era inconstante e rápido como o voo de um colibri, e ela olhava para nós, desviava o olhar para o céu e depois para o chão. O livro. A casa. Um esquilo que fugiu precipitadamente por cima da cerca.

Eu tinha frequentado a escola tempo demais para resistir à tentação do diagnóstico.

Cherish Daney insistiu até que finalmente conseguiu que a garota se concentrasse em um só problema e aí obteve sucesso.

— Aí está! Excelente, Val! Vamos fazer outro.

— Não, estou bem. Agora eu entendi.

— Acho que fazer mais um seria uma boa ideia.

Enfática sacudidela de cabeça.

— Tem certeza, Val?

Sem responder, Valerie voltou correndo para a casa. Deixou cair o caderno, soltou um grito de frustração, inclinou-se e o apanhou, escancarou a porta de tela e desapareceu.

— Desculpe pela interrupção — disse Cherish. — Ela é uma menina formidável, mas precisa de um bocado de estrutura.

— Transtorno do Déficit de Atenção? — perguntei.

— É assim tão evidente? — ela fixou os olhos azuis nos meus. — *Sei* quem você é. O psicólogo que viu Rand.

— Alex Delaware — estendi a mão.

Ela a apertou prontamente.

— Nós nos conhecemos na cadeia.

— Sim, Reverenda.

— Parece que nossos caminhos se encontram em circunstâncias tristes.

— Risco ocupacional — falei. — Em ambas as nossas ocupações.

— Acho que sim... Na verdade, não sou ministra, apenas uma professora.

Eu sorri.

— *Apenas* uma professora?

— É conveniente — disse ela. — Para dar aulas em casa. Nós ensinamos os garotos em casa.

— Crianças sob a responsabilidade legal de vocês? — perguntou Milo.

— Isso mesmo.

— Por quanto tempo eles ficam com vocês? — indaguei.

— Não tem prazo pré-determinado. Val deveria ficar conosco por sessenta dias enquanto sua mãe era avaliada para desintoxicação. Aí então sua mãe morreu de overdose e todos os parentes da menina moram no Arizona. Ela mal os conhece, sua mãe fugiu de casa. Além de tudo, não se mostraram interessados em recebê-la. Assim, ela está conosco há quase um ano.

— Quantas crianças estão sob a responsabilidade de vocês?

— Isso varia. Meu marido faz as compras no Value Club. Compramos tudo por atacado.

— Qual era o trato com Rand Duchay? — perguntou Milo.

— O trato?

— Com o estado.

Cherish Daney sacudiu a cabeça.

— Não era uma situação formal, tenente. Sabíamos que Rand estava sendo libertado e que não tinha para onde ir e o acolhemos.

— O condado não se incomodava de que ele viesse para cá, junto com menores de idade? — insistiu Milo.

— Esse assunto nunca veio à tona — ela endireitou-se. — Você não vai nos causar problemas, vai? Não seria justo com as crianças.

— Não, madame, foi só uma pergunta que me veio à cabeça.

— Nunca houve o menor perigo — acrescentou ela. — Rand era uma boa pessoa.

A mesma afirmativa que ele fizera. Nem eu nem Milo respondemos.

— Não espero que acreditem, mas oito anos o transformaram — disse Cherish Daney.

— Em quê?

— Numa boa pessoa, tenente. De qualquer modo ele não ia ficar conosco por muito tempo. Só até encontrar um emprego e um lugar para ficar. Meu marido fez contato com algumas organizações não-lucrativas, imaginando que Rand talvez pudesse trabalhar em um brechó ou firma de paisagismo. Aí o próprio Rand tomou a iniciativa e apareceu com a ideia de trabalhar em construção. Ele foi ver isso justamente no sábado.

— Alguma ideia de como foi parar em Bel Air?

Ela sacudiu a cabeça.

— Rand não tinha motivo para estar lá. A única coisa que posso pensar é que ele tenha se perdido e alguém lhe deu uma carona. Rand podia ser muito crédulo.

— Ele nunca lhe telefonou?

— Ele não tinha telefone.

Rand tinha ligado para mim de um telefone público.

— A que distância ficava a tal obra?

— Ficava a alguns quarteirões, em Vanowen.

— Não chega a ser tão longe que justificasse ele se perder.

— Tenente, Rand passou toda a sua adolescência em uma prisão. Quando saiu estava extremamente desorientado. Seu mundo era uma grande confusão.

— William James — falei.

— Como?

— William James, um dos pioneiros da psicologia. Chamava a adolescência de uma enorme confusão barulhenta.

— Eu provavelmente aprendi isso — disse Cherish. — Tive psicologia no seminário.

— Então você manteve contato regular com Rand enquanto ele esteve sob custódia.

— Nós mantivemos — disse. — Logo depois da morte de Troy iniciamos contato.

— Por que, justo nessa oportunidade?

— Inicialmente estávamos mais envolvidos com Troy porque o conhecíamos desde antes do problema.

— Problema este sendo o assassinato de Kristal Malley — ressaltou Milo.

Cherish Daney desviou o olhar. Sua postura recurvada acentuou-se ainda mais.

— Como foi que conheceu Troy antes, Sra. Daney?

— Quando meu marido e eu éramos estudantes, parte do nosso trabalho envolvia a identificação das necessidades da comunidade. Nosso apartamento não era tão longe assim da 415 City, de modo que conhecíamos sua reputação. Nosso conselheiro achou que seria um bom lugar para encontrarmos crianças com necessidades. Conversamos com o Serviço Social e lá eles identificaram diversas possibilidades. Troy era uma delas.

— Rand não era? — perguntei.

— Rand nunca teve seu nome em quaisquer listas.

— Listas de encrenqueiros? — sugeriu Milo.

— Também não. O fato é que nós nos encontramos com Troy algumas vezes, tentamos envolvê-lo com a igreja, algum esporte ou um hobby, mas nunca realmente conseguimos estabelecer uma boa ligação com ele. Depois... Depois ele deve ter mencionado nosso nome à sua advogada porque ela entrou em contato conosco e disse que aquele era um excelente momento para começar a aconselhá-lo espiritualmente.

Bíblia na cela. Conversa persuasiva sobre pecado.

— Por que vocês não conseguiam se ligar a ele inicialmente? — quis saber Milo.

— Você sabe como é. Garotos nem sempre gostam de falar.

Ela olhou para mim em busca de confirmação. Antes que eu pudesse ajudá-la, Milo voltou à carga.

— Ser preso terá aperfeiçoado o talento comunicativo de Troy?

Ela suspirou.

— Você pensa que somos ingênuos. Não é que não tivéssemos noção da enormidade do que Troy fizera. Mas reconhecíamos que ele também tinha sido vitimizado. O senhor conheceu a mãe dele, doutor.

— Onde ela está? — perguntei.

— Morta — respondeu ela. Disparando a palavra, como uma arma. — Depois que o corpo de Troy estava preparado para o enterro, o pessoal do legista de Chino entrou em contato conosco. Não tinham conseguido encontrar Jane e nós éramos as únicas outras pessoas em sua lista de visitas. Contactamos a advogada dele, a Dra. Sydney Weider, mas ela não trabalhava mais para a Defensoria Pública. O corpo de Troy ficou esperando no necrotério até que o diretor do seminário concordou em doar um pedaço de terra em San Bernardino, onde alguns membros do corpo docente são enterrados. Nós conduzimos o serviço religioso.

Ela levou a mão ao crucifixo. De repente, começaram a escorrer lágrimas dos seus olhos. Não fez esforço para secá-las.

— Naquele dia, meu marido, eu e o Dr. Wascomb, nosso diretor, um belo dia ensolarado, ficamos observando os funcionários do cemitério baixarem aquele caixão pateticamente pequeno à sepultura. Um mês depois o detetive Kramer nos telefonou. Jane tinha sido encontrada debaixo da rampa de uma rodovia, um desses abrigos improvisados de sem-tetos, embrulhada em um saco de dormir e lona encerada, que era como sempre dormia, de modo que os outros sem-teto não estranharam até que ao meio-dia ela ainda não havia se mexido. Tinha sido esfaqueada durante a noite. Quem quer que tivesse sido a embrulhou de novo.

Ela estremeceu, pegou o lenço de papel que marcava o livro e enxugou o rosto.

— Quanto tempo tinha se passado desde a morte de Troy? — perguntou Milo.

— Seis semanas, dois meses, qual a diferença? Meu ponto é que foram garotos perdidos. E agora, Rand.

— Alguma ideia de quem pudesse querer matar Rand?

Ela sacudiu a cabeça.

— Qual era o estado de espírito dele?

— Desorientado, conforme lhe falei. Tonto com a liberdade.

— Feliz por ter sido solto?

— Com franqueza? Não.

— Ele tinha qualquer outro plano além de arranjar um emprego?

— Nós estávamos indo bem devagar. Ajudando-o a se acomodar.

— Podemos ver o quarto dele?

— Claro. Do jeito como estava.

Nós a seguimos por uma sala de estar compacta e organizada; uma área sombria de cozinha e local de refeição e, por fim, um corredor estreito e comprido. Um quarto de dormir, o principal, onde mal cabia a mobília. Um único banheiro servia à casa inteira.

No fim do corredor havia um espaço de menos de três metros quadrados com uma janelinha bem alta na parede.

— É aqui — anunciou Cherish Daney.

Uma forração de madeira barata cobria as paredes. Canos isolados por tampões brotavam do chão forrado de vinil.

— Aqui era a lavanderia? — perguntou Milo.

— Uma área de serviço. Nós transferimos a lavadora e a secadora para o lado de fora.

Um quadro na parede com uma cena bíblica — um Salomão nórdico e duas valquírias disputando a maternidade do mesmo bebê louro e gordo, deitado em uma cama de lona dobrável. Em cima da mesinha-de-cabeceira um abajur de plástico branco. Milo abriu as gavetas. Uma Bíblia muito lida e folheada em cima, nada embaixo.

Uma maleta servia de armário. Dentro dela, duas camisetas brancas, duas camisas azuis de trabalho e uma calça jeans.

— Não tivemos oportunidade de comprar roupas para ele — disse Cherish Daney.

Retornamos para a frente da casa. Ela deu uma espiada por uma janela.

— Meu marido chegou. É melhor eu ir ajudá-lo.

Capítulo 14

Drew Daney atravessou o portão carregando dois sacos imensos de gêneros alimentícios em cada braço. Um saco ainda maior, e que na verdade era uma rede cheia de laranjas, vinha pendurado no polegar direito.

Cherish pegou as frutas e estendeu a mão para pegar um dos sacos.

Daney não cedeu.

— Pode deixar, Cher — olhos negros se voltaram para nós por cima dos gêneros. Ele parou e colocou a carga no chão.

— Dr. Delaware.

— Você se lembra.

— É um nome pouco comum — disse ele, adiantando-se. Seu corpo de lutador tinha aumentado uns sete ou dez quilos, a maior parte gordura, e o cabelo grosso e ondulado começava a branquear nas têmporas. Ele passara a usar uma barba espetada, cor de prata, com o contorno cuidadosamente aparado. A camisa polo branca era imaculada e bem passada. Da mesma forma o jeans azul. Mesmo esquema de cores que da sua mulher.

— Também li o relatório que fez para o juiz — acrescentou —, por isso seu nome ficou gravado na minha memória.

Cherish olhou para ele e entrou na casa.

— Como foi que você leu? — perguntei.

— Sydney Weider queria minha opinião, como conselheiro de Troy. Disse que achei um documento muito ponderado. Você não quis correr o risco de dizer qualquer coisa não-científica. Mas claramente não quis dar um salvo-conduto aos meninos.

— Salvo-conduto em um caso de homicídio?

— Naquele tempo nós esperávamos um milagre.

— Nós?

— As famílias dos meninos, Sydney, minha esposa, eu próprio. Para nós, prender os meninos para sempre não resolveria nada.

— "Para sempre" acabou sendo oito anos, reverendo — disse Milo.

— Detetive, qual é o seu nome, por favor?

— Sturgis.

— Detetive Sturgis, na vida de uma criança oito anos são uma eternidade — Daney passou a mão no cabelo. — No caso de Troy um mês foi uma eternidade. E agora Rand... Inacreditável.

— Alguma ideia de quem possa ter querido fazer mal a Rand, senhor?

Os lábios de Daney ficaram túrgidos. Ele arrastou a ponta do pé numa das sacas de compras e abaixou a voz.

— Não quero que minha mulher ouça, mas trata-se de algo que provavelmente vocês deviam saber.

— Provavelmente?

Daney olhou para a porta da frente da casa.

— Podemos nos encontrar em algum lugar mais tarde? — perguntou.

— É melhor que seja logo, senhor.

— Certo, compreendo. Tenho uma reunião no conselho de jovens em Sylmar às 14 horas. Eu podia sair um pouco mais cedo e me encontrar com vocês, digamos, em dez minutos?

— Parece bom — aprovou Milo. — Onde?

— Que tal a Dipsy Donut, na Vanowen, alguns quarteirões a oeste.

— Estaremos lá, reverendo.

— Ambos?

— O Dr. Delaware é consultor do caso.

— Ah — exclamou Daney. — Faz sentido.

* * *

— Eu te disse — disse Milo, quando nos afastamos. — Você ainda é do time adversário.

— E você?

— Eu sou o detetive a quem foi destinada a honra de resolver o assassinato de Duchay.

— Quer que eu espere no carro enquanto vocês dois se reúnem?

— Certo. Estou curioso para saber o que o reverendo quer esconder da mulher.

— Parece algo que iria amedrontá-la.

— O medo — disse ele — sempre é interessante.

O quiosque de donuts era uma frágil barraca branca em um terreno asfaltado cheio de rachaduras encimada por um donut de dois metros, parcialmente comido e com feições humanoides. O gesso castanho, com falhas por toda a parte, tentava imitar chocolate. A alegria de seus olhos dizia que a criatura, depois de ser mergulhada em óleo e frita, amava ser devorada. Três conjuntos de cadeiras e banco de alumínio com cara de imundos tinham sido espalhados pelo asfalto. O cartaz perdera duas letras, uma em cada palavra.

DI SY DON T

O lugar estava cheio de clientes. Entramos, respiramos fundo o cheiro de açúcar e óleo e esperamos na fila três garotos apressados ensacarem e servirem os donuts exageradamente grandes à multidão salivante. Milo comprou uma dúzia de sortidos e liquidou um de geleia e outro de chocolate antes de chegar de volta ao carro.

— Ei — disse ele —, faz parte das atribuições do cargo. Isto é aeróbica alimentar.

— Aproveite.

— Você me diz para aproveitar, mas no fundo o ar de desaprovação não o abandona jamais.

Peguei na caixa um donut de maçã dinamarquesa do tamanho de uma calota de automóvel e pus-me a trabalhar nele.

— Satisfeito?

— Pessoas criativas nunca estão satisfeitas.

Sentamos no Seville, onde ele abateu um recheado de geleia.

— Gostaria de saber o que Rand fez entre 18h30 e 21 horas — falei.

— Eu também. Esqueci o café, vai querer um pouco?

— Não, obrigado.

Ele retornou ao quiosque dos donuts justo quando o Reverendo Drew Daney chegou em um jipe branco mais antigo. Eu saltei do carro e Milo voltou com dois cafés.

Milo ofereceu a Daney a caixa de donuts.

Daney acrescentara um blazer azul à sua roupa de antes e tinha as mãos nos bolsos.

— Algum de creme? — perguntou.

Nós três nos sentamos a uma das mesas externas. Daney encontrou um de creme de framboesa, deu uma mordida e soltou o ar dos pulmões com satisfação.

— Prazeres culpados, hein?

— É isso aí, reverendo.

— Não fui ordenado, de modo que você deve me chamar de Drew.

— Não terminou o seminário?

— Preferi não terminar. Mesma coisa para Cherish. Nós dois nos dedicamos a trabalhar com os jovens e decidimos que esta era a nossa vocação. Não me arrependo. O púlpito costuma ser mais ligado a política interna que a boas obras.

— Um trabalho com jovens — disse Milo —, como em lares de adoção.

— Lar de adoção, escola em casa, treinamento esportivo, aconselhamento. Trabalho com diversas entidades não-lucrativas. A reunião em Sylmar — ele deu uma olhada no relógio. — Melhor ir direto ao ponto. Provavelmente não é nada, mas sinto que é meu dever contar a vocês.

Ele terminou o donut e limpou as migalhas que caíram no colo.

— Seis meses atrás Rand foi transferido para Camarillo, aguardando a libertação. Quinta à noite minha mulher e eu fomos lá e o trouxemos para casa. Ele parecia ter acabado de aterrissar em outro planeta.

— Desorientado — sugeri, utilizando a expressão de sua mulher.

— Mais que isso. Atônito. Pense um pouco, doutor. Oito anos de uma estrutura rígida, toda sua adolescência foi passada atrás das grades, e agora é libertado para um mundo novo e estranho. Demos-lhe jantar, mostramos o seu quarto e ele foi direto para a cama. Só dispúnhamos de uma área de serviço convertida, mas posso lhe garantir que aquele menino ficou agradecido por estar de novo em um pequeno espaço só seu. Na manhã seguinte, acordei às 6h30, como sempre, e fui dar uma olhada nele. A cama estava vazia e impecavelmente arrumada. Encontrei-o do lado de fora, sentado nos degraus da frente. Tinha olheiras imensas. Realmente sobressaltado. Perguntei a ele o que havia de errado e ele se limitou a olhar fixamente o nosso portão da frente, que estava escancarado. Eu lhe disse que estava tudo bem, que ele precisava dar a si próprio um pouco de tempo. Isso só serviu para deixá-lo mais agitado ainda, começou a sacudir a cabeça, realmente depressa. Depois cobriu o rosto com as mãos. — Daney fez uma demonstração. — Foi como se ele estivesse se escondendo de alguma coisa. Bancando o avestruz. Soltei os dedos dele e perguntei o que havia de errado. Não respondeu e eu lhe disse que era importante para ele externar os sentimentos. Até que por fim me disse que alguém o vigiava. Aquilo me pegou de surpresa, mas tentei não demonstrar. Perguntei quem seria essa pessoa que o vigiava. Ele disse que não sabia, mas que ouvira barulhos à noite, alguém se movendo do lado de fora de sua janela. A propriedade é pequena e nem eu nem minha esposa tínhamos ouvido coisa alguma. Perguntei a que horas tinha sido. Ele disse que durante a noite, não tinha relógio. Aí disse que tinha ouvido de novo pela manhã, logo depois do raiar do sol, e então se levantara, encontrou o portão aberto e viu uma picape se afastando velozmente. Nós sempre fechamos o portão, mas o trinco dele é muito simples e às vezes, se não estiver bem trancado, o vento abre. Por isso não me incomodei muito.

— Que tipo de picape?

— Ele falou numa picape escura. Não forcei muito porque não queria transformar aquilo em grande coisa. Não me parecia tão importante.

— Você questionou sua credibilidade — disse Milo.

— Não é uma questão de credibilidade — retrucou Daney. — Dr. Delaware, o senhor testou Rand. Chegou a dizer ao detetive Sturgis o quanto ele era severamente prejudicado em termos de aprendizado?

Assenti com um gesto de cabeça.

— Agora, acrescente a isso o desafio do retorno.

— Você teve conhecimento dele fantasiar sobre coisas que não existiam?

— Tipo uma alucinação? Não foi o que aconteceu na sexta-feira. Foi mais como exagerar eventos normais. Imaginei que ele tivesse ouvido um pássaro ou um esquilo.

— Agora você já não tem certeza — interveio Milo.

— Tendo em vista o que aconteceu, eu seria tolo se não tivesse minhas dúvidas.

— Aconteceu alguma coisa entre sexta e sábado de noite?

— Ele não falou mais nada sobre ser vigiado ou a picape escura e eu também não toquei no assunto — respondeu Daney. — Rand foi dar uma volta a pé e quando voltou disse que tinha passado por uma obra e que ia voltar de tarde para falar com o encarregado.

— A que horas foi sua primeira caminhada? — quis saber Milo.

— Nós comemos cedo... talvez 8 horas ou 8h30 da manhã.

— Que tipo de trabalho ele estava procurando?

— Qualquer coisa, acho eu. Ele não tinha qualificação.

— Reabilitação modelo C.Y.A — comentei.

Os ombros volumosos de Daney deram a impressão de crescer.

— Nem me fale.

— Senhor — disse Milo —, sua esposa diz que Rand saiu de casa às 17 horas para falar com o encarregado da obra. Mas o expediente lá termina ao meio-dia.

— Acho que Rand estava mal informado, Detetive. Ou alguém passou uma informação falsa.

— Por que fariam uma coisa dessas?

— Pessoas como Rand tendem a ser enganadas — ele consultou o relógio de novo e levantou-se. — Desculpem, tenho que ir embora.

— Uma última pergunta — disse Milo. — Vou entrar em contato com a família de Rand. Alguma ideia sobre onde começar?

— Nem se dê ao trabalho de começar. Não há família. A avó morreu vários anos atrás. Complicações de uma enfermidade cardíaca. Fui eu que informei a Rand.

— Como ele reagiu?

— Exatamente como você imaginaria. Ficou extremamente perturbado — ele deu uma olhada no seu jipe. — Não sei se algo disso foi útil, mas achei que devia lhes contar.

— Fico muito agradecido, senhor. O senhor não queria que sua esposa tomasse conhecimento por que...

— Não faria sentido perturbá-la. Mesmo que fosse relevante, não teria nada a ver com ela.

— Há mais alguma coisa com que possa me ajudar, senhor? — indagou Milo.

Daney enfiou a mão no bolso. Olhou para o jipe de novo. Passou a mão nas pontas grisalhas da barba.

— Isto é... delicado. Realmente não sei se deveria trazer este assunto à baila.

— Que assunto, senhor?

— Rand foi encontrado longe de casa, de modo que andei pensando, talvez a tal picape... e se alguém o levou para dar uma volta? — ele tentou puxar um pelo da barba com três centímetros de comprimento, finalmente conseguiu pinçá-lo entre as unhas, puxou e esticou a bochecha.

— Uma picape escura — disse Milo. — Isso o faz lembrar de alguma coisa?

— Aí é que está o ponto — respondeu Daney. — Faz sim, mas não me sinto realmente à vontade... Sei que é uma investigação de homicídio, mas se você puder ser discreto...

— Discreto a respeito de quê?

— Citar-me como fonte — disse Daney. Ele mordeu o lábio. — Tem um bocado de história aqui.

— Alguma coisa a ver com o que ocorreu oito anos atrás?

Daney puxou a bochecha de novo. Criou uma expressão torta.

— Serei tão discreto quanto for possível, senhor — prometeu Milo.

— Sei disso... — Daney virou-se quando uma picape carregada de sacos de fertilizante passou atravessando o lote. A picape era azul-escura. O letreiro estampado em um adesivo dizia *Hernandez Landscaping*. Dois caras bigodudos vestindo jeans poeirentos e gorros de beisebol saltaram e entraram na barraca de donuts.

— Entende o que quero dizer? — disse Daney. — Há picapes por toda parte. Tenho certeza de que é algo sem importância.

— Tente, de qualquer modo, Sr. Daney. Em memória de Rand.

Daney suspirou.

— Está bem... — outro suspiro. — Barnett Malley, o pai de Kristal Malley, tem uma picape escura. Ou pelo menos tinha.

— Oito anos atrás?

— Não, não, mais recentemente. Há uns dois anos. Foi quando esbarrei nele em uma loja de ferragens da True Value não muito longe daqui. Eu estava comprando peças para consertar um depósito de lixo e ele estava carregando ferramentas . Eu o vi de imediato, mas ele não me viu. Tentei evitá-lo, mas nos encontramos na fila do caixa. Deixei que fosse atendido na minha frente, vi-o sair e entrar na sua picape. Uma picape preta.

— Vocês dois se falaram?

— Eu queria — disse Daney. — Eu queria dizer a ele que eu jamais seria capaz de compreender sua dor, mas que eu rezava sempre por sua filha. Queria que ele soubesse que o fato de ajudar Troy e Rand não queria dizer que eu não compreendesse sua tragédia. Mas ele me dirigiu um olhar que dizia nitidamente para que eu não me aproximasse.

Ele como que abraçou a si próprio.

— Hostil — falei.

— Mais que hostil, doutor.

— Quanto mais? — quis saber Milo.

— Os olhos dele. Puro ódio.

* * *

Observamos o jipe branco se afastar.

— Barnett Malley — disse Milo. — Agora a coisa ficou oficialmente confusa. Como uma emboscada se enquadraria no cronograma... sem esquecer o telefonema que ele deu para você uma hora e meia depois de ter deixado a casa dos Daneys?

— Rand podia ter mentido aos Daneys sobre ter ido à obra.

— E por que ele faria uma coisa dessas?

— Porque tinha um encontro antes do meu e não queria que soubessem. Com Barnett Malley.

— Por que ele faria uma coisa dessas? — repetiu Milo.

— Eu disse a você que ele parecia perturbado. Se ele estivesse se sentindo muito culpado e quisesse provar que era uma boa pessoa, quem melhor para pedir perdão que ao pai de sua vítima, Malley?

— Daney disse que ele estava apavorado por achar que o vigiavam.

— Mas na manhã seguinte parecia melhor. Talvez tivesse conseguido, de alguma maneira, fazer contato com Malley e decidido agir. As leis estaduais exigem que as famílias das vítimas sejam notificadas quando o criminoso que as prejudicou é libertado, e Malley saberia que Rand estava solto. E se Malley ficasse de olho em Rand e o confrontasse cara-a-cara durante a primeira ida deste à obra às 8 horas? Podiam ter combinado se encontrar mais tarde e aí Rand inventou o encontro com o encarregado da obra para disfarçar.

— Não seria uma emboscada — disse ele. — Rand entra na picape de Malley voluntariamente e depois as coisas terminam mal.

— Rand era impressionável, não era muito inteligente e estava ansioso por absolvição. Se Malley comportou-se amistosamente e, pronto para perdoar, Rand estaria ansioso por acreditar em tudo.

— OK, vamos raciocinar juntos. Rand se encontra com Malley lá pelas 17 horas. Malley o leva até a cidade, o deixa em um shopping e aí então liga para *você* a fim de marcar outro encontro? Por que, Alex?

Usando o primeiro nome da vítima pela primeira vez. Algum tipo de transição ocorrera.

— Não sei, Milo. A menos que Rand e Malley tivessem feito as pazes e Rand decidisse manter o processo rolando.

Ele esfregou o rosto vigorosamente como se o estivesse lavando sem água.

— Não chegaram a ser grandes pazes se Malley o matou com uma bala. O quê, Malley o largou e depois o pegou de novo?

— Podia ser que ele tivesse mais coisas para falar.

— Os dois ficaram rodando por aí, batendo papo sobre os péssimos velhos dias e aí Malley decide apagá-lo em vez de deixar que ele fosse comer uma pizza com você? Mesmo que possamos explicar tudo isso, permanece a grande questão: se estamos tratando de um caso de vingança, por que Malley teria esperado oito anos para matar o assassino de sua filha?

— Talvez estivesse esperando que ambos fossem libertados, mas uma gangue da C.Y.A. se antecipou a ele no caso de Troy.

— Com isso resolve aguardar o momento propício para matar Rand — ele bebeu um gole de café. — De acordo com Daney, Malley ainda estava de cabeça quente até dois anos antes.

— Malley queria a pena de morte — falei. — Algumas feridas nunca cicatrizam.

— Teoria, teoria, teoria. E agora? Eu me intrometo na vida de um casal que perdeu a filha do pior modo possível porque o marido lançou um olhar ressentido a Daney dois anos atrás e ele tem uma picape preta?

— Pode ser algo sensível.

— Pode requerer uma séria *sensibilidade* psicológica.

Dei uma mordida no donut. Poucos minutos atrás estava saboroso. Agora era poeira frita por imersão.

— Vou ter que usar todas as palavras, Alex? Eu preferia que você fizesse enquanto eu olho.

— Não acha que minha presença pode atrapalhar?

— A defesa considerou você como favorável à acusação, de modo que os Malleys talvez se lembrem de você afetuosamente pelo mesmo motivo.

— Não há a menor razão pela qual eles devam se lembrar de mim — retruquei. — Não cheguei a conhecê-los.

— É mesmo?

— Não havia razão — engraçado como minhas palavras soaram tão defensivas.

— Bem — finalizou ele —, agora há uma razão.

Capítulo 15

Milo telefonou para o departamento de trânsito querendo saber as atuais licenças e registros nos nomes de Barnett e Lara Malley.

Nada para ela. Já Barnett Melton Malley tinha um endereço em Soledad Canyon Road, perto da Antelope Valley Freeway.

— A data de nascimento bate — disse ele. — Proprietário de um veículo, uma picape, uma picape Ford de dez anos. Preta na época em que foi registrada.

— Soledad fica a uns 70, 80 quilômetros de Van Nuys — falei. — Depois de tudo por quanto passaram, dá para entender que queiram sair da cidade. Só que morando em uma área rural daquelas, Lara ia precisar dirigir. Por que então não ter carteira de motorista?

— Eles não estão morando juntos e ela se mudou do estado?

— Uma tragédia como aquela pode separar as pessoas.

— Posso ver aquilo como uma cunha gigantesca — disse ele. — Kristal foi sequestrada bem debaixo do nariz deles. Pode ser que o marido a tenha culpado.

— Ou — sugeri — ela própria tenha se sentido culpada.

Voltávamos para a cidade quando Sean Binchy ligou. A delegacia de Van Nuys não tinha registro de qualquer ligação dos Daneys sobre o desaparecimento de Rand.

— Não é de admirar — comentou Milo. — Ele não estava desaparecido oficialmente, por isso não efetuaram o registro.

— Qual é a atual posição da sua teoria do amigo criminoso?

— Quer saber se a abandonei por completo porque Barnett Malley tem uma picape preta? Como Daney disse, há muitas picapes no Vale. Mas Malley tinha um bom motivo para odiar Rand. Eu seria um idiota se o ignorasse.

— Quando está planejando visitá-lo?

— Pensei em ir amanhã. Tarde o bastante para evitar o movimento da manhã, mas cedo o bastante para não ficar preso na volta. Primeiro vou tentar descobrir onde ele trabalha. Se tiver sorte e for mais ou menos perto, ligo para você.

Ele escreveu qualquer coisa no bloco e o guardou de novo no bolso.

— Ou, com mais sorte, pode ser que surja um novo fator atenuante. Como por exemplo, um álibi blindado para Malley.

— Você não quer que seja ele — falei.

— Ei — contrapôs Milo. — Que tal almoçar? Estou pensando em comer um carneiro à indiana no molho *tandoori*.

Paramos na delegacia primeiro, onde ele pegou suas mensagens e submeteu o nome de Barnett Malley ao NCIC* e a outros bancos de dados criminais, sem nada obter. Mesma coisa para Lara Malley.

Permaneci de pé, achando que sairíamos logo para o Café Moghul. Mas ele ficou ali sentado, olhos fechados, passando o telefone de uma mão para outra até que ligou para o Hall of Records,** no centro da cidade, e pediu para chamar um empregado que ele conhecia. Levou algum tempo até conseguir falar, mas a conversa em si foi breve. Quando desligou, parecia cansado.

— Lara Malley morreu. Sete anos atrás, suicídio por arma de fogo. As mulheres estão atirando mais em si próprias atualmente, mas naquele tempo era meio raro, certo? Pílulas eram a escolha favorita delas.

— Nem sempre, se fossem sérias.

---

* Centro de Informação Nacional do Crime. (N. do T.)

** Repositório Nacional de Obituários OnLine. (N. do T.)

— Mamãe morre um ano depois de Kristal. Tempo suficiente para ver que a vida não estava melhorando. Os Malleys chegaram a fazer alguma terapia, Alex?

— Não sei.

Ele começou a digitar com tanta força como se o teclado do seu computador fosse seu parceiro de treinamento de boxe. E conectou-se ao site de registro estadual de armas. Entrecerrou os olhos, estudou atentamente algo que copiou, ao mesmo tempo em que contorcia os lábios num sorriso estranho e vazio que me fez ficar contente por não ser seu inimigo.

— O Sr. Barnett Melton Malley reuniu um arsenal e tanto. Treze escopetas, rifles e armas de mão, inclusive um par de 38.

— Talvez ele more sozinho em uma área isolada. Teria assim mais motivos para ser mais vigilante.

— Quem disse que ele mora sozinho?

— Mesma resposta — falei. — Se construiu uma nova família, vai querer protegê-la.

— Sujeito irascível, amargurado — disse ele. — Perde a família inteira para a violência e muda-se para a roça com poder de fogo suficiente para armar uma milícia. Talvez pertença a uma milícia — um desses brutamontes preparados para o apocalipse. Estarei exagerando se usar a expressão "alto risco"?

— Se ele pretendesse matar alguém, por que iria registrar as armas?

— Quem disse que registrou *todas* elas? — Milo remexeu em uma das gavetas e pegou um charuto com um bocal de madeira que ficou rolando entre as palmas das mãos.

— O modo como Rand foi atingido — ele disse. — Ferimento de contato, lado esquerdo da cabeça, o assassino aproximadamente da mesma altura. Atacado de surpresa, como você sugeriu. Dá para evocar uma imagem?

— O assassino estava sentado à esquerda dele — falei. — Perto. Como no banco do motorista de um carro.

Ele apontou para mim com o charuto.

— Foi a imagem que apareceu na *minha* cabeça. Em termos de premeditação, talvez Malley seja inocente. Pode ter começado querendo conversar com Rand. Confrontar-se com o sujeito que arruinou sua vida. Nós dois sabemos que as famílias das vítimas às vezes anseiam por vingança.

— Malley teve oito anos para isso, mas talvez a libertação de Rand tenha desencadeado velhas lembranças. — ponderei.

— Malley o pega, dá uma carona a ele, fica andando sem rumo pelas ruas e descobre que ainda tem negócios inacabados com Rand. Vão para as montanhas e algo sai errado.

— Rand não era articulado. Disse algo errado a Malley e desencadeou um ataque de fúria.

— "Eu sou uma boa pessoa" — foi o que ele disse.

— Posso ver que isso não deu certo.

Ele se levantou subitamente, tentou andar de um lado para o outro na sala pequena, deu um passo único e reduzido, atingiu minha cadeira e sentou-se. Eu representei uma obstrução. Meus pensamentos desviaram-se para Nova York em um dia frio, com neve. Andando sem rumo.

— Por outro lado — falei —, se Malley foi armado, talvez tenha havido premeditação.

— Ele ia se encontrar com o assassino de sua filha. Como você mesmo disse, motivo de sobra para ter cuidado.

— Um bom advogado podia preparar um caso convincente de autodefesa.

Ele jogou o charuto em cima da escrivaninha.

— Olha só, nós estamos psicanalisando o pobre filho-da-mãe e nenhum de nós dois esteve com ele. Por tudo que sabemos, o cara é um pacífico zen-budista vegetariano que faz meditação transcendental e mora na roça em nome da serenidade.

— Com 13 armas.

— Este é um ponto secundário — disse ele. — Cara, eu adoraria ver os peritos vasculharem aquela picape preta dele. Adoraria ter *motivos* para isso. Alex, que tal a gente deixar o almoço para outro dia? Por alguma razão, meu apetite está diminuindo.

— Claro — concordei.

Ele se virou e eu fui embora.

Eu já tinha andado uns três metros no corredor quando o ouvi chamar.

— Um dia desses a gente come o carneiro assado no *tandoori*. Mando o meu pessoal chamar o seu.

Ele telefonou naquela noite às 19h40.

— O que aconteceu ao seu pessoal? — perguntei.

— Greve. Estudei mais o passado de Malley. Oito anos atrás ele dirigia um serviço próprio de limpeza de piscinas. Parou um ano depois.

— Depois que Lara atirou em si própria. Talvez ele tenha se desligado.

— Seja qual for a razão, tendo em vista a inexistência de um lugar de trabalho, estou pensando em partir amanhã às 10 horas da manhã. O idiota sorridente que trata do tempo na televisão diz que se aproxima uma frente quente vinda do Havaí. O mais perto possível que posso ter de férias tropicais. Parece bom?

— Quer que eu pegue você em casa?

— Não, você está fazendo a parte psicológica, mas eu sou o motorista. — respondeu ele. — Está na hora de tornarmos isso relativamente oficial.

Ele chegou às 10h15 parecendo tão oficial quanto lhe era possível: terno marrom folgado, camisa branca, gravata cinzenta, botas de camurça. Vesti minha roupa de tribunal: terno azul risca-de-giz, paletó de três botões, camisa azul, gravata amarela. Quer Barnett Malley fosse um monstro tarado por armas que tinha jurado vingança, quer fosse uma vítima chorando as mágoas quieto num canto, o guarda-roupa não faria qualquer diferença.

Milo pegou um bagel velho na minha cozinha e foi mascando enquanto dirigia para a Sunset, e lá virou à direita, na direção da 405 Norte. Desta vez, ele reduziu a marcha e apontou o local onde o corpo de Rand Duchay tinha sido encontrado. Caminho coberto de arbustos no lado leste da elevação paralela à rampa de acesso. Nada de árvores altas, só folha-de-gelo, junípero e mato. Nenhuma intenção séria de esconder nada.

A rota desde o ponto onde o corpo fora descarregado até a Soledad Canyon Road tinha que passar ali.

Milo falou o óbvio:

— Faça o que tiver que fazer, livre-se dele e vá para casa.

A viagem levou 58 minutos de trânsito fácil sob céu azul. O homem do tempo tinha acertado: 26 graus, sem neblina, abençoado por uma daquelas brisas tropicais com leve perfume de fruta que sopram muito raramente.

Cortamos a ponta norte de Bel Air, onde as colinas verdes luxuriantes eram decoradas por casas empoleiradas com otimismo. Aí então vinham os cubos assombrosamente brancos que compunham o Museu Getty. Uma obra-prima da arquitetura financiada pela inescrupulosa fundação de um bilionário, que aloja arte de terceira. Impossível, mas típico de L.A.: o poder define o que é certo e a embalagem é tudo.

O trânsito permaneceu leve o tempo todo de travessia pelo Vale. A orla da rodovia mudou para a colossal fábrica de embalagens da Sunkist e outras fábricas menores, lojas que mais pareciam grandes caixas, revendas de automóveis. Não muito distante, a leste, ficava a casa de Daney, onde Rand tinha dormido três noites de suposta liberdade. Quando nos transferimos para a 5, ficamos praticamente sozinhos na estrada com as carretas de 18 rodas que tinham se desviado para a rota dos caminhões. Três minutos mais tarde estávamos na Cal 14, acelerando rumo ao nordeste, na direção de Antelope Valley. As montanhas tornaram-se majestosas, o verde luxuriante cedendo a vez ao feltro castanho-amarrotado. O cenário que ladeava a rodovia era composto por ferros-velhos, poços de pedregulhos, uma ocasional extensão de terra onde eram vendidos "condomínios de casas geminadas de luxo" e pouco mais. Gente informada diz que a expansão para o nordeste é o futuro de L.A. E que um dia a noção de espaço aberto será destruída. Até lá, os falcões e corvos fazem o que têm de fazer lá em cima e a terra permanece plana e quieta.

Cinco graus mais frio. Fechamos as janelas e o vento assobiou através da vedação.

Dez minutos mais tarde Milo saiu da Soledad Canyon e fez uma curva à esquerda, afastando-se do progressivo conjunto residencial de Santa Clarita e tomando a direção da paz e da quietude. A estrada subia e subia e fazia curvas e mais curvas. Grupos isolados de abetos e ocasionais quebra-ventos de eucaliptos se alinhavam do lado oeste da rodovia, mas os atores principais naquele cenário eram os carvalhos da Califórnia, esplendorosos nos seus leitos de terra seca, as copas verdes acinzentadas tremulando ao vento. Bosques de árvores majestosas corriam entre a estrada e a cadeia de montanhas mais próxima. Criaturas resistentes e antigas, que se deleitam com a abstinência; quando se mima essas árvores com água demais, elas morrem.

À medida que a folhagem escasseava, o caminho exigia mais respeito, as curvas pronunciadas contornavam bordas pontiagudas das montanhas secas, deslizamento de pedras que colavam os olhos de Milo na estrada. O assobio do vento transformou-se num uivo insistente. As grandes aves pairavam mais baixo, voavam mais agressivamente. Nada para atrapalhá-las a não ser um poste de eletricidade aqui e ali.

Nenhum sinal de outro carro por quilômetros, e então surgiu uma mulher tagarelando ao celular feliz da vida e fez uma curva cega a toda velocidade em uma minivan quase nos batendo de lado.

— Maravilha — disse Milo. Quando sua respiração voltou ao normal ele prosseguiu. — Soledad. Quer dizer solidão, certo? Você tem que gostar muito de ficar sozinho para se mudar para cá.

Uns 300 metros mais acima, apareceram uns poucos ranchos, pequenos, miseráveis, lotes irregulares em ravinas cortadas pela rodovia e delimitados por cercas de metal flexível. Uma vaca aqui, um cavalo acolá. Um cartaz gasto pela exposição ao tempo e apontando para lugar algum anunciava passeios de pônei nos fins de semana. Não havia pôneis à vista para apoiar o anúncio.

— Leia o endereço para mim, Alex.

Eu li.

— Estamos chegando perto. — disse ele.

Quinze quilômetros mais tarde encontramos diversos "terrenos para piqueniques" particulares, do lado oeste da Soledad Canyon Road.

Cozy Bye. Smith's Oasis Stop. Lulu's Welcome Ranch.

Os números que coincidiam com o endereço de Barnett Malley estavam gravados a fogo em um cartaz azul à beira da estrada que anunciava *Mountain View Sojourn: Recreation and Picknics.*

— Talvez isso não seja tão antissocial assim, afinal — comentei.

Milo tomou a estradinha de terra batida e fomos aos solavancos pelo caminho margeado por carvalhos até darmos com uma oscilante ponte de madeira que cruzava um barranco estreito. O cartaz de Bem-vindo! do outro lado recebera um acréscimo na parte de baixo na forma de uma tábua caiada com uma magna carta de regulamentos: Proibido fumar, Proibido beber, Proibidas motocicletas, Proibidos veículos off-road, Proibida música alta. Animais só devidamente aprovados caso a caso, crianças têm que ser supervisionadas, a piscina é apenas para uso dos hóspedes registrados...

— Aguenta essa, Thoreau — disse Milo e continuou dirigindo.

A entrada terminava uns cem metros depois numa praça aberta, pavimentada. Para a esquerda havia mais carvalhos — um bosque velho e compacto — e diretamente na nossa frente três edificações pequenas com estrutura branca. À direita outra área pavimentada, maior e dividida por linhas brancas. Meia dúzia de Motor homes enfeitados com decalques de trutas estavam ligados a cabos de utilidades. O pano de fundo eram as encostas das montanhas absolutamente douradas.

Estacionamos e saltamos. Um gerador do tamanho de um galpão atrás do terreno zumbia e estalava. "Recreação e piquenique" parecia significar um lugar para estacionar, acesso a uma série de toaletes químicos e umas poucas mesas de madeira. Uma piscina escavada no chão, vazia por causa do inverno, era uma tigela gigantesca e branca. Atrás da área de natação, um curral para cavalos descorado pelo sol e protegido por uma cerca de canos estava vazio.

Umas poucas pessoas, nenhuma delas abaixo de 60 anos, conversavam sentadas em espreguiçadeiras próximas de seus trailers, lendo, tricotando, comendo.

— Deve ser uma parada de escala — sugeri.

— Para onde? — indagou Milo.

Eu não tinha resposta para isso e continuamos a caminhar para as edificações de estrutura branca. Bangalôs de antes da guerra: os três tinham cobertura de papel alcatroado verde, batentes de janelas resistentes e minúsculas varandas na frente. A maior estrutura era bastante afastada da área de camping. Um Dodge Charger de trinta anos atrás, vermelho, rodas cromadas, ocupava a entrada para carros ao lado.

Cartazes presos em estacas, no formato de mãos, identificavam as duas outras construções como sendo *Escritório* e *Refrescos*. A luz do sol tornava difícil distinguir qualquer iluminação interna. Tentamos o escritório primeiro.

Porta trancada, cortinas cerradas do outro lado da vidraça.

Quando nos dirigíamos para o outro pavilhão, o de *Refrescos*, uma porta abriu uma brecha e uma mulher magra e alta de vestido marrom estampado saiu na varanda e colocou as mãos no quadril.

— Posso ajudar?

Milo afivelou seu sorriso de recepção cordial quando nos aproximamos. O que não alterou a expressão cautelosa da fisionomia dela. Nem tampouco o crachá e o cartão dele.

— Polícia de L.A.

A voz dela era de fumante, os braços eram vigorosos e sardentos, e o rosto cheio de marcas e castigado pelo sol podia ter sido bonito algumas décadas atrás.

Os olhos cor de âmbar implantados bem distanciados com cílios cor-de-rosa, examinaram nós dois. O nariz dela era forte e reto, os lábios podiam ser secos e gretados mas sugeriam ter sido cheios algum dia. O cabelo castanho-avermelhado com permanente emoldurava seu rosto de modo a esconder um pouco da barbela no pescoço. A raiz branca perto da linha do cabelo dizia que estava na hora de um retoque. Contorno do queixo limpo para uma mulher da sua idade — 65 no mínimo, segundo meu palpite. A prima da roça de Katharine Hepburn.

Ela tentou devolver o cartão de Milo.

— É para a senhora guardar, madame — ele disse, e ela o dobrou até conseguir escondê-lo na mão. O vestido marrom era de estamparia floral em jérsei e ressaltava os ossos já por si destacados dos ombros e da sua pélvis. A parte de cima do peito sobre o esterno, com a pele toda manchada pelo sol, era visível no decote. O peito era chato.

— Morei em L.A. — disse ela. — No tempo em que não sabia das coisas. Mesma pergunta, tenente Sturgis. O que posso fazer por você?

— Barnett Malley mora aqui?

Os olhos cor de âmbar piscaram.

— Ele está legal?

— Tanto quanto eu saiba, madame. Mesma pergunta.

— Barnett trabalha aqui e lhe dou um lugar para ficar.

— Trabalha como...

— Meu auxiliar. Fazendo tudo o que tiver para ser feito.

— Faz-tudo?

A mulher franziu a testa como se não tivesse chegado a entender a pergunta.

— Ele conserta coisas, mas é mais do que isso. Às vezes me dá vontade de pegar o carro e ir a Santa Clarita para ver um filme, embora só Deus saiba a razão, já que todos são horrorosos. Barnett fica aqui e toma conta de tudo para mim, fazendo um trabalho excelente. Por que está perguntando sobre ele?

— Ele mora na propriedade?

— Ali — ela apontou o renque de carvalhos.

— Nas árvores? Estamos falando do Tarzan?

Ela concedeu um meio sorriso.

— Não, ele tem uma cabana. Não dá para ver daqui.

— Mas ele não está lá agora.

— Quem disse?

— A senhora perguntou se ele estava legal.

— Eu me referi a legal no ponto de vista da polícia, não porque ele estivesse em algum outro lugar — ela dirigiu o olhar para a estrada. Seus olhos disseram que deixar a casa era altamente superestimado.

— Barnett alguma vez já teve problema com a polícia, Senhora...

— Bunny — disse ela. — Eu sou Bunny MacIntyre. A resposta é não.

— Quer dizer então que a senhora morou em L.A. — disse Milo.

— Agora é só papo furado? Sim, morei. Em Hollywood. Tinha um apartamento em Cahuenga porque precisava estar perto dos estúdios de Burbank — ela sacudiu o cabelo. — Trabalhava como dublê. Fui duas vezes dublê de corpo para Miss Kate Hepburn. Ela era mais velha, mas tinha um grande corpo, de modo que podiam me usar.

— Sra. MacIntyre...

— De volta ao que interessa, não é? Barnett nunca esteve metido em *nenhum* tipo de encrenca, mas quando policiais de L.A. se dão ao trabalho de vir até aqui fazer perguntas não é por desejarem um belo drinque gelado da minha máquina de Coca-cola. Que, a propósito, está funcionando muito bem. Tenho *nachos* e batatas fritas e carne-seca de búfalo importada. — Ela deu uma olhada na cintura de Milo. — Búfalo é bom para você, tem a gordura saturada do frango sem pele.

— Importada de onde? — perguntou Milo.

— Montana — ela se virou para entrar e nós fomos atrás. Vimo-nos em um aposento um tanto obscuro, com um tapete artesanal sobre o piso de tábuas largas, e a cabeça empalhada de um grande veado montada na parede dos fundos. Os chifres do animal eram assimétricos, uma ponta de língua cinzenta se projetava para fora de um canto de sua boca e um dos olhos de vidro estava faltando.

— Aquele lá é o Alceu, do Alceu e o Dentinho, sabe? — disse Bunny MacIntyre. — O idiota costumava entrar sorrateiramente e comer minha horta. Eu vendia produtos frescos para os turistas. Agora as pessoas só querem saber de comer lixo. Nunca atirei nele porque era idiota... a gente tem pena. Um dia caiu morto de velhice em cima da minha acelga e eu o levei a um taxidermista em Palmdale.

Ela dirigiu-se a uma velha máquina de Coca-Cola vermelha, flanqueada por prateleiras giratórias com coisas fritas metidas em sacos plásticos. Em cima de uma mesa de carvalho bem antiga havia uma máquina registradora. Ao lado ficava a carne-seca — picada grossa, quase preta, empilhada em recipientes plásticos em cima do balcão.

— Pronto para uma Diet Coke? — ela perguntou a Milo.

— Claro.

— E você, sujeito quieto?

— O mesmo — falei.

— E quanto de carne-seca de búfalo? É uma prata o bastão.

— Mais tarde talvez, senhora.

— Você reparou como é lá fora? Bonito quadro a óleo, aqueles malditos preguiçosos ali estacionados o dia inteiro a comer as porcarias que trazem. Malditas geladeiras portáteis. Eu bem que podia fazer negócio.

— Eu levo uma barra — disse Milo.

— Três barras no mínimo — disse Bunny MacIntyre. — Três são três dólares e com as Diet Cokes temos um total de seis e meio.

Sem esperar resposta ela apertou uns botões na máquina, liberou duas latas, embrulhou as barras de carne-seca em papel toalha, prendeu tudo com um elástico e colocou num saco plástico.

— Não se pode falar que existe gordura.

Milo pagou.

— Há quanto tempo Barnett trabalha para a senhora?

— Quatro anos.

— Onde ele trabalhava antes?

— Na fazenda de Gilbert Grass, mais acima, no 7200 da Soledad. Gilbert teve um derrame e retirou seus animais. Barnett é um bom garoto, não consigo imaginar o que vocês podem querer com ele. E eu não presto atenção às suas idas e vindas.

— Como chegamos na cabana dele?

— Passe por trás da minha casa, é a que não tem placas, e verá a passagem pelas árvores. Construí a cabana para ter alguma privacidade. Era destinada a ser meu estúdio de pintura, mas nunca cheguei a pintar nada. Usei como depósito. Até que Barnett ajeitou-a caprichosamente para morar lá.

Capítulo 16

O caminho através das árvores era uma trilha aberta à foice com 1m80 de largura coberta pelos galhos. A picape Ford preta estava estacionada na frente da cabana.

A construção mínima era de cedro natural com uma porta de tábua. Uma janela quadrada na frente. Simples como o desenho de uma casa feito por uma criança. À esquerda ficavam cilindros de GLP, um varal e um gerador menor.

Os vidros da picape estavam fechados e Milo se aproximou para dar uma olhada.

— Ele mantém o carro limpo.

Usando um canto da jaqueta, ele experimentou a maçaneta da porta.

— Trancada. Não dá para imaginar que ele fosse se preocupar com roubo aqui em cima.

Nós nos aproximamos da cabana. Cortinas feitas de impermeável verde bloqueavam a janela. Um quadrado de concreto servia como pátio da frente. Um capacho de cânhamo dizia *Bem-vindo*.

Milo bateu. A tábua era sólida e quase não fez barulho. Mas em questão de segundos a porta foi aberta.

Barnett Malley surgiu, olhando para nós. Era mais alto do que aparentava na televisão — quase uns 3 centímetros a mais que os 2 metros de Milo. Ainda magro e ossudo, usava o cabelo louro-grisalho comprido e solto. Suíças indistintas desciam até o queixo antes de virarem em ângulo reto na direção da boca sem lábios. A exposição ao sol curtira e manchara toda sua pele. Usava uma camisa de trabalho cinzenta, com as mangas enroladas até os cotovelos. Punhos grossos, antebraços riscados de veias, unhas amareladas cortadas rentes. Calças jeans empoeiradas, botas de caubói claras. Um colar de prata e turquesa passava logo abaixo do pomo de adão proeminente.

Um símbolo da paz oscilava, pendurado na turquesa central. Mais para hippie velho que para integrante de milícia.

Seus olhos eram azuis-prateados e serenos.

Milo mostrou sua identidade. Malley mal olhou para ela.

— Sr. Malley, não quero me intrometer, mas há algumas perguntas que eu gostaria de fazer.

Malley não respondeu.

— Senhor?

Silêncio.

— O senhor tem ciência de que Rand Duchay foi assassinado na noite de sábado? — perguntou Milo.

Malley cerrou os dentes com um estalido. Voltou para sua cabana. Trancou a porta.

Milo bateu. Chamou pelo nome de Malley.

Sem resposta.

Caminhamos até o lado sul da cabana. Sem janelas. Na parte de trás uma janela com uma única vidraça horizontal no alto da parede norte. Milo esticou-se e bateu no vidro.

Cantos de pássaros, ruídos da floresta. Por fim, música.

Ragtime no piano. Uma canção de que sempre gostei — "Último Encontro" de Floyd Cramer. Solo de piano. Uma gravação que eu nunca tinha ouvido.

Hesitação momentânea, a música foi repetida. Uma nota errada seguida por uma execução fluente.

Não era gravação. Ao vivo.

Malley tocou a música toda e começou de novo, improvisando um solo básico mas decentemente fraseado.

A apresentação foi repetida. Terminou. Milo aproveitou o silêncio e bateu na janela de Malley novamente.

Malley voltou a tocar. Mesma canção. Improvisações diferentes.

Milo girou nos calcanhares, os lábios se movendo. Não consegui ouvir o que ele disse e achei melhor não perguntar.

A caminho da área de acampamento, vimos Bunny MacIntyre perto dos trailers, conversando com um dos casais idosos. Ela estendeu a mão e algumas notas de dinheiro foram passadas. Virou-se de costas quando nos viu.

— Que caipira mais encantador — disse Milo, quando voltamos para a casa que não tinha cartazes. — Aquela foi a música de *Amargo pesadelo* que ouvi no meio das árvores?

— Devia ter trazido meu violão.

— Um dueto com Barnett? Acha que aquela foi a reação de um cara inocente, Alex? Eu estava com esperança de poder eliminá-lo, mas justamente o contrário.

— Gostaria de saber por que ele mantém aquele capacho de boas-vindas na frente da cabana — falei.

— Talvez algumas pessoas sejam bem-vindas — Milo girou a chave na ignição e deixou o carro funcionando em ponto morto. — A minha porção cão de caça está louca para farejar, mas a minha parte protetora de vítimas acha que vai ser uma vergonha se Malley vier a ser um assassino. A vida do cara foi detonada. Não leio a Bíblia, mas em certo nível acredito nessa coisa de olho por olho.

— Eu também. Embora não seja para ser levada literalmente.

— Quem disse?

— Lendo o texto bíblico original, o contexto é bem claro. É lei de responsabilidade civil, compensação monetária de prejuízos materiais.

— Você descobriu isso sozinho?

— Um rabino me falou.

— Acho que ele deve saber — Milo engrenou o carro, saiu da área de acampamento, virou na estrada e ligou o rádio na faixa da polícia. Mesmo com o nível baixo de crime, a recitação da despachante era constante.

— As possibilidades — disse ele — são lúgubres.

* * *

Na manhã de quinta-feira ele telefonou às 11h15.

— Vamos comer o assado no *tandoori*.

Eu tinha acabado de sair de uma ligação com Allison. Tínhamos conseguido bater um papo pessoal antes que o pedido da avó atrás de chá e bem-estar a afastasse. O plano era ela retornar em dois ou três dias. Dependendo.

— O que é que há? — perguntei.

— A gente conversa enquanto come — disse ele. — Será um teste para o seu apetite.

O Café Moghul fica no Santa Mônica Boulevard, a umas duas quadras a oeste de Butler, dá para ir a pé da estação. A atmosfera da frente da loja é adornada por frisos e arcos branco-sujos destinados a imitar marfim, além de tapeçarias coloridas enfeitando as paredes com cenas campestres da Índia e pôsteres de filmes de Bollywood. O fundo sonoro alterna zunidos de cítara com interpretações da música pop do Punjab em timbre altíssimo de soprano.

A mulher que administra a casa me deu as boas-vindas com seu sorriso costumeiro. Nós sempre nos cumprimentávamos como velhos amigos; eu nunca aprendo o nome dela. O sari de hoje era de seda azul-pavão bordado com enfeites dourados. Estava sem óculos. Tinha imensos olhos cor de chocolate que eu nunca tinha notado antes.

— Lentes de contato — disse ela. — Estou experimentando algo novo.

— Que bom.

— Até agora, está tudo bem. Ele está ali.

Ela apontou uma mesa dos fundos, como se eu precisasse de orientação. A arrumação era de quatro mesas de cada lado separadas por um corredor central. Vinte e tantas pessoas reunidas em torno de duas mesas juntas mergulhavam o pão chamado nan em tigelas de chutney e chilli e brindavam a um tipo qualquer de sucesso com cerveja Lal Toofan.

A não ser elas, apenas Milo. Ele estava debruçado sobre um gigantesco prato de salada, afastando a alface e resgatando pedaços de algo que parecia ser peixe. Um jarro de vidro laminado com chá de canela gelado podia ser visto junto do cotovelo dele. Quando me viu, encheu um copo e empurrou na minha direção.

— O especial — disse ele, batendo na beirada da tigela de salada com o garfo. — Salmão, queijo panir e esses pequenos noodles de arroz seco em cima das folhas com molho de azeite com limão. Bastante saudável, certo?

— Estou ficando preocupado com você.

— Pois fique preocupado mesmo. Este é um salmão selvagem do Pacífico. Do tipo intrépido que sobe as correntezas quando está sexualmente estimulado. Aparentemente os criados em fazendas são covardes preguiçosos e apáticos e cheios de ingredientes tóxicos.

— Os políticos do mundo dos peixes — comentei.

Ele fisgou um pedaço de salmão.

— Pedi o mesmo para você.

Bebi chá.

— O que vai testar meus sucos digestivos? — perguntei.

— O suicídio de Lara Malley. Recebi o relatório final de Van Nuys. Acontece que os detetives que trabalharam no caso são os mesmos que prenderam Turner e Rand.

— Sue Kramer e um parceiro homem — falei. — Qualquer coisa com "R".

— Fernie Reyes. Estou impressionado.

— Li o relatório deles sobre Kristal mais vezes do que queria.

— Fernie mudou-se para Scottsdale e trabalha como segurança para uma cadeia de hotéis. Sue aposentou-se e passou a trabalhar em uma agência de detetives particulares em San Bernardino. Liguei e deixei um recado para ela. Aí vem sua gororoba.

A mulher de sari azul deixou uma tigela delicadamente em cima da mesa e foi embora. Minha salada não chegava a ser a metade da de Milo, mas ainda assim era muito grande.

— Gostoso, hein? — disse ele.

Eu não tinha levantado meu garfo. Milo ficou olhando enquanto eu o fazia e depois me estudou enquanto eu comia.

— Delícia — respondi. — O que tecnicamente era verdade, mas a tensão tinha bloqueado o circuito que ligava minhas papilas gustativas ao cérebro e era a mesma coisa que eu estivesse mastigando um guardanapo. — O que temos sobre o suicídio?

— A causa da morte foi um único tiro na têmpora esquerda, um 38. Ela era canhota e o legista achou que isso explicava um ferimento mortal auto-infligido.

— O ferimento apresentou entrada e saída?

— Exato, a bala ficou alojada na porta do carona. O revolver era um Smith & Wesson de ação dupla registrado no nome de Barnett. Ele o mantinha carregado na mesinha-de-cabeceira. Sua história é de que Lara deve tê-lo apanhado quando ele estava no trabalho, dirigido até um canto tranquilo da área recreativa de Sepúlveda e bum!

— Ela deixou um bilhete?

— Se deixou, não está no relatório do legista.

— A arma foi devolvida a Malley?

— Não havia razão para que não fosse — disse ele. — Malley era o dono legal e não havia indicação de ilegalidade.

Ele começou a comer garfadas rápidas e volumosas de salmão e cubos de queijo panir.

— Talvez minha ambivalência acerca do Malley fosse equivocada. Sua vida foi para o inferno, mas parece que soube enfrentar tudo e conseguiu se livrar de todo mundo que ele culpava pela morte de Kristal. A começar por Lara, porque ela não ficara de olho na menina. Depois a Divisão de Menores da Califórnia, que tomou conta de Turner. Depois disso, Rand passou a ser o último detalhe sujo.

— Por que ele ia esperar um ano inteiro depois da morte de Kristal para matar Lara?

— Fui impreciso — disse ele. — Ela morreu sete anos e sete meses atrás. Apenas um mês depois que Troy e Rand foram despachados. Qual é a suposição óbvia?

— Dor maternal.

— Exatamente. Grande desculpa — ele empurrou a comida em torno do prato. — Malley é um sujeito esquisito, Alex. O modo como começou a batucar naquele piano. Quer dizer, o mais esperto, com dois policiais atrás dele, seria fazer de conta que cooperava. Se fizesse isso, eu talvez largasse ele de mão.

Improvável, pensei.

— Último encontro.

— O quê?

— A música que ele tocou.

— Você está querendo dizer que ele foi simbólico? Que Rand tinha um último encontro com a vida?

Dei de ombros.

— O cara mantém a picape trancada muito embora more no meio do mato e a droga do carro esteja bem na frente da sua cabana. Porque sabe que é difícil se livrar de todos os pontinhos que poderão servir de prova em um tribunal. Talvez ele seja um sujeito antiquado que acredita na história do olho por olho sem dar a mínima ao contexto bíblico original — disse ele.

— A não ser a similaridade com Rand, houve alguma coisa duvidosa no suicídio de Lara?

— Nada no relatório de Sue.

— Ela era boa detetive?

— Era. Fernie também. Normalmente eu presumiria que eles tivessem sido bastante meticulosos. Mas neste caso talvez tenham visto Barnett como uma vítima e foram mais superficiais.

Milo franziu a testa.

— Bunny MacIntyre gosta dele, mas não se responsabiliza pelo seu destino aos domingos.

Ele se serviu de chá mas não bebeu.

— Preciso me inteirar do arquivo completo sobre Lara antes de falar com a Sue. Vai ser engraçado reabrir um caso que outro detetive pensa que está encerrado há muito tempo. Talvez eu use a abordagem do desamparado: "Eis aqui o que tenho que resolver, Sue. Preciso de ajuda."

Ele pegou o garfo de novo e o segurou acima da tigela.

— E então, como está seu apetite?

— Ótimo.

— Me orgulho de você.

Ele engoliu duas Bengal *premiums*, pediu a conta e estava espalhando dinheiro em cima da mesa quando seu celular tocou os primeiros acordes da Quinta de Beethoven.

— Sturgis. Ah, ei. Sim, É ótimo ter notícias suas, obrigado... Se isso seria bom? Sim, claro. Deixe-me anotar.

Ajeitando o fone debaixo de uma orelha ele fez uns rabiscos em um guardanapo.

— Obrigado, a gente se vê em 20 minutos.

Levantando-se, ele fez um gesto me indicando a saída. Uma das vinte e tantas pessoas parou de rir e olhou para ele enquanto Milo saía trotando do restaurante. Um sujeito grande, de fisionomia assustadora. Toda aquela alegria, ele não se ajustava.

— Era Sue Kramer — explicou ele, já na calçada. — Está aqui na cidade. Trabalhando em um suicídio, é o que parece, e feliz pela chance de bater papo a respeito de Lara. E ainda há tanto para ler no arquivo.

— Isto é L.A. , meu caro — falei. — Improvise.

Capítulo 17

O endereço era em Beverly Hills, Rexford Drive, zona sul da cidade, entre Wilshire e Olympic, onde predominavam os edifícios de apartamentos.

— É ela — disse Milo, apontando uma mulher de cabelos escuros, bem penteados, que caminhava com um poodle pequeno cor de champanhe no lado oeste da quadra.

Ele encostou no meio-fio e Sue Kramer sorriu, acenou e pegou o cachorrinho no colo.

— Você não é alérgico, é, Milo?

— Só à burocracia.

Kramer entrou no banco de trás do carro, que não tinha identificação da Polícia. Quando Milo acelerou e saiu, ela inalou audivelmente.

— O mesmo velho e bom cheiro de punhos de camisa sujos. Já faz bastante tempo que não sinto isso.

— Qual é o seu carro agora, Madame Iniciativa Privada? Jaguar?

— Um Lexus. E um Range Rover — Kramer estava com uns 50 anos e seu corpo compacto de pernas compridas era realçado pelas calças pretas risca de giz muito justas e um paletó cinza sob medida por cima de uma blusa de seda branca. O cabelo era absolutamente negro, cortado curto e eriçado. Bolsa Kate Spade preta.

— Epa! — exclamou Milo.

— O Lexus eu comprei com meu dinheiro. Meu novo marido trabalha com finanças. Ele me deu o Rover para me fazer uma surpresa.

— Novo marido legal.

— Talvez o encanto esteja na terceira vez — o cachorro arquejou. — Calma, Fritzi, esses são mocinhos. Acho que ele está sentindo o cheiro de bandidos aqui atrás.

— Meu último passageiro foi o subchefe Morales. Ficamos presos num engarrafamento quando eu o estava levando a uma reunião na chefia, Parker Center.

— Lá vai você.

Milo atravessou a Rexford na Olympic e virou à esquerda na Whitworth.

— Como vão as coisas, Sue?

— Maravilha. Fique calmo, Fritz.

— San Bernardino a está tratando bem?

— Eu preferia que não tivesse smog, mas Dwayne e eu temos uma ótima casa para fins de semana em Arrowhead. E você?

— Formidável. O que a traz a Beverly Hills?

— Nas palavras de Willie Sutton, é onde está o dinheiro — respondeu Kramer. — Falando sério, o motivo é triste. Um caso de divórcio, casal coreano, as brigas de sempre por dinheiro e guarda dos filhos. O marido decidiu se matar e fez questão de que a mulher o encontrasse.

— Arma?

— Faca. Ele encheu a banheira, se enfiou dentro e cortou os pulsos. Isso depois de telefonar para a ex e lhe dizer que podia ficar com o carro e as crianças e toda a pensão que exigira. Ele só queria que ela fosse vê-lo para que pudessem conversar como adultos maduros. Assim que ela chegou viu água sangrenta inundando todo o apartamento. O legista disse que foi suicídio, mas o advogado que fez o divórcio dele nos contratou para ter certeza.

— Alguma coisa questionável? — perguntou Milo.

— De jeito nenhum, mas você conhece advogados. Este quer acrescentar mais algumas horas faturáveis antes de encerrar o caso.

O que está ótimo para o Bob, meu chefe. Não fazemos julgamentos morais, só fazemos nosso trabalho. O apartamento onde tudo aconteceu fica lá atrás, e minha obrigação é vigiá-lo por alguns dias para ver se alguém interessante entra ou sai. Até agora, nada, vou ficar maluca. Você me fez um favor telefonando.

Ela se inclinou um pouco para frente a fim de poder me ver melhor.

— Oi, eu sou Sue.

— Alex Delaware.

Virei para ela e nos apertamos as mãos. Milo disse a ela quem eu era.

— Conheço seu nome — disse Kramer. — Você avaliou Turner e Duchay, certo?

— Certo.

— Por falar em coisa triste...

— Duchay está morto, Sue — disse Milo. — É por isso que estamos aqui.

Kramer acariciou o cachorro.

— É mesmo? Fale-me a respeito.

Quando ele terminou, ela disse:

— Então você está pensando que se Malley for um assassino vingativo talvez tenha feito o mesmo com Lara.

— Tenho certeza de que você fez um bom trabalho, mas sabe como é quando aparece algo novo...

— Não precisa me fazer carinho, Milo. Se a situação fosse revertida, eu faria o mesmo — ela recuou um pouco no banco. A respiração do cachorro se acalmara. Kramer sussurrou qualquer coisa na orelha dele. — Fernie e eu fizemos mesmo um bom trabalho no caso Lara. O legista confirmou que foi suicídio, não havia razão para pensar não ter sido. Lara era o que vocês psicólogos chamam de profundamente deprimida, doutor. Desde a morte de Kristal ela perdera peso, tomava remédios e se recusava a socializar.

— Você recebeu essas informações de Barnett?

— Recebi.

— Eu o achei meio taciturno.

— É, ele fazia o gênero do Clint Eastwood dos velhos tempos — concordou Kramer. — Mas Fernie e eu nos ligamos a ele porque pegamos os dois monstrinhos.

— Qual foi a reação dele à morte de Lara?

— Tristeza, cansaço, culpa. Falou que deveria ter levado a depressão dela mais a sério, mas eles estavam tendo problemas e ele vinha se concentrando no trabalho.

— Que tipo de problemas?

— Problemas conjugais — respondeu Kramer. — Não insisti. O cara tinha perdido tudo.

— Então ele estava se sentindo culpado por não ter dado atenção a ela.

— Suicídio faz esse tipo de coisa. Certo, doutor? Deixa todo aquele resíduo de culpa. Como o caso em que estou trabalhando agora. A mulher odiava o marido, fez tudo o que estava a seu alcance para deixá-lo sem nada no divórcio. Mas vê-lo se esvaindo em sangue na banheira perturbou-a profundamente e agora ela fica lembrando todo o tipo de coisas maravilhosas a respeito dele e se culpando.

— Barnett expressou alguma culpa por Lara ter usado a arma dele? — perguntou Milo.

— Não — respondeu Kramer. — Nada desse tipo. Também falei com a mãe de Lara e ela disse basicamente o mesmo.

— Ela e Barnett se davam bem? — perguntei.

— Eu tinha a sensação de que não, mas ela nunca disse por conta própria nada de ruim a respeito dele — respondeu Kramer. — O que consegui dela foi que Lara realmente tinha lutado muito após a morte de Kristal e ela se sentia impotente para fazer algo a respeito, pobre mulher. Seu nome era Nina. Nina Balquin. Estava arrasada. Como poderia não estar?

— Lara tomava remédios — falei. — Conseguia a receita com o médico da família?

— Lara recusou-se a ver um terapeuta, de modo que Nina lhe deu algumas de suas pílulas.

— A mãe estava deprimida também.

— Por causa de Kristal — explicou Kramer. — Talvez houvesse mais alguma coisa. A sensação que tive foi de que aquela família lidou com muita coisa em todos aqueles anos.

— Como o quê, por exemplo? — quis saber Milo.

— Era só uma sensação, tenho certeza de que o senhor já deve ter visto isso, doutor. Há famílias que parecem viver debaixo de uma nuvem. Mas pode ser que minha opinião fosse distorcida pelo fato de eu ter estado com eles na sua pior fase.

— Duas vezes — lembrei.

— Por falar de coisas péssimas, *eu* estou ficando profundamente deprimida só de pensar no caso — disse Kramer. Ela riu baixinho e acariciou o poodle. — Fritzi é o meu terapeuta. Ele adora vigilâncias secretas.

— Não sai da linha e não fala — disse Milo. — O parceiro perfeito.

— E não precisa de privacidade para fazer pipi.

Milo deu uma risada.

— Alguma coisa mais que pudesse ser útil, Sue?

— Mais nada, rapazes. Esses casos me deixaram tão triste que mal pude esperar para fechar ambos. Assim, talvez eu tenha passado por cima de alguma coisa no caso de Lara, não sei. Mas não havia realmente nada que indicasse que Barnett estivesse envolvido no que aconteceu — ela suspirou.

— Eu não teria agido de modo diferente, Sue — disse Milo.

— Você realmente acha que ele pode tê-la assassinado?

— Você o conhece melhor do que eu.

— Eu o conheci como um pai enlutado.

— Um pai enlutado e furioso.

— A raiva não é a maneira como os homens lidam com tudo?

Nenhum de nós respondeu.

— Se Barnett culpou Lara por ter sido negligente, nunca me falou. Se posso vê-lo esperando que Duchay fosse libertado para executar sua vingança? Acho que sim. Sei que ele ficou contente quando Turner foi assassinado na cadeia — disse Sue Kramer.

— Ele disse isso? — perguntou Milo.

— Disse. Telefonei para contar o que tinha acontecido. Achei que podia sair nos jornais e ele não deveria tomar conhecimento deste modo. Barnett ouviu e não disse nada, só houve um longo silêncio. Falei: "Barnett?" E ele disse, "Eu ouvi você." Perguntei "Você está bem?" E ele, "Obrigado por telefonar. Quanto a Turner, já foi tarde", e desligou. Devo dizer que aquilo me arrepiou um pouco, porque Turner tinha 13 anos e o modo como morreu foi brutal. Ainda assim, não foi o meu filho que ele matou. Quanto mais eu pensava no sofrimento de Barnett, mais achava que ele tinha direito.

— Barnett alguma vez falou sobre Rand? — indagou Milo.

— Somente antes da sentença ser proferida. Ele disse que queria que ambos tivessem o que mereciam. O que eu suponho que tiveram, ao cabo de tudo.

Milo parou no sinal da Doheny.

— Eu me lembro de ter lido sobre a morte de Turner nos jornais — disse Kramer — mas não vi nada a respeito de Duchay. Saiu alguma coisa?

— Nada — respondeu Milo.

— Seria de imaginar que uma coisa desse tipo tivesse cobertura.

— Só se houvesse um repórter a fim de desentocar alguma coisa — disse Milo.

— É verdade — disse Kramer. — Aqueles caras vivem de declarações oficiais. Ao contrário de nós, hein, Milo? Vivíamos correndo atrás de encrenca. Tentando estancar com os dedos a água que inundava o mundo.

Milo assentiu com um grunhido.

— É melhor eu voltar logo, rapazes. Seria muito azar estar fora quando algo interessante acontece. E está na hora de Fritzi ir ao banheiro.

Ele dirigiu de volta para a Rexford.

— Deixe-me na viela de trás, Milo. Coloquei uma fitinha na parte de baixo da porta do apartamento e quero ver se alguém a rompeu.

— Super investigadora — disse Milo.

— Não vejo a hora de encerrar este caso. Quando terminar, Dwayne vai me levar para Fiji.

— Aloha.

— Você devia tomar um pouco de sol, Milo.

— Eu não fico bronzeado.

— Aqui está ótimo, grandalhão.

Milo reduziu a marcha e parou atrás de um edifício de apartamentos branco que mais parecia um caixote apoiado em vagas de carro marcadas no chão. Saltando, Kramer pôs o poodle no chão. Abaixou-se na janela de Milo e tocou no ombro dele.

— As altas patentes estão tratando você bem?

— Me deixam em paz — respondeu Milo.

— É um tipo de aceitação.

— É um tipo de nirvana.

— O que é que você acha? — ele me perguntou quando saímos da viela e seguimos rumo oeste para a Gregori Drive.

— Ela fez um trabalho competente, não cavou muito fundo.

— Que tal aquele comentário: a família vivendo debaixo de uma nuvem?

— Parece verdade. Vamos encontrar outro parente que tenha sobrevivido a Lara. Ver qual é a realidade — resmungou ele.

Capítulo 18

Segundo a lista telefônica, Nina Balquin morava na Bluebell Avenue, em North Hollywood.

Não era longe do local do suicídio da filha. Ou do Buy-Rite Plaza, ou do parque para onde sua neta tinha sido levada para ser morta.

Distância pequena também da casa dos Daneys, em Van Nuys.

Exceto pela fuga de Barnett Malley para a solidão rural, o caso estava bem amarrado.

Milo discou o número, falou rapidamente e terminou com um "Muito obrigado, senhora, isso será o suficiente."

— E lá vamos nós — disse ele. — Ficou espantada por ver que eu queria falar com ela sobre Barnett, mas não ficou zangada. Exatamente o oposto, ela é solitária como o diabo.

— Você deduziu tudo isso numa conversa de 32 segundos?

— Não deduzi nada — contrapôs ele. — Ela foi logo abrindo o jogo. Sou uma mulher solitária, tenente. Qualquer companhia será bem-vinda.

A casa era um rancho de um andar cor de polpa de melão-cantalupo, rua quente. O gramado era formado de pedrinhas verdes. Uma mangueira de jardim podia ser vista enrolada frouxamente perto dos degraus da frente, talvez para regar as begônias que cobriam metade da parede da frente. No capacho de sisal estavam escritas as letras *DJB* por cima de um brasão de armas. A campainha soou dó-ré-mi.

A mulher que abriu a porta era pequena, de indeterminada meia-idade, olhos azuis estreitos e uma tensão reluzente em torno dos ossos malares que apregoava as virtudes do aço cirúrgico. Usava uma blusa de crepe laranja com calças justas de malha preta e chinelos vermelhos de Chinatown com dragões bordados. O cabelo castanho era cortado curto como o de um garoto, com costeletas emplumadas recurvadas para a frente. Tinha um controle remoto na mão direita. O cigarro na mão esquerda soltava fumaça para baixo que se dissolvia antes de atingir o joelho.

Ela enfiou o controle remoto debaixo do braço.

— Tenente? Não demorou muito. Sou Nina — a boca sorriu, mas a pele em torno com sua textura vítrea não cooperou e a expressão foi roubada de conteúdo emocional.

A casa não tinha saguão e nós entramos diretamente em uma sala forrada de lambris e encimada por um teto inclinado de vigas aparentes. Toda a madeira era carvalho, amarelado pelo tempo. O tapete era cor de ferrugem salpicado de azul, a mobília bege, caprichosamente estofada e com cara de nova, como se tivesse sido arrancada intacta de uma loja. Em um bar viam-se garrafas, copos e uma televisão de tela plana em cima do balcão. O aparelho estava ligado. Confusão em um tribunal, o som tinha sido cortado — mas as pessoas vociferavam agressões silenciosas; um juiz careca e carrancudo brandia um martelo de madeira de um modo que não dava para fugir da teoria de Freud.

— Amo isso aí — disse Nina Balquin, referindo-se ao programa de tribunal — é muito bom ver esses idiotas receberem aquilo que fizeram por merecer. Apontando o controle remoto, ela desligou a televisão. — Drinques, cavalheiros?

— Não, obrigado.

— Fazia calor lá fora.

— Estamos bem, senhora.

— Bem, eu vou tomar — ela dirigiu-se ao bar e serviu-se de um líquido claro que estava em um jarro cromado. — Fiquem à vontade.

Milo e eu nos sentamos em um dos sofás bege. O tecido era grosseiro e cheio de granulações e senti as protuberâncias do estofamento de encontro à parte de trás das minhas pernas. Nina Balquin demorou adicionando gelo ao seu drinque. Notei que as mãos dela tremiam. Milo estudava a sala e fiz o mesmo.

Umas poucas fotos de família penduradas tortas na parede dos fundos estavam distantes demais para distinguir. Portas de correr de vidro expunham uma pequena piscina retangular. Montes de folhas e terra flutuavam na água esverdeada. Bordas de concreto estreitas demais para se sentar completavam o quintal.

Sair, mergulhar, voltar.

Nina Balquin acomodou-se perpendicular a nós e tomou um gole do seu drinque.

— Eu sei, está uma bagunça, eu não nado. Nunca usei o Barnett para a piscina. Talvez devesse. Ele podia ter sido bom para isso.

— A senhora não gostava de Barnett.

— Não o tolerava. Por causa do modo como tratava Lara. E a mim. Por que está fazendo perguntas a respeito dele?

— Como ele tratava Lara antes do assassinato de Kristal ou depois?

À menção da neta, Balquin estremeceu.

— Você pergunta, eu respondo? Tudo bem, só quero que me diga uma coisa: o filho da mãe está metido em algum tipo de encrenca?

— É possível.

Balquin assentiu.

— A resposta é que ele era péssimo para ela antes *e* depois. Lara o conheceu em um rodeio. Pode acreditar numa coisa dessas? Ela frequentou boas escolas, seu pai era dentista. O plano era mandá-la para a universidade. Mas suas notas foram uma porcaria no ensino médio. Ainda assim, havia o Plano B, o Valley College. Mas o que ela fez depois de se formar? Arranjou trabalho em um hotel-fazenda em Ojai, onde conheceu o caubói, e logo em seguida ela me telefona para informar que está se casando.

Ela engoliu a bebida, bochechou, engoliu e pôs a língua para fora.

— Lara tinha 18 anos, ele 24. Ela o assiste laçando cavalos, cães, ou seja o que for que eles laçam e de repente os dois estão em uma capelinha cafona em Vegas. Seu pai teve vontade de... matá-los — ela sorriu, sem graça. — Por assim dizer.

— Não se pode culpá-lo por ter ficado zangado.

— Zangado? Ralph ficou *furioso*. Quem não ficaria? Mas ele nunca disse uma palavra a Lara, guardou tudo dentro de si. Talvez seja por isso que alguns anos depois ele teve um câncer no estômago — ela deu uma olhada na piscina suja. — No tempo em que fizeram esse diagnóstico nós tínhamos dado entrada para comprar outra casa, em Encino, sul do bulevar, imensa, maravilhosa. Graças a Deus que Ralph tinha um seguro de vida decente.

— Lara tem irmãos? — perguntei, tentando esclarecer as fotos.

— Meu mais velho, Mark, é contador e trabalha em Los Gatos, foi diretor financeiro de uma companhia de Internet e hoje vai muito bem como consultor independente. Sandy, a mais moça, estuda sociologia na Universidade de Minnesota. Ela nunca termina de estudar; já tem um mestrado. Mas nunca me deu o menor aborrecimento.

Ela pôs na boca um pedaço de gelo, moveu-o de um lado para outro e o esmagou.

— Lara era incontrolável. Só agora sou capaz de aceitar como me sinto *furiosa* com ela.

— Por ter se casado com Barnett?

— Por isso, por tudo, por ter se *matado*! — a mão dela começou a tremer e ela descansou o copo em uma mesinha. — Meu terapeuta me disse que o suicídio é a última agressão. Lara não precisava fazer isso, realmente não precisava. Podia ter falado com qualquer pessoa. Eu *disse* a ela para se abrir com alguém.

— Fazer uma terapia — disse Milo.

— Sou uma grande fã de terapias — ela pegou o copo. — Terapia, Gin Tanqueray com tônica e Prozac.

— Quer dizer então que Lara era a filha rebelde — falei.

— Mesmo quando era pequena, a gente dizia branco, ela dizia preto. No ensino médio ela andou com uma turma péssima, motivo pelo qual suas notas pioraram. Dos três, ela era a mais inteligente, tudo o que tinha que fazer era se esforçar um pouco. Em vez de se dedicar ao trabalho, ela casa com *ele*. Em *Vegas*, pelo amor de Deus. Foi como um filme ruim. Ele era... você chegou a ver os dentes dele?

Durante os poucos segundos em que Malley tinha nos encarado não chegou a abrir a boca.

— Não se encontram em bom estado? — disse Milo.

— São podres — disse Nina Balquin. — Vocês podem imaginar o que Ralph pensava de uma coisa dessas. — Para ilustrar o contraste ela exibiu um conjunto completo de coroas de jaqueta de porcelana perfeitas. — Ele era de baixo nível, não tinha família.

— Não tinha nenhuma família?

— Toda vez que eu perguntava a ele onde tinha sido criado, quem eram seus pais, ele mudava de assunto. Quer dizer, ele era uma nova pessoa em nossas vidas, não era razoável perguntar? *Nem pensar*. Forte e calado. Só que não era forte o bastante para ganhar a vida decentemente.

Ela terminou a bebida e firmou uma mão com a outra.

— Nós temos estudo, somos uma família sofisticada. Eu colei grau em desenho e meu marido era um dos melhores endodontistas do Valley. E aí, quem surge na nossa vida? O caipira de Beverly Hills.

— Lara o conheceu em um hotel-fazenda — disse Milo.

— O importantíssimo emprego de verão de Lara — Balquin fez uma careta. — *Aqui* em casa ela nunca fez a cama, mas *lá* podia limpar quartos por um salário mínimo. Alegava que queria ganhar seu próprio dinheiro a fim de poder comprar um carro melhor que o que Ralph queria lhe dar.

— Alegava?

— Ela largou tudo depois de duas semanas e fugiu para Vegas com *ele*. Nunca comprou *nenhum* tipo de carro até que nós lhe demos um Taurus usado. Estava se rebelando contra ir a Ojai, como sempre.

— A senhora disse que Barnett trabalhava em um rodeio itinerante?

— Pelo que sei, ele encantou minha filha com truques de *corda*. Sou alérgica a cavalos... e de repente ela está casada, me informando que deseja ter montes de filhos. Não apenas filhos, *montes* de filhos. Eu quis saber quem ia arcar com a despesa de tantos bebês e ela tinha uma resposta preparada. O Caubói ia pôr de lado suas calças de vaqueiro e esporas, o que fosse, e arranjar um emprego de verdade.

Balquin resfolegou.

— Como se esperasse que eu fosse me levantar e aplaudir. O que seria essa grande carreira? Trabalhar para um serviço de limpeza de piscinas.

— Eles se casaram antes de terem a Kristal — falei.

— Sete anos — disse Balquin. — O que foi ótimo para mim. Imaginei que talvez Lara estivesse finalmente pensando direito, fazendo algum planejamento financeiro. Ela arranjou um emprego, não era grande coisa, caixa de supermercado em Vons. Quanto ao Caubói, comprou um pouco de cloro e saiu para trabalhar por conta própria.

— A senhora os via muito?

— Dificilmente. Aí um dia Lara apareceu, nervosa, encabulada. Vi logo que queria algo. E o que queria era dinheiro para um tratamento de fertilidade. Acontece que eles vinham tentando há anos. Ela me contou que engravidara algumas vezes, mas abortara. Depois mais nada. Seu médico estava pensando em algum tipo de incompatibilidade. Eu sabia que para ela aparecer estava querendo alguma coisa.

— Por que vocês tinham pouco contato? — perguntei.

— Porque era o que *eles* queriam. Nós os convidávamos para todos os eventos da família, mas nunca apareciam. Na época eu presumia que fosse por causa dele, mas agora não estou mais tão certa. Porque meu terapeuta diz que preciso me confrontar com a possibilidade da cumplicidade de Lara em uma parelha destrutiva. Como parte do processo.

— Processo? — disse Milo.

— Processo de *cura* — disse Balquin. — Tornar-me emocionalmente estável. Eu tenho um desequilíbrio químico que afeta meu estado de espírito, mas também preciso assumir minhas responsabilidades pessoais em relação ao meu modo de reagir a situações estressantes. Minha nova terapeuta diz que tudo tem a ver com perda e me trouxe ao ponto em que não tenho mais problemas ao falar sobre Lara. Por isso seu telefonema foi tão perfeito. Depois que você ligou contei a ela que íamos conversar. Achou que era carma.

Milo assentiu e cruzou as pernas.

— A senhora deu o dinheiro do tratamento para Lara?

— Os dois não tinham seguro-saúde. E também não sei se o tratamento de infertilidade seria coberto pelo seguro. Senti pena dela, sabia que tinha sido difícil vir com a mão estendida. Mandei que falasse com o pai e ela me agradeceu. Na verdade, me abraçou.

Os olhos de Balquin pestanejaram. Ela se levantou e recompletou seu copo.

— Posso arranjar um refrigerante para vocês.

— Estamos realmente bem, senhora. Quer dizer então que seu marido concordou em pagar o tratamento de Lara.

— Dez mil dólares. Primeiro ele disse que não, depois, é claro, concordou. Ralph tinha o coração mole. Lara recebeu o cheque e foi a última vez em que soubemos dela. Depois voltaram à velha rotina, sem retornar meus telefonemas. Minha terapeuta diz que eu tenho que enfrentar a possibilidade dela ter me usado.

— Como assim?

— É possível que ela nunca tenha dado o dinheiro ao médico.

— Por que a senhora desconfiaria de uma coisa dessas, madame?

A mão de Balquin que segurava o copo ficou branca.

— Carreguei Lara na barriga durante nove meses e às vezes sinto tanto a falta dela que não aguento nem pensar. Mas eu preciso ser objetiva para minha própria saúde mental. Sempre suspeitei que aqueles dois torraram o dinheiro com alguma outra coisa porque logo depois que demos os 10 mil, eles se mudaram para uma casa maior e ainda sem bebê. Lara disse que Barnett precisava de espaço para o seu piano. Eu achava um desperdício, tudo o que ele tocava eram canções country-western, e não muito bem. Kristal não chegou senão anos mais tarde, quando Lara já tinha 26 anos.

— Deve ter sido uma felicidade — falei.

— Kristal? — ela piscou mais um pouco. — Uma lindinha, uma fofa. Do pouco que a vi. Ali estava eu, uma avó, e nunca conseguia ver minha neta. Lara fez lá suas escolhas, mas sei que *ele* desempenhou um papel nisso. Ele a isolou.

— Por quê?

— Não sei. Aquele homem nem uma só vez pronunciou uma única palavra agradável para qualquer um de nós. A despeito dos nossos sentimentos acerca do casamento, tentamos ser gentis. Quando voltaram de Vegas nós lhes oferecemos uma festinha, no hotel Sportsman's Lodge. O convite dizia "Traje social". *Ele* apareceu de calça jeans suja e uma dessas camisas de caubói com pressões em vez de botões. O cabelo era comprido e desgrenhado, meu Ralph era um homem verdadeiramente elegante, vocês podem imaginar. Lara gostava de se vestir bem, mas mudou. Foi com uma calça jeans tão imunda quanto a dele e uma camiseta sem mangas com aparência de bem baratinha.

Ela sacudiu a cabeça.

— Foi embaraçoso. Mas Lara era assim mesmo. Sempre mantendo as coisas animadas.

— Minha senhora — disse Milo —, seria doloroso demais falar sobre o suicídio?

Os olhos de Nina Balquin se voltaram para cima.

— Se eu dissesse que sim, você desistiria?

— Claro.

— Bem, *é* doloroso, mas eu *não* quero que você desista. Porque a culpa não foi minha, não importa o que digam. As escolhas sempre foram feitas por Lara em toda sua vida, a que ela deu fim com uma *escolha* horrível, burra e perversa.

— Quem diz que a culpa é sua? — perguntei.

— Ninguém. Ninguém e todo mundo, implicitamente. Se você perder um filho em um acidente ou doença, todo mundo sente pena. Se perder em um suicídio as pessoas olham para você como se fosse a mais horrível das mães sobre a face da Terra.

— Como Barnett reagiu ao suicídio?

— Não sei dizer, nós nunca conversamos a esse respeito — seus olhos se cerravam e se abriam. — Mandou que Lara fosse cremada e nunca teve a decência de providenciar um serviço religioso. Sem funeral, sem uma cerimônia fúnebre. Ele me tapeou, *o filho-da-mãe.*

Vocês podem me dizer de que ele está sendo suspeito? Tem alguma coisa a ver com drogas?

— Barnett usava drogas? — perguntou Milo.

— Ambos fumavam maconha. Talvez fosse este o motivo pelo qual Lara não conseguia engravidar... não dizem que prejudica os ovários ou sei lá o quê?

— Como sabe que eles usavam drogas?

— Conheço os *sinais*, detetive. Lara era uma maconheira quando estava no ensino médio. Nunca vi sinais de que tivesse parado.

— Os maus amigos com que passou a andar — falei.

— Um bando de garotos mimados — disse ela. — Zanzando por aí nos BMW's dos pais, com a música ligada ao volume máximo e fingindo que eram moradores de gueto. Nenhum dos meus outros dois filhos caiu nessa bobagem.

— A senhora imagina que Lara continuou usando maconha depois que se casou?

— Sei que usou. As poucas vezes em que visitei seu apartamento, as poucas vezes em que ela me deixou entrar, tudo estava uma bagunça e dava para sentir o *cheiro* da coisa no ar.

— Eles alguma vez usaram algo mais forte que maconha?

— Não me surpreenderia — Balquin olhou para ele. — Então isto *é* sobre drogas. Barnett está vendendo drogas?

— A senhora teve alguma notícia dele vendendo drogas?

— Não, mas estou sendo lógica. Os usuários não costumam passar a traficantes para financiar seu hábito? E todas aquelas armas que ele tem? Lara não foi criada com aquele tipo de coisa, nunca tivemos mais que uma espingarda de ar comprimido em casa. De repente eles têm rifles, pistolas, uma coisa horrível. Ele as conservava à vista de todos, em um estojo de madeira, do modo como as pessoas sofisticadas exibem livros. Se você não estiver fazendo nada de proibido, por que vai precisar de tantas armas?

— Alguma vez perguntou a ele?

— Comentei com a Lara. Ela me disse para cuidar da minha vida.

Procurei prateleiras de livros na sala. Nada senão os lambris de carvalho e as fotos na parede dos fundos.

— Lara usou uma daquelas armas para se matar — disse ela. — Espero que ele esteja feliz. — Nina Balquin cerrou os punhos. — Se ele for traficante, espero que vocês o peguem e o prendam para sempre. Porque a última coisa que minha filha precisava era outra má influência.

Ela raspou um incisivo com a ponta de uma unha, levou o copo aos lábios e bebeu vagarosa mas firmemente. Acabou com aquela dose sem respirar.

— Há mais alguma coisa que gostaria de nos contar, senhora? — perguntou Milo.

— Eu não deveria dizer isto, mas... Ah, que diabos, ela se foi, assim como Kristal, e eu preciso me concentrar em reconstruir minha vida — ela esticou o rosto de novo e manteve a tensão por tanto tempo que até mesmo os músculos remodelados de suas faces e queixo cederam. — Eu sempre me perguntei se as drogas teriam algo a ver com o fato de Lara ter perdido Kristal de vista. Lara insistiu em afirmar que foi só por um segundo, que a loja estava apinhada de gente e que ela virou o rosto e a menina tinha desaparecido. Mas as drogas não deixam os reflexos mais lentos?

Milo descruzou as pernas e sacou o bloco, mas não escreveu nada.

— É uma coisa terrível para se falar da própria filha — disse Nina Balquin —, mas de que outra maneira pode explicar? Criei três filhos, e quando aprendeu a andar, Mark era um verdadeiro foguete, andando por toda parte, não se podia fazer com que ele se sentasse. Mas nunca o *perdi*. Como é que se consegue *perder* um filho?

Sua voz subiu e ela terminou a frase praticamente gritando. Jogou o corpo para trás bruscamente e massageou a têmpora esquerda.

— Maldita dor de cabeça! O doutor diz que é cefaleia... Mas o fato é que a última coisa que eu queria era pôr a culpa na minha filha... Talvez seja por isso que Lara sentiu-se culpada a ponto de fazer o que ela... ah, *bote para fora, Nina*! Talvez tenha sido por isso que ela se *matou*!

Ambas as mãos de Nina Balquin começaram a tremer violentamente. Ela sentou em cima delas e fechou os olhos.

— Sabemos como é isso é difícil, senhora. Agradecemos muito a sua franqueza.

Ela abriu os olhos. Suas feições eram inexpressivas.

— Um insight — disse ela — pode ser detestável.

Enquanto Milo agradecia, andei até o fundo da sala e dei uma olhada nas fotos. Um casal de seus 30 anos e dois filhos abaixo de 10 — o filho contador e família. Uma mulher que lembrava Lara Malley, usando toga e capelo. Rosto mais pesado que o de Lara, o cabelo ruivo fugindo por baixo do capelo. A irmã Sandy.

Nenhuma imagem de Lara, mas sob seus irmãos, metida numa moldura barata, uma foto 7 x 12 de Kristal. Era bem criança ainda — tinha menos de 1 ano pelo jeito como precisava de apoio para ficar sentada. Usava um vestido de vaqueira cor-de-rosa e um chapéu combinando. No fundo cavalos selvagens e cactos, uma fatia muito fina de lua acima da planície, pintada com aerógrafo. Provavelmente tirada numa dessas lojinhas especializadas em fotos infantis do tipo que se encontra em todo shopping.

Uma menina sorridente, rechonchuda, bochechas rosadas. Grandes olhos castanhos fixos na lente da máquina. Queixo molhado — salivação do nascimento dos dentes.

— Ganhei esse quando fui vê-los e levei um presente de Natal para Kristal. Eles tinham uma pilha de retratos dela. Tive que *pedir* esse aí — disse Nina Balquin.

Nós a deixamos de pé junto à porta, nova bebida na mão.

— Às vezes *minha* família louca não parece tão ruim — comentou Milo, depois que nos afastamos.

— A mãe odeia Barnett, mas nunca chegou a pensar que ele pudesse ter matado Lara — falei.

— Essa mulher é tão frágil que fiquei esperando, o tempo todo, a hora em que teria que pegar seus fragmentos. Imagine como reagirá se viermos a descobrir que Barnett é muito pior do que imaginou.

Milo escolheu ruas comuns e não a via expressa, pegou o Boulevard Van Nuys norte e fez a ligação com Beverly Glen. Quando fizemos a curva atravessando o canyon, ele disse:

— Exatamente como a região onde mora o Malley, hein? A não ser pelas casas de zilhões de dólares, quadras de tênis, muito mais jardins e a ausência de parques de trailers.

— Ajusta-se com perfeição — falei.

— Alguma coisa que Balquin disse serviu para aperfeiçoar o perfil psicológico de Malley?

— Se é que se pode acreditar nela, Malley isolou Lara da família dela, manteve a boca fechada a respeito de suas origens e usava maconha. Nós sabemos que a parte a respeito da coleção de armas é verdadeira. Acrescente o modo como reagiu a nós e temos aí potencial para algo bem desagradável.

— Os sujeitos que isolam as esposas não costumam abusar delas?

— É um fator de risco. Se a abordagem básica dele era nós contra o mundo, a morte de Kristal a teria reforçado.

— O mundo é um lugar podre e perigoso, de modo que é preciso permanecer armado e vigilante.

— E reagir. O que me interessa é a suspeita de Nina de que a filha fosse negligente devido ao uso de drogas. O que, quando se trata da própria filha, é dureza. Não importa a quanta terapia você se submeta.

— Barnett teria então motivo para culpar Lara. Muito embora ele também seja um drogado.

— Lara era a mãe de Kristal — falei. — E as mães geralmente são culpadas. Depois que Troy e Rand foram presos, Lara e Barnett começaram a examinar as próprias vidas. Tratava-se de um casal que tinha dificuldade para conceber. Finalmente conseguiram ter uma filha só para a perderem da pior maneira possível. O estresse no relacionamento deles pode ter gerado uma tensão que cresceu ao ponto de tornar-se insuportável, e são ditas coisas ruins. Talvez Lara tenha resolvido não tolerar mais o abuso.

— Ficou afirmativa demais com o caubói — Milo apontou um dedo para o para-brisa. — Bum.

— É verdade. Bum.

Capítulo 19

Durante a maior parte do trajeto de volta à cidade, Milo investiu contra a burocracia da polícia de Los Angeles a fim de obter o arquivo completo do suicídio de Lara Malley.

Deixei minha mente divagar, terminando em alguns lugares interessantes.

Ele parou o carro em frente à minha casa.

— Obrigado. Adiante. Em algum lugar.

— Você está disposto a mais algumas especulações?

— O quê?

— Nina Balquin suspeita de que Malley estivesse envolvido com o comércio de drogas. Se isso for verdade, pode-se presumir que ele conheça gente desagradável. Do tipo capaz de conseguir que seja feita alguma coisa atrás das grades.

Ele se virou para me encarar.

— A agressão a Troy Turner? De onde surgiu *essa ideia*?

— Associação livre.

— Turner foi condenado pela gangue. Afinal, ele agrediu um Vato Loco.

— E talvez tenha mesmo acontecido assim.

— Por que não seria, Alex?

— Por que um garoto de 13 anos ficaria pendurado em um depósito sangrando por uma hora antes de alguém notar?

— Porque a C.Y.A. é uma bagunça.

— OK — concordei.

Milo empurrou o encosto do banco para trás violentamente e esticou as pernas.

— Malley providencia o fim de Turner um mês depois do início da sentença dele, mas espera oito anos para liquidar a fatura de Rand?

— Esta parte é problemática — retruquei.

— Claro que é.

— Posso oferecer uma explicação, mas seria uma imensa conjectura.

— O contrário de louca especulação?

— Malley ansiava por vingar-se da morte da filha. Via Troy Turner como o assassino principal, e por isso Troy pagou logo pelo que fez. Depois desta satisfação, a raiva de Malley declinou. É possível que nem sequer tenha decidido que Rand merecia a penalidade máxima. Mas os dois estiveram juntos de novo e alguma coisa saiu errada.

— Malley mata a própria mulher rapidamente e liquida Rand com uma diferença de oito anos?

— Se ele pôs a culpa em Lara pela morte de Kristal, isso significaria um nível totalmente diferente de ódio.

— Você só mata a quem ama? Não sei, Alex, é um salto grande.

— A própria *mãe* de Lara ainda está com raiva dela. Havia uma foto da neta na sua casa, mas nenhuma da filha. Ponha-se no lugar de Barnett. Todos aqueles anos de infertilidade e ela põe tudo a perder daquele jeito.

— É verdade — disse ele.

— Há também uma razão prática para não matar Rand imediatamente após Troy. Os dois sendo assassinados em datas próximas poderiam levantar desconfianças de vingança. Lara era diferente, não havia razão para presumir que sua morte fosse outra coisa que não suicídio.

— Sue não suspeitou. E ela era uma policial inteligente. Talvez...

— Se Malley realmente matou Lara e conseguiu enganar o legista e a polícia, isso implica astúcia e planejamento. O que é coerente com a capacidade de postergar satisfação. O que é o estilo de vida de Malley... ascético. Talvez ele tenha ruminado sobre o destino de Rand por anos e por fim decidiu verificar o grau do arrependimento de Rand.

— Você fracassa, você morre — disse ele. — Revólver calibre 38. Arma de caubói... Ainda assim oito anos é um bocado de tempo para se esperar.

— Talvez os oito anos tenham sido interrompidos por contatos periódicos, como um período de teste dilatado para Rand.

— Malley visitou Rand na prisão? Frente a frente com o vagabundo que matou sua filha?

— Visita pessoal ou cartas ou telefonemas — falei. — Você já viu isso, vítimas e ofensores fazendo contato após a prisão. A iniciativa pode ter sido de Rand. Queria aliviar a culpa e deu o primeiro passo.

— Você consegue ver Malley reagindo a algo assim? Não estamos falando do Sr. Delicadeza.

— Oito anos mudam as pessoas. E só porque ele coleciona armas não quer dizer que não tenha sentimentos.

— Parece argumento de advogado de defesa — o rádio ligado na faixa da polícia soou. Milo estendeu a mão rapidamente e desligou. — Acho que eu vou ter que ralar um bocado para arranjar a lista dos visitantes de Rand. O que, tendo em vista o fato da C.Y.A. ser uma *grande* bagunça, não vai ser simples. E já que estarei às voltas com papelada, vou também tentar ver o que consigo descobrir a respeito da morte de Turner. E não vamos esquecer da alegria de escavar a história pessoal de Malley.

— Fico sempre feliz por alegrar seu dia.

— Ei — disse ele. — É mais do que eu tinha antes de você começar com sua *associação* livre.

Cinco mensagens na minha secretária eletrônica. Quatro viciados e Allison, toda animada.

— Estou livre! Amanhã às 7 da manhã pego um voo JetBlue. Devo chegar em Long Beach às 10h30.

Liguei para o celular dela.

— Recebi a boa notícia.

— Despejei uma boa parcela da culpa no primo Wesley — disse ela. — Meu Ph.D posto em uso prático. Ele vem de Boston hoje de noite. Já fiz as malas e estou pronta para partir.

— Como a vovó encarou?

— Houve algumas fungadelas delicadas, mas ela está dizendo as coisas certas.

— Pegar um avião às 7 horas da manhã em Nova York significa dirigir na noite escura de Connecticut até lá.

— Providenciei para que um carro me pegar às 3h30 — disse ela. — Isso lhe diz o quanto estou motivada? No dia seguinte ao da minha chegada eu atendo pacientes, mas se você tiver tempo amanhã podíamos nos divertir um pouco.

— Diversão é ótimo — falei. — Eu pego você.

— Reservei um carro em Long Beach também.

— Cancele a reserva.

— Ooh — disse ela. — Sujeito durão.

Às 21 horas meu serviço de recados telefonou. Eu tinha engolido um sanduíche e uma cerveja e estava pronto para voltar para a leitura de uns jornais.

— É uma pessoa chamada Clarice Daney, doutor — disse a telefonista.

— Cherish Daney.

— Como?

— Eu conheço uma Cherish Daney.

— Ah, sim, pode ser isso, é a caligrafia da Loretta... sim, é possível, doutor. Quer que eu a ponha em espera ou devo transferir? Ela disse que não era emergência.

— Eu atendo.

— Ah — disse Cherish Daney. — Desculpe, eu só ia deixar um recado. Não precisava interromper sua noite.

— Sem problema. O que é que há?

— Na verdade eu estava querendo falar com o tenente Sturgis, mas me disseram que ele está fora da cidade. Por isso pensei em telefonar para o senhor. Espero que não haja problema.

Fora da cidade?

— Tudo bem. O que a senhora tem em mente, Ms. Daney?

— Depois de sua saída percebi que não tive chance para falar muito sobre Rand. Meu marido falou com vocês, mas há algo que eu penso que devo acrescentar.

— Por favor.

— OK. Provavelmente não é nada, mas acho que vocês deviam saber que Rand esteve realmente inquieto o fim de semana todo. Mais do que inquieto. *Altamente* agitado.

— Seu marido disse que ele estava com medo.

— Drew sabia a razão?

Lembrei-me do comportamento protetor de Daney e decidi que Cherish era adulta e que eu me importava mais com a sua reação.

— Ele falou que Rand achava que alguém rondara perto de sua janela à noite. Pela manhã ele vira uma picape escura afastando-se da sua casa e, por alguma razão, isso o preocupou.

— A picape escura — disse ela. — Drew me contou tudo isso, mas estou me referindo a algo diferente. Havia uma coisa séria na cabeça de Rand *antes* de ser libertado. Na verdade começara algumas semanas antes. Eu quis que ele se abrisse, mas tinha que ir com calma, tendo em vista tudo por quanto ele passara.

— Fazer com que ele se abrisse — repeti.

— Não sou psicóloga, mas tenho um certificado de conselheira espiritual. Os sinais não verbais estavam todos presentes, doutor. Falta de concentração, perda de apetite, insônia, inquietação em geral. Debitei tudo isso na conta do nervosismo pré-libertação, mas agora estou na dúvida. Já que começou bem antes de recebermos Rand em casa, não penso que tivesse nada a ver com ele ser seguido por uma picape.

— Pode me falar mais a esse respeito? — perguntei.

— Como eu disse, ele parecia agitado há algum tempo. Mas quando o pegamos em Camarillo, estava péssimo. Pálido, trêmulo, realmente não era ele mesmo. Na viagem para casa paramos para botar gasolina e quando meu marido foi ao toalete, eu e Rand tivemos alguns instantes sozinhos. A essa altura, mal conseguia ficar sentado quieto. Perguntei o que estava acontecendo e ele não respondeu. Decidi ser *um pouco* persistente e finalmente ele me disse que havia algo que queria me contar. Perguntei o que era, ele pigarreou sem graça e por fim disse que era sobre o que tinha acontecido com Kristal. Aí começou a chorar, o que o deixou realmente envergonhado. Tentou engolir as lágrimas e obrigou-se a sorrir. Antes que eu tivesse uma chance para investigar, Drew voltou com refrigerantes e sanduíches e eu percebi que Rand não queria que eu dissesse nada. Planejei continuar no fim de semana, mas por algum motivo não houve uma boa oportunidade. Quisera ter tido, doutor.

— Alguma coisa sobre o que aconteceu com Kristal — repeti. — Alguma ideia do que era?

— Suponho que ele precisava desabafar. Porque nunca realmente lidara com o que tinha acontecido. Durante nossas visitas ele havia expressado algum remorso. Mas talvez agora, com a perspectiva de liberdade no seu horizonte, ele estivesse chegando a uma posição em que pudesse assumir um maior grau de responsabilidade.

— Como, por exemplo?

— Ter consciência do seu arrependimento. Possivelmente por meio de gestos pró-ativos.

— Acho que não entendi direito.

— Eu sei. Isto deve soar como jargão incompreensível para o senhor. E não estou segura de que eu mesma entenda. Mas não posso deixar de pensar que Rand queria dizer *algo* que não disse antes. Seja o que for, estou muito arrependida por não ter extraído dele a tempo.

— Parece que você fez mais por ele do que qualquer outra pessoa.

— É bondade sua, doutor, mas a verdade é que com todos os outros menores aos nossos cuidados exigindo tanto a minha atenção, eu devia ter reagido mais... afirmativamente.

— A senhora está querendo dizer que a culpa de Rand tem algo a ver com o assassinato dele?

— Não sei o que estou dizendo. Para ser sincera, estou me sentindo bastante tola neste instante. Por incomodá-lo.

— Não é incômodo algum. O que foi que Rand lhe disse antes?

— A princípio ele alegava não se lembrar de nada. Talvez fosse verdade mesmo, sabe como é, repressão. De qualquer forma, a psicodinâmica seria a mesma não é, doutor? A enormidade de sua transgressão foi demais para sua alma suportar, por isso ele se fechou e organizou sua defesa. Estou fazendo sentido?

— Claro.

— Quer dizer, isso era tudo o que aquele menino podia fazer para conseguir sobreviver a cada dia. Dizem que aquilo é uma instituição para recuperação de menores, mas na verdade não é nada disso.

— Havia cicatrizes antigas no corpo de Rand — lembrei.

— Ah, eu sei — a voz dela falhou. — Tomei conhecimento de cada agressão, mas nunca fui autorizada a visitá-lo quando ele estava na enfermaria. Quando chegamos em casa Rand trocou de roupa e levei as roupas dele para lavar. Quando tirou a camiseta dei uma olhadela nas costas dele. Eu não devia ter ficado chocada, mas era asqueroso.

— Fale-me sobre as agressões.

— O pior foi quando ele foi espancado por alguns membros de gangue e apunhalado diversas vezes sem o menor motivo. Rand não era brigão, muito pelo contrário. Mas isso os deteve?

— O quão seriamente ele foi espancado?

— Ficou na enfermaria por quase um mês. De outra vez foi surpreendido pelas costas e bateu com a cabeça enquanto tomava banho. Tenho certeza de que houve outros incidentes sobre os quais não falava. Era um garoto grande e forte, por isso se recuperava. Fisicamente. Depois do esfaqueamento eu me queixei ao diretor, mas foi o mesmo que cuspir contra o vento. Os guardas batem nos internos, também. Sabe como eles se autodenominam? Conselheiros. É o que dificilmente são.

— Esses tipos de experiências podem deixar a pessoa sobressaltada — falei.

— Evidente que sim — disse ela. — Mas Rand tinha se adaptado e não foi senão com a aproximação da sua soltura que os sintomas começaram. Ele era uma pessoa surpreendente, doutor. Não sei se eu teria aguentado oito anos naquele lugar sem enlouquecer. Se ao menos eu pudesse tê-lo orientado melhor... Uma coisa que acontece quando se trabalha com pessoas é que se é constantemente lembrado que só Deus é perfeito.

— Você também visitou Troy?

— Duas vezes. Não houve muito tempo, houve?

— Troy chegou a expressar alguma culpa?

Silêncio.

— Troy nunca teve chance de crescer espiritualmente, doutor. Aquela criança não teve a menor chance neste mundo. Seja como for, era isso que eu queria lhe falar. Se é ou não relevante, não sei.

— Transmitirei ao detetive Sturgis.

— Obrigada... Mais uma coisa, Dr. Delaware.

— O que é?

— Seu relatório sobre os meninos. Nunca tive a chance de lhe dizer na ocasião apropriada, mas achei que o senhor fez um belo trabalho.

Foi Rick Silverman quem atendeu na casa de Milo.

— Estou do lado de fora, Alex. O Grandalhão pegou um avião para Sacramento há duas horas.

— Onde ele vai ficar?

— Em algum lugar em Stockton, perto de uma prisão juvenil. Tenho que correr, batida de carros, traumas múltiplos. Estou de folga, mas o hospital precisa de médicos extras.

— Vai.

— Foi bom falar com você — disse ele. — Se falar com ele antes de mim, diga que eu cuido de Maui.

— Planos de férias?

— Supostamente.

Capítulo 20

Diversão.

O corpo de uma mulher dobrado junto ao seu, inalar sua pele, cabelo.

Pôr a mão em concha na curva de sua anca, acompanhar o xilofone de suas costelas, a saliência do seu ombro.

Ajeitei-me e fiquei observando Allison dormir. Absorvi o ritmo de sua respiração e segui o lento desvanecimento do rubor que tinha se espalhado pelo seu peito.

Saltei da cama, enfiei a cueca e uma camiseta e escapei.

Na hora em que ela chegou na cozinha usando meu roupão amarelo velho, eu já tinha feito café, checado meu serviço de mensagens e pensado um bocado no telefonema de Cherish Daney.

Rand querendo falar a respeito de Kristal. A mesma coisa que ele me dissera.

Não, não fora exatamente assim. Ele mastigou as palavras, eu levantei o assunto e ele concordou.

Desabafar.

Allison resmungou algo que podia ter sido um "Oi". Seu modo de andar era inseguro e o cabelo negro estava solto e rebelde naquele jeito bonito que só o cabelo realmente grosso consegue ficar. Ela piscou algumas vezes, lutou para manter os olhos abertos, dirigiu-se para a pia, abriu a torneira e molhou o rosto. Apertando o cinto do roupão ela se secou com uma toalha de papel e sacudiu a cabeça como um cachorrinho.

Bocejo. A mão chegou atrasada para ocultar a boca.

— Desculpe.

Quando a abracei ela caiu contra mim tão pesadamente que imaginei pudesse ter voltado a dormir. De salto alto Allison não era nenhuma giganta. Descalça, mal alcançava meu ombro. Beijei o topo de sua cabeça. Ela me deu uma palmadinha nas costas, um gesto curiosamente platônico. Conduzi-a até uma cadeira, enchi uma caneca de café e pus uns biscoitos de gengibre num prato. Ela os havia comprado semanas atrás. Vivo dizendo a mim mesmo para aprender a cozinhar direito, mas quando estou sozinho vai qualquer coisa que seja mais fácil.

Allison contemplou os biscoitos como se fossem uma curiosidade exótica. Coloquei um nos seus lábios e ela mordiscou, mastigou com esforço e engoliu de uma vez.

Consegui fazer com que bebesse um gole de café e ela sorriu para mim aturdida.

— Que horas são?

— Duas da tarde.

— Ah... Aonde você vai?

— Ficar aqui mesmo.

— Não conseguiu dormir?

— Tirei uma soneca.

— Desmaiei como um bebum — disse ela. — Nem sei em que fuso horário estou... — Seus olhos desviaram-se para a caneca. — Mais? Obrigada. Por favor.

Meia hora mais tarde ela estava de banho tomado, maquiada, penteada, de camisa de linho branca, calça preta folgada, botinhas de cano curto com saltos finos demais que não aguentariam o peso de um chihuahua.

Allison não tinha comido desde o chá com a avó na tarde do dia anterior e comentou qualquer coisa em voz alta sobre proteínas.

A escolha foi mútua e fácil: uma churrascaria em Santa Mônica que frequentávamos quando precisávamos de sossego. Carne de primeira, bar excelente. Ademais, tinha sido lá que havíamos nos encontrado pela primeira vez.

Do lado de fora a temperatura subira a 24° e pegamos o Jaguar XJS dela porque era conversível. Eu dirigi e ela manteve os olhos fechados durante o trajeto, uma das mãos descansando sobre a minha coxa.

Dia glorioso. Pensei em como estaria o tempo em Stockton.

Eu estivera lá uma vez anos atrás, em uma avaliação determinada pelo tribunal. É uma bela cidadezinha agrícola ao sul de Sacramento, no coração do vale de São Joaquim, com um porto fluvial. Situada tão ao interior, em meio a tantos campos planos, tinha que ser mais quente.

A essa altura, Milo estaria suando, provavelmente praguejando.

Pensando em Maui?

O caso que me levara a Stockton tinha sido de Vara de Família. Um taxista croata recém-divorciado tinha fugido com seus três filhos apenas para ser apanhado três meses depois na periferia de Delano, ao tentar roubar uma loja de conveniência usando os filhos como vigias. Condenado a dez anos, ele foi para a cadeia e exigiu guarda conjunta e visitas regulares à prisão. O fato da mãe ser uma viciada em metadona que começou a sair com motociclistas fora-da-lei deu à sua pretensão substância bastante para acionar a máquina da lei.

Fiz o melhor que pude para proteger as crianças. Um juiz idiota estragou tudo...

A mão de Allison saiu de meu joelho e pressionou meu rosto.

— Em que você está pensando?

Robin sempre detestara ouvir a parte feia do meu trabalho. Allison adora. Ela carrega uma pistola na bolsa, mas meu impulso é sempre protegê-la.

— Alex?

— Sim?

— Não fiz uma pergunta retórica, querido.

Estávamos a uma quadra do restaurante. Comecei a falar.

* * *

Breve interrupção enquanto pedimos uma bisteca para dois e uma garrafa de vinho tinto francês.

— Parece que o Sr. e a Sra. Daney não se comunicam muito bem — disse ela.

— Por que diz isso?

— O marido guarda um segredo da esposa e conta a você que Rand tem medo de ser seguido, fala sobre a picape escura. Tudo parece bem fundamentado, Rand *foi* assassinado. Mas a Madame minimiza este fato e orienta você em outra direção.

— Na verdade ela não orientou nada. Praticamente só fez recitar um monte de psicologismo barato.

— A culpa por não ter feito com que ele se abrisse. Ela usou mesmo essas palavras?

Assenti.

— Ela é terapeuta?

— Tem um certificado qualquer de aconselhamento espiritual.

— No futuro todos *estarão* atendendo segundo alguma forma de terapia, de modo que não haverá tempo para ninguém *ser* atendido. Talvez eu devesse bater em retirada para a medicina veterinária.

— Você pensaria do mesmo modo depois de conhecer Spike?

— Você ama Spike como um irmão, admita.

— Os nomes de Caim e Abel lembram a você alguma coisa?

Ela riu, serviu mais vinho e ficou pensativa.

— A impressão é de que Rand era projeto dessa mulher e ela imaginou que podia curá-lo. Agora que está morto, atormenta-se com a ideia de que estivesse escondendo um segredo profundo e tenebroso que devia ser revelado, o que pode ser verdade, afinal ele deu a entender a mesma coisa a você. A grande questão é saber se o segredo era relevante em relação ao seu assassinato. Não parece que a Sra. Daney tivesse algo de substancioso para dizer a esse respeito. Ela está basicamente preocupada com sua própria culpa.

— Por que então ela tentou falar com Milo?

— Para sentir que cumpriu seu dever cívico — Allison brincou com meus dedos. — Por outro lado, Rand telefonou para você por uma razão e poucas horas depois estava morto.

A comida chegou.

— Você não tinha ideia do que Rand queria falar?

— Ele terminou dizendo que era uma boa pessoa. Imaginei que estivesse atrás de algum tipo de absolvição.

— Faz sentido, não somos tão diferentes assim dos padres.

— O que me intriga, é por que ele veio me procurar. Meu papel no caso foi mínimo.

— Talvez não para ele, Alex. Ou talvez ele só quisesse acertar as coisas com todos relacionados ao caso. O que, certamente, incluiria o pai de Kristal. Que, por acaso, dirige uma picape preta.

— Com o que se volta a Barnett.

— O que você sabe a respeito desse cara?

— A mãe de Lara tem certeza de que ele e a filha mexiam com drogas, suspeitando inclusive que ele podia ser traficante. Afirma também que Barnett isolou Lara, o que me fez pensar em abuso. Ele vive isolado na roça e coleciona armas.

— Parece um feiticeiro.

— A mãe de Lara também especulou, pensando em voz alta, que Lara poderia estar drogada quando perdeu Kristal.

— Perdeu Kristal — repetiu Allison. — Parece que a gente está dizendo que ela perdeu as chaves do carro.

Terminamos a sobremesa e o café, levamos um longo tempo para reagir. Allison lutou pela conta e finalmente, ruborizada, levou a melhor.

— É bom ter você de volta — falei. — Mesmo que não me deixe pagar.

— É bom estar de volta... Tem uma coisa que me intriga, Alex. Posso entender que a Lara dopada aborrecesse o marido. Mas por que Rand ia se importar com isso, ou mesmo saber que isso tivesse acontecido?

Não tive resposta.

Ela puxou minha manga.

— Estou sendo chata? Desculpe, você estimulou minha curiosidade.

— Tudo menos isso. Continue.

— O crime foi supostamente aleatório, certo? Os garotos nunca tinham visto Kristal antes de tê-la sequestrado?

— Eles disseram que de repente a viram andando sem destino e sozinha. Por quê?

— Parece estranho. Uma garotinha em um shopping, toda aquela gente lá dentro. Dava para pensar que não iria muito longe sem que alguém interviesse.

— Liquidação de Natal — expliquei. — Todo mundo a fim de uma pechincha. Talvez ninguém tenha notado porque não houve uma briga evidente. Ao observador distraído podia parecer uma dupla de adolescentes pajeando a irmãzinha mais moça.

— Suponho que sim.

— O que a está incomodando, Allison?

— Kristal tinha 2 anos, não é?

— Ia completá-los em um mês.

— É o período em que se manifesta com maior força a ansiedade da separação. Por que não teria havido uma briga?

— Algumas crianças são mais dadas que outras — falei.

— E algumas crianças negligenciadas e que sofreram abusos não mostram a menor ansiedade diante de estranhos. Havia alguma indicação de abuso infantil?

— A autópsia não revelou fraturas antigas ou cicatrizes e o corpo estava bem nutrido. Suponho que se as acusações feitas por Nina, a avó, de drogas e isolamento fossem verdadeiras, deveria haver também algum grau de negligência.

— A que distância do shopping os Malleys moravam?

— Pouco menos de mil metros.

— Assim, Lara provavelmente ia lá sempre.

— A que distância eles estavam do conjunto residencial?

— Mais ou menos a mesma distância. Você supõe que os meninos conheciam Kristal embora tivessem afirmado o contrário?

— Eles circularam pelo fliperama, podem ter tido oportunidade de vê-la. Talvez tivessem notado o lapso de atenção de Lara e falado com Kristal quando ela tirou os olhos da filha. Isso tornaria mais fácil levá-la.

— Premeditação — falei. — Os meninos planejaram tudo antes e mentiram para não piorar o seu lado? Acha que era disso que Rand se arrependia?

— Ou o contrário, Alex. Rand lhe disse que era uma boa pessoa. Estava, portanto, querendo *minimizar* sua culpa, e que melhor modo de fazer isso que atribuir o grosso da culpa aos outros? Troy, por exemplo. Mas também *Lara*, porque Rand a vira perder Kristal antes. Certamente não era nada que Lara viesse a admitir, mas que poderia tê-la mortificado, contribuído para sua depressão e suicídio. Todas essas coisas Barnett tinha deixado para trás, e aí apareceu Rand trazendo tudo de volta. Tocando na ferida.

Minha digestão interrompeu-se e o bife ficou parado no meu estômago.

— Rand não era inteligente, suponho que pudesse ter interpretado os sinais erradamente. Você tem uma mente fértil.

— Só estou pensando em voz alta, querido. Como você faz.

— Que casal engraçado nós somos — falei.

— Somos mesmo, Alex. Qualquer pessoa pode falar a respeito de bobagens.

Capítulo 21

— Um calor extemporâneo — disse Milo. — o contrário da frieza com que fui recebido no instituto Chaderjian — suas costas largas se arredondaram quando ele enfiou a cabeça dentro da geladeira.

Ele voltara de Stockton há uma hora e fora direto para minha casa declarando que as companhias aéreas estavam a fim de matá-lo de fome. Um pão e um pote de manteiga de amendoim já estavam em cima da bancada. Bebeu meia caixa de leite sem se dar ao trabalho de usar um copo.

— Você está ficando sem provisões — disse ele, a voz abafada pela porta da geladeira. — A falta de geleia, compota, conservas ou similares razoáveis é indesculpável.

— Quer batatas fritas e bolinho na merenda, Junior?

— Hum — Milo vasculhou, endireitou-se e massageou a base da coluna. — Isto vai ter que dar — sua mão enorme escondia o que ele estava carregando para a bancada. Colocou ao lado do pão.

Uma caixinha de iogurte de pêssego. Mais uma das coisas que Allison trouxera... O que só podia ter sido algumas semanas atrás.

— Pode não estar bom — avisei.

— Também não estou.

Levantando a tampa do iogurte ele cheirou, franziu a testa, jogou colheradas da massa bege e brilhante dentro da pia e fez com que descessem pelo ralo com um jato de água da torneira que respingou na sua gravata.

Outro farejo.

— No fundo a geleia ainda está boa — uma colherada de geleia de laranja aterrissou numa fatia de pão. A manteiga de amendoim foi espalhada em outra fatia, que ele grudou ruidosamente com a primeira. Dobrando o sanduíche, ele endireitou-se, comendo.

— *Bon appétit.*

— Nada de francês, não tenho paciência hoje. *Mon ami.*

— Não houve cooperação da parte da C.Y.A.? — perguntei.

— Imaginaríamos — disse ele — que os diretores e todas as outras pessoas que trabalham em prisões seriam simpáticos com policiais, sabendo-se que ambas as categorias são voltadas para a segurança da população — ele esfregou os lábios. — Mas não é nada disso. Nosso trabalho é tirar os bandidos de circulação, prendendo-os; só que as prisões são cronicamente superlotadas e os funcionários da C.Y.A. levam baldes de merda na cara e sofrem toda sorte de indignidade. Assim, seu objetivo é se livrar dos malfeitores sob sua responsabilidade, pondo-os *para fora.* Fizeram com que eu me sentisse como um germe, Alex.

— Nada de aconselhamento?

— O quê?

— É como são chamados os guardas da C.Y.A. Conselheiros.

Ele riu.

— O lugar todo causa uma sensação estranha, Alex. Muito silêncio, sem mascarar a tensão. Mais tarde, lendo o jornal de Stockton, descobri que há toda espécie de boatos a respeito de uma investigação completa no C.Y.A. a ser realizada pelo poder legislativo. Um número excessivo de guardas mortos. Ademais, os registros deles são ainda piores que os do departamento. Mas nem tudo foi perdido. Tem mais iogurte?

— *Mi heladera es su heladera.*

— Agora é espanhol? Pode arranjar um bico na ONU.

— Fale sobre os malfeitores.

Ele criou uma segunda mistura usando mel como fonte de açúcar e a consumiu em ritmo mais moderado.

Quatro bocadas. Sentou-se.

— Diga o que quiser, mas às vezes a gula vale a pena — disse ele. — Não pus nada na boca desde ontem à noite, o pulgueiro onde me hospedei não tinha serviço de quarto e quando saí de lá estava me sentindo miserável. O primeiro lugar que vi foi um bar a duas quadras da prisão. O cara do bar foi até a cozinha para esquentar no micro-ondas um prato de costeletas de porco e nós começamos a conversar. Acontece que ele trabalhava como cozinheiro da prisão e saiu sete anos atrás.

— Um ano depois do assassinato de Troy.

— Dez meses para ser exato. Ele se lembrava do assassinato de Troy claramente, estava lá quando levaram o corpo. Dois *conselheiros* o carregaram por dentro da cozinha para a plataforma de carga. Não se deram sequer ao trabalho de cobri-lo, só puseram o garoto numa tábua e o prenderam com cintos para que não escorregasse para dentro da sopa. O cara do bar me disse que o garoto não parecia muito maior que um peru depenado e que era mais ou menos da mesma cor.

Milo dirigiu-se à geladeira, pegou uma cerveja, abriu e sentou-se.

— O tal cara do bar tinha um bom olho para os detalhes — comentei.

— O que ajudou foi o fato dele não gostar da prisão. Diz que o demitiram sem motivo. Sua outra lembrança nítida é de que havia um suspeito principal do crime. Não era um integrante da gangue Vato Loco, e sim um garoto independente especializado em facas chamado Nestor Almedeira. Os V.L.s e as outras gangues o usavam, assim como a outros sujeitos como ele, quando não queriam chamar atenção. E adivinha só? O tal sujeito foi libertado alguns meses atrás e seu último endereço conhecido é aqui mesmo em L.A., distrito de Westlake.

— Almedeira sempre trabalha para clientes não pertencentes a gangues?

— Como Barnett Malley, por exemplo? Quem pode dizer? Que eu saiba, Malley nunca o visitou. Idem no que diz respeito a Rand. Tudo o que Troy recebeu foram três visitas pessoais, uma de sua mãe e duas de Drew e Cherish Daney. Lá não guardam registros de telefonemas.

— O que fez com que Almedeira fosse para Chaderjian?

— Matou dois outros garotos a facadas no parque Mac Arthur quando tinha 15 anos. Ficou seis anos preso por homicídio culposo e caiu fora.

— Dois garotos mortos é homicídio culposo?

— É, quando as vítimas usam canivetes de mola e suas folhas corridas são tão ruins quanto a do sujeito que os matou. O defensor público designado para Nestor alegou legítima defesa e teve seu pedido recusado.

— E aí Nestor prontamente resolveu trabalhar como freelance na prisão — falei.

— E que outras novidades posso contar? O homem do bar disse que Nestor era um garoto muito mau. Pavio curto, todo mundo achava que ele era maluco. Acho que isso se ajusta ao modo como Troy foi liquidado.

— Nestor tem conexão com drogas?

— Heroína.

— Se Malley vendia, os dois podem ter se conhecido.

Milo voltou calmamente à geladeira, pegou a caixa de leite e acabou com o restante.

— Você vai a Westlake logo? — perguntei.

— Estava pensando. Nestor arranjou um emprego num quiosque de comida em Alvarado. Não é um belo pensamento? Mãos sangrentas recheando seus *chimichangas*?

Um turista destinado a L.A. acionando "Westlake" em um desses serviços de mapas computadorizados teria se confundido.

Há Westlake Village no limite oeste do Valley, uma comunidade-dormitório de parques industriais, shopping centers, casas cor de baunilha e telhados vermelhos lindamente construídos em colinas cheias de carvalhos e haras com muitos acres de extensão. Pessoas com dinheiro e pouco interesse nos prazeres urbanos se mudam para Westlake Village a fim de fugirem do crime, dos engarrafamentos e da mistura de fumaça com neblina chamada smog.

Coisas que abundam em Westlake *District*.

Situada logo a oeste do centro da cidade e batizada com o nome do lago artificial criado a partir do pântano que dera origem ao MacArthur Park, Westlake tem a densidade demográfica de uma capital do terceiro mundo. Alvarado é a rua principal, repleta de bares, salões de dança, estabelecimentos destinados a trocar cheques por dinheiro, lojas de descontos e restaurantes de comida rápida. Alguns dos grandiosos edifícios de apartamentos antigos construídos na década de 1920, distribuíam-se aleatoriamente entre os caixotes hediondos do pós-guerra, que empurraram para longe a história e a arquitetura e destruíram a identidade de Westlake como bairro de alta renda. Algumas das estruturas tinham sido seccionadas e redivididas como pensões com quartos para alugar. As estatísticas oficiais de domicílios não explicavam mais nada.

Por duas décadas após sua criação, o parque foi um lugar bonito para se passear aos domingos. Com o tempo, passou a ser tão seguro quanto o Afeganistão, transbordando de drogados e traficantes, assaltantes, pedófilos e pessoas de olhar louco que falavam com Deus. O Wilshire Boulevard corta o espaço verde e um túnel conecta as duas metades. Atravessar a pé a cinzenta passagem subterrânea com as paredes todas grafitadas costumava representar risco de vida. Agora murais cobriram a fanfarronice das gangues e os hispânicos, pobres em sua maior parte, fazem piquenique à margem da água depois da igreja aos domingos e esperam pelo melhor.

Milo pegou a Sixth Street desde o seu início na San Vicente, virou à esquerda e seguiu para o sul pela Alvarado. A avenida estava apinhada de carros, como sempre, e as interseções fervilhavam de pedestres, alguns determinados, outros caminhando sem destino. Melhor ao ar livre, respirando aquele ar sujo, do que sentado sozinho no quarto fétido compartilhado com oito estranhos.

O carro sem identificação da polícia dirigido por Milo arrastou-se juntamente com o trânsito. Placas em espanhol, mercadorias baratas expostas nas calçadas. Sacolas plásticas de frutas e maços de cravos tingidos de cores artificiais eram exibidos por mulheres pequenas de pele cor-de-canela que barganhavam com a morte para atravessar a fronteira. Atrás de nós ficava o parque.

— Está derretendo na chuva? — perguntou Milo.

— Há algum tempo que não chove muito — respondi.

— Derretendo no smog então.... bem, olha só para *aquilo ali* — ele indicou com a cabeça a janela do carona.

Virei-me e nada vi de extraordinário.

— O que é?

— Uma transação de heroína realizada bem na frente daquele estúdio fotográfico. O canalha nem sequer se dá ao trabalho de esconder nada. Bem, aqui estamos.

Ele estacionou na zona vermelha, de reboque. Uma fila fazia curvas diante do guichê da Taqueria Grande. O prédio era de estuque azul, descascado nos cantos. Uma expansão o teria deixado do tamanho de uma garagem doméstica para um único carro.

Milo disse:

— Eu gostaria de ver o tamanho da Taqueria *Pequeña* — e ajeitou o coldre, vestiu o casaco e saltou.

Esperamos na fila. O cheiro da carne de porco e das cebolas passava pelo guichê e atingia o meio-fio. Os preços eram bons, as porções benevolentes. A freguesia pagava com notas de um dólar amassadinhas e moedas e contavam o troco com todo o cuidado. Duas pessoas trabalhavam no lugar, um rapaz na fritadeira e uma mulher de meia-idade gorda e baixinha atendia aos clientes.

O fritador tinha 20 e poucos anos, era magro e tinha queixo pontiagudo. Usava uma bandana azul na cabeça. O que era visível de seu cabelo estava raspado rente da pele e ele tinha tatuagens nos braços. Em torno dele a gordura espirrava e salpicava. Não havia uma proteção e eu podia ver que os pingos de gordura salpicavam seus braços e seu rosto. Devia machucar. Mas ele trabalhava incessantemente e permanecia com as feições inexpressivas.

A pessoa que estava na nossa frente pegou seus tamales, o arroz e a água de tamarindo e nós nos adiantamos. A mulher tinha o cabelo preso no alto da cabeça e a maquilagem que aplicara naquela manhã travava uma batalha com o suor. O lápis dela parou sem que desviasse o olhar.

— *Que?*

— Minha senhora — disse Milo, mostrando sua identidade.

O sorriso dela custou a se instalar.

— Sim, senhor?

— Estou procurando Nestor Almedeira.

O sorriso desapareceu imediatamente, como uma anêmona marinha reagindo a contato. Ela sacudiu a cabeça.

Milo olhou para o homem de bandana.

— Aquele ali não é ele?

A mulher desviou-se para um lado do balcão e avaliou o corpanzil de Milo. Diversos fregueses tinham entrado em fila atrás de nós, mas começavam a se dispersar.

— Carlos.

— Poderíamos ver a identidade de Carlos, por favor?

— Ele não tem carteira de motorista.

— Eu vejo qualquer coisa que ele tenha, senhora.

Ela girou e gritou qualquer coisa em espanhol. Bandana ficou tenso, afastou a mão da fritadeira e olhou para a porta dos fundos.

— Diga que se ele não for Nestor não haverá problema. De qualquer tipo.

A mulher gritou mais alto e o rapaz ficou imóvel. Ela percorreu o espaço de no máximo um metro e vinte que os separava com três passos agitados, falou e gesticulou e levantou a mão. Ele tirou um papel amarelado do bolso.

A mulher pegou o papel e passou para Milo. Era um recibo da Western Union confirmando que Carlos Miguel Bermudez tinha feito uma transferência de 95 dólares e 3 centavos para um escritório em Mascota, México. A data da transação era a do dia anterior.

— É tudo que ele tem? — quis saber Milo.

— Ele não é Nestor — disse a mulher.

— Nestor foi demitido?

— Não, não — os olhos dela ficaram pesados. — Nestor morreu.

— Quando?

— Algumas semanas atrás — acho eu.

— A senhora acha?

— Nestor não aparecia sempre quando estava vivo.

— Como descobriu que ele está morto?

— A irmã dele me disse. Eu tinha dado o emprego a ele porque gosto dela, boa menina.

— Como Nestor morreu?

— Ela não conta.

— Por quanto tempo Nestor trabalhou aqui oficialmente?

Ela franziu a testa.

— Talvez um mês.

— Ele faltava muito, hein?

— Má frequência e má atitude — outro olhar atrás de nós. Nenhum freguês.

— Não querem comer?

Milo devolveu o papel amarelo e ela o guardou no bolso do avental. Carlos, o cozinheiro, ainda nos olhava, parecendo nervoso.

— Não, obrigado — ele sorriu na direção de Carlos. O garoto mordeu o lábio. — Qual é o nome da irmã de Nestor, senhora?

— Anita.

— Onde mora?

— Ela trabalha no dentista a três quadras daqui.

— Sabe o nome do dentista?

— Chinês. Prédio preto. Quer beber?

Milo pediu uma soda limonada e quando ela tentou dizer que era por conta da casa, ele deixou uma nota de 5 dólares em cima do balcão e a fez sorrir.

Quando entramos de novo no carro a fila já começara a se refazer.

Capítulo 22

Os doutores Chang, Kim, Mendoza e Quinones atendiam em um prédio de um andar recoberto com cerâmica negra lustrosa, com rabiscos sem sentido grafitados na parte inferior da fachada. O cartaz em cima da porta dizia *Crédito Fácil, Tratamento Sem Dor, Aceita-se Medi-Cal.*

Dentro havia uma sala de espera cheia de gente que sofria. Milo entrou direto com passo decidido e bateu no guichê da recepção. Quando abriu, perguntou por Anita Almedeira.

A recepcionista asiática abaixou os óculos.

— A única Anita que temos é Anita Moss.

— Então eu gostaria de falar com ela.

— Ela está ocupada, mas vou ver.

A sala de espera cheirava a gualtéria, mofo e líquido de limpar tapetes. No porta-revistas preso na parede as publicações eram em espanhol e coreano.

Uma mulher pálida com pouco menos de 30 anos compareceu à recepção. Tinha cabelo preto comprido e liso, rosto redondo e feições suaves e serenas. A saia rosa do uniforme mostrava um corpo cheio, pernas firmes. Seu crachá dizia A. Moss, *Dentista Higienista Registrada.* Lindos dentes brancos quando sorriu: o emprego tinha seus benefícios.

— Sou Anita. Posso ajudá-lo?

Milo exibiu o distintivo.

— A senhora é irmã de Nestor Almedeira?

A boca de Anita Moss fechou-se. Quando falou de novo, mal chegou a um murmúrio.

— Vocês os encontraram?

— Encontramos quem, senhora?

— As pessoas que mataram Nestor.

— Sinto muito, não. Estamos aqui para tratar de outra coisa.

— Alguma coisa que Nestor fez? — Anita Moss fechou a cara.

— É possível, senhora.

Ela olhou para a sala de espera.

— Estou meio atarefada.

— Isto não tomará muito tempo, Sra. Moss.

Ela abriu a porta. Ingressou na sala de espera e aproximou-se de um homem vestindo roupa de trabalho de boca aberta e de olho no jornal de corridas de cavalo.

— Sr. Ramirez? Estarei com o senhor num minuto, está bem?

O homem assentiu e retornou a seus estudos de probabilidades.

— Vamos — disse Anita Moss, atravessando a sala. Quando eu e Milo chegamos na porta ela já havia saído do prédio.

Anita bateu o pé na calçada e ajeitou o cabelo. Milo ofereceu o carro para ela se sentar.

— É tudo de que preciso — disse ela. — Que alguém me veja num carro da polícia.

— E eu que pensei que estávamos camuflados — disse Milo.

Anita Moss começou a sorrir e mudou de ideia.

— Vamos até a esquina. Você segue com o carro, eu o alcanço e aí me sento.

O carro tinha ficado no sol e Milo abaixou os vidros. Estacionamos em uma rua secundária de apartamentos baratos, Anita Moss sentada no banco de trás, tensa. Passaram por nós algumas mulheres com crianças e dois vira-latas, parando de poste em poste.

— Eu sei que é difícil, senhora... — disse Milo.

— Não se preocupe comigo — disse Moss. — Pergunte o que tem de perguntar.

— Quando seu irmão foi assassinado?

— Quatro semanas atrás. Recebi um telefonema de um detetive e foi só o que soube. Pensei que vocês estivessem prosseguindo no trabalho dele.

— Onde foi que aconteceu?

— Lafayette Park, tarde da noite. O detetive disse que Nestor estava comprando heroína e alguém o matou e levou seu dinheiro.

— Lembra do nome do detetive?

— Krug — disse ela. — Detetive Krug, ele nunca me disse seu primeiro nome. Tive a impressão de que ele não ia dedicar muito tempo ao caso.

— Por quê?

— Pelo jeito que ele falou. Deve ter sido por causa do tipo de pessoa que Nestor era — ela endireitou as costas e olhou-se no espelho retrovisor.

— Nestor era viciado — disse Milo.

— Desde que tinha 13 anos — disse Moss. — Nem sempre heroína, mas sempre uma droga qualquer.

— O que mais além da heroína?

— Quando pequeno, ele cheirava cola. Depois maconha, pílulas, pó de anjo, o que fosse. Ele é o caçula da família e eu, a mais velha. Não éramos íntimos. Fui criada aqui, mas não moro mais aqui.

— Em Westlake.

Ela assentiu.

— Fui estudar na Cal State em L.A. e lá conheci meu marido. Ele cursa o quarto ano de odontologia. Moramos em Westwood. O Dr. Park é um dos professores de Jim. Trabalho para nos sustentar até que Jim se forme.

— Nestor foi libertado há três meses — disse Milo. — Onde foi morar?

— Primeiro com minha mãe, e depois não sei — disse Anita Moss. — Como falei, não éramos íntimos. Não só Nestor e eu. Nestor e toda a família. Meus outros dois irmãos são bons sujeitos. Ninguém entendia por que Nestor fazia as coisas que fazia.

— Garoto difícil — falei.

— Desde seu primeiro dia de vida. Não dormia, não ficava quieto, estava sempre a destruir tudo. Malvado com o nosso cachorro — ela enxugou os olhos. — Eu não deveria estar falando dele assim, afinal era meu irmão. Mas torturou minha mãe, não literalmente, mas tornou a vida dela um sofrimento. Há dois meses ela teve um derrame e ainda está bastante doente.

— Lamento muito saber disso.

Ela franziu a testa.

— Não posso deixar de pensar que o fato de Nestor morar com ela contribuiu para a doença. Minha mãe tinha pressão alta, nós todos dizíamos a Nestor para ir com calma, não estressá-la. Mas não se podia dizer nada a ele. Mamãe não era ingênua. Sabia o que Nestor estava a fim e era isso que realmente a fazia sofrer.

— Drogas.

— E tudo mais que acompanha os drogados. A noite toda na rua. Dormindo o dia inteiro. Uma semana trabalhando no lava-rápido, na outra, despedido. Desaparecia sem dizer uma palavra, depois surgia na casa de mamãe com muito dinheiro. Minha mãe era uma pessoa muito religiosa e tinha um problema com dinheiro impossível de explicar.

Ela sacudiu o crachá.

— Uma vez ele ameaçou meu marido.

— Quando?

— Talvez uma semana depois de ter sido libertado. Apareceu em nossa casa tarde da noite e exigiu que o deixássemos entrar. Jim ofereceu-lhe dinheiro, mas não permitiu. Nestor ficou louco e agarrou a camisa de Jim. Bateu na cara dele com força e disse que haveria de se arrepender. Depois cuspiu em Jim e foi embora.

— Vocês chamaram a polícia?

— Eu queria, mas Jim foi contra. Achou que Nestor ia se acalmar. Jim é realmente uma pessoa calma, nada o perturba.

— Nestor se acalmou?

— Não nos aborreceu de novo e uma semana mais tarde apareceu no consultório e me implorou que o perdoasse. Disse que estava limpo, que desta vez ia se comportar direito, que ele precisava de um emprego de verdade. Conheço uma mulher que tem um quiosque de comida neste quarteirão e pedi a ela que lhe desse uma chance. Ela concordou, mas ele estragou tudo.

— Como?

— Má atitude, excesso de faltas ao trabalho. Agora nem vou mais almoçar lá.

— Ser irmã de Nestor era um desafio — comentei.

Ela suspirou e puxou um fio da sobrancelha.

— Por que está me perguntando tudo isso agora?

— A senhora sabe onde Nestor morava imediatamente antes de morrer e com quem andava? — perguntou Milo.

— Não tenho a menor ideia — disse Moss. — Logo depois que saiu da prisão ele comprou algumas roupas boas. Imaginei que tinha vendido drogas. Poucas semanas mais tarde voltou a morar com mamãe e as roupas elegantes tinham desaparecido.

— Estamos investigando algo que Nestor pode ter feito quando estava preso. Talvez tenha falado a respeito.

Silêncio.

— Senhora?

— Ah — disse Anita Moss. — Aquilo.

Ela se recostou e passou a mão sobre os olhos.

— Tentei fazer algo a respeito.

— A respeito de que, senhora?

— Você está falando a respeito do garotinho branco, certo? O garoto que matou a menininha.

— Troy Turner — disse Milo.

Os ombros de Anita Moss se contraíram. Ela bateu com a mão direita cerrada no banco.

— *Agora* vocês querem me ouvir?

— Como assim, senhora?

— Logo depois que Nestor me falou a respeito eu tentei contar às autoridades. Mas ninguém quis ouvir.

— Que autoridades?

— Primeiro no Instituto Chaderjian. Telefonei para eles e pedi para falar com quem quer que fosse o responsável pela apuração dos crimes acontecidos na prisão. Falei com um terapeuta, conselheiro, sei lá como se chamava. Ele me ouviu e disse que telefonava depois, mas nunca ligou. Por isso telefonei para os tiras da delegacia de Ramparts, porque Nestor morava lá. Disseram que a jurisdição era de Chaderjian.

Seus olhos brilharam.

— Sinto muito, senhora — disse Milo.

— Eu telefonei porque Nestor metia medo. Ele estava morando com mamãe e eu não queria que fizesse alguma loucura.

Os olhos de Anita Moss estavam molhados.

— Era *difícil* denunciá-lo. Afinal, era meu irmão. Mas eu tinha que pensar em mamãe. Ninguém se importou naquela época e agora Nestor está morto e vocês estão aqui. Parece perda de tempo.

— O que foi exatamente que ele lhe contou?

— Que ele era um matador de aluguel em Chaderjian. Que lá era pago para matar gente e que tinha matado um monte de garotos na prisão.

— Quando foi que ele lhe contou isso?

— Não muito tempo depois de sair... dois dias depois. Era aniversário de meu irmão Antonio e estávamos na casa de minha mãe, tentando aproveitar um jantar de família, meus irmãos e suas mulheres e filhos e eu e Jim. Minha mãe não estava se sentindo bem, sua aparência não era realmente boa, mas assim mesmo preparou um magnífico jantar. Nestor chegou tarde, com uma tequila cara e uma dúzia de charutos cubanos. Insistiu para que todos os homens saíssem para fumar lá fora. Jim não toca em fumo e recusou, mas meus irmãos saíram para a varanda e fumaram. Logo depois meu irmão mais velho Willy reapareceu e disse que Nestor estava falando uma porção de maluquices, coisas muito violentas e ele não queria que mamãe ouvisse, era para *eu* ir acalmá-lo.

Ela franziu a testa.

— Você controlava Nestor melhor do que qualquer um dos outros? — perguntei.

— Eu era a única com disposição para enfrentá-lo e ele não se mostrava hostil comigo. Talvez por eu ser mulher e porque o tratei bem mesmo quando ele era um garotinho rebelde.

— Aí então você foi falar com Nestor.

— Ele estava fumando um charuto enorme, impregnando tudo com aquele fedor. Primeiro mandei que soprasse a fumaça em outra direção e depois disse para não falar mais besteira. Ele me disse que não estava falando besteira, e sim *a verdade*. Sorriu aquele seu sorriso bizarro e disse que era mais ou menos como determina a religião cristã. Indaguei o que queria dizer com aquilo e a resposta que me deu foi que enforcar as pessoas e depois deixá-las sangrar era mais ou menos torná-las parecidas com Jesus. "Foi o que eu fiz, Anita", ele disse, "eu não tinha pregos, mas amarrei um cara, cortei-o e o deixei sangrar até morrer."

— Aquilo me deixou enojada. Mandei que se calasse, disse que ele estava fazendo com que eu me sentisse mal e que se ele não pudesse se comportar, que fosse embora. Ele continuou falando do que tinha feito, como se fosse realmente importante para ele falar a respeito. Insistiu com a coisa de Cristo, dizendo que ele era como Judas, recebera vinte moedas de prata para fazer o trabalho. De repente ele falou: "Mas ele não era Jesus, e sim um Demônio metido no corpo de um garoto branco, de modo que fiz uma coisa boa". Eu perguntei de que estava *falando* e Nestor explicou que o garoto que enforcara era um branco que tinha matado uma criancinha também branca. Aí então puxou algo do bolso que me mostrou. Era um cartão de identidade de Chaderjian, igualzinho ao dele, mas com a fotografia de outro menino.

— Troy Turner.

— Era o nome que estava escrito no crachá. Eu lhe disse que era possível arranjar aquilo em qualquer lugar. Nestor ficou louco de raiva gritando que ele tinha enforcado o garoto e feito com que sangrasse, mandou que eu procurasse no computador que ia achar alguma coisa a respeito.

Um tremor percorreu o pescoço de Anita Moss.

— Ele me deixou realmente nauseada. Mamãe tinha preparado aquele jantar maravilhoso, com uma comida fantástica e a impressão que eu tinha é de que estava prestes a vomitar. Arranquei o charuto da boca de Nestor e esmaguei-o com o pé. Mandei que calasse a boca, disse que estava falando sério e voltei para dentro de casa. Nestor saiu e não retornou, o que foi ótimo para todo mundo.

Naquela noite, tentando dormir, não consegui parar de pensar no retrato do menino que estava na identidade que Nestor mostrara. Parecia tão jovem. Mesmo que Nestor sempre mentisse e exagerasse muito, ele tinha me assustado. Por causa dos detalhes.

— Que detalhes? — indagou Milo.

— Nestor insistiu em contar o modo como procedera. Como tinha seguido o menino por alguns dias. "Cacei o cara como um coelho" foram as palavras dele. Estudou a rotina de Troy Turner e finalmente o encurralou em um depósito de equipamentos no ginásio.

O rosto dela traduzia bem o quanto estava abalada.

— Só de falar nisso *agora* fico passando mal. Nestor disse que bateu na cara do menino para subjugá-lo. Depois ele... — ela engoliu em seco mais uma vez. — Naquela noite, depois que Jim caiu no sono, saltei da cama e fui pesquisar o nome de Troy Turner no computador. Encontrei um artigo no *Times* e um mais comprido publicado em um jornal editado perto de Chaderjian. O que ambos diziam batia direitinho com o que Nestor me contara. Ainda assim, achei que o assassino talvez não tivesse sido Nestor, podia ser que ele tivesse tomado conhecimento da história e houvesse conseguido o crachá do menino de algum modo.

— Mas conhecendo Nestor, você acreditou que tivesse sido ele — falei.

— Ele se orgulhava do que fizera!

— Nestor contou ter sido pago para matar outros meninos — disse Milo. — A senhora o ouviu mencionar algum outro nome?

Ela sacudiu a cabeça.

— Troy Turner foi o único a respeito do qual ele quis falar. Como se tivesse sido seu grande feito.

— Porque Troy era famoso? — indaguei.

Ela assentiu.

— Ele disse algo assim: "O cara pensava que era o grande matador, mas acabei com ele."

— Ele disse quanto lhe teriam pagado?

Anita Moss sacudiu a cabeça. Abaixou os olhos.

— Eu passei a odiar Nestor, mas falar a respeito dele deste modo...

— Nestor alguma vez falou sobre quem tinha lhe pagado?

Ela manteve a cabeça baixa e falou baixinho.

— Só falou que tinha sido um cara branco e o motivo foi porque Troy Turner matara um bebê.

— Ele deu algum detalhe sobre esse cara branco? — indagou Milo.

— Não, só isso. E eu disse exatamente a mesma coisa para o tal conselheiro com quem falei. Quando ele não me chamou de volta, telefonei para a polícia. Ninguém se importou.

Ela contraiu os lábios e sacudiu a cabeça para trás e para a frente.

— Aquele menino do retrato — disse. Meu Deus... Parecia tão *jovem*.

Capítulo 23

Milo e eu nos sentamos em uma parte mais reservada dos fundos de um café da rua Vermont, logo ao norte de Wilshire, bebendo cocas enquanto esperávamos a chegada do detetive Philip Krug, sediado na delegacia de Ramparts. Krug estava no seu carro quando falamos com ele, e ficou feliz com a oportunidade de ter companhia na hora do almoço.

O local foi escolha dele, uma casa grande, iluminada, meio vazia com cabines reservadas de vinil marrom-escuro, vidraças enevoadas e o perfil externo de uma nave espacial de brinquedo.

Ele se atrasou vinte minutos e eu usei o tempo para discutir as questões levantadas por Allison.

— Essa ideia da premeditação é interessante, mas não vejo onde possa nos levar. Rand querendo sentir-se menos culpado ao colocar a culpa em Lara pode ser importante. O que você acha da fanfarronada de Nestor?

— Parece autêntica. Ele conhecia todos os detalhes.

— Eu estava pensando no tal cara branco que o contratou.

— Crime de vingança. Faz sentido.

Ele deu uma olhada no seu Timex.

— Troy também exibiu seu lado fanfarrão quando o entrevistei na cadeia. Afirmou que tinha planos de enriquecer — falei.

— Você está pensando se ele por acaso não teria fantasias de ser pistoleiro também?

— Não o vejo planejando ir para Harvard. Talvez tenha encarado Kristal como uma oportunidade para ganhar prática na carreira.

— Malditos *selvagens*. O que é que se *faz* com essa gente?

Phil Krug era um homem compacto dos seus 40 anos com cabelo ruivo ralo e um bigode cor de cobre tão grosso que se estendia além do nariz amarrotado. Usava um terno cinza com uma camisa azul-marinho e gravata azul-claro. A garçonete o conhecia e perguntou:

— O de sempre? — antes que ele se sentasse.

Krug cumprimentou-a com um gesto de cabeça e desabotoou o paletó.

— É um prazer encontrar com vocês. Digam a Elise o que vão comer.

Pedimos hambúrgueres.

— O de Phil é com queijo gorgonzola — disse a garçonete.

— É "o de sempre" — explicou Krug.

— Claro — disse Milo.

Discordar parecia pouco político. Eu disse:

— Idem.

Entre mordidas de carne moída de boa qualidade com bastante queijo servida em um pão sem nada de excepcional, Krug discutiu o pouco que sabia do assassinato de Nestor Almedeira. Agressor desconhecido, sem pistas a não ser grãos de heroína encontrados na terra perto do corpo.

Um único tiro na cabeça, bastante próximo, perfuração completa da têmpora, o palpite do legista era que o calibre devia ser 38; como nenhuma bala ou estojo fora recuperado, o assassino devia ter recolhido a bala ou usado um revólver.

Dei uma olhada em Milo. Inexpressivo.

— Lafayette Park — disse ele.

Krug limpou o queijo que tinha ficado preso no bigode. — Deixem que eu lhes diga uma coisinha sobre Lafayette Park. Uns dois meses atrás fui chamado para integrar um júri, vara cível, as audiências são no tribunal que fica na Commonwealth, perto do parque. Eu sabia que seria desqualificado, mas tinha que comparecer e cumprir todas aquelas obrigações do bom cidadão. Chegou o intervalo do almoço e a funcionária do tribunal leu uma declaração preparada dizendo aos jurados onde comer. Em seguida passa a falar sobre nunca entrar no Lafayette Park, mesmo durante o dia. Trata-se de um tribunal a alguns metros de distância do parque, fervilhando de agentes da lei e eles falando para ninguém entrar lá.

— Que horror — comentei.

— Com certeza foi mesmo para o nosso Nestor — disse Krug. — Mas e aí, qual a ligação com West L.A.?

Milo falou a ele sobre os assassinatos de Rand Duchay e Troy Turner, mas deixou de fora o suicídio de Lara Malley e as similaridades entre os crimes.

— Eu me lembro do caso do sequestro da garotinha — disse Krug. — Deprimente, ainda bem que não foi meu. Quer dizer então que pode ter sido Nestor quem matou Turner?

— Foi o que ele afirmou para a irmã.

— Ela nunca me disse nada.

— Ela contou ao C.Y.A. logo depois de Nestor ter se vangloriado, não despertou interesse, ligou para Ramparts, mesma coisa.

— Provavelmente falou com algum burocrata — disse Krug. — Nem sempre o nosso pessoal é o mais inteligente... Eles se vangloriam, os idiotas. Fanfarrões. Quantos casos você resolve deste modo? Muitos, certo?

— Bastante — disse Milo.

— Então, o que é que vocês estão pensando, alguém resolveu se vingar do outro assassino da menina? Depois de decorrido tanto tempo? Quantos anos mesmo, dez?

— Oito — disse Milo.

— Muito tempo — comentou Krug.

— É um problema, Phil, mas não há outros indícios.

— Por ora vejo Nestor como sua figura básica no lance da droga. Policiais que trabalham em radiopatrulha o identificaram como um sujeito de mau caráter que integrava o nível mais baixo do tráfico, agindo nos parques Lafayette e MacArthur e nas ruas.

— Como assim, nível mais baixo?

— Ele tinha os braços e pernas cheios de marcas e havia droga no seu sangue. Você sabe do que se trata quando eles chegam a esse ponto. Vendem apenas para permanecer drogados.

Milo assentiu.

— Quanta heroína havia dentro dele? — perguntou.

— Não me lembro dos números — respondeu Krug —, mas sei que era o bastante para deixá-lo alto. Imagino que estar chapado tornava mais fácil matar. Encontraram uma faca com ele, mas não chegou a sair do seu bolso.

— O assassino fornece a droga e depois o mata? — indagou Milo.

— Ou Nestor se droga e dá azar. Se eu estivesse a fim de pegar um cara como Nestor, é como eu faria. E um cara como ele teria inimigos. Claro.

— Mau caráter.

— O pior — confirmou Krug —, mas nunca soubemos de qualquer conversa nas ruas a respeito de quem ele houvesse enfurecido.

— Onde Nestor estava morando?

— Numa espelunca na Shatto, pagamento semanal. Não tinha nada lá. Os pertences de Nestor cabiam numa caixa e não havia nada de interessante. Talvez o legista ainda tenha, mas você conhece o nosso problema de armazenamento. Meu palpite é que tenham jogado fora.

— A irmã de Nestor disse que ele lhe mostrou a identidade de Troy Turner.

— Não estava nas coisas dele.

— O que tinha lá?

— Roupas, agulhas, colheres, trapos.

— Alguém lá na tal espelunca onde ele morava tinha algo a dizer?

— Você está brincando, não está? Estamos falando de hóspedes transitórios e de um gerente do tipo que não fala, não vê e não ouve.

Krug deu uma mordida no sanduíche.

— Excelente, hein? Uma coisa na qual os franceses são bons é nos queijos... De qualquer modo, seja o que for de que Nestor tenha se vangloriado no passado, seus dias de glória terminaram.

Ele meteu a mão no bolso e puxou uma fotografia *post-mortem* de uma face encovada. Cabelo emaranhado, pele amarelada, olhos vidrados pela morte e afundados pelas olheiras escuras. Os pelos faciais irregulares pareciam manchas cinzentas na pele.

Tal como a irmã, Nestor Almedeira tinha uma cara redonda. A vida dissoluta apagara qualquer outra semelhança.

Estendi a mão para a foto e dei uma olhada mais de perto. Nestor fora o caçula da família, mas parecia dez anos mais velho que a irmã Anita. Sua cabeça tinha sido entortada pelo fotógrafo do necrotério para que aparecesse o ferimento de entrada da bala. Na fronte esquerda, o orifício preto e rubi tornara-se mais nítido por causa do modo como a pele se rasgara, em forma de estrela, e era emoldurado por um anel de pólvora pontilhado.

— Ele estava sentado quando foi atingido? — perguntou Milo.

— No banco do parque — respondeu Krug. — O assassino da menina também estava?

— Talvez em um carro. Alguma coisa acontecendo neste caso, Phil?

— Só vocês — disse Krug, terminando seu sanduíche e limpando os lábios. — Não se esqueça de me avisarem se souberem de alguma coisa. Vai ser legal fechar este caso, mesmo que ninguém ligue a mínima.

— Sem comoção da família — disse Milo.

— Você conheceu a irmã. Ela pensa que Nestor era a escória. A família não estava querendo se coçar para providenciar a remoção do corpo e o legista teve que ficar em cima deles. Finalmente um dos irmãos pagou o rabecão e a coisa se resolveu.

Krug acenou e a garçonete trouxe a conta e a colocou no centro da mesa. Ele puxou um palito de aço do bolso da camisa e trabalhou com ele ao longo da linha da gengiva.

— E então — ele sorriu.

Milo pagou a conta.

— Assim você me deixa feliz — disse Krug e saiu, sem apressar o passo.

Quando a garçonete veio buscar o pagamento, Milo disse:

— Nós vamos tomar café.

Ela lançou um olhar de desaprovação à conta já encerrada.

— Vou ter que recalcular.

Milo lhe estendeu um maço de notas.

— Pode ficar — ela folheou as notas e piscou o olho.

— O café é por conta da casa — disse.

Quando ela voltou ao balcão, ele disse:

— Se Malley foi o homem branco que pagou a Nestor para matar Troy Turner, Nestor era um obstáculo que tinha de ser liquidado. Por outro lado, Nestor era linguarudo, e depois de tantos anos na C.Y.A. nunca traiu Malley.

— Porque ele queria ser libertado — falei. — Mas uma vez que se viu livre e chapado suas inibições cessaram. Vangloriou-se com Anita de ter matado Turner, de modo que há uma boa chance de ter conversado com outras pessoas. O problema é que provavelmente foram pessoas que não se importavam.

— Outros viciados e fracassados — disse ele. — Para essas pessoas seria apenas mais um monte de baboseiras. Anita levou a sério e tentou denunciar, mas todo mundo virou as costas para ela.

Milo sugou o lábio superior.

— Outro momento de orgulho para o Departamento... A cena do crime de Nestor é bastante parecida com a de Rand. E a de Lara. Bem, isso faz de Malley o suspeito da vez.

— Há outra morte não natural em que deveríamos pensar. Jane Hannabee foi morta poucos meses após Troy. Quando a entrevistei, ela previu a morte de Troy. Disse que sua notoriedade faria dele um alvo natural. Pelo que Anita falou, foi exatamente assim que Nestor o viu.

— Você acha que Hannabee descobriu quem pagou para matar Troy?

— Ou foi eliminada por vingança por ser mãe de Troy — falei.

— Você destrói minha família, eu destruo a sua. Cara, esta é quente.

— Desse modo ele mata a tiros a própria esposa seis meses depois dela ter perdido o único filho e simula um suicídio.

Sua testa se franziu.

— Hannabee não foi morta a tiros.

— Nem tampouco Troy — falei. — Porque Troy estava atrás das grades e, com todos os problemas da C.Y.A., eles não deixam entrar armas de fogo. Atirar em alguém dentro de um acampamento de sem-tetos no meio da noite seria possível, mas um ato de extrema ousadia. O assassinato de Hannabee foi tão discreto que levou horas para ser descoberto. Ela foi puxada para fora de seu saco de dormir, recolocada e embrulhada em plástico.

— Você está querendo dizer que a assinatura do crime não importa a Malley.

— Ele não é governado por uma compulsão estruturada porque seu objetivo não é satisfação sexual. Seu objetivo é vendeta, é limpar a casa. Vale tudo para atingir seu objetivo.

— Alex, se Malley realmente matou toda essa gente, ainda assim ele é um assassino em série. Acho que a avó de Rand é que deu sorte, morrendo de doença.

O café chegou. A garçonete arriou a caneca de Milo cuidadosa e refinadamente, abaixou-se e exibiu um triângulo da pele sardenta do seu peito. Rugas profundas eram visíveis no decote. Ela demorou-se por um segundo antes de se endireitar.

— Alguma coisa mais? — ela perguntou, com uma canção em sua voz.

— Obrigado, você é ótima, Elise.

— Você é muito gentil.

— É o que me dizem.

Voltamos para West L.A., pegando a Sixth de novo. Milo reduziu a marcha para dar uma espiada no Lafayette Park. Árvores, gramados, bancos, uns poucos homens sentados, outros caminhando em dupla. O tribunal da Commonwealth Avenue se agigantava ao lado do parque. Quem pensaria que em um espaço tão amplo e verde, haveria tanto perigo.

— Qualquer um que se aproximasse da área de camping onde Malley mora — disse ele —, vindo de qualquer direção na Soledad, seria localizado facilmente. Não há onde se esconder na rua, de modo que não é preciso nem pensar em vigilância. Não que a vigilância fosse me dizer alguma coisa. Malley não parecia ser do tipo que ia entrando em tudo quanto era botequim a fim de bater papo com seus amigos meliantes.

Ele esfregou o rosto e mudou abruptamente de pista, o que provocou furiosas buzinadas.

— Tudo bem, tudo bem — ele resmungou.

O Toyota buzinador cortou na nossa frente. No para-choque de trás havia um adesivo que clamava: *GUERRA NÃO É A RESPOSTA*.

— É, mas foi a guerra que acabou com a escravidão na América e com os nazistas na Alemanha.

— Se Malley ainda atua no comércio de drogas, ele talvez deixe sua área de acampamento periodicamente.

— A menos que eu possa observá-lo, como diabo vou descobrir isso?

— Talvez a patroa esteja mais a par das idas e vindas dele do que deixou transparecer.

— Bunny, a dublê? Você acha que há mais que um relacionamento de trabalho ali? Eu senti que corria algo de pessoal entre aqueles dois.

— Talvez. Ela fez uma observação sobe não controlá-lo. O que era uma resposta a uma pergunta que você não fez.

— A madame reclamou demais? — perguntou Milo. — Se ela for mesmo interesse amoroso de Barnett, interrogá-la mais só vai servir para alertá-lo. Vou telefonar para o legista para saber dos pertences de Nestor, examinar a espelunca onde morava em Shatto, a despeito do que Krug disse. Anita estava certa sobre Krug. Ele não dá a mínima. Também conheço uns policiais uniformizados na delegacia de Ramparts que talvez possam me dar dicas sobre os drogados de rua na área, quem sabe posso ter sorte e descobrir que Nestor abriu o bico com mais alguém. Melhor verificar a morte de Jane Hannabee também. Grande diversão à vista, hein?

— Você consegue administrar mais complicações?

— O que não me mata me fortalece.

— Se a raiva de Malley se estender a todo mundo que ele perceba estar do lado dos meninos e a morte de Rand reacendeu sua raiva, os Daneys podem estar correndo perigo. Se Malley esteve do lado de fora da janela de Rand naquela noite, pode ser que os esteja espionando também.

Ele pensou a respeito.

— É, eles deveriam provavelmente ser avisados, mas é arriscado. E se forem à casa de Malley para tentar acertar as coisas? Sendo todos espirituais e positivos acerca da bondade básica humana e tudo mais. Se estivermos certos quanto ao que aconteceu a Rand, uma discussão sincera com o caubói Barnett não é uma receita para a longevidade.

— Avise a eles para que não tenham contato com Malley.

— Acha que posso competir com Deus?

— Bem pensado — falei. — Cherish, especialmente, pode tentar resolver tudo na conversa. Ela acha que é terapeuta.

— Deus abençoe Seus propagandistas. Você gosta da sensação de felicidade proporcionada pela religião, Alex? A bem-aventurança inerente ao espírito humano, o perdão eterno, a certeza de uma outra vida onde tudo será claro e arejado?

— Todo mundo precisa de conforto.

Milo riu com raiva.

— Me dê a religião *antiga*, mano. E não estou falando de hinos estimulantes e tagarelar em mil línguas. Minha infância foi com freiras que esmagavam minhas mãos com a palmatória e padres fascinados pela culpa, pelo fogo do inferno e pelo sacrifício de sangue.

— Sacrifício de sangue vende filmes — falei.

— Vende civilizações inteiras.

— Otimismo para os fracos?

— Olha só, a coisa é ótima se você consegue engolir. Fé cega.

Quando me deixou em casa, Milo inclinou-se sobre a janela do carona.

— A minha decidida negatividade o deprimiu? Porque há algo que você pode fazer por mim enquanto estou metido até o pescoço na Nestorania.

— Claro.

— Que tal *você* avisar os Daneys? Seja psicologicamente sensível e recue se sentir que eles vão fazer algo estúpido. E já que estamos tratando de avisos, que tal os advogados dos garotos? Fale sobre discutir o lado ruim de Malley. Lembra dos nomes?

— Sydney Weider, do Troy e Lauritz Montez, do Rand.

— Boa memória. O caso não o abandonou mesmo.

— Até a hora em que Rand telefonou, eu achava que tinha me esquecido por completo.

— Muito otimismo, amigo. De qualquer modo, sinta-se livre para bater um papo com eles também. Odeio falar com advogados.

Capítulo 24

Na segunda-feira eu telefonei para a casa dos Daneys. Ninguém atendeu e por isso dediquei-me a Sydney Weider e Lauritz Montez.

Weider não trabalhava mais na Defensoria Pública e não achei o telefone dela de casa ou do escritório no catálogo. Lauritz ainda trabalhava como defensor público, mas tinha se mudado para a zona residencial e tinha um escritório em Beverly Hills.

Ele atendeu diretamente, tal como fizera anos atrás. Desta vez meu nome evocou silêncio. Quando perguntei se tinha sabido de Rand, ele disse:

— Ah... Você é o psicólogo. Não, o que é que tem?

— Foi assassinado.

— Merda. Quando?

— Nove dias atrás.

— Você não telefonou só para me dar a notícia — a voz dele tornou-se inexpressiva quando assumiu a cautela própria dos advogados.

— Eu gostaria de conversar com você. Podemos nos encontrar?

— De que se trata?

— Prefiro falar pessoalmente — insisti.

— Entendo... Quando você está pensando?

— Mais cedo é melhor do que mais tarde.

— OK... Que horas são agora, 16h30. Tenho uma papelada em cima da mesa, mas preciso comer. Sabe onde fica o Bagel Bin na pequena Santa Mônica?

— Eu encontro.

— Aposto que sim. Cinco em ponto.

O lugar era uma *delicatessen* New Age; vitrines com peixe defumado, carnes e todos os tipos de saladas, mas o ambiente decorado com aço inox e vinil era uma sala de autópsia. Talvez fosse um rasgo de sinceridade: muitas criaturas de Deus tinham morrido para alimentar a multidão que ia lá jantar no início da noite.

Cheguei a tempo, mas Lauritz Montez já estava no balcão montando seu prato. Fiquei para trás e deixei que terminasse.

O cabelo dele estava agora completamente grisalho, mas permanecia comprido e preso em um rabo-de-cavalo. O mesmo bigode encerado se espalhava pelo rosto ossudo; a penugem do queixo se fora. Usava um terno de linho creme amarrotado, camisa cor-de-rosa com um botão prendendo a ponta do colarinho e uma gravata-borboleta verde-garrafa. Sapatos em dois tons, camurça oliva e couro marrom. O pé esquerdo batia no chão velozmente.

Ele pagou, pegou a nota, virou-se e cumprimentou.

— Você não mudou nada — disse, indicando uma mesa.

— Nem você.

— Obrigado por mentir.

Nós nos sentamos e ele começou a arrumar o sal, a pimenta e o açúcar em um pequeno triângulo.

— Andei pesquisando e descobri que a investigação do assassinato de Rand corre na delegacia de West L.A., mas lá ninguém quer me dizer nada. Você deve ter uma ligação direta com os tiras.

— Estou atuando como consultor do caso.

— Quem é o detetive?

— Milo Sturgis.

— Não conheço — ele me estudou. — Ainda tiete da promotoria, hein? Quanto tempo Rand ficou fora da prisão antes de ser morto?

— Três dias.

— Jesus. Como foi que aconteceu?

— Ele foi baleado na cabeça e desovado perto da 405 Norte em Bel Air.

— Parece uma execução.

— Parece.

— Alguma prova? — quis saber ele.

— Você terá que perguntar ao detetive Sturgis.

— Que discrição. O que você quer de mim?

Um garoto de gorro de papel e avental trouxe o prato de Lauritz. Fatias de pão de centeio integral, salmão cozido, salada de repolho e feijão. Chá num copo de isopor.

— Não há suspeitos propriamente — falei —, mas sim uma hipótese. E, por falar em discrição...

— Sim, sim, claro. Quer dizer então que você trabalha em tempo integral para o outro lado?

— Outro lado?

— O grupo virtuoso que se senta do outro lado do tribunal. Você é contratado permanente como perito da promotoria ou é autônomo?

— Dou assessorias ocasionais.

— Quem tem Freud, tem tudo? — ele alinhou os utensílios com perfeição paralelamente ao seu prato, removeu um pacote de açúcar da cestinha e consertou um canto dobrado antes de recolocá-lo no mesmo lugar. — Qual é a hipótese?

— Eles estão considerando o pai de Kristal Malley — respondi.

— Aquele sujeito. Sempre achei que me odiava com todas as forças. Você realmente pensa que ele é tão maluco assim?

— Não sei dizer.

— Seu trabalho não é dizer quando as pessoas são malucas?

— Não conheço Malley o suficiente para diagnosticar. Nunca o encontrei no tempo em que fiz a avaliação dos meninos e não falei com ele desde então. E você?

Ele alisou o bigode.

— A única vez em que o vi pessoalmente foi durante a imposição da sentença.

— Mas deu para sentir que ele o odiava.

— Eu não sinto, eu sei. Aquele dia na corte eu estava lá na frente, cumprindo minha obrigação, retornei à mesa da defesa e o surpreendi me fuzilando com o olhar. Ignorei-o, mas continuei com aquela sensação estranha na minha nuca. Esperei até que a acusação começasse seu discurso e me virei para trás, imaginando que a atenção de Malley teria se deslocado para o promotor. Mas seus olhos ainda estavam fixos em mim. Vou lhe dizer uma coisa, se fossem armas, eu não estaria aqui agora.

— Mas ele tem armas de verdade.

— Eu também — retrucou Lauritz, ajeitando a gravata-borboleta. — Surpreso?

— Deveria estar?

— Sou uma alma generosa e rebelde — uma quase imperceptível subida do seu bigode foi a única indicação de que sorrira. — Mas já que a lei diz que posso ter bangue-bangues, eu vou ter.

— Autodefesa?

— Meu pai era militar e uma coisa que fazíamos juntos era detonar animais indefesos — ele massageou a sobrancelha esquerda. — Na verdade eu era bom o bastante para integrar a equipe da faculdade.

— Você foi ameaçado por causa do seu trabalho?

— Nada explícito, mas é um trabalho tenso, é melhor que eu seja desconfiado — ele removeu outro saquinho, alisou as margens e passou de uma mão para a outra. — A lei gera a ordem — disse ele — e muita *des*ordem. Parei de me tapear muito tempo atrás. Sou parte do sistema, de modo que fecho minhas portas com uma tranca tripla todas as noites.

— Malley alguma vez já fez mais que olhar feio para você?

— Não, mas o olhar dele era uma coisa muito séria. Ódio de verdade. Não culpo o cara. Sua filha estava morta, o sistema divide os personagens em nós/eles e eu fazia parte do "eles". Ele não me assustou naquele tempo e não me assusta agora. Por que deveria? Tanto tempo passado e ele nunca fez nada contra mim. Os tiras pensam mesmo que ele matou Rand?

— É só uma...

— Eu sei, hipótese — ele limpou os grãos de sal que tinham ficado presos na parte de cima do saleiro. — Você deve saber que Troy Turner também foi assassinado.

Eu assenti.

— Acha que há uma ligação? — perguntou ele.

— Troy foi morto depois de cumprir um mês de sentença — falei.

— E desde então já se passaram oito anos. É, se eu fosse Malley e quisesse me vingar, teria terminado o serviço rapidamente. Pensei nisso quando soube da morte de Turner. Fiquei preocupado com Rand, telefonei para o diretor da prisão onde ele estava, e pedi uma vigilância especial. O imbecil disse que ia providenciar. Definitivamente mentindo para mim.

— Quando telefonou para ele, você estava pensando em Barnett Malley?

— Talvez — disse ele. — Mas mesmo em termos gerais, eu estava pensando que Rand daria um bom troféu para que algum sociopata carregado de testosterona construísse sua reputação — ele abaixou os olhos para a comida, mas não tocou nela. — De qualquer modo, agradeço o aviso, mas se eu ficasse apavorado com todos os familiares de vítimas que querem me pegar, a esta altura eu já seria um maluco de carteirinha.

Ele estendeu as mãos, palmas para cima, firmes.

— Veja, nenhuma ansiedade.

Só arrumação compulsiva das coisas que estavam em cima da mesa.

— Você está em Beverly Hills agora — lembrei. — Deve ser um nível diferente de criminosos.

— Beverly Hills é mais que apenas celebridades que tentam roubar lojas. Cuidamos de um monte de crimes acontecidos em West Hollywood, de modo que é melhor eu não dormir no ponto.

— Não quis sugerir que estivesse.

Ele demorou-se a montar um sanduíche de salmão e queijo cremoso. Pegou alcaparras, uma por uma, e enfiou-as no contorno da metade de baixo do pão. Inspecionou o trabalho, fechou o sanduíche, mas não comeu.

— Quanto contato você teve com Rand depois que ele foi preso?

— Liguei para ele umas duas vezes — disse Montez. — Por quê?

— Ele me telefonou no dia em que morreu, disse que queria falar sobre Kristal, mas não quis dar detalhes pelo telefone. Marcamos um encontro, eu fui e ele não apareceu. Poucas horas mais tarde foi encontrado morto. Alguma ideia do que ele poderia ter em mente?

Montez brincou com o sanduíche no prato, empurrando-o com o polegar até que ele parou no centro exato. Quando levantou a cabeça, seu queixo estava contraído.

— Isto na verdade não é para me alertar, certo? É para sugar informações de mim.

— As duas coisas — admiti.

— Certo.

— Não nos encontramos em posições antagônicas, Sr. Montez.

— Sou advogado — disse ele. — No meu mundo todos são adversários.

— Tudo bem, mas agora estamos do mesmo lado.

— Que é?

— Conseguir que se faça alguma justiça para Rand.

— Ao trancafiar seu assassino?

— Não seria um bom começo?

— No seu mundo.

— E no seu não?

— Quer saber de uma coisa? Se os tiras descobrirem quem matou Rand e a Defensoria Pública ficar com o caso, ficarei feliz de assumir a defesa dele.

— Mesmo que venha a ser Barnett Malley?

— Se Malley me aceitasse, eu faria tudo o que estivesse ao meu alcance para deixá-lo fora da prisão.

— Muito imparcial — comentei.

— A capacidade de sobreviver supera as armas — disse Montez.

— Quando você defendeu Rand, sentiu que ele estivesse escondendo alguma coisa?

— Ele escondeu praticamente *tudo*. Não se comunicava comigo, basicamente só fazia bancar o mudo. Cansei de dizer a ele que eu estava do seu lado, mas não adiantou nada. Podia ter sido frustrante, mas o roteiro já tinha sido todo escrito. Nunca tive a chance de apresentar no tribunal o meu psicólogo por causa do acordo. Claro que eu gostaria de saber o que se passava dentro da cabeça daquele garoto. O que não consegui a partir do seu relatório, Alex, que foi uma obra-prima da omissão. Tudo o que você disse lá é que ele era burro.

— Ele não era inteligente — retruquei —, mas havia muita coisa acontecendo na sua cabeça. Achei que ele sentia remorso e disse isso no relatório. Duvido que seu perito pudesse ter aparecido com qualquer abstração profunda.

— Só um garoto burro? Tara Maldita?

Eu nada disse.

— Sim, eu também achei que ele sentia remorso — disse ele. — Diferentemente do seu comparsa. *Aquele* sim era um sujeito desagradável. Um canalha absoluto, se Rand não tivesse se envolvido com ele, poderia ter tido uma vida completamente diferente.

— Troy foi o assassino principal — falei —, mas Rand admitiu ter batido em Kristal.

— Rand era um idiota, um maria-vai-com-as-outras que se ligou a um sociopata frio. Em um julgamento eu teria ressaltado este ângulo de seguir os outros. Mas como já disse, nada teria importância.

— Ah, sim, o roteiro.

— Exatamente.

— E quem escreveu esse roteiro?

— O sistema — foi a resposta de Montez. — Você não mata uma linda garotinha branca e se safa sem sofrer as consequências — ele esfregou com a mão a faca de manteiga. Ajustou o ângulo do cabo. — Weider disse que queria montar uma equipe de defesa. Eu era tão ingênuo que acreditei. Isto lhe diz alguma coisa a respeito do sistema, não diz? Um ano depois de me formar advogado e Rand tem a mim como seu exército de um só homem — ele levantou um dedo. — Justiça para todos.

— Por que ela mudou de ideia?

— Porque só queria arrancar informações. Se chegássemos à corte, ia mudar subitamente de opinião e descarregar tudo em cima do meu cliente. Sua moção preliminar ressaltou o tamanho e a força de Rand, usando como base todos os dados da pesquisa feita por um perito dizendo que sociopatas de baixo Q.I. têm mais probabilidade de serem violentos. Se tivéssemos ido a julgamento, Turner teria sido transformado em um menininho frágil e incapaz que fora fisicamente intimidado por Rand. De qualquer forma, fomos poupados de tudo isso. O caso foi rapidamente resolvido.

— Não para os Malleys — falei.

Ele me mostrou a palma da mão.

— Não consigo pensar nesses termos. E se Barnett Malley não compreende isso, estou pronto para ele. Foi um prazer vê-lo de novo, doutor.

Levantei-me e perguntei se ele sabia onde eu podia encontrar Sydney Weider.

— Vai avisá-la também?

— E sugar as informações que tiver.

Montez pegou os óculos escuros e levantou-os na frente do rosto a fim de usá-los como espelho. Uma ponta da gravata-borboleta tinha caído mais baixo que a outra. Ele franziu a testa e endireitou-a.

— Você provavelmente pode encontrá-la — disse — na quadra de tênis ou no campo de golfe ou ainda tomando um Cosmopolitan no terraço de algum country club.

— Qual country club?

— Foi uma metáfora. Não tenho ideia se ela pertence a algum clube, mas não me surpreenderia. Sydney já era rica naquele tempo e deve ser mais rica agora.

— Garota rica brincando de ser advogada?

— Bom insight, tinha de ser de um psicólogo. No primeiro encontro com Sydney ela faz questão que o sujeito saiba de onde ela vem. Balança a bolsa Gucci e vai soltando todos os dados relevantes em um monólogo em ritmo de metralhadora. Como se o cara fosse um estudante e ela estivesse ensinando Iniciação a Sydney Weider.

— Ela falava sobre dinheiro?

— Sobre seu papai, chefão do cinema, sobre o marido, outro magnata dos filmes, e sobre todas as festas da indústria cinematográfica a que ela era obrigada a comparecer. Os filhos estudando em Harvard-Westlake, a casa em Brentwood, a casa de fim-de-semana em Malibu, o BMW e o Porsche para serem usados em dias alternados — ele fez um gesto com a mão no pescoço para indicar o quanto estava farto daquilo.

— Quando ela deixou a Defensoria Pública?

— Não muito tempo depois que o caso Malley foi dado como encerrado, para falar a verdade.

— Quanto tempo depois?

— Talvez uns trinta dias, não sei.

— Acha que a saída dela teve alguma relação com o caso?

— Indiretamente, talvez. Seu nome saiu nos jornais e logo depois teve uma oferta para trabalhar numa firma de advocacia importante, a Stavros Menas.

— Boca a boca dos ricos e poderosos — comentei.

— Você acertou em cheio. O que Menas faz é mais relações públicas do que defesa de criminosos. O que o torna o cara perfeito para L.A. O homem alterna um Bentley com um Aston Martin.

— Ela ainda trabalha para Menas? Ela não aparece na relação do escritório.

— Isso é porque ela *jamais* trabalhou para ele — disse Montez. — Pelo que eu soube, ela mudou de ideia e retirou-se para uma vida de lazer.

— Por quê?

— Não saberia lhe dizer — ele respondeu, olhos voltados para a comida.

— Desgaste?

— Os sentimentos de Sydney não eram suficientemente profundos para ela se desgastar. Provavelmente ficou apenas entediada. Com todo o dinheiro dela não havia motivo para aguentar tanta merda. Quando eu soube que tinha se mandado, imaginei que ia tentar arranjar uma jogada para fazer um filme sobre o caso. Mas não aconteceu.

— Você imaginou isso porque o marido dela é um executivo do cinema?

— Porque ela é desse jeito. Manipuladora, só pensa em si. Capaz de pegar um jato particular a fim de passar o fim de semana em Aspen, aparecer no trabalho na segunda-feira envergando um terninho Chanel e tentar parecer convincente ao lutar por justiça para um tipo qualquer de Compton. Na hora do almoço vai citar todos os nomes de quem se sentou ao lado dela em The Palm — ele deu uma risada. — Eu gostaria de pensar que ela não é verdadeiramente feliz, mas é bem provável que seja.

— Você ouviu boatos específicos sobre um acordo para filmar o crime?

— Sei com certeza que ela pleiteou ser designada para o caso.

— Como?

— Puxando o saco do chefe. Na Defensoria Pública o próximo cliente é sempre dado ao advogado que estiver em primeiro lugar na lista. A menos que o chefe escolha alguém para um caso específico. Tenho certeza de que não era a vez de Sydney porque o cara a quem devia ter sido dado o caso me contou que fora passado para trás. Ele não se queixou, era um cara que não tinha estômago para casos de maior notoriedade. O modo como me contou o que houve foi "Aquela vaca me fez um favor".

— Ela era qualificada?

— Eu gostaria de dizer que não, mas sim, ela era bastante inteligente. Quando completou três, quatro anos de experiência, sua bagagem de vitórias se equiparava a dos outros.

— Três ou quatro anos depois de se formar? — perguntei. — Eu me lembro dela como mais velha.

— Ela era mais velha. Depois que passou no exame da Ordem casou-se, teve filhos e esperou que eles crescessem — Montez limpou a boca e dobrou o guardanapo. — Quando a vir, dê-lhe minhas lembranças.

— Darei.

— Brincadeira.

* * *

Telefonei para Milo do carro. Ele estava fora e pedi para falar com o detetive Binchy.

— Oi, Dr. Delaware — cumprimentou Sean.

— Você pode me conseguir um endereço que não consta da lista telefônica?

— Não sei, doutor, é meio contra o regulamento.

— Milo me disse para falar com essa pessoa, de modo que posso me considerar um policial substituto.

— Um substituto... Está bem, acho eu. Você não vai atirar em ninguém, vai?

— Não, a menos que me torrem o saco.

Silêncio.

— Ha — disse ele. — Tá, espere um momento.

O discurso de Lauritz Montez acerca do estilo de vida de Sydney Weider havia citado casas em Brentwood e Malibu, mas talvez isso tivesse sido metafórico também. Ou então desafiara as expectativas dele quanto a rico sempre ficar mais rico e, em vez de andar para a frente, andou para trás.

Ela morava em uma casinha estilo rancho de um único andar, situada em La Cumbre Del Mar, O Topo do Mar, limite ocidental do bairro chamado Pacific Palisades. Rua ensolarada esfriada pela corrente do Pacífico, uma vista do mar que valia pelo menos 1 milhão de dólares, mas de modo algum palaciana. A frente de estuque branco era recoberta por tábuas de madeira avermelhada. Palmeiras asiáticas de sagu, já quase mortas, e samambaias murchas resistiam em um gramado tomado de capim. A entrada para carros era ocupada por um Nissan Pathfinder maltratado, cheio de amassados e coberto de titica de gaivota.

Ao me encaminhar para a porta pude sentir o perfume do Pacífico e ouvir o sopro vagaroso da maré rumorejante. Ninguém atendeu à minha batida ou aos dois toques de campainha. Uma mulher jovem do outro lado da rua abriu a porta e ficou me observando. Quando a encarei ela voltou para dentro.

Esperei mais um pouco, peguei um cartão de visita, escrevi um bilhete nas costas pedindo que Sydney Weider me telefonasse e larguei na caixa do correio. Quando me dirigi para o carro ela veio subindo a rua.

Vestia um abrigo verde e tênis brancos, estava de óculos escuros e caminhava com um jeito rígido que projetava o quadril para fora em um ângulo estranho. O cabelo estava cortado bem curto e ela deixara que ficasse branco. Ainda era magra, mas o corpo agora parecia mole, desajeitado e com as juntas soltas.

Coloquei-me na passagem coberta diante de sua casa. Assim que me viu, ela se deteve.

Acenei.

Ela não reagiu.

Dei um passo em sua direção e sorri. Ela levantou os braços em um triste e inútil gesto defensivo. Como alguém que assistira a um número excessivo de filmes de artes marciais.

— Sra. Weider...

— O que você quer? — sua voz de advogada se fora, o timbre agora era estridente, carregado de medo.

— Sou Alex Delaware. Trabalhei no caso Malley...

— Quem é você?

Repeti meu nome.

Ela adiantou-se. Seus lábios e queixo tremiam.

— Vá embora!

— Poderíamos conversar por um minuto? Rand Duchay foi assassinado. Estou trabalhando com a polícia neste caso e se a senhora pudesse me conceder...

— Um minuto para tratar de quê? — nova sessão de tremedeira.

— Quem pode ter matado Rand. Ele foi morto à bala...

— Como eu poderia saber? — berrou.

— Sra. Weider, não quero alarmar a senhora, mas isto pode envolver sua segurança pessoal.

Ela unhou o ar com uma das mãos. A outra ficou cerrada com força, grudada no lado do seu corpo.

— De que é que você está falando? Que diabo de coisa você está dizendo?

— É possível...

— Vá embora daqui, porra! — sacudindo a cabeça freneticamente, como se quisesse se livrar do barulho.

— Sra. Weider...

Ela abriu a boca. Por um segundo não produziu nenhum som. Logo depois estava gritando.

Uma gaivota gritou junto no mesmo tom. A vizinha do outro lado da rua reapareceu.

Sydney Weider gritou mais alto ainda.

Fui embora.

Capítulo 25

A expressão angustiada que vi nos olhos de Sydney Weider me acompanhou durante o trajeto de volta para casa.

Fui para o escritório e me dediquei a jogar meu mecanismo de busca favorito. Trinta resultados foram obtidos para "Sydney Weider", mas apenas um era relacionado com seu trabalho em *Povo versus Turner e Duchay*. Um parágrafo no jornal especializado em assuntos legais, datado de um mês antes da audiência final, em que eram feitas especulações sobre as ramificações da justiça de menores.

Weider fora citada como tendo previsto que haveria um grande número de "consequências importantíssimas". Não foram colhidas palavras de sabedoria pronunciadas por Lauritz Montez. Tanto ela quanto ele declinaram de fazer comentários ou ninguém quisera saber a opinião deles.

Os resultados restantes precediam por anos suas atividades na Defensoria Pública. O obituário do seu pai, Gunnar Weider, dizia que ele trabalhara como produtor de filmes de horror de baixo orçamento e mais tarde de episódios para a televisão. Sydney constava como sendo sua única herdeira e esposa de Martin Boestling, um agente da CAA/ Creative Artists Agency.

O *Times* tinha uma página de coluna social antes da época do domínio do politicamente correto. Consultando seus arquivos encontrei a notícia, 28 anos atrás, das núpcias Weider-Boestling. A recepção fora no Beverly Hills Hotel, Sydney tinha 23 anos e seu noivo, 25. Grande festança, montes de celebridades comparecendo.

Passei a investigar o nome de Boestling, o marido. Poucos anos depois de se casar com Sydney ele trocara a CAA pela ICM/International Creative Management, naquele tempo denominada William Morris. Depois disso assumiu uma posição administrativa na Miramax, onde ficou até um ano antes do crime Malley, quando se demitiu para dar início a MBP, sua própria produtora.

De acordo com a matéria de divulgação publicada no *Variety*, a ênfase da nova produtora seriam os "filmes de qualidade e orçamento médio". Os únicos que consegui achar como sendo produzidos pela MBP foram três filmes baratos feitos para a televisão, inclusive a refilmagem de um comédia de situações que naufragara em sua primeira encarnação.

Lauritz Montez falara num roteiro. Será que tinha existido mesmo e Boestling resolvera vendê-lo?

Na minha cabeça o caso Malley nada tinha a oferecer cinematograficamente — não teve final feliz, redenção ou desenvolvimento de personagens — mas quem sou eu para afirmar isso?

Talvez pudesse ter servido como um filminho ruim para a tevê a cabo. Pesquisei mais. Pelo que pude apurar, ninguém, nem Martin Boestling, tocara o projeto.

Os outros resultados citavam o casal Sydney e Martin como encarregados pela arrecadação de fundos para causas previsíveis: Liga de Conservação das Montanhas de Santa Mônica, Salve a Baía, A Casa do Bem-Estar das Mulheres, Iniciativa dos Cidadãos para Controle de Armas, Associação do Zoo da Grande L.A.

A única foto que encontrei mostrava o casal numa função social em benefício da Casa do Bem-Estar das Mulheres. Weider tinha a aparência de que eu me lembrava oito anos atrás: esbelta, loura, vestindo alta-costura. Martin Boestling era moreno, corpulento, proeminente como um cão de briga.

Ela sempre falara depressa, mas agora seu comportamento frio e ponderado cedera lugar a um jeito maníaco e apavorado. De jatos particulares e Porsche/BMW para um Nissan coberto de titica de aves.

A existência de um único carro em casa significava que Boestling estava trabalhando? Ou Sydney Weider morava sozinha?

Telefonei para Binchy. Foi a vez dele estar fora, mas Milo atendeu.

Contei a conversa com Montez, a recepção que tive por parte de Weider, falei sobre sua casa, o estado do seu carro.

— Tudo indica que se trata de uma mulher infeliz — foi o comentário dele.

— Uma mulher assustada e eu a deixei mais assustada ainda. Quase a matei de susto.

— Talvez ela não queira ser lembrada de sua vida anterior. Empobrecer pode ter esse efeito. Mas não estou chorando, porque afinal ela ainda mora nas Palisades.

— Você é capaz de descobrir se ela e Boestling se separaram?

— Por quê?

— O empobrecimento dela. E eu fiquei com a sensação de que morava sozinha.

— E daí?

— Sua reação foi bizarra.

— Espera um pouco — ele saiu da linha e voltou minutos depois.

— É, eles estão divorciados. A ação teve início sete anos atrás e foi encerrada três anos depois. Isto é o que posso obter sem ter que ir à cidade. Três anos de batalhas legais não podem ter sido divertidos e talvez ela não tenha saído da briga com o que desejava. Agora aqui está o que fiz: fui até a espelunca de Nestor Almedeira em Shatto. Com direito a todas as baratas que você for capaz de esmigalhar. Como Krug disse, ninguém se lembra sequer da existência de Nestor. Depois de algum estímulo, o funcionário achou que *talvez* Nestor *às vezes* aparecesse com outro drogado chamado Spanky, mas ele não tinha ideia de qual seria o verdadeiro nome desse tal de Spanky: sexo masculino, branco, de 25 a 45, alto, cabelo e bigode escuros. Possivelmente.

— Possivelmente?

— O cabelo *podia* ter sido louro escuro ou talvez avermelhado. O bigode *talvez* fosse uma barba. O funcionário que me atendeu não tem mais que 1m60, o que me faz pensar que todo mundo há de parecer alto para ele. Às oito da manhã seu hálito era puro álcool, de modo que não dá para acreditar muito na peça. Os pertences de Nestor não são encontrados em parte alguma. Perguntei por Krug e descobri que ele tem a reputação de ser um cara preguiçoso. Aposto como nunca se deu ao trabalho de examinar os tesouros de Nestor, o que possibilitou aos outros drogados tempo suficiente para funcionarem como abutres nas drogas de Nestor e no que mais imaginassem que podiam usar ou vender. O resto provavelmente foi jogado fora.

— Inclusive a identidade prisional de Troy Turner — falei.
— Nada vale nas ruas. Ou talvez Nestor a carregasse consigo e o assassino a levasse como recordação.

— Se o motivo tiver sido silenciar Nestor, esta é uma aposta realmente boa. Não seria legal se eu pudesse arranjar um mandado de busca para a cabana do Caubói e a maldita coisa estivesse lá na gaveta de uma cômoda? Tópico seguinte: Jane Hannabee. O Arquivo Central não consegue encontrar a pasta do caso, um dos detetives que trabalhou na investigação está morto e o outro se mudou para Portland, Oregon. Estou esperando que ele me ligue de volta. Consegui localizar o relatório do legista sobre ela, ficaram de me enviar por fax a qualquer instante. Em último lugar, mas não menos importante, verifiquei o passado da velha senhora que trabalhou como dublê no cinema, Bunny MacIntyre. Trata-se de uma cidadã honrada, é dona daquela área de acampamento há 24 anos. De qualquer modo, assim está a minha vida. Sugestões?

— Na ausência de pistas significativas, eu continuaria investigando Sydney Weider.

— De volta a ela? Por que dar tanta importância a Sydney Weider?

— Você tinha que estar lá — falei. — O modo como ela foi da exaustão ao pânico... Há também um ângulo novo. Montez disse, meio que brincando, que ela e o marido tinham planos de filmar o caso. Sei que nada disso encaixa, mas chamou minha atenção.

— Se você quer falar com o ex, tudo bem para mim. E os Daneys? Como reagiram ao aviso?

— Eles não estavam em casa.

— Certo — disse ele. — Vamos fazer o seguinte: você faz outra tentativa com os Daneys e... ah, eis aqui o fax do legista chegando... parece que vai ser um monte de papel, deixa eu verificar, se aparecer alguma coisa interessante eu ligo para você.

Fiz mais duas tentativas na residência dos Daneys. O telefone tocava sem parar e ninguém atendia.

Sem secretária eletrônica. O que, considerando todos os garotos pelos quais eram responsáveis, era estranho.

Às 17h45 telefonei para o consultório de Allison.

— Mais um paciente e estou livre — disse ela. — Quer fazer algo diferente?

— Tipo o quê?

— Que tal jogar boliche?

— Eu não sabia que você jogava boliche.

— Eu não jogo — disse ela. — É por isso que é diferente.

Fomos ao boliche de Culver City chamado Pistas dos Campeões. O lugar era escuro, com muita luz negra, pulsando com música *dance* e apinhado de gente magra, jovem, uns tipos de cabelos emplastrados de gel que pareciam ter sido rejeitados por algum reality show. Muita bebida e risadas e agarração, bolas de seis quilos descendo pelas calhas, uns poucos acertos saudados por muito barulho.

Todas as pistas tomadas.

— Noite do estúdio — disse o atendente de meia-idade, e bolsas debaixo dos olhos. — A Metro tem um trato conosco. Eles dão uma colher de chá para animar os escravos uma vez por mês. Nós lucramos com a bebida — ele deu uma olhada no salão de coquetel do outro lado do salão.

— Quem são os escravos? — quis saber Allison.

— Mensageiros, serventes de um modo geral, assistentes de diretores — sorriso escarninho. — A *indústria*.

— Quanto tempo dura? — perguntei.

— Mais uma hora.

— Quer esperar? — perguntei a Allison.

— Claro. Vamos jogar naquela máquina onde você tenta pescar prêmios legais.

Gastei cinco pratas dirigindo uma frágil garra robótica em torno de uma pilha de brinquedos de 20 centavos, tentando em vão pegar um tesouro. Até que finalmente uma coisinha cor-de-rosa parecendo um gnomo de lã, com um sorriso dispéptico, conseguiu ficar com um dos braços preso.

— Que bonitinho! — exclamou Allison, largando-o dentro de sua bolsa e encostando os lábios nos meus. Depois entramos no salão e escolhemos uma cabine nos fundos. Paredes recobertas de feltro vermelho, carpete tão fino que dava para sentir o cimento por baixo. Ali tão longe das pistas de boliche a música technopop era reduzida a um batimento cardíaco. Allison pediu um sanduíche de atum e um gim tônica e eu uma cerveja.

— Que travessuras você andou fazendo?

Eu a atualizei contando os últimos desdobramentos.

— Essa coisa do intervalo de oito anos ficou na minha cabeça — disse ela. — Que tal isto: o fato de Rand ter sido libertado detonou qualquer coisa em Malley. Ele usa anfetaminas ou cocaína?

— Não sei.

— Caso positivo, isso pode servir para aumentar a carga de ódio. Ele soube da libertação de Rand, não soube?

— No mínimo trinta dias antes. — respondi. — Quer dizer então que o estresse da vida fez com que ele matasse?

— Nós vemos isso a toda hora com pacientes usuários de drogas. Lutam contra os impulsos de brigar e os maus hábitos e se saem bem. Aí, de repente, algo os atinge e eles reincidem.

Matar é um mau hábito. Às vezes a coisa toda se resume a isso.

Capítulo 26

Dormi a noite de segunda-feira na casa de Allison. Ela teria seis pacientes na terça e eu saí pouco antes das 8 horas. No caminho de casa tentei de novo a residência dos Daneys. Ainda sem resposta.

Férias da família com todos os menores sob sua responsabilidade? O fato de estudarem em casa significava que a programação deles era flexível, de modo que era possível.

Ou estavam às voltas com algo não-recreativo?

Passei por Brentwood, cheguei a Bel Air, virei no Sunset e segui pelo Beverly Glen. Passando pela estrada que dá na minha casa, continuei rumo ao norte subindo o Valley.

A Galton Street estava pacífica, um cara regando o gramado, dois garotos brincando de pegar, passarinhos cantando. O barulho que vinha da via expressa era como um pigarrear crônico e distante. Parei a meia quadra da propriedade dos Daney. O portão de madeira estava fechado e a cerca bloqueava tudo exceto a parte mais alta do telhado.

Eu me lembrava de como o lote tinha sido aglomerado com três edificações. Sem espaço para estacionar, qualquer veículo tinha que ficar na rua. O jipe branco de Drew Daney não se encontrava à vista. Eu não tinha ideia de qual seria o carro de Cherish.

Segui adiante com o Seville, procurando uma picape escura ou qualquer coisa que parecesse errada. A picape estava parada duas casas depois.

Preta? Não, azul-escura. Mais comprida que a de Barnett Malley, com um banco extra, pneus de vinte polegadas e aros cromados.

Muitas picapes no Valley. Parei a três metros do portão e já ia desligar o motor quando um carro bege pequeno, que estava parado do outro lado da rua, saiu e passou por mim com tanta disposição quanto seus quatro cilindros frios podiam aguentar.

Era um Toyota-Corolla cheio de mossas e marcas e uns remendos de massa cinzenta nas portas. Pude dar uma rápida olhada na motorista.

Loura de cabelos compridos, as duas mãos agarrando o volante com força. Os olhos de Cherish Daney eram ferozes.

Ela seguiu até a esquina, deu uma parada, virou à direita e saiu velozmente.

Uma ligeira vantagem, mas seus quatro cilindros não teriam muita chance.

O trânsito matinal era ralo e eu a peguei facilmente, seguindo rumo oeste na Vanowen. Usando um trailer lerdo como escudo, fiquei de olho no para-choque torto do carrinho quando se aproximou a Via Expressa Ventura na direção leste.

Ela reduziu a marcha na rampa de acesso e perdeu o impulso. Passei a frente do trailer, fiquei parado na parte mais baixa, e esperei que ela terminasse a subida. Se um guarda me visse eu teria que dar algumas explicações.

Mas não havia guardas à vista. Aliás, eram muito poucas as pessoas à vista. O Corolla finalmente desapareceu e eu acelerei.

Cherish Daney misturou-se nervosamente ao trânsito da pista de menor velocidade, e, com um movimento brusco, passou para a do centro. Tinha uma das mãos na altura do ouvido, falava ao telefone celular. Precisou de 800 metros para chegar a 120 quilômetros por hora e manteve esta velocidade enquanto atravessou North Hollywood, passou por Burbank e Glendale, onde saiu no Brand Boulevard.

Talvez aquilo não passasse de uma excursão de compras à Galleria e eu me senti um idiota.

Não, o shopping não estava aberto àquela hora da manhã. A expressão que eu vira em seu rosto dizia que ela não estava pensando em liquidações.

Permaneci dois veículos atrás do Corolla, no Brand Boulevard e segui rumo ao sul.

A Galleria ficou para trás. Um, dois, quatro quilômetros.

De repente, sem sinalizar, Cherish Daney deu um golpe na direção do Corolla e entrou no estacionamento de um café chamado Patty's Place. Um cartaz na janela prometia um *Café da Manhã Especial: Os Melhores Huevos Rancheros da Cidade!* Um pouco mais abaixo: *Mergulhe No Nosso Bule De Café Que Nunca Esvazia! Nossos Bolinhos São Deliciosos!*

A despeito de tantas tentações culinárias, Glendale parecia cética — só havia outros três veículos parados no amplo e ensolarado estacionamento.

Dois compactos. Uma picape preta.

Cherish parou junto da picape. Antes que saltasse, Barnett Malley estava ao seu lado. Vestia o mesmo traje que eu vira na sua cabana, mais um chapéu de couro de aba larga. Tinha os polegares enfiados nas presilhas da calça e as pernas compridas eram arqueadas.

Barnett, o Caubói.

Já Cherish Daney era uma perfeita garota da cidade: blusa amarela justa, calça preta, sandálias pretas de salto alto. O cabelo louro platinado, solto no carro, agora estava preso num coque.

Os dois se deslocaram na direção um do outro, deram a impressão de que iam se tocar, mas se detiveram um segundo antes. Sem trocarem uma palavra, seguiram na direção do restaurante, passos perfeitamente harmonizados. Quando Malley segurou a porta para Cherish, ela entrou, passando por ele, sem a menor hesitação.

Acostumada.

Os dois ficaram lá dentro pouco menos que uma hora e quando saíram ele segurava seu cotovelo. Meu posto de vigilância, em diagonal, assegurava uma visão clara do Patty's Place, mas era demasiado longe para distinguir expressões faciais.

Barnett Malley manteve a porta do carro de Cherish aberta e esperou até que ela se ajeitasse atrás do volante para retornar à picape preta. Ela se afastou, continuou rumo sul no Brand Boulevard e ele seguiu logo depois. Fui o terceiro do comboio, mantendo-me uma quadra atrás.

O destino deles foi um Best Western perto do Chevy Chase Boulevard. Através da fachada de vidro do motel, dois níveis de quartos eram visíveis acima de um espelho de água.

Barnett Malley entrou e Cherish Daney esperou no carro. Sete minutos se passaram antes que ela saltasse do Corolla, desse uma olhada em torno e ajeitasse o cabelo. O Seville era um dos muitos carros no estacionamento do motel e desta vez fiquei perto o bastante para captar nuances.

Cara fechada. Lambia os lábios repetidamente. Com uma olhada no relógio, mais uma vez deu umas pancadinhas no cabelo, puxou a blusa e passou um dedo no lábio inferior. Inspecionando o dedo, ela o esfregou numa das pernas da calça. Em seguida trancou o carro, respirou fundo, jogou os ombros para trás e marchou, inflexível, para a entrada do motel.

Pensando nos pecados da carne? Ou o conceito tinha perdido a força?

Cherish Daney reapareceu sozinha 45 minutos depois. Ainda tensa. Ligeiramente encolhida, lembrando o jeito como eu a vira na primeira vez. Braços cruzados junto do corpo. Engrenou uma marcha atlética até o Corolla, recuou e afastou-se velozmente.

Deixei que se fosse e esperei.

Malley apareceu depois de nove minutos. Trazia o chapéu na mão, seu andar era solto e fácil e fumava um charuto fino e comprido.

Segui-o até a 134 West. Uns 2 quilômetros depois, ele passou para a 5 Norte; quando chegou na Cal 14, 30 quilômetros depois, reduzi a velocidade e deixei que duas carretas de 18 rodas ficassem entre nós. Ele meteu 140km e os 40 quilômetros seguintes foram consumidos como hambúrguer com fritas. Quando ele virou na saída de Crown Valley eu segui em frente, virei na saída seguinte e voltei para L.A.

Como Milo dizia: aquele era seu território, não havia onde se esconder.

Cheguei em casa à uma da tarde. As ligações do meu celular para Milo tinham sido atendidas pela sua secretária eletrônica. Ele não estava no escritório.

Allison continuaria trabalhando por mais algumas horas. O plano era nos encontrarmos às 17 horas, talvez irmos a um cinema. Alimentei os peixes, tentei relaxar, fui de novo para o telefone.

— Oi — disse Milo.

— Malley sai de casa sim — falei. — Só precisa de um pouco de motivação.

Contei a ele o que eu vira.

— Isso muda tudo — disse Milo.

Capítulo 27

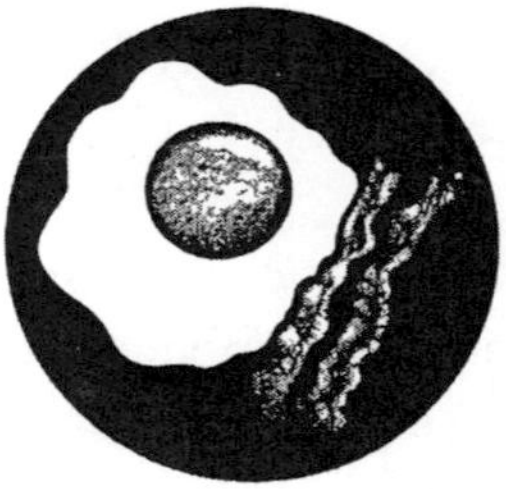

Às 14 horas Milo entrou pela porta da frente que eu deixara aberta. Pegando uma caixa de suco de laranja, ele disse:

— Preciso de ar livre — e fomos para junto do laguinho.

— Eu estava tentando ser bem ajustado — disse ele. — Tipo sentir o perfume das petúnias. Rick estava de folga, de modo que fomos caminhar no Franklin Canyon para depois comer o brunch no Urth Café. Toda aquela gente bonita e eu aqui para contrastar — ele tocou na barriga. — Waffles de trigo integral, o tipo da coisa que tira a graça de comer demais.

Ele levou a caixa de suco à boca.

— Desculpe por estragar seu lazer.

— Que lazer? Rick foi chamado para costurar um garoto que caiu de uma árvore e o tempo todo eu estava pensando no caso e fingindo estar numa boa, relaxado — ele jogou umas bolinhas de ração na água, murmurando, "Venham com o tio Milo". As carpas apareceram e chapinharam a água. — É ótimo ser apreciado.

Ele bebeu o suco até acabar, ajoelhou-se e pegou umas folhas da grama japonesa plantada em torno das pedras do viveiro. Esmigalhou-as entre os dedos até transformá-las em pó e sentou-se.

— Malley e Cherish fazendo coisa feia. Boa, antiga e confiável fraqueza humana.

— Combina com o que Allison falou sobre os Daneys não se comunicarem bem. E com o ceticismo demonstrado por Cherish a respeito da picape preta. Ela estava reduzindo as possibilidades de Barnett ser suspeito.

— Desviando a atenção para longe do namorado — disse ele. — Como é que você acha que os dois vieram a se relacionar?

— Só pode ser algo referente à Kristal.

— Eles estavam em lados opostos.

— O amor é estranho.

— Como assim, eles passaram um pelo outro no saguão de entrada do tribunal e houve um clique? Por tudo quanto sabemos, Malley detestava todos os integrantes da equipe da defesa.

— Aparentemente com exceção de Cherish.

Ele coçou o nariz.

— Acha que o caso já dura oito anos?

— Não é novo em folha — respondi. — Eles pareciam perfeitamente à vontade um com o outro.

— Grande Cherish, uma sacerdotisa. Enquanto seu nome anuncia que ama e trata com carinho, o caubói a acaricia em algum quarto sujo de motel.

— Na verdade era um lugar bem bonito — contrapus. — Qualidade da AAA, piscina...

— Sim, sim, e colchões d'água que sacodem ao ritmo da paixão espúria. Qual é a desses tipos religiosos, Alex?

— Há muitas pessoas religiosas dedicadas a boas obras. Algumas pessoas são atraídas pela religião porque lutam contra impulsos proibidos.

— Outros veem nisso uma chance para fazer uma grana. Quanto o condado paga para que alguém tome conta de uma criança?

— Pagava uns 500, 600 dólares por mês por tutela.

— Não é um modo de enriquecer — disse ele.

— Quinhentos dólares vezes oito crianças são 4 mil dólares por mês — retruquei. — O que não seria uma bagatela para um sujeito que abandonou os estudos de uma escola de teologia. Especialmente se houver o suplemento de outra renda.

— Os outros trabalhos de Daney. Como ele os chama? Não-lucrativos. Percorre as igrejas enquanto a mulher frequenta aulas em algum motel.

— Ademais, eles podem conseguir suplementação de honorários. Não sou versado nos regulamentos do serviço de Bem-Estar, mas pode ser que haja uma gratificação para aulas em casa. Ou dinheiro extra para cuidar de crianças com Transtorno do Déficit de Atenção com Hiperatividade.

— Quer dizer então que eles podiam estar ganhando dinheiro honesto — ele fez um movimento de rotação com a mandíbula. — Tudo bem, Cherish e Malley têm um caso amoroso. O que isso diz a respeito aos assassinatos, se é que diz alguma coisa?

— A única coisa em que posso pensar é que Troy teve três visitas antes de ser assassinado. Uma de sua mãe e duas dos Daneys. Teoricamente, Cherish podia ter feito contato com Nestor Almedeira.

Milo pôs no chão o saco de comida para peixes. Abriu um botão da camisa, passou a mão por baixo do tecido e esfregou o peito.

— Você está bem? — perguntei.

Ele se virou para mim.

— A Reverenda Lourinha atuando como mensageira de Malley para encomendar o serviço? Faz-se passar por uma conselheira espiritual ainda adolescente e o despacha para ser cortado como um porco? Jesus, isso faria dela um monstro assustador.

— É uma hipótese. Tão lógica quanto presumir que Barnett conhecia Nestor do tráfico de drogas.

— E Cherish não passa de uma adúltera comum — outra esfregação no peito.

— Coceira? — perguntei.

— Massagem cardíaca auto-administrada. Se Cherish e Malley não iniciaram o caso durante os seis meses que foram precisos para os meninos serem sentenciados, quando tiveram oportunidade?

— Eles moravam bem perto um do outro.

— O quê, um encontro por acaso no supermercado? Um olhar para Cherish e Malley passa de pai enfurecido a amante apaixonado?

Dei de ombros.

— Está certo, vamos deixar isto de lado e pensar no corpo seguinte: Lara. Ainda pode ser aquilo que teorizamos, Malley a culpava pelo acontecido a Kristal, o casamento deles desmoronava. Se somarmos a isso uma namorada nova, a motivação vai lá em cima. Gostaria de saber se Lara não teria um seguro de vida em favor dele.

— Se for este o caso, Malley não usou o dinheiro para financiar a boa vida.

Ele fez uma anotação no seu bloco, pegou o saquinho e jogou mais ração para os peixes.

— A namorada nova não tinha que ser Cherish.

— Barnett é um conquistador?

— Ele parecia bastante animado quando saiu do motel e dava para sentir que existia também uma química entre ele e Bunny MacIntyre. Cherish, por sua vez, parecia bem tensa.

— O caubói é um gozador — disse ele. — Claro, por que não? A piada da MacIntyre sobre não controlar suas idas e vindas foi uma mentira gratuita. Você viu como é o leiaute. Ele passa com a picape através das árvores e ela não vai notar? Próximo cadáver: Hannabee. Embora eu ainda não esteja convencido de que ela faça parte do esquema. A transa de Cherish com Barnett gera alguma decorrência mais?

— Os Daneys estavam proporcionando apoio a Jane durante o julgamento. Cherish pode ter sabido onde Jane dormia à noite.

— Para tudo ele tem uma saída. Tudo bem, vamos supor que Cherish seja membro de carteirinha do Clube das Garotas Muito Más. O que isso diz a respeito do caso que a municipalidade me paga para resolver?

— Aponta para outro cenário — respondi. — Se Cherish fizer parte desse clube, Drew estava dizendo a verdade sobre Rand ouvir barulhos debaixo da janela e ter visto a picape preta. Barnett Malley foi atrás de Rand porque ele sabia algo sobre o assassinato de Kristal que o ameaçava. Alguma coisa que Rand contou a Cherish porque confiava nela.

— Aí ela vai e o denuncia ao namorado. O que Rand saberia, oito anos depois, que ameaçava Barnett?

— A resposta óbvia é que Barnett teve algo a ver com a morte da filha.

— Os meninos bateram e estrangularam Kristal, ninguém questiona isso. Por que motivo Barnett teria algo a ver com isso?

— Sei lá. — Nós dois permanecemos sentados olhando para os peixes que eu pusera no laguinho porque achei que me ajudariam a relaxar. Às vezes, ajudam.

— Mesmo que ele tenha alguma implicação com a morte da filha, por que oito anos depois? De que é que nós estamos falando? Uma daquelas lembranças reconstituídas?

— Ou um rapaz conseguindo encontrar o sentido de algo que o deixara confuso por anos. Rand inclusive pode ter chegado a essa conclusão muito tempo antes de sua libertação, mas a quem ele iria contar? As pessoas que trabalhavam na prisão eram indiferentes, nem sequer insistiram para ensinar Rand a ler, nunca. A única pessoa em que confiava era Cherish, mas sua confiança era mal aplicada.

— Uma vez do lado de fora ele pensou em outra pessoa — disse ele. — Um sujeito com um grau de doutorado que havia se mostrado justo, afetuoso e objetivo.

Ele olhou para mim.

— O encontro que nunca houve. Talvez isso justificasse a morte dele.

Caminhamos de volta até a casa, abrimos duas cervejas e sentamos à mesa da cozinha.

Milo terminou sua garrafa e a pôs de lado.

— Em matéria de coisa abominável, que tal esta aqui, Alex? — disse ele. — E se Cherish e Malley não se conheceram no tribunal e já vinham se encontrando desde *antes* do assassinato de Kristal? Ela queria se casar com ele, precisava se livrar da competição como a que encontrava na família dele. Assim, descobriu um pequeno assassino de aluguel e começou a empreitada que se propôs pela filha.

— Cherish pagou a Troy para matar Kristal?

— Ela conhecia Troy de antes. Dona de algum conhecimento de psicologia, saiu procurando um pequeno psicopata de sangue-frio e encontrou. Troy disse a você que ia ser rico. Cherish motivou-o prometendo que logo o tiraria dali, com algum pote de ouro escondido na ponta do maldito arco-íris. Ao invés disso, ela fez com que ele fosse morto. Seis meses mais tarde, fase dois: Lara é abatida.

— Lara foi baleada com a arma de Barnett — lembrei.

— De modo que ou Barnett fez tudo sozinho, ou Cherish, sendo sua namorada, teve ampla oportunidade de pegar o 38 na coleção. Minha aposta é que os dois são igualmente culpados. Lembra de como Nina Balquin disse ter ficado furiosa porque Barnett mandou cremar o corpo de Lara em vez de organizar um funeral? Por que tanta pressa, a menos que haja algo a esconder? E se Barnett sequestrou Rand, o rapaz com certeza sabia o que estava acontecendo.

— O único problema é — falei — que se passaram oito anos e Cherish e Barnett não estão casados. Por que iriam se dar a tanto trabalho em benefício de uma relação ilícita?

— Ei, os relacionamentos são difíceis. A paixão esfriou, algo assim.

— Não o suficiente para acabar com as visitas aos motéis.

— Tudo bem, eles descobriram que o amor aventuroso é mais quente que o caseiro. Ou ela não quer desistir de todo aquele dinheiro pago pelo condado e dos recursos que entram graças ao trabalho do marido nas horas vagas. O divórcio geralmente prejudica a mulher, certo? Olha só a Weider. Cherish fica com a casa, as crianças e a persona religiosa do seu lado sem abdicar da diversão.

— Pode ser — concordei. — Certamente se ajusta à hipótese de premeditação levantada por Allison. Troy foi pago e levou Rand junto como reforço. Rand não estava envolvido desde o início mas, de um modo ou de outro, imaginou o que ocorria.

Milo esfregou o rosto com força.

— Ainda assim, é difícil atribuir o assassinato de Kristal a Barnett. O cara esperou anos para ser pai. Chegou ao ponto de pedir dinheiro emprestado para pagar o tratamento de fertilidade.

— Nina Balquin suspeita que o dinheiro não foi gasto em tratamento.

— Barnett e Lara devem ter feito alguma coisa, Alex. Afinal eles tiveram uma filha. Se Cherish for a pequena Miss Hitler posso vê-la tentando eliminar o filhote da outra chimpanzé. Mas Barnett matar a própria filha por causa dela?

Eu ouvi a pergunta, mas meu cérebro estava em outro lugar. Ao mencionar Nina Balquin eu me lembrei da casa dela. A parede dos fundos.

— Nossa — exclamei.

— O quê?

— A foto de Kristal. Seus olhos. Grandes e castanhos. Barnett tem olhos azuis e Lara também. Eu me lembro de vê-la na corte, tinha olhos imensos, azuis acinzentados, que estava constantemente enxugando porque não parava de chorar. Pai e mãe de olhos castanhos podem ter uma criança de olhos claros, mas o contrário é apenas remotamente possível através da mutação espontânea.

— Kristal não era filha do caubói?

— Não foi senão seis anos depois que pediram o dinheiro que Lara ficou grávida.

— Lara arranjou só para ela um tipo diferente de tratamento de fertilidade — disse Milo com um sorriso malicioso. — Os dois andaram pulando a cerca, mas Lara deixou provas e Barnett não foi capaz de aguentar.

— Barnett dominou e isolou Lara — falei. — Outra razão para ela procurar amor em outra parte. Qualquer marido ficaria enfurecido com a esposa tendo um filho de outro homem, mas um sujeito como Barnett, antissocial, mal-humorado, adepto das armas, seria especialmente propenso a uma reação violenta. Puniu Lara duas vezes. Primeiro eliminando o fruto de sua infidelidade e depois, quando não controlou o fogo em suas entranhas, livrou-se dela. E se por acaso precisasse de encorajamento, Cherish estava lá com sua torcida.

— Conversando na cama — disse Milo. — "Tenho uma solução, querido". É mesmo, faz sentido, não faz?

— Faz sentido e enoja ao mesmo tempo.

— E como foi que Rand descobriu o que houve? — perguntou Milo.

— Deve ter se lembrado de alguma coisa acontecida no tempo do assassinato. Quem sabe ver Cherish com Troy pouco tempo antes do sequestro. Ou ver Cherish e Barnett juntos. Por tudo quanto sabemos um deles foi ao shopping naquele dia para se assegurar de que tudo estava correndo bem. Ou então o envolvimento de Barnett foi mais direto. Lara declarou que virou a cabeça por apenas um minuto antes de Kristal desaparecer. E se tiver sido alguém que Kristal conhecia e em quem confiava que a tivesse atraído?

— Vem com papai — disse Milo. — Aí o papai a entrega para Troy e Rand. Jesus... e Rand lembra de tudo isso espontaneamente, após anos atrás das grades?

— Rand sabia que estava atrás das grades por ter feito parte de algo terrível. O isolamento e a maturidade foram fazendo com que ruminasse. Começou a avaliar seu quinhão de culpa. Tentou sentir-se como uma boa pessoa. Barnett e Cherish não tinham motivo para se preocupar com Rand porque ele não fizera parte da trama. Até que começou a conversar com Cherish. Troy, por outro lado, era uma ameaça imediata e foi eliminado rapidamente.

— Qual é o nome do seminário onde ela estudou?

— Fulton.

— Alguma ideia de onde fica?

Sacudi a cabeça.

— De acordo com Cherish, Troy está enterrado lá. Ela convenceu o reitor a doar um lote.

— Ah, aposto como convenceu mesmo e como não foi difícil. O nome dela, Cherish, é uma palavra que uso quando quero dizer... acariciar...

— Por outro lado — intervim.

— O quê?

— É um grande castelo de cartas, mas tudo o que realmente sabemos sobre Cherish é que ela vem dormindo com Barnett Malley, o caubói.

Milo fechou a cara.

— Então vamos descobrir mais. É disso que se trata a vida, certo? Alargamento de horizontes.

Capítulo 28

Acompanhei Milo até seu carro.

— Kristal foi enterrada ou cremada? — perguntei.

— Você está pensando em DNA?

— Se você conseguisse uma amostra de Barnett, estaria resolvida a questão da paternidade.

— Deixa eu lhe contar a história do DNA no mundo real. Costumávamos mandar amostras para o laboratório criminal do xerife, mas eles estão com pedidos acumulados até o final do milênio, e também não conseguem fazer com que o condado pague por equipamento do tipo mais recente, de modo que às vezes têm de mandar coisas para fora. O Departamento recentemente assinou um contrato com uma firma chamada Orchid Cellmark, em Nova Jersey, mas é um jogo de prioridades: homicídios sexuais primeiro, depois estupros e por fim crimes contra menores. O tempo mais curto para se obter alguma coisa é de dois a quatro meses. Que é o prazo que vão lhe dar caso você tenha a requisição aprovada pelos burocratas. Neste caso, se Kristal tiver sido enterrada, vou precisar de uma ordem de exumação, o que poderá tomar ainda mais tempo que a própria análise de DNA, em especial sem o consentimento do familiar sobrevivente. Seguir esta rota significa também deixar que Malley saiba que está sob suspeita.

— Foi só uma ideia — falei.

— Por outro lado, pode ser que o legista tenha guardado alguma coisa da autópsia de Kristal e eu poderia mandar isso para a Cellmark. Vou até o necrotério, ver se conseguem encontrar algo. Tchau.

Voltei para casa a fim de ver o que podia aprender sobre reembolso pago pelo condado por cuidados com crianças determinados pela Justiça. E ver o que conseguiria descobrir a respeito do Seminário Fulton.

A primeira missão foi fácil. Telefonei para Olivia Brickerman em casa. Olivia ensina no departamento de Obras Sociais da universidade, é uma veterana calejada da guerra que é o sistema de serviços sociais na Califórnia e é viúva de um grande mestre do xadrez. Tem idade para ser minha mãe e é uma das pessoas mais inteligentes que já conheci.

— Você só telefona quando quer alguma coisa — disse ela.

— Sou um mau filho.

Ela riu e sua risada terminou com um suspiro.

— Você está bem?

— Como se você se importasse.

— Claro...

— Ainda estou de pé, querido. O que é um sinal positivo, levando tudo em consideração. E então, como vai indo com a Dra. Branca de Neve?

— Allison?

— Pele de marfim, cabelos negros, voz suave, toda aquela maravilha? A analogia é óbvia. Estou passando dos limites?

— Allison vai bem.

— E Robin?

— Robin está em Seattle.

— O que não responde a pergunta que fiz.

— A última vez que falei com ela achei que estava bem, Olivia.

— Então é isso?

Não respondi.

— Sou uma bisbilhoteira incurável, Alex. Pode me dar um tapa. Seattle, hein? O Gênio e eu costumávamos ir para lá. Antes dos computadores e do café. O Gênio remava bastante bem, íamos até o lago Washington... Robin ainda está com o Cantor?

— Ainda.

— Sr. Tra la la — disse ela. — Ela o trouxe há alguns meses para um brunch de domingo. Ao contrário de outras pessoas que nunca têm tempo.

— Allison e eu levamos você para jantar em Bel-Air.

— Não enrola. O que estou querendo dizer é que eu não dei a mínima para ele.

— Ao contrário de Robin.

— Ele é quieto demais — ela continuou. — Indiferente, se quer saber. Não que alguém tenha perguntado.

— Estou sempre aberto para sua sabedoria, Olivia.

— Ha. Então, o que é que você precisa saber?

— Quanto o estado da Califórnia paga pelo custódia de menores?

— Eu esperava um desafio maior, querido. Antes de mais nada, é o estado quem estabelece os mandatos que regulam a custódia de menores, mas são os condados que distribuem o dinheiro. Os condados também podem suplementar o estado, a seu critério. Tradicionalmente mantêm as bolsas bem fechadas. Os valores variam, mas não muito. Qual é o condado?

— L.A.

— Outra coisa que você precisa saber é que oficialmente os pais "legais" não são pagos. Uma quantia determinada é alocada para cada criança e o guardião a desembolsa.

— Ou seja, os pais impostos pela Lei recebem pagamento.

— Exatamente. O valor básico varia com a idade da criança. De 425 a 597 dólares por mês. Crianças mais velhas recebem mais.

— Eu imaginaria exatamente o contrário — contrapus. — Bebês requerem mais cuidados.

— Você estaria pensando logicamente, querido. Estamos falando do governo. Que, sem dúvida, usa alguma fórmula baseada no número de quilos acusado pela balança.

— Qual é a faixa etária que recebe o máximo?

— Acima de 15 anos. De 12 a 14 cada garoto garante o recebimento de 546 dólares, que vão sendo reduzidos até chegar aos 425 dos bebês. O que não dá para as mamadeiras e fraldas. Com bastante frequência são os próprios membros da família que acolhem a criança e se candidatam a guardiões. É disso que estamos falando aqui?

— Não, trata-se de não-parentes. Pode haver suplementação em cima do básico?

— Tutelados com necessidades especiais recebem pagamentos extras. Atualmente o valor máximo da suplementação é 170 por mês. Isto através do Serviço de Proteção à Infância, mas há outras portas burocráticas onde se pode bater quando se sabe os caminhos da papelada. O sistema é cheio de atrativos.

— Crianças com TDA — Transtorno do Déficit de Atenção — são consideradas como tendo necessidades especiais?

— Com toda a certeza. É uma deficiência reconhecida. Vai adiantar alguma coisa eu perguntar por que você quer saber de tudo isso?

— Há algumas pessoas sob suspeita — expliquei. — Milo quer saber se estão ficando ricas à custa do erário.

— Milo, querido. Ele perdeu peso?

— Talvez um pouco.

— Quer dizer que não perdeu. Bem, eu também não perdi. Você sabe o que digo a uma pessoa que é magra por natureza? Dá o fora! De qualquer forma, se você puder me dar os nomes desses indivíduos suspeitos, quando eu voltar ao escritório passo no computador.

— Drew, provavelmente Andrew, e Cherish Daney — soletrei o sobrenome e agradeci.

— Cherish como em eu amo você?

— Exato.

— Exceto que talvez ame mais o dinheiro?

— É uma possibilidade.

— Alguma outra coisa que você queira me dizer?

— De quantas crianças uma família pode cuidar?

— Seis.

— Essa gente tem oito.

— Então eles estão dando o golpe. Não que alguém vá notar. Há falta do que as autoridades consideram como sendo lares decentes e poucos assistentes sociais para examinar os detalhes. Se nada terrível acontecer, ninguém presta atenção.

— O que é um lar decente?

— Pai e mãe, se forem de classe média ótimo, mas não chega a ser fator obrigatório. Sem ficha criminal. O ideal é que haja alguém trabalhando e outra pessoa em casa para supervisionar.

— Os Daneys preenchem os requisitos de cabo a rabo — falei. — O estado paga o ensino em casa?

— Mesma resposta, depende de como você preenche os formulários. Há uma gratificação para vestuário, uma previsão de suplemento para essa gratificação e todo o tipo de despesas extraordinárias relativas a tratamento de saúde que podem ser reembolsadas. O que é que há, querido? Outra daquelas fraudes?

— É complicado, Olivia.

— Com você sempre é — suspirou ela

O Seminário Fulton oferece um só grau, o de mestre em teologia, de acordo com a sua página na Internet, o currículo escolar realçava os aspectos "escriturais, sacerdotais e de serviço público do treinamento profissional evangélico". Os estudantes podiam concentrar esforços em torno de uma gama de possibilidades: Liderança Cristã, Promoções Evangélicas e Supervisão de Programas.

Diversos parágrafos eram dedicados aos pontos que serviam de base filosófica para a escola: Deus era perfeito, a fé em Jesus se sobrepõe a todas as ações, os seres humanos são depravados até serem salvos, a devoção e o serviço religioso são elementos essenciais para consertar um mundo com urgente necessidade de reparo.

O campus ficava em um terreno ondulado com mais de 12 mil metros quadrados de área. A uns 15 minutos de carro do motel na Chevy Chase.

Examinei páginas e mais páginas de fotos. Pequenos grupos de estudantes sorridentes, muito limpos e arrumados, terrenos suavemente ondulados cobertos de grama, o mesmo prédio de fachada de vidro típico dos anos 1960 em cada foto. Nenhuma menção a um cemitério local.

O corpo docente era composto por sete ministros. O deão era o Reverendo Doutor Crandall Wascomb, doutor em Teologia, em Filosofia e em Direito. Pelo retrato, Crandall parecia ter em torno de 60 anos, rosto fino, cabelo branco prateado que cobria a parte de cima das orelhas e olhos enrugados do matiz exato de seu casaco azul.

Liguei para o ramal dele. Uma voz feminina gravada me disse que o Dr. Wascomb estava fora da sala, mas que ele realmente se preocupava com o que eu tinha a dizer. "Por favor, deixe uma mensagem detalhada de qualquer tamanho e repita seu nome e telefone pelo menos uma vez. Muito obrigada, Deus o abençoe e tenha um bom-dia."

Minha mensagem foi curta, mas fiz questão de ressaltar minha ligação com a polícia. Havia uma boa chance de que eu tivesse assumido um tom excessivamente oficial, mas o treinamento do Dr. Wascomb o havia preparado para pequenos pecados.

Repetindo meu nome e telefone, desliguei, refletindo sobre a depravação humana.

Pouco depois das 21 horas da noite o Dr. Wascomb telefonou, quando eu já tinha saído com Allison. A telefonista do meu serviço de recados comentou, "Que homem simpático", antes de me passar o número. Diferente do número do escritório dele. Eram quase 23 horas, mas liguei assim mesmo e foi uma mulher de voz suave quem atendeu.

— Dr. Wascomb, por favor?

— Posso perguntar quem deseja falar com ele?

— Dr. Delaware. Sou psicólogo.

— Um segundo.

Segundos mais tarde, Wascomb atende, me cumprimentando como se fôssemos velhos amigos. Sua voz de tenor cheia de vida sugeria um homem mais jovem.

— Estou certo ao pensar que o senhor trabalha como psicólogo da polícia?

— Eu dou assessoria à polícia, Dr. Wascomb.

— Entendo. Seu telefonema tem a ver com Baylord Patterman?

— Como?

Uma fração de segundo.

— Esquece — disse ele. — Como posso ajudá-lo?

— Desculpe por incomodá-lo tão tarde, doutor, mas gostaria de lhe falar a respeito de uma ex-aluna de Fulton.

— Pois não.

— Cherish Daney.

Pausa.

— Cherish está bem?

— Até agora.

— Quer dizer então que ela não é vítima de algo terrível — disse ele, parecendo aliviado.

— Não. Há alguma razão para pensar que seria?

— A polícia geralmente não é mensageira da esperança. Por que está preocupado com Cherish?

— Fui designado a perguntar sobre a formação dela.

— Em que contexto?

— É um pouco complicado, Dr. Wascomb.

— Bem, eu certamente não posso falar com você pelo telefone a respeito de uma coisa complicada.

— Poderíamos nos encontrar pessoalmente?

— Para falar sobre Cherish?

— Sim.

— Devo lhe dizer uma coisa, eu não tenho nada senão coisas boas para dizer a respeito de Cherish. Ela foi uma de minhas melhores alunas. Não posso imaginar por que a polícia haveria de querer informações sobre sua formação.

— Por que ela não se graduou? — perguntei. *E quem é Baylord Patterman?*

— Talvez — disse Wascomb — devêssemos nos encontrar.

— Terei muito prazer em ir ao seu escritório.

— Meu tempo lá está inteiramente comprometido, mas me deixe dar uma olhadinha aqui na minha agenda... parece que tenho uma vaga amanhã. Uma da tarde, hora do meu almoço.

— Seria ótimo, Dr. Wascomb.

— Não me importo em me ausentar do campus, mas tem que ser perto. Só tenho 45 minutos...

— Conheço um lugar — falei. — Um pouco ao sul, no Brand Boulevard. Patty's Place.

— Patty's Place... Não vou lá há séculos. Quando a escola estava passando por uma reforma, às vezes me encontrava lá com nossos estudantes. Sabia disso, senhor?

— Não — respondi. — Apenas gosto de panquecas.

Baylord Patterman gerou cinco resultados no Google. Um advogado sediado em Burbank, fora preso um ano atrás por dirigir uma fraude de seguros baseada em falsos acidentes de trânsito. A prisão deu-se quando um acidente menor na Riverside Drive transformou-se em um desastre que matou uma garota de 5 anos. Patterman e seus motoristas contratados, uma dupla de quiropráticos vigaristas, assim como o pessoal burocrático foram acusados de homicídio resultante da operação negligente. A maioria foi acusada de crimes de colarinho branco. Patterman terminou condenado por homicídio culposo, foi expulso do seu órgão de classe e condenado a cinco anos na prisão estadual.

O Seminário Fulton aparecia em duas citações: Patterman era filho de um dos fundadores da escola e doador constante. O Dr. Crandall Wascomb disse ao jornalista que se sentia ultrajado. Ademais, ignorava o lado escuro do seu benfeitor.

— Se tivesse sido sincero, eu sentia pena dele. Todos aqueles anos vendendo virtude e seria desapontado novamente.

Capítulo 29

Minha semana para frequentar cafés.

O cheiro no Patty's Place era de manteiga e ovos, carne no grill, misturador de panqueca e a brisa de sabonete e água que acompanhava uma garçonete latina jovem e animada cujo nome gravado na etiqueta era Heather.

— Podem se sentar onde quiserem — disse ela.

O restaurante estava cheio pela metade com uma circunspecta clientela de aposentados. Porções grandes, copos altos, queixos sujos de gordura. Ao inferno com os nazistas da comida. Minha presença baixou em dez anos a idade média do lugar. Escolhi um local reservado com vista para a entrada e a alegre Heather me trouxe café perigosamente quente em uma caneca não estragada por frases pretensiosas.

O Dr. Crandall Wascomb apareceu às 13h07, consertando o laço da gravata e ajeitando o cabelo branco. Era baixo, muito magro e usava óculos de armação preta muito larga para seu rosto estreito. Vestia um casaco esporte marrom, camisa branca, calça também marrom, mas num tom ligeiramente mais claro e mocassins bege. A gravata azul destacava-se como a vela de um barco.

Quando seus olhos encontraram os meus eu acenei discretamente. Ele adiantou-se, apertou minha mão e sentou-se.

O cabelo era mais curto e escasso que na foto oficial. Avaliei que teria uns 70 anos. Misturava-se à perfeição com a clientela.

— Obrigado por vir se encontrar comigo, Dr. Wascomb.

— Não foi nada. O senhor tem noções pré-concebidas a respeito de cristãos evangélicos, Dr. Delaware?

— Quando julgo as pessoas é pelo seu comportamento e não pela sua crença.

— Bom para o senhor — seus olhos não se moveram. Mais azuis que na foto. Ou talvez tivessem absorvido um pouco da intensidade da gravata. — Imagino que o senhor verificou a questão de Baylord Patterman.

— Verifiquei.

— Não vou me desculpar, mas vou explicar. O pai de Baylord era uma excelente pessoa, foi quem nos ajudou no princípio. Isso foi 32 anos atrás. Eu tinha vindo de Oklahoma City, onde trabalhei no negócio de suprimento do petróleo antes de voltar à escola. Eu quis produzir um impacto. Gifford Patterman era desse tipo raro de homem, rico mas com o coração aberto e afetuoso. Fui ingênuo o bastante para supor que o mesmo se aplicava ao seu filho.

Heather chegou, bloco na mão.

— Já faz muito tempo que não venho aqui — disse Wascomb. — As panquecas ainda são fabulosas?

— São excelentes, senhor.

— Então é o que vou pedir.

— A pilha completa ou meia?

— Completa, manteiga, xarope, geleia, tudo — Wascomb sorriu exibindo a dentadura de tom creme. — Nada como um café-da-manhã no início da tarde para fazer o dia parecer que ainda está começando.

— Alguma coisa para beber, senhor?

— Chá quente, camomila, se vocês tiverem.

— E o senhor?

— Vou experimentar as panquecas também.

— Boa escolha — disse Heather. — O senhor vai amar sua refeição.

Wascomb não a viu afastar-se. Tinha os olhos fixos no guardanapo.

— Baylord Patterman o decepcionou — falei.

— O mal que ele fez a Fulton... A investigação de suas atividades nos atingiu em cheio porque éramos os maiores beneficiários do seu lucro ilícito. Você pode imaginar a reação dos nossos outros maiores doadores.

— Corrida em direção à porta de saída.

— Um verdadeiro estouro da boiada — disse Wascomb. — Foi terrível. Somos uma escola pequena, operando com um orçamento muito reduzido. Eu digo que somos o seminário que faz mais com menos. A única razão pela qual somos capazes de sobreviver é que somos proprietários do terreno onde a escola se situa e os custos de manutenção são, a duras penas, cobertos pelo testamento de uma boa cristã, a avó de Baylord Patterman.

— Sinto muito pelos seus problemas.

— Muito obrigado. Já estamos começando a pôr a cabeça para fora da água. Motivo pelo qual preferi que o nosso encontro fosse aqui e não na escola. Eu simplesmente não posso suportar mais publicidade ruim.

— Não tenho intenção de prejudicá-lo.

Ele me examinou por cima do chá.

— Muito obrigado. Vou tratar abertamente com o senhor porque sou uma pessoa aberta. E, francamente, não existe mais nenhuma privacidade. Não na era do computador. Mas isso não significa que eu possa falar livremente sobre uma antiga estudante sem a permissão dela. Não sem uma boa razão.

— E qual seria uma boa razão?

— Por que não me diz primeiro o que está querendo?

— Também sou limitado no que posso dizer, Dr. Wascomb. Há certos detalhes que os policiais guardam para si próprios.

— Então é um caso de homicídio? — ele sorriu ante a minha surpresa. — Tomei a liberdade de fazer uma pesquisa a seu respeito, Dr. Delaware. A consultoria que dá a polícia parece se centrar em casos de homicídio. O que me chocou. Não posso imaginar Cherish envolvida em algum crime, muito menos homicídio. Ela é uma pessoa delicada. E, como lhe disse antes, uma de nossas melhores alunas.

— Mas não colou grau.

— Isso foi uma tremenda falta de sorte. Mas não teve nada a ver com ela.

Eu esperei.

Wascomb desviou o olhar para o balcão. Heather estava junto da caixa, conversando.

— Doutor?

— O infortúnio de Cherish de certa forma foi similar ao meu no caso Baylord Patterman — disse Wascomb.

— Ela teve alguma coisa a ver com o escândalo?

— Não, eu estava fazendo uma analogia. Encontramos na Bíblia repetidas exortações contras as más companhias. Cherish e eu não seguimos esse conselho, mas eu era o professor e ela a estudante, de modo que eu suponho que a lista de erros seja jogada diante da minha porta.

— Cherish foi culpada por algo que um amigo fez?

— Ela foi colocada em uma posição desconfortável, embora não fosse a culpada.

Heather trouxe a comida.

— Aqui está, rapazes!

— O cheiro está maravilhoso, querida — Wascomb sorriu para ela.

Heather ergueu a sobrancelha esquerda.

— Façam bom proveito.

Ele rezou silenciosamente a oração de graças, depois cortou a pilha de panquecas na metade, levando a faca até a de baixo. Rodando o prato ele cortou de novo, e mais uma vez, até que a pilha ficou cortada em oitavos. Lauritz Montez teria aprovado.

Tanto Montez quanto Wascomb tinham escolhido trabalhar com pecadores. Suponho que não pudessem ser acusados de buscar a ilusão de um mundo organizado.

Wascomb comia tão deleitado que seria uma pena interrompê-lo. Dediquei-me ao meu prato e finalmente ataquei de novo.

— Quem era a má companhia de Cherish?

Ele descansou o garfo.

— Isso é absolutamente necessário para a sua investigação?

— Não posso responder enquanto não souber, doutor.

— Agradeço sua honestidade — ele limpou os lábios, removeu os óculos e tocou nas têmporas. — Não era um amigo... e sim o marido.

— Drew Daney — adiantei.

Lento gesto de assentimento.

— Como ele poderia prejudicá-la? — indaguei.

— Ah — disse Wascomb, como se a lembrança o deixasse desalentado. —Tive reservas a respeito dele desde o princípio. Somos pequenos e cronicamente carentes de fundos, precisamos ser seletivos no que toca aos alunos que aceitamos. Nosso estudante típico graduou-se com honras em um estabelecimento de ensino de teologia respeitável, treinado na tradição evangélica. Exatamente como Cherish. Ela diplomou-se como a primeira da sua turma no Viola Mercer College, na cidade de Rochester, estado de Nova York.

— E Drew?

— Drew alegou ter frequentado uma excelente escola na Virginia. Na verdade ele não completou o ensino médio. Era este o seu nível de instrução.

— Ele mentiu no requerimento de matrícula.

— Ele falsificou as cópias dos documentos — Wascomb suspirou. Empurrou o prato, tendo comido apenas um terço. — Sem dúvida você pensa que sou um idiota crédulo. Ou desleixado. Sem querer soar abertamente defensivo, gostaria de ressaltar que isso foi uma aberração. A vasta maioria dos nossos graduados estão por aí neste mundo realizando o trabalho de Deus de maneira exemplar.

— Drew deve ser muito bom para tapear o senhor.

Ele sorriu.

— Muita bondade sua, senhor. Sim, ele fez as coisas certas, parecia ter uma ótima base nas escrituras. Como vi depois, sua experiência religiosa era limitada a servir como conselheiro em diversos acampamentos de verão cristãos.

— Aprendeu o jargão — sugeri.

— Exatamente.

— Quando tudo isso veio à luz?

— Sete anos e meio atrás.

Lembrança exata. Seis meses depois do assassinato de Kristal Malley.

— O que fez com que o senhor resolvesse estudar a formação dele?

— Uma outra pessoa examinou o passado dele — disse Wascomb. — Um homem extremamente furioso que afirmou que Drew cometia adultério com sua mulher — ele estremeceu. — Uma acusação que foi comprovada posteriormente.

— Fale-me a respeito.

Ele sacudiu a cabeça. Empurrou o prato para longe.

— Há questões de respeito aqui. Pelos inocentes envolvidos...

— Seis meses antes de o senhor ter descoberto a verdade sobre Drew, ele e Cherish estavam envolvidos em um caso de homicídio como parte do serviço comunitário que realizavam por Fulton. Aconselhamento de um menino que matara uma criança pequena. Tenho certeza de que o senhor se recorda disto.

Ele piscou duas vezes, começou a falar e interrompeu-se.

— Senhor?

— Aquela pobre menininha — sua voz ficara rouca. — Há mais coisa em relação a aquele caso? Depois de tanto tempo?

— Um dos meninos que matou Kristal Malley foi assassinado.

Wascomb estremeceu.

— Ah! Suponho então que preciso falar sem rodeios — ele produziu um som seco estalando as dentaduras. — Drew cometeu adultério com uma das advogadas do caso. A advogada de defesa.

— Sydney Weider.

Gesto afirmativo de cabeça.

— Foi o marido dela quem invadiu minha sala com relatórios médicos, discursando delirantemente contra a escola, minha incompetência, como eu podia treinar uma pessoa como Drew, eu era um hipócrita, todos os "malucos pela Bíblia não passavam de hipócritas". — Ele desviou o olhar de mim. — Lamento, mas perdi o apetite.

— Sinto muito — falei. Mas não o bastante para desistir. — Estamos falando de Martin Boestling, produtor de cinema.

— Um homem *ruidoso*. Na ocasião achei que fosse grosso. Depois de alguma consideração, depois que o choque passou, levei em conta o que ele enfrentou e senti pena. Telefonei e tentei me desculpar. Ele mostrou-se amável, tanto quanto possível.

— O que ele suportou foi, sem dúvida, mais que um adultério.

Seus olhos se fixaram nos meus.

— O senhor disse que Boestling levou relatórios médicos. Exames de laboratório?

Gesto vagaroso de assentimento.

— Dele próprio e da mulher.

— Ele foi infectado por alguma coisa, Aids?

— Nem tanto — disse Wascomb —, mas bastante desagradável. Gonorreia. Sua esposa passara a ele e Boestling afirmava que Drew a havia infectado. — Ele sacudiu a cabeça. — A implicação, é claro, era de promiscuidade. Examinei Drew mais de perto, descobri suas mentiras e o expulsei. Não tivemos contato desde então.

— E Cherish saiu com ele porque era uma esposa obediente?

— Por se sentir envergonhada. Como falei, somos uma pequena comunidade — ele brincou com o garfo. — Como vai Cherish atualmente? Ainda estão juntos?

— Estão.

— Drew se arrependeu?

— Eu não seria capaz de dizer.

— Sempre tive esperança de que ela encontrasse paz, e agora o senhor aparece fazendo perguntas a respeito dela.

— Perguntas que podem dar em nada.

— Ela... Ela se manteve como uma mulher de caráter, Dr. Delaware? Ou a influência de Drew poluiu sua alma?

— Se eu soubesse... Pelo que posso dizer — respondi —, ela continua dedicada às boas ações.

— E ele? O que ele tem feito?

— O mesmo.

Seus olhos ficaram duros como aço.

— Aí está uma lição para o senhor, Dr. Delaware. Julgar o comportamento nem sempre é o suficiente. É o que está por trás da superfície que interessa.

— Como se mede isso, senhor?

— Não se mede — respondeu ele. — Nós não medimos.

Ele se levantou para ir embora.

— É *Deus* quem mede.

— Mais uma pergunta, Dr. Wascomb. Cherish me disse que Troy Turner foi enterrado nas vizinhanças do terreno de sua escola.

Ele colocou a mão em cima da mesa, como se precisasse de apoio.

— É parcialmente verdadeiro.

— Como assim?

— Ela me pediu, me implorou. Tínhamos um pequeno cemitério em San Bernardino. Para membros do corpo docente e indigentes recomendados pelos nossos doadores e por outras pessoas de confiança. Encaramos como um serviço comunitário.

— E Cherish era qualificada como pessoa de confiança.

— O que ainda é, Dr. Delaware, a menos que algo que o senhor me diga altere o quadro.

Não respondi.

— Autorizar que aquele menino fosse enterrado em solo sagrado foi uma demonstração de compaixão pelo pecador. Proporcionamos a ele o necessário serviço religioso.

— Quem compareceu?

— Cherish, eu e minha mulher.

— Drew não.

— Drew também — ele disse. — Queria conduzir a cerimônia e eu decidi fazê-lo.

— E a mãe de Troy?

— Não — disse Wascomb. — Cherish tentou falar com ela, mas não conseguiu. Eu me lembro daquele dia. Final de primavera, tempo perfeito, ar limpo. Caixão pequeno, mal fez um ruído quando o arriaram na tumba — ele colocou dinheiro em cima da mesa.

— Eu pago — falei.

— De jeito nenhum.

— Dividimos a conta, então.

— Está certo — ele sorriu para mim.

— Sinto muito que tenha sido tão perturbador, Dr. Wascomb.

— Não, não, o senhor está fazendo um trabalho importante.

Ele virou-se para ir embora, parou e tocou no meu ombro.

— Aquele menino fez uma coisa terrível, Dr. Delaware, mas nunca se saberia disso ao olhar para aquele caixão.

Capítulo 30

Heather apareceu e viu a comida que Wascomb deixara.

— Quer que eu embrulhe para viagem?

— Não, obrigado.

Ela acompanhou o lento caminhar de Wascomb até a porta.

— Ele mal tocou na comida — disse para mim. — Será que está passando bem?

— Ele está bem.

— É seu pai?

— Não — respondi. — Passei-lhe o dinheiro do total e 10 dólares a mais. — Guarde o troco — um grande sorriso. — Você trabalhou ontem?

— Aqui? Acho que sim. Sim, ontem eu trabalhei aqui.

— Dois empregos?

— Três. Aqui, KFC depois das 17 horas e nas noites de quinta e sexta eu trabalho como babá para um médico da emergência do Glendale Memorial.

— Esquema apertado.

— É o que meu pai diz. Fica me enchendo para que eu desista de alguma coisa e me divirta um pouco — ela passou a ponta da língua nos lábios. — Estou economizando para a escola de moda.

— Bom para você. Ontem de manhã, lá pelas 9 horas, você notou um casal que veio tomar o café da manhã? O cabelo dela era louro comprido, ele era alto e usava um chapéu de caubói de couro.

— Eles. Claro, fui eu que os servi. Lembro dele porque me fez lembrar de um ator que meu pai gostava muito. Peter... Peter alguma coisa.

— Fonda?

— Isso mesmo. Tem um filme muito antigo que meu pai não se cansa de assistir. O Jack Nicholson também trabalha, mas é muito mais moço e mais magro.

— *Easy Rider — Sem Destino.*

— Isso mesmo. Jack, um outro e mais o outro, Peter, são como hippies de moto — ela deu uma risadinha. — Peter é bonitinho, se você gosta da moda retrô do tempo dos hippies. É o que aquele sujeito, o tal do chapéu de couro, me fez lembrar.

— Retrô — repeti.

— Perdido nos anos 1960. Cabelo indo até as costas e camisa com *colchetes de pressão* em vez de botões. O que me deu a ideia para um vestido. Um troço tipo caubói punk.

— Original.

— Obrigada. Por que pergunta por eles?

— Eu trabalho com a polícia.

Ela arregalou os olhos.

— Você é tira?

— Consultor.

— Uau. Eles fizeram alguma coisa ilícita?

— São apenas pessoas em quem estamos interessados.

— Como testemunhas?

— Mais ou menos. Há alguma coisa de que você se lembre a respeito deles?

— Na verdade, não. Eles não falavam muito.

— Um com o outro?

— Um com o outro e comigo. Eu falo sem parar, como o senhor pode ver. Estou sempre conversando com os clientes, faz com que sintam que estou interessada neles e compensa no departamento das gorjetas. Mas não funcionou com aqueles dois, que ficaram ali sentados, como se estivessem brigando.

— Eles comeram?

— Os dois pediram, mas só ele comeu. Bacon com ovos. Ela pediu um pão doce e leite, mas não tocou em nada. Como o velhinho que estava com o senhor. Imaginei que não ia render grande coisa e estava certa. Foi só dez por cento de gorjeta, o que é uma coisa muito *antiga*. Ela pagou.

— Deu para ouvir alguma conversa?

— Não houve nada para ouvir que eu percebesse.

— Eles já haviam estado aqui antes?

— Uma vez. Semana passada. Foi a Laurem que os atendeu. Era hora de jantar e meu turno ia terminar.

— Quando na semana passada?

— Vamos ver — ela comprimiu o lábio inferior com um dedo... — Lauren trabalha às terças, quintas e sextas e não era sexta porque eu folgo na sexta, e não era terça porque ela ligou dizendo que estava doente porque seu namorado arranjou ingressos para o concerto do Jason Mraz — ela parou para respirar. — Só pode ter sido quinta-feira.

— Por volta de que horas?

— Lá pelas 17 horas. Uau, isto é uma investigação?

— Mais ou menos.

— O senhor não pode me dizer do que se trata?

— Sinto muito, Heather.

— Sem problema, eu entendo.

— Quer dizer então que eles só estiveram aqui duas vezes.

— Que eu visse.

— Há quanto tempo você trabalha aqui?

— Três anos, com interrupções.

— Como foi que eles agiram na quinta-feira?

— A mesma coisa. É como eu me lembro. Laurem disse que eles não falaram, só comeram. Ele comeu, ela não.

— Gorjeta de dez por cento.

— Na verdade, oito — ela sorriu. — Acho que é o meu charme.

Agradeci e dei a ela outra nota de dez.

— Ah, não precisa — disse, mas não fez o menor sinal de que ia devolver o dinheiro. — Se quiser posso ficar de olho e se eles aparecerem de novo eu aviso.

— Era o que eu ia pedir — dei a ela meu cartão.

— Psicólogo — disse ela. — Criminosos malucos, tipo Hannibal Lecter?

— Nem sempre é tão empolgante.

— Minha irmã foi a um psicólogo. Era bem louquinha, tinha uns amigos da pesada.

— Ajudou?

— Na verdade, não. Mas pelo menos ela se mudou e eu não tive mais que escutar a sua gritaria.

— Acho que se poderia chamar isso de sucesso parcial — falei.

— Acho que sim — ela concordou, distraída. Ao se dirigir para o caixa, vi que recontava seu dinheiro.

Voltei para a 134 Oeste e dei uma olhada nas mensagens quando o trânsito diminuiu.

Uma de Olivia Brickerman. Saí da via expressa no Laurel Canyon, segui para o Ventura Boulevard encontrei uma vaga na frente de um motel e liguei para o escritório dela.

— Os seus Sr. e Sra. Daney são muito bons no jogo burocrático — disse ela. — Eles recebem ao todo 7 mil dólares mensalmente para cuidar das crianças. O que vêm fazendo já há mais de sete anos, sem qualquer tentativa de esconder que excedem o limite legal por dois tutelados. Isso me assegura de que são veteranos que sabem que o sistema quebrou. A Sra. Daney também requereu certificado de terapeuta educacional, com o que faria jus a um dinheiro adicional para tratamento. Geralmente isso requer um tipo qualquer de credenciais pedagógicas, mas houve um afrouxamento das regras devido à carência de provedores. Isto ajuda?

— Muito. Qual é a situação real do sistema?

— Os gênios da assembleia legislativa estadual acabam de negar um pedido de contratação de mais assistentes sociais, e os condados já estão com uma severa falta de mão-de-obra. Significando que ninguém verifica coisa alguma. Mais duas coisinhas a respeito dos Daney: eles sempre cuidam de adolescentes com dificuldades de aprendizagem. O que acho realmente interessante é que todos os seus tutelados têm sido meninas. O que não é comum, já que não há falta de meninos no sistema.

— Os pais adotivos podem escolher idade e sexo? — indaguei.

— Supõe-se que haja uma solução acordada entre as partes — a agência e a pessoa que vai cuidar da criança. Nos melhores interesses desta.

— Então você pode pedir uma garota.

— Alex — ela interveio —, se você for branco, de classe média e não tiver ficha criminal pode pedir qualquer coisa que vão lhe dar.

Agradeci e pedi uma lista das crianças aos cuidados dos Daney.

— Só consegui dos últimos anos. Mando para você via fax assim que a lista estiver pronta. Meus cumprimentos a Allison. Espero não ter sido muito atrevida com aquela brincadeira da Branca de Neve.

— Em absoluto. A inteligência tem seus privilégios.

— Você me lisonjeia, querido.

O único Martin Boestling que encontrei na lista telefônica foi um "negociante de doces" na Fairfax Avenue. Improvável, mas pelo menos era perto se eu fosse pelo Laurel Canyon.

A Casa das Nozes era um sobrado uma quadra ao norte do complexo Farmer's Market/Grove. A placa de *estacionamento nos fundos* cumpriu sua promessa e eu encontrei uma vaga perto de uma van verde com o nome da loja, endereço e endereço na Internet debaixo de uma castanha de caju gigantesca que parecia uma larva sem olhos. A porta de tela trancada cobria um arco aberto para entregas. Toquei a campainha e uma mulher corpulenta, nos seus 60 anos, coberta com um xale, girou o ferrolho e trotou de volta sem uma palavra para a frente da loja.

O espaço era um amplo salão cheio de depósitos de balas, café, chá, coisas desidratadas de todas as cores, doces gelatinados igualmente coloridos e nozes. Só de amêndoas pelo menos umas 12 variedades. Um cartaz dizia *Não há amendoins aqui, pessoas alérgicas não se preocupem.*

Os clientes, todos do sexo feminino, passavam vagarosamente entre as gôndolas e iam enchendo sacos plásticos verdes presos em carretéis que pendiam do teto. O homem de avental verde na caixa registradora tinha uns 55 anos, ombros arredondados, cabelo escuro e ondulado e era gorducho. A expressão do seu rosto sugeria que ele tivesse discutido com uma parede e perdido. As mãos eram maiores que o normal e ele conversava amavelmente com duas mulheres que pagavam as compras. Na foto que eu encontrara na Internet, ele estava de smoking e de braços dados com Sydney Weider. Ela mudara muito. Martin Boestling não.

Coloquei amêndoas defumadas em um saco, esperei até que a loja ficasse em silêncio e me aproximei.

Boestling registrou minha compra.

— O senhor vai gostar, as amêndoas são defumadas por uma família de índios do Oregon.

— Ótimo — aprovei, pagando. — Sr. Boestling?

— Por quê? — seus olhos se estreitaram

— Estou procurando um Martin Boestling que era produtor de filmes de cinema.

Ele transferiu as amêndoas para um saco de papel que empurrou por cima do balcão e começou a me dar as costas.

Mostrei minha identidade policial.

— Psicólogo da polícia? De que se trata tudo isso?

— Presto consultoria a...

— E agora está na Casa das Nozes. Que conveniente — os olhos dele apontaram para a mulher que estava atrás de mim. — Próxima.

Afastei-me e esperei que ela fosse atendida e saísse.

— Alguma coisa mais que eu possa fazer por você, orientar uma outra compra?

— É a respeito de Sydney Weider — respondi. — E Drew Daney.

As enormes mãos dele transformaram-se em porretes de carne e osso.

— O que é exatamente que você deseja?

— Uns minutos do seu tempo, Sr. Boestling.

— Por quê?

— Daney é alvo de uma investigação.

Silêncio.

— Pode ser sério — acrescentei.

— Você quer sujeira.

— Se o senhor tiver alguma.

Ele acenou para que a mulher do xale se aproximasse.

— Magda, assuma. Um velho amigo acaba de entrar.

Subimos a Fairfax caminhando, encontramos um banco de parada de ônibus desocupado e nos sentamos. Martin Boestling tinha esquecido de tirar o avental. Ou talvez não tivesse.

— Sydney era uma cachorra do inferno, uma filha-da-puta de merda, fim da história.

— Estou sabendo da gonorreia.

— Sabe também como o meu pau é grande?

— Se for relevante, provavelmente posso descobrir.

Ele sorriu.

— É de se imaginar que seja relevante, tendo em vista a importância do tamanho e tudo mais. Casei com Sydney porque ela era inteligente e rica, bonita e gostava de trepar. A verdade é que me fez de palhaço desde o dia em que nos amarramos no altar.

— Promíscua.

— "Se ela tivesse demonstrado alguma moderação", seria possível chamá-la de promíscua. No dia do casamento transou com um dos meus falsos amigos. — Ele começou a contar pelos dedos. — O garoto da piscina, o professor de tênis, o cara que tratava do aquário, o bando de advogados com que trabalhava. Foi só mais tarde, depois do divórcio, que as pessoas começaram a aparecer e me contar, falsa compaixão nos olhos. *Sinto muito, Marty, nós não queríamos fazer disso uma grande coisa.* Eu jamais poderia provar, mas estou convencido de que ela andou transando também com alguns dos seus clientes. E sabe o tipo de clientes com que trabalhava?

— Indigentes.

— Assassinos, ladrões, a escória. Pense nisso: ela ficando longas horas no escritório abrindo as pernas para a bandidagem enquanto eu me matava de trabalhar para sustentá-la no estilo de vida a que tinha se acostumado. Eu odiava a indústria do cinema, mas permaneci lá porque estava desesperado para impressioná-la. Sabe onde nos conhecemos?

— Onde?

— Sua investigação não recuou até aí? Nós nos conhecemos no Palisades Vista Country, onde a família dela tinha suas raízes e onde eu ganhava o dinheiro que precisava para fazer a universidade. Abastecia as pessoas ricas com água mineral enquanto elas rodavam como frangos em um espeto. Eu devia ter sabido como ia ser quando Sydney deixava o namorado rico no salão de jantar para transar comigo na cabana. Saíamos juntos às vezes, até que eu me graduei e consegui um emprego na sala de correspondência da Creative Arts Agency e a convenci a se casar comigo.

— Foi ideia dela a sua entrada na indústria cinematográfica?

— Eu tinha me graduado como bacharel em inglês, o que é tão útil quanto um segundo apêndice. Parecia interessante e eu era bom naquilo. Mas acima de tudo foi por causa de Sydney. Eu era doido por ela. — Ele ajeitou o avental. — O pai dela me conseguiu o emprego na sala de correspondência, mas eu conquistei o direito de permanecer. Trabalhei como um escravo e fui humilhado pelo pior tipo de gente que existe. Produzia mais que todos os amadores oriundos das universidades da Ivy League que faziam aquilo para se divertir, subi ligeiro e passei a ganhar uma quantia significativa enquanto Sydney terminava os estudos de ensino médio. Ela sempre foi inteligente, graduou-se com destaque especial, *summa*, fez uma pausa para ter os filhos e depois nós todos nos transferimos para Berkeley para que ela pudesse frequentar a faculdade de direito. Permaneci em L.A. e ia de avião passar o fim de semana com ela e os garotos. Transformei aquilo numa operação científica, pegar o avião das quatro da tarde em Oakland a fim de evitar o fog e voltar no domingo bem tarde. Os meninos se saíram bem, levando tudo em consideração. Ambos odiavam a mãe. Não foi preciso muito tempo para nosso casamento desandar — não aguentávamos mais um ao outro. Mas o casamento dos outros não parecia nem um pouco melhor, de modo que não dei muita importância a isso.

— Até que veio o resultado do exame de laboratório — sugeri.

— O exame veio mais tarde. O que detonou tudo foi que a surpreendi transando com Daney. Na minha casa, minha cama, meu roupão e com os chinelos na cadeira — ele deu uma risada. — Um clichê absoluto. Eu tinha uma reunião na Fox TV para tratar de um script. A débil mental da encarregada cortou-o porque entendeu que meu estudo de audiência estava errado. Querendo dizer que meus projetos visavam atingir um público com QI mais alto que de um nabo. Eu esperava uma reunião maior, levei inclusive o escritor, pobre coitado. Com isso, saí de lá em dez minutos, num estado de espírito não tão afável, decidi ir para casa, nadar um pouco e suar na sauna nova em folha que eu mandara fazer. Quando cheguei ouvi-a gemendo e grunhindo no andar de cima e fui para o nosso quarto — que eu acabara de mandar remodelar por uma fortuna, permita que lhe diga, nossa casa em Brentwood era o que havia de mais moderno. A porta do quarto estava escancarada e Sydney e aquele canalha estavam transando.

A esta altura ele falava tão alto que os transeuntes reparavam. Ele alisou o avental e estalou os dedos.

— Grito e Sydney abre os olhos. Mas fecha de novo e *continua*. Dou um pulo e começo a bater em Daney nas costas, na cabeça, onde quer que consiga acertá-lo. Ele luta para se libertar, mas Sydney não deixa, prende-o numa chave de pernas. Finalmente ela termina e o empurra. O filho-da-mãe pega as roupas e sai correndo, como se tivesse os colhões em chamas. — Ele riu até chorar. — Posso rir agora. Até mesmo sentir pena do idiota.

Eu sorri.

— Doutor Reação Moderada — disse ele, frustrado. — Lembre-me de não colocar você na plateia. De qualquer modo, esta é a história.

— Alguma ideia do tempo que durava aquele caso?

— Não tenho, porque nunca falamos a respeito. Sydney trancou-se no banheiro, tomou uma chuveirada e quando saiu eu estava pronto para a briga. Ela passou voando, entrou no carro e se mandou. Ficou fora a noite inteira, por sorte os garotos estavam na escola. Fiquei lá sentado como um panaca, esperando por ela e finalmente fui para o Hotel Bel-Air. Alguns dias mais tarde começou a sair pus do meu pinto. Mas eu a peguei direitinho. Adivinha como?

— Algo no campo financeiro.

— O acordo pré-nupcial. Que o pai *dela* exigiu para o bem da filha. O acordo dispunha que ela ficasse com todos os recursos que tinha ao se casar. O único problema foi que o velho fez alguns péssimos investimentos e esvaziou o fundo de Sydney. Os únicos recursos dela eram *zero*, restando apenas os bens comuns do casal. O que não era muito para nenhum dos dois, porque estávamos vivendo muito além de nossos recursos. Para mim não teve grande importância, meu pai trabalhava para ganhar a vida no negócio das nozes. Eu costumava fazer pouco dele por não ser glamouroso, até que tomei contato com a indústria do cinema.

— Já a Sydney teve problema para lidar com a nova situação — adiantei.

— Sydney era uma puta mimada que foi ser advogada para obter status e *realização pessoal*. Depois que nos separamos arranjou para trabalhar em uma firma, mas não funcionou. Enquanto isso, os advogados do divórcio seguiam pilhando o que restara. Sua mãe finalmente morreu e deixou-lhe o bastante para comprar uma casa em Palisades juntamente com uma pequena pensão mensal. O CEP lá é bom, mas a casa é uma bosta e ela não a conserva. Sydney sempre foi exagerada e agora estou informado que está completamente maníaca.

Ele me olhou em busca de confirmação.

— O que aconteceu à firma? — perguntei.

— Ah, a firma? — disse Boestling, sorrindo. — Lamentavelmente seu chefe recebeu uma cópia daquele maldito laboratório de análises. Receberam cópias também todos os advogados criminalistas sérios da cidade. Agora, quem seria capaz de fazer uma coisa tão vingativa? — ele bocejou.

— E você denunciou Daney ao seminário.

— Imaginei que estava fazendo o trabalho do Senhor. Obrigado pelas lembranças, doutor. Hora de voltar à vida real.

— Você disse que Daney devia lhe agradecer.

— Sem dúvida alguma. Consegui apresentar Sydney e ele a algumas pessoas muito sérias.

— Para fazer um filme?

— Não, para fazer salsicha, sim claro, um filme. Um longa-metragem, nada de televisão. Sydney fazia *absoluta* questão disso, sua atitude era sempre achar que eu era da televisão e por isso ficava em uma posição tão baixa na cadeia alimentar. O projeto dela visava transformar os dois em *estrelas* e obter um orçamento substancial *para filmar*. Os dois pensaram que tinham a melhor história já contada. Mas quem foi que eles procuraram quando quiseram referências?

— Era a história do assassinato de Kristal Malley?

— Exatamente, dois garotos mataram uma menina e foram para a cadeia. Não era exatamente o *Titanic*.

— De quem foi a ideia?

— Não posso afirmar com certeza, mas aposto em Daney, que era o típico idiota fantasioso e que contaminou Sydney — ele conteve uma risada. — Juntamente com outras coisas.

— Tem certeza de que foi ele quem a contaminou com a gonorreia?

— Ou foi um dos 5 mil cacetes em que ela montou. Ele foi o que eu vi, por isso estou pondo um rosto nele, por assim dizer. — Ele deu de ombros. — Por tudo quanto sei, foi o advogado do outro menino, um cara latino.

— Lauritz Montez — falei. — Ela dormiu com ele também?

— Com certeza.

— Como é que...

— Quando Sydney começou a trabalhar no caso, não fazia outra coisa senão xingar Montez. Estúpido, sem experiência, um azarado que ia arrastá-la para o fundo. Aí então, duas semanas mais tarde, começou a se reunir até tarde com ele. *Muitas* reuniões tardias.

Trabalhando em uma defesa conjunta. Acreditei nisso até que a peguei com o canalha do Daney e finalmente deixei de ser o mais débil dos débeis mentais da galáxia. A única defesa em que os dois estavam trabalhando foi quando Montez guardou o pinto de volta nas calças.

Não falei nada.

— Só mais um passeio na rua da lembrança — disse Boestling. — Agora, se você me dá...

— Sydney por acaso disse alguma coisa a respeito do caso Malley que você tivesse considerado insólito?

— É sobre *isso*? Após tantos anos? Daney é suspeito de ter feito o quê?

— Não posso entrar em detalhes. Sinto muito.

— Uma conversa de mão única.

— Lamentavelmente.

— Pois bem, lamentavelmente para *você*, tudo o que Sydney *me* contou foi que seu cliente era um monstrinho assassino e que não havia como livrá-lo. Você a viu recentemente?

— Tentei falar com ela alguns dias atrás. Ficou muito furiosa...

— Teve um ataque olhando para você e começou a gritar, certo?

— Certo.

— A mesma Sydney de sempre — disse ele. — Ter ataques sempre foi sua técnica. No tribunal ela se controlava muito, mas do lado de fora, quem quer que tentasse discordar dela explodia com aquela parede de barulho. Um troço que mais parecia as 500 milhas de Indianópolis. Comigo, com os garotos, com seus pais — ele sacudiu a cabeça. — Espantoso que eu aguentei. Já minha segunda mulher foi uma história completamente diferente. Suave, não podia ser mais doce. Morta em cima da cama, contudo. Um dia acabo encontrando a combinação ideal.

Ele se levantou e se dirigiu para a loja. Caminhei ao seu lado, pressionando por mais detalhes acerca do filme.

— Nunca vi um script. Nunca me envolvi diretamente. Não se esqueça, eu só era um cara da *televisão*.

— Era bom o bastante para organizar reuniões — retruquei.

— Exatamente — ele coçou o queixo. — Fiz todos os tipos de coisas idiotas naquele tempo. Tinha um probleminha de abuso de uma certa substância que obscurecia meu julgamento. Estou falando com você em primeiro lugar porque meu padrinho diz que preciso ser honesto com o mundo.

Mesma coisa que Nina Balquin dissera. Quanto do que passa por ser sinceridade hoje em dia não era reconciliação?

— Eu lhe agradeço muito — falei.

— Estou agindo por mim mesmo — disse Boestling. — Devia ter sido um pouco mais egoísta quando compensava.

Quando cheguei em Beverly Hills peguei Lauritz Montez saindo do prédio onde funcionava o tribunal. Carregava uma pasta larga pendurada no ombro direito ao se dirigir para o estacionamento aos fundos.

— Sr. Montez.

Uma sobrancelha foi alçada, mas ele não reduziu o ritmo. Alcancei-o.

— Que é agora?

— Uma fonte confiável me disse que o senhor e Sydney tiveram mais que um relacionamento de trabalho.

— E quem terá sido essa fonte?

— Não posso dizer.

Sem resposta.

— Fale-me a respeito do filme que Sydney queria rodar.

— Por que eu deveria saber de alguma coisa a esse respeito?

— Engraçado, você não perguntou "que filme"?

Entramos na área de estacionamento e ele se encaminhou para um Corvette cinza de dez anos e pôs a pasta no chão.

— Você está ficando inoportuno.

— O Juiz Laskin se aposentou, mas tem amigos. Tenho certeza de que o Judiciário e a Ordem dos Advogados ficariam entusiasmados em saber como você se comportou durante um caso importante.

— É uma ameaça?

— Deus me livre — respondi. — Mas pensando bem, você talvez vá preencher formulários de acusação em Compton nos próximos vinte anos.

— Você é um sujeito desagradável — disse ele, mantendo a voz baixa. — Aposto como o Departamento de Polícia de Los Angeles não tem a menor ideia do que você está fazendo.

Ofereci a ele meu celular.

— Disque cinco na memória — que o teria conectado ao meu dentista.

Ele não aceitou. Um tira de Beverly Hills passou sozinho por nós em uma Suburban nova em folha. Um policial com todo aquele peso sobre rodas. Economia de gasolina não queria dizer grande coisa por ali

Embolsei o celular.

Montez perguntou:

— O que você realmente deseja? — sua voz vacilou nas duas últimas palavras.

— O que você sabe a respeito do filme e qualquer outra coisa mais que possa me dizer sobre Sydney e os Daneys.

Ele recuou, colocando-se entre o nariz arredondado do Corvette e a parede do estacionamento.

— Os Daneys — ele repetiu, sorrindo friamente. — Sempre achei que fossem dois hipócritas típicos e tinha razão.

— Razão como?

— Daney transava com ela quando e como bem entendia.

— Como foi que você descobriu?

— Eu a vi por cima dele no carro dela. No estacionamento, depois de escurecer. Questionei-a no dia seguinte e pôs-se aos gritos me mandando dar o fora e não me meter mais com a sua vida.

— Qual estacionamento?

— O da cadeia do condado.

O mesmo lugar em que ela oferecera seu BMW azul-bebê para a entrevista com Jane Hannabee.

— Comportamento de alto risco — comentei.

— Era o que mais gostava.

— Quer dizer então que Daney violou o oitavo mandamento — falei. — E o que fez de sua mulher uma hipócrita?

— Deixa disso — retrucou Montez —, é claro que ela sabia. Sydney e Daney passavam engatados o tempo todo, como Cherish podia *não saber*? — ele contraiu os lábios como se fosse cuspir e esfregou a boca com o dorso da mão. — Ela me irritava. Aquele jorro constante de psicobobagens! Só se importava com Troy, não consegui sequer fazê-la conversar com Rand. Quando você se importa de verdade, fala com todo mundo.

— Por que você queria envolvê-la?

— Referência de caráter.

— Por que ela favorecia Troy?

— Os dois favoreciam. Porque conheciam Troy de antes. Ele tinha sido um dos seus projetos na 415 City. O que mostra a você como eles eram eficientes.

— Rand não fora um dos projetos deles.

— Rand nunca se meteu em encrenca séria até quando conheceu Troy, de modo que nunca teve o benefício do sábio conselho do casal Drew e Cherish Daney. Não que isso tivesse feito diferença, conforme já comentei com você.

— O script.

— Se você não acredita que haja um script para tudo, não merece esse seu Ph.D.

— O que aconteceu com o script verdadeiro?

— O filme de Sydney? O que é que você pensa? Não aconteceu nada. Isto aqui é L.A.!

— Qual era a trama?

— Como eu iria saber?

— Nunca leu?

— Não havia como, era um troço secretíssimo. Nem sei se havia mesmo um script — ele sacou um controle remoto e desarmou o alarme do Corvette. Desviando-se de mim, abriu a porta.

— O que havia então?

Ele não respondeu.

— Como queira — falei e abri meu celular.

— Tudo o que vi foi um resumo, entendeu? Um *tratamento*, como Sydney chamava. E mesmo assim só vi porque fui procurar fósforos na mesa dela — um sorriso quase imperceptível. — Eu gosto de fumar depois.

— Vocês transavam no escritório?

— Aquelas mesas baratas das repartições públicas para alguma coisa hão de servir.

— O que dizia o tal tratamento?

— Os nomes tinham sido mudados, mas era basicamente Kristal Malley. Exceto que na história de Sydney os garotos tinham sido manipulados pelo pai da menina para matá-la.

— Qual era o motivo dele?

— Não dizia, estamos falando só de dois parágrafos. Sydney voltou do banheiro, me viu lendo, arrancou da minha mão e partiu para o seu velho número da gritaria. Eu comentei que se tratava de uma teoria interessante e disse que talvez pudéssemos usá-la como verdadeira. Ela ficou mais histérica ainda e me chutou. Literalmente — ele esfregou o traseiro. — Sydney estava calçada com aqueles sapatos pontiagudos, doeu como o diabo.

— Quer dizer então que o tratamento foi escrito antes que o caso fosse encerrado.

— Antes da formalização da sentença, mas todo mundo sabia como aquilo ia acabar.

— De quem foi a ideia do acordo? — perguntei.

— Sydney propôs, Laskin aceitou. Ela mentiu e disse para ele que eu concordara. Terminei concordando mesmo, por achar que era o melhor que podia fazer por Rand.

— Deixar que os garotos começassem logo a cumprir suas sentenças e partir para a festa com a parceira — sugeri.

— Não foi assim. Aquela noite, na mesa dela, foi depois que tínhamos praticamente terminado o grosso do nosso trabalho. Foi quando Sydney e eu começamos realmente a ter um relacionamento mais sério. Antes disso era um casinho secundário que mantínhamos fora do escritório.

— Motéis?

— Não é da sua conta.

— Carro dela?

— Se você quer ser um chato intolerante, vá em frente. Divertir-se não é crime.

— Foi divertido até que ela começou a chutar você.

— Sydney era louca — afirmou Lauritz Montez. — Mas vou lhe dizer uma coisa. Tinha seus talentos.

Capítulo 31

— Ninfomaníaca — disse Milo. — para usar uma expressão encantadoramente antiga.

Ele soprou a fumaça do charuto para o alto. Do jeito como o ar estava, a fumaça servia para limpá-lo.

— Não que eu seja nostálgico por expressões antigas. Tendo suportado a violência de uma delas.

— "Bicha" hoje em dia é linguagem coloquial — falei.

— Assim como "crioulo" se você for um astro do hip-hop como o Snoop Dogg. Tente chamar um cara qualquer na Main com Sixty-ninth para ver quantas risadas vai conseguir.

Anéis de fumaça flutuavam na direção do céu, ondulavam e se dissipavam. Estávamos a duas quadras da delegacia, caminhando lentamente, pensando em silêncio, falando em rajadas.

— Quer dizer então que todo mundo está fodendo todo mundo — disse ele. — No sentido literal e no sentido figurado. Você acha que a história de Weider pondo tudo na conta de Malley era ficção? Ou que ela e Daney sacaram qualquer coisa oito anos atrás? Como Malley não ser o pai de Kristal. Ou Troy contando a ela que Malley o pusera naquela situação.

— Montez sugeriu em tom de brincadeira à Sydney Weider que eles dois usassem essa história para desviar a atenção e ela recuou, apavorada. Talvez fosse mais do que manter o sigilo de uma ideia quente.

— Ela conseguiu uma prova favorável ao réu, mas a ocultou. Porque seu principal objetivo não era defender Troy, e sim vender a estória para fazer um filme. Numa boa. Apelando para o que passa por moralidade em Hollywood.

— Se Weider precisasse racionalizar — retruquei —, poderia. Malley mexeu os pauzinhos, mas foram os meninos que concretizaram o crime e iam ficar presos por longo tempo, não importa quanto. Foi o que ela disse a Martin Boestling. O conselho que ela deve ter dado a Troy foi para que ele ficasse quieto que ia tirá-lo rapidamente da cadeia e rico. O que explica a fantasia de riqueza do menino.

— Troy era um garoto de rua, um delinquente escolado, Alex. Você crê mesmo que ele ia acreditar nisso?

— Ele também era um menino de 13 anos de idade e sem futuro — respondi. — Os jovens vêm em bandos para Hollywood todos os dias acreditando nos Ricos e nos Famosos. Ainda assim, por ser criança, sua paciência não podia durar indefinidamente. Pode ser que a morte de Troy não tenha sido coisa do Malley, afinal.

Milo mordeu com força o charuto. A fumaça criou um anel irregular. Pegando um fragmento de tabaco preso na língua, ele cuspiu e franziu a testa.

— Weider era defensora pública; com certeza saberia como contactar um sujeito como Nestor Almedeira.

— O mesmo pode ser dito a respeito de Daney — lembrei. — Trabalhando com jovens portadores de necessidades especiais, *tanto* ele *quanto* Cherish visitaram Troy.

— E aí então Daney seria o cara branco sobre o qual Nestor falou e não Malley? Jesus — duas baforadas. — É, pode tomar este rumo com a mesma facilidade com que Cherish talvez seja Jacqueline, a Estripadora. Especialmente porque não tenho nenhuma prova concreta a favor de *nenhum* dos dois cenários.

Ele largou o charuto, apagou na calçada, esperou que esfriasse e pôs no bolso.

— Que bom cidadão — comentei.

— Já tem sujeira demais nesta cidade. E então, como a morte de Rand se ajusta a essa coisa Weider-Drew?

— Da mesma forma como se ajustaria à coisa Cherish-Barnett. Rand nunca esteve por dentro do que acontecia, por isso foi autorizado a viver. Só que, de algum modo, um dia ele vislumbrou a verdade por trás da morte de Kristal e transformou-se em um alvo.

— A verdade sendo a vingança de Malley, porque ele não era o pai de Kristal.

— Esta parte parece ser constante — falei. — Algum progresso no DNA?

— Preenchi uma requisição, estou esperando notícias dos manda-chuvas de lá. Eu ainda gostaria de saber como e quando Cherish começou a dormir com Barnett. Só que agora talvez saibamos o motivo: vingança pelo comportamento de Drew, transando por toda parte.

— Faz sentido. A garçonete do Patty's disse que Cherish e Barnett Malley só haviam estado lá uma vez e ela trabalha há anos naquele lugar. Cherish gosta do Patty's porque o frequentava nos tempos de seminarista... Wascomb costumava se encontrar lá com estudantes. Mas os dois podiam ter outros lugares favoritos.

— O principal era o motel — afirmou Milo. — Vou dar um pulo lá e ver o que os empregados têm a dizer.

— Outra possibilidade — emendei — é Cherish ter denunciado Rand para Drew e não para Barnett.

— Ela está traindo o Drew. Por que iria confidenciar a ele?

— Não precisava contar tudo a ele, bastava mencionar que Rand parecia realmente nervoso. Porque ela suspeitava que Drew tivesse desempenhado um papel na morte de *Troy* e se pudesse fazer com que ele eliminasse Rand, pouparia Barnett desse trabalho.

— Namorada submissa posando de esposa submissa — disse ele. — Manipulação elevada à forma de arte. Wascomb disse que a considerava uma garota espiritual.

— Wascomb nunca entendeu os pontos mais refinados do cinismo.

Milo pegou outro charuto, deixou na embalagem plástica e rolou agilmente de dedo em dedo. Truquezinho esperto; eu nunca tinha visto antes.

— Há outra manipulação na qual devemos pensar — falei. — A história de Drew acerca da picape preta foi a razão pela qual começamos a investigar Barnett Malley seriamente. Só que, tendo em vista o que viemos a saber a respeito de Drew, precisamos levar em conta que ele talvez estivesse nos manipulando.

— Não tinha medo de Malley, só queria nos apontar a direção dele.

— Para azar dele fez com que o examinássemos mais detidamente.

— Três crianças mortas — disse Milo. — Talvez duas equipes de assassinos.

Viramos uma esquina.

— Alex, agora estou pensando que preciso levar a morte de Jane Hannabee mais a sério como sendo um crime relacionado. Se Troy falou com ela, que era sua mãe, sobre o filme e ela quis entrar no bolo, passou a ser um problema para Sydney e Drew.

— Sendo quem ela era, viciada e tudo mais — falei —, Jane com toda certeza queria lucrar com o filme.

— Estávamos dizendo que Cherish podia saber onde Jane dormia, sendo sua conselheira espiritual, mas o mesmo se aplica a Drew — disse Milo, enfiando as mãos nos bolsos. — Isto se espalha feito câncer. Você chegou a descobrir quanto o casal Daney está sugando do condado?

— Sete mil dólares por mês.

— Nada mal para uma dupla de idiotas impossibilitados de usar hábitos religiosos.

— Com parte disso aí sendo ilegal. Olivia disse que ninguém fiscaliza o cumprimento dos regulamentos, mas isso pode funcionar como uma cunha, se for necessário. Pedi a ela para mandar por fax os nomes de todos os garotos que eles tutelaram. Drew tem um passado de falsificação de documentos. Talvez tenha se comportado mal de outros modos também.

— Bem pensado. E o que me diz de Sydney "Fogo no Rabo" Weider? Acha que eu deveria confrontá-la?

— Tanto Boestling quanto Montez disseram que o modo como explodiu comigo é seu jeito usual de enfrentar conflitos. Tudo o que você tem contra ela é adultério por ouvir dizer e ela não pratica a advocacia, de modo que ameaçar denunciá-la à Ordem dos Advogados de nada servirá.

— Ainda assim eu poderia envergonhá-la.

— Depois do modo como o Boestling a humilhou não imagino que reste muita autoestima a ser ameaçada.

— Mais um motivo — insistiu Milo —, bater enquanto ela está caída.

— Você pode tentar — falei.

— Mas você não.

— Agora não — respondi. — Muito pouco resultado pelo esforço feito.

— Então quem é o meu alvo? — quis saber Milo.

— Não é quem — ponderei. — O quê. Papelada.

Caminhei com ele até o estacionamento do outro lado da rua da delegacia, onde ele pegou seu carro e me seguiu até em casa. Ultrapassando-me no Westwood Boulevard, ele chegou primeiro.

O fax de Olivia me esperava no aparelho. Uma página de nomes e números da previdência social, datas de nascimento, períodos de cuidado tutelar.

Doze garotas, entre as idades de 14 e 16 anos. Oito ainda viviam com os Daneys. Um nome era familiar. *Quezada, Valerie*. A garota irrequieta e ressentida a que Cherish ensinava matemática. Cherish conduzindo-a no passo-a-passo das operações, o supra-sumo da paciência. Momentos mais tarde, as lágrimas de Cherish ao falar a respeito de Rand.

A lista cobria só um período de 25 meses, era o que dizia uma anotação manuscrita feita por Olivia na parte de cima do papel. *Isto é o mais longe que consegui voltar no passado. O sistema de arquivos organizado pelos gênios daqui é uma mixórdia. Talvez em caráter permanente.*

— Vamos começar vendo o que descobrimos sobre os quatro que não moram mais com eles.

— Para verificar o quê?

— Para começar, se algum se encaixa na pior hipótese.

Milo telefonou para o legista, pediu para falar com "Dave" e disse:

— Não, hoje não, mas tenho certeza de que um dia acabo chegando lá. E vê se me arranja uma máscara melhor da próxima vez. Não sou novato com essa coisa de decomposição, mas... sim, não há nada como os danos causados pela água. Escuta, Dave, o que eu preciso é só de uma olhada nos registros... claro, claro, sei que ouvir minha voz faz com que você sinta que ganhou o dia.

Cinco minutos depois ele recebeu a ligação de retorno do Investigador David O'Reilly, do setor de investigação de mortes violentas. Nenhum dos quatro nomes batia com os constantes da lista de mortes não-naturais. Milo telefonou para o Arquivo geral, ultrapassou o costumeiro atendimento evasivo e conseguiu chegar aos arquivos do condado onde ficava a lista de óbitos por causas naturais.

Desligou o telefone.

— Parece que todas estão vivas. Nossa parcela de alegria para hoje.

Pensei: Podiam ter morrido fora do condado de L.A.

— E agora?

— Alguma ideia?

— Você pode tentar localizar essas quatro, ver se têm alguma coisa a dizer a respeito dos Daneys. Eu me concentraria nessas duas, que ainda são menores de idade. Pode ser que a vida esteja correndo melhor para elas e que não precisem mais da custódia de estranhos. Por outro lado...

— Gosto disso — ele interrompeu. — Pessimismo construtivo.

Olivia nos deu um contato no Serviço de Proteção à Infância e tínhamos os dados às 15 horas.

Leticia Maryanne Hollings, 17 anos, ainda vivia sob a proteção do Estado, morando com um "guardião parente" — uma tia em Temecula, Califórnia. Ninguém atendeu ao telefone e Milo guardou a informação para futura referência.

Wilfreda Lee Ramos, 16 anos, não se encontrava mais na lista de menores para serem tuteladas. Seu último contato fora um irmão de 25 anos, George Ramos.

Estava na lista de telefones, mas sem endereço. Cidade onde residia, *L.A. Califórnia*. Ocupação: *Estudante*. O número 825 fazia da universidade uma boa aposta.

Tentei. Inativo. Um telefonema para a secretaria da universidade revelou a existência de dois George Ramos. Um era um calouro de 18 anos. O outro, de 26, era um primeiranista de direito, e isso foi tudo que pude descobrir.

Milo entrou na linha, anunciou suas credenciais, mas também não conseguiu extrair mais nada da funcionária. O mesmo aconteceu na secretaria da faculdade de direito.

Fomos de carro até o campus, estacionamos no setor norte e caminhamos até a escola, onde Milo conversou com uma secretária amável de cabeça branca que disse:

— O senhor acaba de telefonar. Lamentavelmente a resposta é a mesma. Normas regulando a privacidade.

— Nós só queremos falar com o Senhor Ramos, dona.

— Dona — ela repetiu, com um sorriso. — Exatamente como em um filme de caubói. Tenho certeza de que é verdade, tenente, mas não se esqueça de onde nos encontramos. Pode imaginar quantas dessas pessoas adorariam nos processar por quebra de privacidade?

— Bom argumento — disse ele. — Ajudaria se lhe dissesse que o Sr. Ramos não está encrencado, mas a irmã dele pode estar? Tenho certeza de que ele gostaria de saber disso, dona.

— Sinto muito. Eu gostaria de poder ajudar.

Ele relaxou os ombros. Deliberada, vagarosamente, do jeito como faz quando está se esforçando para ser paciente. Sorriso enorme. Tirou o cabelo preto da testa e comprimiu o corpanzil no balcão. A secretária recuou instintivamente.

— Onde estão os alunos do primeiro ano neste instante?

— Devem estar... na aula de jurisprudência. Talvez no gramado.

— De quantos alunos estamos falando?

— Trezentos e sete.

— Hispânico — disse Milo. — Vocês têm se saído bem com as cotas destinadas às minorias ou isso tem prejudicado o número de matrículas?

— Ele não tem aparência de hispânico — disse a secretária.

Milo a encarou fixamente. Ela corou, inclinou-se para frente e murmurou:

— Quando a pessoa é muito alta é muito mais fácil de localizar.

— Estamos falando de basquetebol? — sorriu ele.

— Talvez um guarda.

Passadas longas e lentas levaram George Ramos a cruzar o gramado em uma trajetória desajeitada, mas determinada. Como uma ave — uma garça — abrindo o caminho num pântano. Calculei uns 2 metros de altura. Pálido, o cabelo já escasseando, recurvado, carregava uma pilha de livros e um laptop. O cabelo que lhe restava era castanho médio e fino e passava por cima das orelhas. Usava um suéter azul de gola em V, calças de brim cáqui bem passadas, sapatos marrons. Óculos de lentes pequenas empoleirados no nariz adunco. Um Ben Franklin jovem esticado até os 2 metros de altura em um aparelho de tortura.

Quando paramos na sua frente, ele piscou duas vezes e tentou passar por nós. Quando Milo disse "Sr. Ramos?", ele se deteve imediatamente.

— Sim?

Rápida exposição do distintivo.

— Tem um momento para falar a respeito de sua irmã, Wilfreda?

Atrás da lente dos óculos os olhos castanhos de Ramos endureceram. Mãos cerradas, as juntas dos dedos incharam e ficaram brancas.

— Vocês estão falando sério.

— Estamos sim, senhor.

Ramos resmungou qualquer coisa ininteligível.

— Pois não?

— Minha irmã está morta.

— Sinto muito, senhor.

— Afinal, o que os trouxe a mim?

— Estávamos investigando algumas crianças que passaram pela tutela do Estado e...

— Lee cometeu suicídio três meses atrás — disse Ramos. — É como todos a chamavam. *Lee*. Se conhecessem alguma coisa a seu respeito, saberiam que ela detestava o nome "Wilfreda".

Milo conservou-se em silêncio.

— Ela tinha 16 anos — disse Ramos.

— Eu sei, senhor — disse Milo. É raro para ele ter que levantar o rosto a fim de olhar para alguém. Não gostou.

— Que tipo de pais chamariam uma criança de Wilfreda? — perguntou o próprio Ramos.

Encontramos um banco na margem oeste do gramado.

— O que desejam saber? — perguntou George Ramos.

— As experiências de Lee em casas onde foi tutelada.

— Querem saber o quê, um escândalo?

— Talvez algo assim.

— Suas experiências — disse Ramos. — Para Lee um lar adotivo era muito mais fácil do que estar em casa. O pai dela, meu padrasto, é um fascista. Aqueles pregadores com quem ela viveu não lhe deram qualquer supervisão. Feitos sob medida para alguém como Lee.

— Como assim?

— Lee era rebelde de nascença, fazia tudo ao seu jeito custasse o que custasse. Ficou grávida quando esteve em um lar adotivo, fez um aborto. O legista nos contou depois da necrópsia. Os pregadores se defenderam bem, mas a impressão que tenho é que pegaram o dinheiro e deixaram Lee agir sem controle.

— Qual foi o legista que contou isso?

— O do condado de Santa Barbara. Lee estava vivendo em Isla Vista, com alguns viciados quando... — Ramos removeu os óculos e esfregou o rosto.

— Isso foi depois que ela saiu da casa de tutela — disse Milo.

Ramos assentiu.

— O fascista finalmente permitiu que fosse para casa, desde que seguisse todas as regras dele. Ela estava em casa há dois dias quando fugiu. O fascista disse que devia viver com as consequências do seu comportamento e minha mãe sempre se submeteu totalmente a ele.

Por isso ninguém foi procurar Lee. Fomos encontrá-la depois que morreu, onde estivera hospedada. Uma casa horrorosa em Isla Vista, dez garotos vivendo como animais.

— O fascista não é seu pai, mas você e Lee tinham o mesmo sobrenome.

— Não. O nome dela é Monahan. Quando ele ficou tão cheio dela que a entregou para a tutela do Estado, queimou suas roupas e a pôs para fora de casa e disse que não era mais sua filha. Ela mandou que ele se fodesse e assumiu o nome Ramos.

— Sujeitinho adorável — disse Milo.

— Uma lindeza — disse Ramos, estalando os dedos. — Lee telefonou para mim de Isla Vista, queria que eu desse um jeito de mudar seu nome legalmente. Expliquei que não era possível, porque era menor e aí ela bateu com o telefone na minha cara.

— Ramos é como aparece nos documentos estaduais.

Ramos riu.

— O estado não consegue diferenciar alhos de bugalhos. Há muito pouca coisa no sistema que não precise ser mudada.

— É por isso que você está na faculdade de direito? — perguntou Milo.

Ramos dirigiu-lhe um olhar míope.

— Isso é uma piada, não é?

Milo sorriu.

— Claro, estou ralando como um louco para passar o resto da minha vida às voltas com uma burocracia burra e um pagamento de merda — disse Ramos. Ele riu. — Quando me formar vou procurar as grandes empresas.

Conversamos com ele por mais 15 minutos. Acabei me encarregando da maior parte da conversa porque o assunto desviou-se para minha jurisdição.

Wilfreda Lee Monahan/Ramos apresentava severas dificuldades de aprendizado e uma história de comportamento rebelde por tanto tempo quanto seu irmão era capaz de se lembrar. O pai de George Ramos morrera quando ele tinha 5 anos e um pouco mais tarde a mãe se casou com um antigo fuzileiro naval que pensava que criar filhos era uma variante do campo de treinamento de recrutas.

Para Lee a adolescência significara promiscuidade, drogas e modificações de comportamento tão importantes que eu seria capaz de apostar que resultavam de mais que o uso de drogas. Aos 14 anos já cometera duas tentativas de suicídio — gritos de socorro disfarçados de overdose. Tentativas superficiais de aconselhamento se seguiram, juntamente com uma torrente de recriminações em casa. Quando o pai surpreendeu-a fazendo sexo com um rapaz no seu quarto, botou-a para fora de casa.

George Ramos não tinha conhecimento de quaisquer problemas durante os seis meses em que ela estivera sob a tutela dos Daneys, mas, admitiu cabisbaixo, que nunca a visitara.

Lee Ramos saiu de lá um mês antes de completar 16 anos. No dia do seu aniversario, à meia-noite, ficou em casa enquanto os companheiros que moravam com ela saíam para uma festa. Logo depois cortou os pulsos com uma faca enferrujada de cortar carpete, deitou-se em um colchão andrajoso e, silenciosamente, sangrou até morrer.

Capítulo 32

Falar a respeito da irmã deixara George Ramos pálido e cansado. Milo desculpou-se pela intromissão.

— Você só está fazendo seu trabalho — disse Ramos e fixou o olhar no gramado.

— Você teve algum contato com os Daneys? — perguntei.

— Telefonei para eles uma vez depois que Lee morreu. Não me pergunte o por quê. Talvez eu tenha pensado que se importassem.

— E não se importaram?

— Falei com a esposa — Charity, Chastity, algo assim...

— Cherish.

— É isso aí. Ela cedeu, soluçou, ficou quase histérica. Talvez eu seja cínico, mas achei que foi um pouco exagerado.

— Ela estaria representando? — quis saber Milo.

— Eles só ficaram com Lee por uns meses e obviamente não fizeram um bom trabalho.

— Disse isso para ela?

— Não, não falei — respondeu Ramos. — Eu não estava disposto a falar.

— Cherish fez alguma coisa que fizesse você pensar que estava falsificando sua dor?

— Não, mas quem sabe? Quem sabe a respeito de qualquer coisa?

— Chegou a falar com o marido dela?

— Não, só com ela — Ramos levantou-se e pegou seus livros e o laptop.

— Alguma vez Lee falou algo a respeito de estar grávida?

O rosto comprido de Ramos ficou triste.

— Será que vocês ainda não entenderam? Nós não nos *falávamos*.

Ele deixou os livros balançarem, agarrou o laptop de encontro ao peito e foi embora com seu andar de garça. Outros estudantes continuaram a se afastar, alguns tagarelando em grupinhos, uns poucos solitários inquietos abrindo suas próprias trilhas.

Milo levantou-se e se espreguiçou.

— Acabo de estalar.

— Não ouvi nada.

— Quer dizer então que os Daneys se responsabilizam por um número enorme de tutelados, mas não supervisionam. Combina com frouxidão moral.

— Sem dúvida.

— Pronto para ir?

Permaneci no banco.

— Alex?

— E se? — perguntei.

Ele sentou de novo.

Um grupo de estudantes passou por nós. Quando já tinham se afastado, ele perguntou:

— Que pensamentos malignos se apossaram desse seu cérebro?

— George Ramos presume que Lee engravidou na rua. Pode ter acontecido dentro de casa. Literalmente.

— Daney?

— Ele era o único homem na casa. O que, agora que paro para pensar nisso, era uma situação parecida com a de um harém. Todas aquelas adolescentes com passados problemáticos. Talvez haja uma razão para os Daneys só quererem tutelados do sexo feminino.

— Ah, cara.

— Sabemos que Daney é uma fraude e um adúltero e acabamos de levantar suspeitas acerca do seu envolvimento no homicídio.

Engravidar uma menor sob seus cuidados parece se ajustar bem a esse perfil. Ele teria que se assegurar do término da gravidez, o que bate com o aborto de Lee Ramos. Pode explicar também o suicídio. Estamos falando de uma garota extremamente perturbada cujo relacionamento com o pai era hostil. Ela estaria procurando um substituto compassivo. O estado encontrou um, mas se ele a traiu e depois teve que desaparecer com todas as evidências, provocou uma situação extremamente traumática.

— Incesto substituto.

— Precisamente o tipo de violação que teria levado a uma depressão seríssima.

— Cortar os pulsos no dia do aniversário — disse ele. — Se é que foi suicídio.

— Você está achando que não foi?

— Estou deixando minha imaginação correr solta.

Milo telefonou para o legista de Santa Barbara, falou com o patologista que tinha conduzido a necrópsia de Lee Ramos, ouviu bastante e desligou sacudindo a cabeça.

— Parece que não há a menor dúvida quanto a ter sido suicídio. Ela se trancou no quarto pelo lado de dentro, pôs música, a única janela estava fechada e coberta de tinta. Nenhum sinal de luta, não foram encontrados ferimentos defensivos, só profundos cortes longitudinais nos braços, uma tentativa séria. Antes de tudo ela dera um fim numa garrafa de Southern Comfort e engolira um frasco de Valium. Se a lâmina não tivesse conseguido, a droga teria. Os garotos que moravam com ela disseram que Lee estivera realmente por baixo nas últimas semanas. Tentaram levá-la para a festa junto com eles, afinal, era o aniversário *dela*. Lee pediu para ficar de fora no último instante, dizendo que estava se sentindo enjoada.

Senti os olhos arderem. Uma garota que eu nunca conhecera.

— Suicídio de aniversário — falei. — Incapaz de enfrentar mais um ano de vida.

Milo forçou com as costas o encosto do banco e me mostrou a nuca, braços cruzados no peito. A brisa farfalhou as árvores atrás de nós. A grama reagiu segundos mais tarde.

— Lee sempre dispunha de um pouco de dinheiro, de modo que os companheiros suspeitaram de que estivesse fazendo alguma coisa. Dezesseis anos de idade. Não se chega lá da noite para o dia, não é mesmo?

Antes que eu pudesse responder ele se levantou e se afastou, batendo com o bloco na coxa. Não havia nada que lembrasse uma ave no jeito de andar dele.

Um urso de ronda. Definitivamente um urso.

Segui, sem saber ao certo o que eu era.

Retornamos ao carro e seguimos ao longo da periferia leste do campus.

— Daney manipula o sistema. Duvido que fosse meter a mão no próprio bolso para pagar um aborto. — falei.

Milo reduziu a marcha.

— O filho-da-mãe emprenha uma tutelada e apresenta a conta ao Estado? Se ele está se saindo bem com todo o resto, claro, por que não?

— Isto é uma coisa que poderíamos levar da teoria à realidade. — refleti.

— Oficialmente os arquivos são confidenciais, de modo que não sei ao certo se você poderia usar em um tribunal — disse Olívia.

— Vejamos se há alguma coisa que seria possível utilizar — sugeri.

— Você quem sabe, querido. Pode levar algum tempo.

— Sempre valeu a pena esperar por você.

— Ah, sim — disse ela. — Meu fascínio juvenil.

Meu celular tocou quando nos dirigíamos a Glen, a menos de 2 quilômetros de minha casa. "Algum tempo" fora 5 minutos.

— Nada sob o nome "Ramos" — disse Olivia —, mas o aborto de Wilfreda Lee *Monahan* foi na verdade debitado aos contribuintes. O provedor do serviço é situado em North Hollywood e se chama Women's Wellness Place.

Ela recitou um endereço na quadra dos 6 mil da Whitsett. Pequena distância de carro da casa de Daney, mais daquela mesma rede.

— Algum adulto a acompanhou? — indaguei.

— Não seria o caso. A suprema corte estadual vetou a exigência do consentimento dos pais no ano de 1998.

— Mesmo com ela estando sob custódia do Estado?

— Mesmo assim. Na verdade, com a garota já constando das listas da burocracia, o faturamento do aborto teria sido uma moleza, bastava jogar mais um código na mistura. Códigos, no plural, melhor dizendo. Parece que ela teve direito também a um completo exame de saúde, um check-up ginecológico, aconselhamento de gravidez e orientação de AIDS.

— Completo.

— Parece que estamos aqui diante de uma demonstração de extrema audácia — disse Olivia.

— Não queira saber, minha querida. Você poderia me fazer um outro favor e verificar um outro nome? Leticia Maryanne Hollings, 17 anos.

— Mais um — disse ela. — Então é pior que audácia.

O aborto de Leticia Hollings acontecera um mês antes do de Lee Monahan. Mesmo faturamento extenso.

Mesma clínica.

A Women's Wellness Place grudou na minha cabeça, mas eu não poderia dizer por quê. Pedi a Olivia para ver o que podia descobrir a respeito das duas garotas que tinham deixado a casa dos Daneys e alcançado a maioridade.

Uma delas, uma garota chamada Beth Scoggins, agora com 19 anos, também tinha abortado na Women's Wellness Place. Dois anos antes, quando era tutelada dos Daneys.

— Isso está ficando asqueroso — comentou Olivia.

Falei a Milo sobre Beth Scoggins. Seus olhos faiscaram e pude ouvir seus dentes rilhando ao pegar o telefone. Pelo jeito delicado e gentil como ele agradeceu a Olivia, ninguém diria.

* * *

Paramos em frente à minha casa e corri na frente dele para o escritório.

Trinta e oito resultados para Women's Wellness Place. A maior parte das referências dizia respeito a programas legítimos em grandes hospitais. Três batiam com a clínica de North Hollywood.

A primeira explicava a minha sensação de *déjà vu*.

Eu o encontrara antes, ao pesquisar Sydney Weider. Arrecadadora de fundos, oito anos atrás. Weider e Martin Boestling entre os doadores. Fotos de publicidade tiradas em tempos mais favoráveis.

As outras duas citações referiam-se a datas dois anos mais tarde, também de festas destinadas a financiar os "programas caritativos e sem fins lucrativos" da clínica. Sem menção a Weider e Boestling; que a esta altura já tinham se separado.

Uma boa coisa que estes dois resultados ofereceram foi uma lista do quadro de profissionais que trabalhava na clínica.

Uma lista organizada em ordem alfabética. Um nome tão conspícuo quanto uma cicatriz, ensanduichado entre médicos e Ph.Ds., quiropráticos, conselheiros, arte-terapeutas, especialistas em massagens.

Drew Daney; Mestrado em Teologia, Orientador Pastoral.

O grunhido atrás de mim me deixou arrepiado.

— *Trabalho com diversas entidades não-lucrativas* — disse Milo, repetindo as palavras que Drew dissera na Dipsy Donut. — Com toda certeza que trabalha, cara. Você é um filho-da-puta de um santo.

— Talvez ele receba uma comissão por fora — lembrei. — Uma percentagem do faturamento total. Um incentivo adicional para engravidá-las e depois fazer com que abortem.

— Adicional?

— Um negócio desse tipo nunca é só por causa do dinheiro.

Nós fomos para a cozinha e fizemos café.

— No mínimo, no mínimo, esse sujeito vem abusando das meninas — disse Milo. — E se fez tudo o que estamos imaginando, trata-se de um Charles Manson barato. O problema é que não posso fazer coisa alguma a respeito, porque oficialmente não sou autorizado a ter acesso aos arquivos médicos das garotas. E mesmo que eu *pudesse* usá-los não há neles prova de que Daney as tenha engravidado.

— Como psicólogo, sou obrigado a participar abusos — falei. — As regras das evidências não se aplicam.

— De quantas provas você precisa a fim de poder reportar um caso de abuso?

— A lei só fala em suspeita de abuso. O real significado desta expressão não é claro. Todas as vezes em que tentei obter esclarecimentos da junta médica, do meu advogado, do conselho de psicologia estadual, não consegui. Alguns colegas se meteram em encrenca por terem efetuado a denúncia e outros que se ferraram por não terem participado.

— A lei é uma bosta — disse ele, deixando de lado o café e pegando uma cerveja na geladeira. — Uma coisa me intriga, Alex. Mesmo com possíveis lucros por fora, seria perigoso Daney engravidar todas aquelas garotas. Seria mais fácil fazer com que adotassem um método anticoncepcional qualquer, ou ele próprio usar algo, do que correr o risco de que contassem para alguém o que acontecia.

— Ainda não contaram — falei. — Ou talvez tenham contado e ninguém as ouviu.

— A pobre menina Lee Ramos.

Assenti.

— Mesmo que Daney não tenha matado mais ninguém, se ele era o pai da criança de Lee Ramos, é o responsável, de alguma forma, pela morte dela.

— Então como faço? — ele abriu a cerveja, mas não bebeu.

— Que tal isso aqui: eu podia falar com Leticia Hollings e Beth Scoggins, com a desculpa de estar fazendo uma investigação geral sobre cuidados tutelares. Se elas falarem ou sugerirem terem sofrido abusos, terei a clara obrigação de notificar à polícia.

— Algum tipo de polícia em particular?

— Se absolutamente necessário, você serve.

Ele ensaiou um sorriso.

— O problema, Alex, é que se você se aproxima delas na qualidade de sub-rogado da polícia, a questão da confidencialidade ainda estará no caminho da investigação criminal.

— Não necessariamente — respondi. — Comecei como consultor da polícia, mas me desviei para a pesquisa independente.

— Achei que fosse apenas uma justificativa.

— Podia ser verdadeira.

— Como assim? — ele levantou a cabeça.

— Eu tomei conhecimento do suicídio de Lee Ramos trabalhando com você, mas fiquei intelectualmente intrigado.

— Intrigado com o quê?

— A relação entre o cuidado tutelar e o suicídio. Os artigos que publiquei há alguns anos sobre estresse e abuso tornariam a história natural.

— Você ainda faz pesquisas?

— Não faço há algum tempo, mas sou professor pleno e professores plenos fazem o que quiserem.

— Quando você foi promovido?

— Ano passado.

— Você nunca disse nada.

— Não é grande coisa — falei. — Na verdade é uma nomeação simples. Reduz-se ao fato de, ocasionalmente, eles me pedirem para supervisionar um interno ou um estudante em nível de graduação, integrar um comitê *ad hoc* ou estudar uma proposta de pesquisa.

— É pago para isso?

— Não — respondi. — É a minha maneira de retribuir — formei um halo com as mãos e sustentei em cima da cabeça.

— Que sujeito — exclamou Milo. — Está com a mesma cara dos tempos em que era apenas professor adjunto.

O telefone dele tocou.

— Sturgis. Ah, oi... É, sim, faz muito tempo... Você está brincando. Ótimo. Obrigadíssimo. Você ajudou demais.

Sorriso amplo. Fazia muito tempo que eu não via um daqueles.

— Era Nancy Martino, investigadora do gabinete do legista e enfermeira formada — explicou ele. — Ela encontrou amostras de tecido colhidas na necrópsia de Kristal Malley, armazenadas em um refrigerador. Secções do fígado e do estômago. Parece um pouco degradado, mas deve restar o suficiente para análise. Vão esperar até que eu entre em contato com eles.

— Parabéns — falei.

— Mesmo que não adiante tanto assim — o sorriso dele desapareceu.

— O que foi agora?

— O que o DNA realmente vai fazer, Alex? Confirmar o que já sabemos a partir da cor do olho: o caubói não era o pai de Kristal. O que *não* vai fazer é me aproximar de Malley no caso da morte de Rand. Ou de Daney, seja qual for a maldade que ele tenha cometido.

Ele tamborilou o ritmo de um calipso na garrafa de cerveja.

— Dois bandidos, nenhuma pista, a vida é bela.

— Melhor que nenhum bandido.

— Que reconfortante — disse ele. — Você deve ser mesmo um terapeuta.

Capítulo 33

Copiei o número de telefone de Leticia Hollings, em Temecula, e Milo conseguiu o último endereço conhecido de Elisabeth Mia Scoggins através do departamento de trânsito de Santa Mônica. Batia com o número do telefone de E. Scoggins que aparecia na lista.

Sem largar a garrafa de cerveja, ele saiu sozinho.

Beth Scoggins morava em um apartamento na 20th Street perto de Pico. Era um bairro de pessoas de baixa renda na cidade de praia, mas saber que tinha obtido algum tipo de independência era encorajador.

Eram 19h15. O consultório de Allison ficava em Montana, o bairro de pessoas de alta renda na ponta norte de Santa Mônica. Eu sabia que Allison tinha a agenda cheia de pacientes até as 21 horas, mas sua parada costumeira para o jantar era às 20 horas. Se eu conseguisse marcar um encontro com Beth Scoggins, talvez tivesse tempo de aparecer mais tarde...

Sr. Auréola.

Uma jovem atendeu o telefone parecendo precavida.

— Sra. Scoggins?

— Sim, aqui é Beth.

Eu lhe dei meu nome e título e perguntei se estava disposta a falar sobre suas experiências na vida de tutelada.

— Como foi que você me *encontrou*? — ela quis saber.

O pânico que reconheci em sua voz me fez querer recuar. Mas talvez a assustasse ainda mais.

— Estou fazendo uma pesquisa...

— Isso... Isso é algum tipo de trote?

— Não, eu sou realmente um psicólogo...

— Que *pesquisa*? De que é que você está *falando*?

— Sinto muito se...

— Que *pesquisa*?

— O estresse causado pelos cuidados tutelares.

Silêncio.

— Sou consultor da polícia e uma jovem que esteve sob os cuidados das mesmas pessoas que cuidaram de você foi encontrada...

— Que cuidaram de mim? Foi isso que você disse? Que *cuidaram*? Qual é o seu nome?

Eu disse.

Barulho de rabiscos; estava anotando.

— Sra. Scoggins...

— O senhor não devia estar me ligando. Isto é errado.

Clique.

Deixei-me ficar ali sentado sentindo-me sujo. Dispunha de tempo de sobra agora para dar um pulo na Allison; só que não estava mais com disposição para ser sociável. Acessando a minha conta da faculdade de medicina, fiz uma pesquisa sobre suicídio e cuidados tutelares, não encontrei estudos objetivos, apenas sugestões de que crianças tiradas de seus lares corriam risco de todo o tipo de problemas.

Nossa, muito obrigado, Academia.

Pensei em ligar de novo para Beth Scoggins. Não podia ver como uma nova tentativa poderia piorar as coisas. Talvez amanhã. Ou depois de amanhã. Era bom que ela tivesse tempo para meditar...

Às 20 horas comecei a sentir necessidade de comer. Não chegava a ser fome, mas a obrigação de manter minha taxa de açúcar alta. Talvez eu viesse a ser útil para alguém.

Quando eu estava avaliando a opção de sopa enlatada *versus* atum, Robin telefonou.

O som de sua voz me deixou de cabelo em pé.

— Oi — falei. Eloquente.

— Estou interrompendo alguma coisa?

— Em absoluto.

— Que bom — disse ela. — Não há um jeito melhor de lhe dizer isso, Alex, mas sinto que foi a coisa certa para fazer. Spike não está bem.

— O que é que ele tem?

— Velhice. Está com artrite nas patas de trás. Você se lembra que a esquerda sempre teve um pouco de displasia? Pois é, agora está realmente fraco. Além disso, o funcionamento de sua tireoide é deficiente e seu nível de energia está bem reduzido. Tenho que pingar remédio em seus olhos e ele praticamente não tem mais visão noturna. Todos os demais exames estão normais, a não ser por uma ligeira hipertrofia do coração. O veterinário diz que é compreensível, tendo em vista sua idade. Para um buldogue francês ele é realmente um velhinho.

A última vez em que eu vira Spike ele lançara seus 10 quilos de peso a uma altura de 1 metro do chão e caíra numa boa.

— Pobre cachorrinho.

— Ele não é mais o mesmo cachorro de que você se lembra, Alex. Passa deitado praticamente o dia inteiro e é muito passivo. Com todo mundo, inclusive com homens desconhecidos.

— É uma mudança e tanto.

— Achei que você devia saber. Ele está sendo bem tratado, mas... mas não tem jeito. É isso. Achei que você devia saber.

— Muito obrigado — agradeci. — Que bom que você encontrou um bom veterinário aí.

— Estou me referindo ao Dr. Rich.

— Você está de volta a L.A.?

— Há um mês.

— Permanentemente?

— Talvez... Não quero pensar nisso agora. Não posso honestamente afirmar quanto tempo resta ao Spike. Achei melhor avisar antes do que ligar um dia com más notícias sem que você estivesse preparado.

— Muito obrigado. A sério mesmo.

— Se você quiser, pode passar aqui para ver o Spike. Ou eu posso levá-lo aí uma hora qualquer — pausa. — Se a Allison não se importar.

— Ela não vai se importar.

— Claro que não, ela é um doce de pessoa.

— E você, como vai? — perguntei.

— Nenhuma maravilha — outra pausa. — Tim e eu terminamos.

— Sinto muito.

— Foi melhor assim — disse ela. — Mas não estou ligando para falar disso, sinceramente, é só para dar notícias de Spike, de modo que se você quiser mesmo vê-lo...

— Eu gostaria, desde que você considere que vai fazer bem a ele. Da última vez em que passei para vê-lo, Spike estava um bocado ansioso para ter você com exclusividade.

— Isso foi séculos atrás, Alex. Ele realmente não é mais o mesmo cachorro. E no fundo ele ama você. Acho que competir com você pela minha atenção lhe dava uma razão para se levantar de manhã. O desafio de outro macho alfa.

— Isso e comida — lembrei.

— *Quisera eu* que ainda se entupisse de comida. Agora é preciso bajular para que coma algo... O engraçado é que ele nunca deu atenção a Tim, de um modo ou de outro... Sem hostilidade, apenas o ignorava. De qualquer forma...

— Eu passo aí em breve — falei. — Onde você está morando?

— Mesmo lugar, no sentido físico. Tchauzinho, Alex. Tudo de bom.

Ma-mãe-man-dou-es-co-lher-este-da-qui. Sopa enlatada. Talharim com frango. A decisão não deve ter levado 15 minutos. Eu estava abrindo a lata quando o telefone tocou.

— Oi, sou eu — disse Allison. — Estou com um problema.

— Ocupada? Eu estava pensando que podíamos nos encontrar, mas se for amanhã tudo bem.

— *Temos* que nos encontrar — disse ela. — Agora. *Este* é o problema.

* * *

Eu estava na sua sala de espera 20 minutos mais tarde. Ambiente vazio e suavemente iluminado. Pressionei o botão vermelho perto da plaquinha que dizia *Dr. Gwynn* e ela apareceu.

Sem abraço, sem beijo, sem sorriso — e eu sabia por quê. Tinha o cabelo preso e o dia de trabalho destruíra quase toda a maquiagem. Ela me conduziu para a saleta geralmente ocupada pela sua assistente.

Sentada na beirada da escrivaninha, Allison revirou a pulseira de ouro.

— Ela diz que está pronta.

— Sua paciente — falei. — Ainda não posso acreditar.

— Pode acreditar. Cinco meses de terapia.

— Você pode me contar como ela veio a se consultar com você?

— Posso lhe contar tudo. Ela me deu carta branca. Não que eu vá usar, porque em seu presente estado de espírito não se pode esperar que as decisões que tome sejam as melhores.

— Sinto muito, Ali...

— Ela foi indicada por um dos conselheiros voluntários do Holy Grace Tabernacle. Andara procurando terapia, escolhera alguns caminhos errados e finalmente encontrou alguém com bom senso suficiente para orientá-la. É uma garota jovial e, aparentemente, está se saindo bem. Uma pesquisa diria que está se saindo *otimamente*, porque não há envolvimento com drogas e está bem empregada. Trabalha na Gap. Tem um carro velho de mais de 15 anos, mas que geralmente ainda consegue dar a partida e divide um apartamento de um quarto com três outras garotas.

— Você tratou dela de graça?

— Não existe nada de graça — disse ela. — Não vendo ilusões.

Allison trabalhava como voluntária uma vez por semana em um hospital de alienados. Era uma das poucos profissionais atarefadas do Westside que tratava de pacientes com enorme desconto.

O que, imaginei, fazia da presença de Beth Scoggins pouco mais que coincidência.

— Os primeiros três meses foram gastos conquistando a confiança dela. Aí começamos a circular por entre as questões importantes. A história do abandono era obviamente crucial, mas ela se mostrou resistente. Tampouco se mostrou disposta a falar sobre o tempo em que estivera sob custódia, a não ser para afirmar que não havia sido divertido. Nas últimas semanas passei a dirigir mais as nossas sessões, mas tem sido um processo longo e exaustivo. Sua próxima consulta não seria senão daqui a quatro dias, mas uma hora atrás ela entrou com um chamado de emergência. Agitada, chorando, eu nunca a tinha ouvido daquele jeito, ela tem se mostrado sempre uma garota contida. Quando finalmente a acalmei, contou que alguém, alegando ser psicólogo, tinha ligado de repente para ela, tratava-se de um projeto de pesquisa sobre cuidados tutelares. Aquilo a confundiu e assustou, ela não sabia o que pensar. Aí então me disse qual era o nome do psicólogo que tinha telefonado.

Allison cruzou a perna.

— Ela ultrapassou os limites de velocidade para chegar aqui, Alex. E começou a desabafar antes mesmo de se sentar.

— Que confusão. Desculpe, Ali...

— No cômputo geral, talvez o resultado seja positivo — os olhos dela encontraram os meus. Azuis, frios, diretos. — Você está realmente conduzindo uma pesquisa?

— Uma espécie.

— Do tipo das coisas de Milo?

Assenti, balançando a cabeça.

— Era o que eu temia — disse ela. — Você achava que este estratagema era absolutamente necessário?

Eu lhe disse o que suspeitávamos a respeito de Drew Daney. Falei sobre a gravidez de Lee Ramos, aborto e suicídio. A trilha de fraude e traição que me levara a Beth Scoggins.

— Tenho certeza de que com tudo isso você considerou que o seu era um motivo de força maior. Bem, mas o que tenho aqui no consultório é uma menina de 19 anos extremamente vulnerável. Pronto?

— Você acha que é uma boa ideia?

— Você considerou que era uma *excelente* ideia antes de saber que ela era minha paciente.

— Allison...

— Não vamos tratar disso agora, Alex. Ela está esperando e eu tenho outro paciente daqui a 40 minutos. Mesmo que eu *não* pensasse que era uma boa ideia, a esta altura não consigo dissuadi-la. Você abriu uma espécie de caixa de Pandora e ela é uma mocinha muito persistente. Ao ponto da obsessão, às vezes. Não tentei reprimir isso porque a esta altura da sua vida a persistência pode ser adaptável.

Ela deslizou para fora da mesa.

— Pronto?

— Alguma diretriz? — perguntei.

— Dezenas — ela respondeu. — Mas nada que eu precise soletrar para você.

Beth Scoggins estava sentada rigidamente em uma das poltronas brancas de Allison.

Ela sobressaltou-se quando entrei. Depois sustentou o olhar com firmeza. Allison fez as apresentações e eu estendi a mão.

A mão de Beth era estreita, sardenta, fria. Unhas roídas no sabugo. Um pedaço de cutícula ficou preso por um segundo em minha mão quando ela retirou a dela.

— Obrigado por ter vindo se encontrar comigo — agradeci.

Ela deu de ombros. Seu cabelo era muito claro, cortado à pajem. Rugas de preocupação comprimiam a boca estreita. Olhos largos, castanhos. Analíticos.

Trabalhava como vendedora na loja Gap, mas hoje não estava se favorecendo do desconto a que tinham direito os empregados. O terninho azul-escuro parecia um poliéster clássico. Um manequim acima. Meias cinzentas protegiam as pernas magras. Sapatos sem salto azuis antiquados, bolsa de plástico azul no chão ao seu lado. Um colar de pérolas de um fio.

Vestindo-se como uma mulher de meia-idade de outra década.

Allison sentou-se atrás de sua mesa e eu fiquei com a outra poltrona branca. As almofadas eram macias e cheiravam a Allison. Aquela posição me colocou a um metro de Beth Scoggins.

— Desculpe por ter batido com o telefone — disse ela.

— Sou eu quem deve pedir desculpas.

— Talvez você me tenha feito um favor — ela deu uma olhada em Allison. — A Dra. Gwynn me disse que você trabalha com a polícia.

— Trabalho.

— Então o que me disse a respeito de uma pesquisa não era verdade?

— É possível que eu possa examinar o assunto geral do cuidado tutelado, mas neste instante estou concentrado em certos tutores específicos. Cherish e Drew Daney.

— Drew Daney abusou de mim.

Dei uma olhada em Allison. Os olhos de Allison estavam em Beth. Aquilo me trouxe de volta a meus dias de interno. Conversar com os pacientes ao mesmo tempo em que era avaliado por supervisores que ficavam do outro lado de espelhos especiais.

— Ele começou se mostrando realmente bom e moral. Achei que tinha encontrado uma pessoa honesta. — disse Beth.

Os olhos dela perderam o foco até que se virou para Allison.

— Devo contar tudo?

— O que lhe parecer que seja certo, Beth.

Ela respirou fundo e endireitou os ombros. Meu pai deixou minha mãe quando eu tinha 18 meses de idade. Ele era um operário, acho que especializado em telhados, mas não sei muita coisa a respeito dele e não tenho irmãos ou irmãs. Minha mãe mudou-se do Texas para Willits, isso fica bem ao norte, depois *me* deixou para ir criar cavalos no Kentucky quando eu tinha 8 anos. Eu tenho sérios problemas de aprendizado e nós estávamos sempre brigando por causa da escola e tudo mais. Ela sempre me disse que eu era uma garota difícil para criar e quando ela se foi achei que a culpa era minha.

Seus joelhos estavam bem juntos, brilhantes e claros atrás do náilon cinzento das meias.

— Ela sempre gostou de cavalos. Minha mãe. Gostava mais de cavalos do que de mim, e eu não estou só falando isso por falar. Eu costumava pensar que era porque eu lhe dava problemas. Agora sei que ela era preguiçosa, queria apenas um animal que fosse fácil de treinar.

Capítulo 34

Beth Scoggins parou de falar e fixou o olhar no teto.

— Querida? — disse Allison.

Beth abaixou a cabeça e empurrou a bolsa no chão com um pé. Respiração profunda. Sua narrativa de abandono continuou em uma voz suave, monocórdia.

Criada por uma avó viúva e maternal que ganhava a vida com dificuldade administrando um brechó. Passando pela escola sem aprender muito. Descobrindo os meninos, droga, álcool e a vadiagem aos 12 anos, uma fugitiva habitual ao completar 13 anos.

— Vovó ficava furiosa, mas sempre me aceitava de volta. Os tiras disseram que ela podia me declarar incorrigível, mas minha avó achava que tinha a obrigação de ser uma pessoa responsável.

Se ela fosse minha paciente eu podia ter sugerido que a avó gostava dela.

Mas aquilo não era terapia.

O que era aquilo?

— Na última vez que fugi, fui para Louisville. Tomei o ônibus, peguei carona e finalmente cheguei lá após uma semana. Minha mãe estava com o cabelo diferente, muito magra, casara-se com outro cavalariço e os dois tinham um bebê, uma garotinha chamada Amanda. Bonitinha mesmo. Não parecia nem um pouco comigo. Minha mãe ficou apavorada com o meu aparecimento. Não podia acreditar em como eu crescera. Disse que eu podia ficar. Permaneci na casa dela uns dias, mas como não gosto de cavalos e não havia nada para fazer, voltei.. Vovó ficou doente do fígado de tanto beber, morreu e levaram embora em caixas o lixo que ela vendia. Algumas pessoas do governo do estado queriam falar comigo, mas eu dei o fora.

Ela ficou em silêncio novamente.

Uma história em nada diferente da de Troy e Rand. Eles tinham matado uma criança enquanto aquela menina lutava para vencer seus problemas. E estava se saindo lindamente, até que um estranho telefonou.

— Você está indo muito bem, Beth — disse Allison.

As mãos sardentas de Beth seguraram o tecido da saia.

— Subi até o Oregon e depois voltei para Willits. Umas pessoas estavam indo para L.A. para assistir um concerto em Anaheim Pond e disseram que iam me arranjar um ingresso. Não arranjaram, mas eu já estava ali e resolvi ficar. Em Hollywood. Conheci algumas outras pessoas. — Ela piscou diversas vezes. — Terminei em um abrigo em Glendale, administrado pela escola da igreja. Fui designada para a Sra. Daney, que achei legal, seu cabelo me lembrava o de minha mãe. Disse que eu podia sair do abrigo e me mudar para a casa dela, disse que tinha outras garotas, que todo mundo era muito legal, só não podia usar drogas. Eu me mudei e foi tudo bem, exceto que tinha reza demais e que as outras meninas em maioria eram mexicanas. A Sra. Daney dava aulas para todo mundo, tinha todos os livros e planos de aula. Eu tinha 17 anos e odiava a escola. A Sra. Daney disse que eu devia fazer alguma coisa de modo que terminei sendo assistente do Sr. Daney. Isso significava que eu tinha que acompanhá-lo quando ele ia a todos aqueles lugares e ajudá-lo.

— Que lugares? — perguntei.

— Programas esportivos, igrejas, acampamentos religiosos. Ele saía de carro fazendo serviços.

— Serviços da igreja?

— Às vezes ele fazia as preces ou dava graças — respondeu ela. — Basicamente atuava como um conselheiro de acampamento ou técnico. Ensinava a Bíblia. Ele fazia isso porque precisava de dinheiro.

— Foi ele mesmo quem lhe disse?

— Ele disse que depois que desistiu da carreira de ministro não ganhava dinheiro suficiente para ter um emprego só. Disse que todo o dinheiro da manutenção da custódia ia para as crianças. Eles realmente nos alimentavam muito bem e nós sempre tínhamos roupas limpas mesmo que fossem baratas. Eu já era sua assistente há mais ou menos um mês quando ele começou a abusar de mim.

Ela fincou os olhos no tapete.

— Você pode parar a qualquer hora — disse Allison.

Beth mordeu o lábio inferior.

— Acho que o que ele fez foi pôr qualquer coisa no meu Seven-Up, alguma droga, ou algo assim.

— Ele drogou você? — perguntei.

— Tenho certeza absoluta. Estávamos no carro, indo para casa depois de uma visita a um acampamento, era tarde e ele disse que estava com fome. Paramos em um Burger King e ele comprou um cheeseburger e dois Seven-Ups. Depois que tomei a minha comecei a me sentir com sono. Quando acordei, estávamos estacionados em algum outro lugar, uma estrada, escuro pra caramba. Eu passara para o banco de trás do carro, estava sem calça e pelo cheiro vi logo que tínhamos transado.

Ela inclinou-se para a frente, como se tivesse sentindo uma pontada de dor. Respirou duas vezes.

— Depois disso passamos a repetir aquilo com bastante regularidade. Ele nunca pedia, só encostava o carro e me levava para o banco de trás. Segurava minha mão, abria a porta para mim, falava uma porção de coisas legais e não me machucava. Era sempre muito rápido, era como se não fosse nada. Às vezes ele agradecia. Não era como... quer dizer... Eu não tinha muita sensibilidade naquele tempo.

Os cantos dos seus olhos ficaram úmidos.

— Acho que eu pensava que ele gostava de mim, porque às vezes perguntava se eu estava bem, se tinha sido legal, queria saber se podia fazer alguma coisa para melhorar. — Ela manuseou as contas do colar. — Eu mentia e afirmava que estava tudo ótimo. Poucos meses depois de começarmos minhas regras se atrasaram. Quando eu lhe disse isso ele começou a agir estranhamente.

As duas mãos cheias de tecido levantaram a saia até acima dos joelhos. Ela ajeitou depressa. Bateu de leve nos olhos com os dedos.

— Estranho, como? — indaguei.

— Como se parte dele estivesse feliz e outra parte apavorada.

— Feliz...

— Por ter me engravidado. Como se ele... ele nunca disse, "Puxa, legal, você está grávida", mas havia algo... no modo como ele me olhava. Como se ele.. Dra. Gwynn?

— Sentisse orgulho de si? — sugeriu Allison.

— Isso mesmo, orgulho de si. Tipo, olha só o que *eu* fiz.

— Mas havia também a parte que estava zangada.

— Exatamente, Dra. G. Tipo, olha só o que foi que *você* fez, sua idiota. Ele chamava de "o problema". "É seu problema, Beth, mas vou ajudá-la a resolver." Eu disse que talvez estivesse apenas atrasada, já tinha acontecido antes — ela desviou os olhos mais uma vez para o chão. — O que eu não contei foi que já tinha engravidado uma vez, anos atrás, mas perdera o bebê, na realidade não era um bebê, só um coágulo, eu vi no toalete. Aconteceu na cidade de Portland, a pessoa com quem eu estava me levou a uma clínica gratuita. Fizeram uma raspagem em mim e doeu demais. Eu não queria fazer aquilo de novo, a menos que tivesse certeza absoluta. Ele não me ouviu.

— Ele exigiu que você resolvesse o seu problema — disse Allison.

— Ele disse, "não podemos nos dar ao luxo de esperar, Bethy". Era assim que ele me chamava, Bethy, eu odiava, mas não queria magoá-lo.

Ela se virou para Allison.

— Burra, né?

— De jeito nenhum, Beth. Ele manipulou você de forma a fazer com que pensasse que era um homem bom.

Os olhos de Beth encheram-se de lágrimas.

— Sim, exatamente. Mesmo quando falava em resolver meu problema, ele se mostrava paciente. Só que não me deixava discordar. Punha um dedo em cima de meus lábios quando eu tentava dizer para esperarmos um pouco. Porque eu não queria sofrer outra raspagem. De qualquer forma, no dia seguinte ele disse à Sra. Daney que íamos à uma noitada esportiva em um lugar bem distante. Em Thousand Oaks, acho eu. Só que fomos para uma clínica que era perto de casa. Já era de noite e o lugar parecia fechado, mas a médica estava lá, foi ela quem nos deixou entrar. Levou-me para uma sala e abortei bem depressa.

— Lembra do nome da médica? — perguntei.

— Ela nunca disse. Mas tinha sotaque. Baixa e morena, meio... não era gorda, mas... corpulenta, entende? Desse tipo de pessoa que não usa uma calça jeans comprada pronta sem ter que mandar alargar um pouco? Não havia ninguém com ela, mas a mulher se movia muito rapidamente. Quando terminou, Drew estava com fome e nós saímos para comprar donuts. Tive um pouco de cólica, mas não foi tão ruim quanto da primeira vez em Portland. Poucos dias depois ele parou de me levar aos eventos sem fins lucrativos e arranjou outra garota para ser sua assistente. Uma nova, que chegara há dois dias. Acho que senti ciúme. O certo é que fiquei tão chateada que tirei um pouco de dinheiro da carteira dele e fui para Fresno. Onde conheci novas pessoas. Dra. G. Estou morrendo de sede.

Ela tomou dois copos de água.

— Obrigada, como foi refrescante! — e para mim: — Pode fazer a pergunta que quiser.

— Você se lembra do nome da garota que se tornou a nova assistente do Sr. Daney?

— Miranda. Não sei o sobrenome dela. Era mais jovem que eu, devia ter uns 16 anos. Mexicana, como falei, as garotas eram, em sua maior parte mexicanas. Quando se tornou assistente dele, achou que era muito importante e deu para fazer caras e bocas.

Beth virou-se e encarou Allison.

— Talvez eu devesse ter dito a ela, Dra. G., o que era realmente ser assistente dele. Mas embora estivesse ali há pouco tempo, foi má comigo e eu pensei que já que era tão importante, teria condições de lidar com o problema.

— Você tinha muito com que se preocupar — disse Allison. — Não era sua responsabilidade proteger outra pessoa.

— Eu acho... também, como você disse antes, eu não me dei conta de que realmente era abuso. Pensei que fosse...

— Atenção.

Beth me encarou.

— Eu não tinha sentimentos naquele tempo, gostava de atenção. — Lágrimas escorreram de seus olhos, ela se virou de novo para Allison. — O que foi que a senhora disse na semana passada, Dra. G.? Todo mundo procura alguém com quem possa se conectar? Acho que foi isso.

Allison contornou sua mesa e parou ao lado de Beth. Beth estendeu a mão e Allison segurou-a.

— Estou bem. Sinceramente... senhor, doutor, o senhor pode fazer suas perguntas.

— Tem certeza? — indaguei.

— Claro.

Allison deu um tapinha no braço de Beth e voltou para a sua cadeira.

— Você acha que a Sra. Daney sabia o que o marido fazia? — perguntei.

— Eu não sei. Ele estava sempre mentindo para ela. Sobre pequenas coisas, como se fosse engraçado tapeá-la.

— Que tipo de pequenas coisas?

— Comprar donuts e balas e esconder no jipe. Dizia: "Cherish não quer que eu gaste dinheiro com porcarias, mas não vamos contar a ela, vamos?" Aí então ele piscava. Como se eu fosse parte integrante do... esquema, acho que seria possível chamar assim. Só que ele não dividia os donuts ou as balas. Dizia: "Você tem que manter esse corpo fantástico, Bethy." — Ela riu. — Como se eu fosse alguma supermodelo. A Sra. Daney era a exigente. Era quem fazia todas as regras, quem obrigava as crianças a fazerem as lições. Talvez fosse um pouco mandona. Em minha opinião não se divertia muito.

— Por quê?

— Ela ficava em casa, cozinhando, lavando, enquanto ele ia de carro para todos os lados atrás de seus eventos não-lucrativos. Ele me dizia que ela não gostava de se divertir. E acrescentava, "Sou tão feliz por ter você, Bethy, porque você é tão bonita e jovem e com esse corpo fantástico e quer se divertir". Em seguida saía para qualquer evento religioso.

— Ele conversava sobre religião?

— Como um sermão na igreja. Tipo, "Diversão não é pecado, Bethy, Deus fez esse mundo lindo e se não o aproveitarmos *aí sim* é que será pecado" — ela sorriu. — Isso geralmente era dito pouco antes dele abrir o fecho da calça. Era como se ele quisesse se convencer de que o que estava fazendo era aprovado por Deus. — Ela gesticulou com uma das mãos, impaciente. — Ele gozava no meio daqueles discursos compridos sobre Deus e a diversão. Sobre Deus não ser um Deus de vingança como o do Velho Testamento. Deus era basicamente o cara legal que queria que todo mundo se divertisse.

O Criador como um animador de festas. Hollywood adoraria isso.

Beth deu uma risada áspera.

— Era como se tivesse que convencer a si próprio que era uma boa pessoa. Aí eu fiquei grávida e a coisa passou a ser, "*Você* tem um problema". Acho que ele gostou.

— Gostou de quê?

— De me levar para abortar. No caminho de ida ele ficou bem quieto, mas quando acabou estava *exultante*. Vamos sair para comprar uns donuts. Como se tudo aquilo fosse divertido.

Perguntei a ela se por acaso se lembrava do nome da clínica de aborto.

— Woman's qualquer coisa.

— Women's Wellness Place?

— É, é isso mesmo. Tinha pôsteres sobre AIDS, sexo seguro e como fazer escolhas inteligentes.

— A médica fez alguma coisa além do aborto?

— Como assim?

— Exames de sangue, check-up geral.

— Não, nada. Como já falei, ela era muito rápida. Alguma coisa para a dor antes, depois raspa-raspa, acabou, aqui tem Midol se começar a doer.

Ela estremeceu.

— Um troço meio fantasmagórico, não havia ninguém lá, o prédio estava quase todo apagado. E eu sozinha. Drew me entregou à doutora e foi embora. Estava estacionado na rua quando saí.

— Você voltou lá para uma consulta de acompanhamento?

— Nada disso. Tomei os comprimidos, ponto final. Drew me ofereceu outras pílulas, acho que era Demerol. Não tomei. Eu andava bastante limpa e sóbria desde que tinham me posto no abrigo.

Exceto por alguma droga para ajudar no andamento das coisas.

— Beth, sabe se ele abusou de outras garotas além de Miranda e você?

— Eu nunca vi ninguém, mas provavelmente. Porque ele era tipo... sem afobação, entende? Era uma coisa com a qual ele estava acostumado. E Drew só tinha meninas na casa. Por que vocês o estão investigando?

Eu me virei para Allison.

— Pode dizer — ela aprovou.

— Uma garota dele cometeu suicídio.

Os olhos de Beth permaneceram firmes.

— Como?

— Cortou os pulsos.

— Isso é terrível — comentou. — Deve doer.

Perguntei se havia algo mais que ela quisesse saber.

— Não.

Agradecendo de novo, levantei-me e apertei sua mão. Nem um pouco mais calorosa.

— Volto num segundo, querida — disse Allison, e me acompanhou até a saída. Eram quase 21 horas e transeuntes passavam pela avenida Montana.

— No que me diz respeito — comentou Allison —, não tenho obrigação de participar nada, porque ela está com 19 anos. Ele é um monstro, mas isto não é meu problema agora. Pode ser que ela mude de ideia, mas nesse meio tempo insisto em que você não a envolva em nenhuma investigação policial.

— Nada contra.

Ela tocou na minha mão. Seus lábios pareciam ressecados.

— Preciso voltar. Conversamos mais tarde.

— Posso voltar quando você terminar.

— Não. Estou exausta e ainda tenho mais dois pacientes. Amanhã a agenda é bem pesada também. Ligo para você.

Inclinei-me para beijá-la.

Ela apertou minha mão e ofereceu o rosto.

Capítulo 35

De volta ao meu consultório encontrei as referências que tinha impresso para o Women's Wellness Place.

O único médico que trabalhava lá em tempo integral era a diretora, Dra. Marta A. Demchuk.

Quatro resultados para ela no mecanismo de busca. A mais antiga, de seis anos atrás, integrando uma lista organizada pela junta médica estadual com o nome de médicos que enfrentavam ações legais ou censura ética.

Podia ser antiga, mas ela ainda clinicava.

Como ninguém atendeu na casa de Milo liguei para o celular dele.

— Fora da cidade, grandalhão?

— Se você considera Van Nuys fora da cidade... Acabo de conversar com uma médica sinistra acerca das minúcias da sua clínica ginecológica.

— Marta Demchuk?

Silêncio.

— Como assim? Que coincidência! Como você pode saber o nome dela?

Contei a história narrada por Beth Scoggins.

— Paciente de Allison? E depois ainda dizem que não existe carma.

— Lamentavelmente, ela não estará disponível para mais perguntas.

— Por quê?

— Allison a está protegendo.

— Talvez você pudesse...

— Não posso.

Silêncio.

— Está bem.

— Como foi que você chegou na Demchuk? — perguntei.

— Quanto mais eu pensava sobre aquela clínica, pior era o cheiro que sentia. Daney levava menores de idade para abortar lá, as contas provavelmente eram fraudadas e ele aparecia na lista dos profissionais que integravam a clínica, com um falso grau de mestre em teologia. Fiz a mesma pesquisa que você fez, descobri quem era a chefe e vi que era acusada de fraudes. Fui mais além, vi que era ucraniana, que teve que fazer o exame três vezes para passar e poder clinicar. Estou agora imaginando algum esquema ilícito russo e telefonei para um sujeito que conheço do conselho regional de medicina. Pelo que posso dizer, aborto sempre foi o negócio da Demchuk, e ela começou a fazer abortos no minuto em que lhe concederam a licença. Primeiro em outras clínicas, também dirigidas por ucranianos, depois abriu seu próprio negócio, nove anos atrás.

— Women's Wellness — a saúde das mulheres.

— Saúde principalmente a dela — ironizou Milo... — É estritamente Medi-Cal, o programa de seguro de saúde do estado da Califórnia. Ela entra em grande volume e depois recolhe tudo, muita grana.

— Ela afirma que não é lucrativa. Toda aquela gente levantando fundos.

— O que isso quer dizer é que a Demchuk classificou seu negócio como não-lucrativo e pôs o próprio nome na lista dos empregados. Recebe um salário imenso e a clínica nunca consegue se manter no azul. O que a encrencou seis anos atrás foi a contabilidade relaxada, que gerou algumas faturas em duplicata. Ela alegou erro burocrático e que não sabia o que seu pessoal estava fazendo e foi punida com uma suspensão de sessenta dias pela Medi-Cal, ou seja, durante dois meses ficou proibida de cobrar qualquer serviço prestado pela clínica ao sistema de saúde estadual.

— Um tapinha na mão — falei. — Amigos certos?

— Seu marido é um bem-sucedido advogado especialista em assuntos de imigração, desse tipo que contribui para os políticos.

— O que explica os especialistas em levantar fundos.

— Exatamente. Estive com ela uma hora atrás. Pode ganhar milhões, mas a decoração é bastante comum.

— O que certamente ajuda a tocar nas emoções mais profundas dos doadores — sugeri. — Você a encontrou trabalhando tarde da noite?

— As luzes estavam acesas e o Mercedes da doutora era o único automóvel no estacionamento. Eu ia seguir em frente se não fosse por outro veículo estacionado no mesmo quarteirão. Um jipe branco.

— Daney estava *lá*?

— Completamente lá. Morrendo de frio no banco da frente, comendo qualquer coisa e, do jeito que sua cabeça se movia, ouvindo música. Dei a volta na quadra e estacionei atrás dele. Vinte minutos mais tarde a Demchuk saiu com uma garota que andava com passos vacilantes. Daney salta do jipe, passa o braço por cima dos ombros da menina a quem ajuda a sentar e vai embora. Eu a reconheci. Era a garota a quem Cherish estava tentando ensinar matemática.

— Valerie Quezada. Dezesseis anos de idade e com transtorno do déficit de atenção.

— É evidente que ele gosta delas jovens e vulneráveis. O que interessa aqui é que a linguagem corporal da menina dizia que ela também gostava dele. Pondo a cabeça no seu ombro. Antes de entrar no carro beijou a mão dele. E isto imediatamente depois de ter feito um aborto.

— Beth Scoggins disse que ele era delicado, solícito, lisonjeador. Isso até que ela engravidou, quando ficou ríspido e rompeu com ela.

— Pois bem, ele não rompeu com Valerie ainda.. Ou seja, mesmo que eu descobrisse um jeito de falar com ela, não diria nada. Agora você está me dizendo que a Scoggins não vai cooperar. Sinto-me impedido de prosseguir.

— Beth disse que uma garota chamada Miranda foi sua sucessora. Alguma coisa parecida na lista de tuteladas?

— Vou verificar amanhã — disse ele. — Quer dizer então que a Allison não se deixou impressionar pelos crimes desse panaca?

— Antes de mais nada, Allison tem que pensar na saúde mental de Beth Scoggins. E nas circunstâncias atuais não tenho muita influência.

— Por quê?

— Porque ela me viu sob outra luz e não gostou.

— Que luz?

— Da falácia.

— Uma mulher que ainda pensa que os homens não mentem? Pensei que ela já tivesse entendido tudo sobre o funcionamento da polícia.

— Chegou bem perto — retruquei.

— Você acha mesmo que é inútil falar com ela de novo? Talvez em mais uns dois dias?

— Vou improvisar. Com o tempo Beth pode decidir tornar tudo público. Por ora Allison acha que é coisa demais para a menina lidar.

— *Com o tempo* Daney vai emprenhar mais garotas.

Não respondi.

— Ótimo — disse Milo. — De qualquer forma, depois que Daney se afastou, Demchuk ficou do lado de fora e acendeu um cigarro. Avental branco e lá estava ela soltando suas baforadas. Decidi correr o risco, aproximo-me dela no escuro, mostro a identidade, quase a mato de susto, larga o cigarro, espalha cinzas por todo o avental. Mas se recuperou rapidamente, ficou cautelosa, disse que nada tinha a declarar e voltou para dentro do prédio. Segui-a e ela abriu o verbo a respeito de liberdades civis, fez algumas ameaças vazias e eu reagi. No fim conseguimos encontrar um terreno comum. Porque na verdade ela não gosta de Daney. Diz que ele é ganancioso.

— Ele recebe comissão? Ela admitiu isso?

— Ela diz que *nyet*, que isso nunca fez parte do plano, era só uma situação conveniente para os dois lados. Começou quando ela pôs o nome dele no comitê consultivo a pedido de Sydney Weider.

Algo a respeito de Weider querer que ele tivesse credibilidade para um negócio de um filme. Logo depois ele começou a levar suas garotas.

— Demchuk suspeitou que ele fosse mais que um preocupado tutor legal?

— Ela negou, mas o que é que há com tantos abortos?

— É só?

— O acordo a que chegamos foi que quando eu prendesse Daney me esforçaria ao máximo para manter o nome dela, Demchuk, de fora. Em troca devia documentar toda tutelada de Daney cuja gravidez tivesse sido terminada por ela e adiantaria qualquer outra informação solicitada. Só que tinha tudo ali mesmo no computador e imprimiu para mim. Nove garotas em oito anos.

— Meu Deus!

— Como você disse, o harém de menores de Drew Malley. O cara é pior que má notícia.

— Ele tem a perfeita concentração de vítimas vivendo sob seu teto. Garotas abandonadas com baixa autoestima, problemas de aprendizagem, provavelmente histórias de atividade sexual. Ele as engravida deliberadamente e sente prazer em destruir os fetos. E os contribuintes pagam a conta.

— Sem querer entrar na discussão de quando começa a vida, Alex, ele é basicamente um assassino em série pré-natal, certo? Qual é a graça?

Pensei um pouco na pergunta de Milo.

— Criar e destruir — respondi. — Bancar Deus.

— Nove garotas — disse ele. — E nenhuma delas se queixou.

— Ele é gentil, é sedutor, não é mandão. Tudo a ver com a questão da intimidade paternal. Quando ele se transfere para outra, a garota acha que a culpa foi dela. Beth, por exemplo, admitiu ter sentido ciúmes. O que ela resolveu fugindo.

— Aquela casa dele — disse Milo —, casa principal, garagem convertida e aquela edificação de aparência estranha feita de blocos de concreto? Construção demais para terreno de menos. Andei pensando nos dormitórios para as meninas. Mas quem sabe o que acontece lá. Não há como *Cherish* não saber, certo?

— Beth diz que Drew se deleitava em dar a volta em Cherish. De coisinhas bobas que nem comer donuts escondido a deixá-la com o trabalho degradante enquanto ele levava suas "assistentes" para passear estrada afora.

— Está certo — disse ele —, talvez isso tenha funcionado por algum tempo, mas ela finalmente entendeu o que se passava.

— E começou a dormir com Barnett Malley.

— Sua marca peculiar de pecado.

— Como foi que a ganância de Daney se acomodou no quadro com a Demchuk?

— Ele andou bisbilhotando por algum tempo, pensando em conseguir parte da ação. Demchuk emprestou-lhe dinheiro para ser reembolsada em pequenas parcelas que ele jamais pagou, ela imagina que 3, 4 mil dólares no total. Nos últimos tempos, contudo, ele se mostrou mais agressivo. Aparecendo sem mais pudores e pedindo a sua parte, diretamente. Insistindo em afirmar que ela era sua melhor fonte de referências. Dando a entender que podia ir procurar outra clínica. Demchuk não é do tipo que goste de compartilhar. E o senso de oportunidade de Daney não podia ser pior, porque Demchuk está pronta para se aposentar, quer vender a clínica. Ela estava imaginando que poderia se livrar de Drew Daney com um pagamento do tipo vá se ferrar. Eu lhe disse que a venda não seria fácil depois que as podridões de Daney viessem à tona. Fiz com que isso soasse mais iminente do que é. Demchuk tentou permanecer calma, mas posso garantir que ficou abalada. Por isso estava disposta a se livrar dele. Como por exemplo entregando o feto abortado por Valerie Quezada.

— Ela guarda os fetos?

— Não, joga no lixo, no quintal da clínica, o que é uma violação do código sanitário. Fiz com que ela o pescasse na lata de lixo e o pusesse em gelo seco, depois levei para o legista para que fosse guardado juntamente com as amostras de tecidos de Kristal Malley. Que é onde estou neste instante, respirando o aroma da decomposição e bebendo o café pago pelo condado. Nenhuma palavra ainda quanto à minha requisição do exame de DNA, mas agora parece que terei outro pacote para mandar ao Cellmark. Se conseguirmos o DNA de Daney no feto, terei um presente para a Unidade de Crimes Sexuais de Menores que acaba de ser inaugurada no centro da cidade.

— Você vai chamar o pessoal de lá?

— Ainda não. Não enquanto eu não estiver mais perto de pegar o Daney por homicídio. Mas a acusação de pedofilia pode vir a ser uma ótima vantagem.

— Por quanto tempo você pode segurar essa acusação?

— Oito meninas vivendo na Galton Street é uma coisa que perturba meu sono, mas não posso me arriscar a perder tudo agindo sem provas. A prioridade é conseguir o DNA do Daney. Alguma sugestão sobre como realizar esta abordagem?

— Arranje um encontro com ele lisonjeando seu ego. Você acreditou em suas suspeitas de Barnett Malley, mas Malley continua sendo um homem misterioso. Pergunte a ele se tem alguma outra sugestão.

— Isto é parcialmente verdadeiro Ainda estamos pesquisando Malley e não conseguimos nada. Talvez, uma entrevista cara a cara com Dinâmico Drew. E depois? Roubo sua escova de dentes para obter a amostra do DNA?

— Esta é a parte fácil — respondi — Ele gosta de donuts.

Capítulo 36

Choveu na manhã seguinte, e a temperatura caiu para pouco mais de 10°. L.A. finalmente ensaiava para o inverno. Quando Milo estacionou no Dipsy Donut às 10 horas, o céu tinha fechado e o Boulevard Vanowen cheirava a roupa suja úmida.

Drew Daney estava lá, tomando café sentado à mesma mesa de alumínio. A posição exata que ocupara da primeira vez — um homem de hábitos estabelecidos.

Ele vestia um casaco de veludo cotelê marrom e sentara em cima do jornal que usara para secar a umidade do banco. Quando nos viu, sorriu e acenou.

Sorriso caloroso. Espalhou-se pela barba branca por fazer. Seus olhos enrugaram.

Ali estava a face do mal. Ele podia ter servido como modelo de um catálogo de ferramentas.

Milo apertou sua mão como se fossem amigos de longa data.

— Bom-dia. Não está com fome?

— Esperava vocês. — Daney piscou.

— Que tal eu ir pegar um sortimento para nós?

— Boa ideia, tenente.

Milo saiu e me sentei em frente a Daney. Minha missão, caso eu decidisse aceitá-la era examinar detalhadamente possíveis indícios não-verbais e qualquer "troço psi" que me desse na cabeça.

No meu entendimento, Alex, ter você comigo será um afago no ego dele. Vai fazer com que se sinta como um seu igual... muito embora você seja inigualável.

Observei os dentes de Daney desaparecerem quando seu sorriso aberto passou a ser um sorriso de boca fechada.

— Obrigado por ter vindo se encontrar conosco mesmo sendo avisado com tão pouca antecedência.

— Ei, tudo que eu puder fazer para ajudar — debaixo do casaco de veludo ele usava uma camisa polo amarela imaculada, bem justa no peito largo. Musculatura bem desenvolvida. Pele viçosa e olhos claros.

Um retrato de vitalidade; às vezes — com demasiada frequência — acontecem boas coisas a gente ruim.

— Como vai sua mulher? — perguntei.

A pergunta fez com que ele pestanejasse.

— Em relação a quê?

— À morte de Rand. Ela pareceu muito afetada.

— Claro que estava. Nós todos sentimos bastante. É um processo... a cicatrização.

— Seus tutelados também sentiram?

— Com certeza. Rand não estava conosco há muito tempo, mas era uma presença. Você sabe como é.

— Lidando com a morte?

— Isso e jovens de um modo geral — respondeu ele. — Os estágios do desenvolvimento que atravessam.

— Quais são os limites etários dos seus tutelados?

— Todos são adolescentes.

— É um desafio.

— Pode acreditar.

— É uma escolha de vocês?

— Nós somos masoquistas — disse ele, rindo. — A sério, muitas pessoas não querem a bagagem que os adolescentes trazem para a mesa. De modo que Cherish e eu achamos que este seria o campo onde nossos esforços seriam mais bem recompensados.

Encolher de ombros juvenil.

— Às vezes eu tenho dúvidas, contudo. De repente pode caracterizar insanidade temporária.

— Nisso eu posso acreditar.

Ele deu uma olhada na direção do quiosque de donuts. Cheio de gente, como na primeira vez.

— Rand não estava muito longe da adolescência. Isso podia ser também assunto para os seus garotos.

— Claro — disse ele rapidamente, mas seus olhos me disseram que não estava seguindo o que eu dizia.

— Similaridade percebida — continuei. — Há montes de dados sobre como isso se relaciona à empatia.

— Se pôde acontecer com ele pode acontecer comigo? — disse ele. — Claro, faz todo o sentido do mundo. Mas eu estava me referindo às questões centrais com que eles lutam. Senso de identidade, estabelecimento de autonomia. E, é claro, todos pensam que são imortais — sorriso amargo. — Nós pensávamos assim, na idade deles, não pensávamos? Tudo que escondíamos de nossos pais.

Forcei um sorriso. Tentando não pensar no que esse cara tinha feito com a autonomia das jovens.

Um menino de 13 anos sangrando no depósito de uma prisão.

— Graças a Deus meus pais nunca souberam de algumas coisas que fiz — falei.

— Você foi um cara rebelde? — perguntou ele, chegando mais perto. Encarando-me com aqueles olhos calorosos, escuros. Como se eu fosse a pessoa mais importante da Terra.

Retorno dos dentes.

Carisma. Os psicopatas mais habilidosos sabem usar seu carisma como quem toca uma guitarra. Às vezes os mais competentes conseguem galgar o topo da carreira empresarial ou os mais altos patamares dos cargos eletivos. No fim, contudo, o comportamento teatral é frequentemente contrabalançado por preguiça e relaxamento.

Transando com a esposa de outra pessoa no leito conjugal.

Escrevendo e comercializando um roteiro cinematográfico mal definido e esperando que ele vá torná-lo milionário da noite para o dia.

Engravidando menores por hobby e apresentando a conta dos seus abortos ao Estado.

Apesar de toda sua magia ao exercer a arte da manipulação, Daney estava a quilômetros de distância de onde queria estar, o estilo de vida que vira de relance ao se ligar com Sydney Weider: Brentwood, Aspen, jatos privados, fantasias de tapete vermelho. Toda aquela conversa de riqueza travada na cama fervendo na sua cabeça.

Olha para mim olha para mim olha para mim!

Oito anos depois, em vez de ter obtido tudo aquilo com que sonhara, ele era um homem de meia-idade percorrendo acampamentos religiosos e tentando implorar dinheiro da Dra. Marta Demchuk.

Tolice; Demchuk era durona e o encanto untuoso de Daney só funcionava com as mais frágeis das vítimas.

Ele flexionou um pulso grosso e passou a mão no cabelo ondulado e abundante.

— Eu nunca fui rebelde o bastante para me meter em encrenca de verdade, mas tive meus momentos — afirmei.

— Aposto como teve mesmo.

— E você?

Ele hesitou por um momento.

— Não, eu fui um bom menino. Talvez bom demais.

— Coroinha?

— Fui criado na crença de que diversão é o mesmo que boas ações.

— Filho de pregador?

— Você adivinhou.... — uma sombra toldou seu rosto.

E aí uma sombra maior, lembrando um urso, escureceu o azul-acinzentado da mesa de alumínio.

Daney virou-se para ver Milo assomar atrás dele, segurando uma caixa de cartão engordurada.

— Acabam de sair.

— Cheira bem, detetive.

Milo deixou que ele escolhesse o primeiro.

Recheio de geleia. Exatamente como da última vez.

Enquanto ele mastigava com evidente prazer, eu disse a mim mesmo para desligar a análise, talvez ele só amasse donuts com recheio de geleia.

Ele limpou a barba e deu outra mordida.

— Não são os melhores?

— Prazeres da culpa, reverendo — disse Milo, engolindo uma bocada de um donut torcido.

Dei início aos trabalhos com um de cobertura de maple. Carros entravam e saíam do estacionamento. O ar ficou mais quente. Um bando de pombos voou por cima do Boulevard Vanowen e começou a explorar os restos. Milo jogou uma migalha e eles acorreram como *paparazzi*.

— Aí está sua boa ação de hoje — disse Daney.

Nós rimos.

Nada além de um grupo de caras enchendo a cara com *junk food* em um dia úmido no Vale.

— E então, reverendo, teve algum insight? — perguntou Milo.

Drew Daney examinou a caixa de donuts e escolheu um troço rosa coberto com pingos de chocolate.

— Vocês não conseguiram descobrir nada a respeito do Malley?

— Quisera eu. O cara mais parece um enigma.

— Acho que isso bate — disse Daney.

— Bate com quê?

— Se ele tiver uma história de comportamento antissocial, vai querer cobrir seus rastros.

— Bem — disse Milo —, se forem importantes a gente consegue descobri-los.

— Parece muito confiante, tenente.

— Nós geralmente vamos ao fundo das coisas. É só uma questão de ver quanto tempo leva... passe aquele ali de chocolate.

A caixa estava ao alcance de Milo, mas Daney esticou-se para atendê-lo.

— De qualquer modo — disse ele —, depois que você telefonou ontem à noite, dediquei algum tempo pensando sobre qual seria a razão de Malley ter sido tão violento após todos esses anos. A única coisa que me vem à cabeça é que Rand tornou-se um tipo qualquer de ameaça para ele. Ou Malley o via como uma ameaça. Agora, isso quer dizer que os dois se comunicavam de alguma forma. Assim, dei uma olhada na minha conta telefônica para ver se Rand fez algum telefonema naquele fim de semana. Não fez. Assim sendo, a menos que ele tenha falado com Malley da prisão ou usado um telefone público, não sei o que posso lhe dizer.

— Onde fica o telefone público mais perto da sua casa? — indagou Milo.

Os olhos de Daney desviaram-se para a esquerda.

— Você pode verificar as ligações feitas em telefones públicos?

— Claro.

— Bem, acho que há um a alguns quarteirões nessa direção — apontando para leste. — Na verdade nunca prestei muita atenção. Hoje em dia, com os celulares, quem usa telefones públicos?

— Pessoas sem dinheiro — respondeu Milo.

— Hum... acho que sim.

— Parece-me — disse eu — que "onde" não é importante. Interessa-nos o "quê". O que foi que Rand *contou* a Malley.

Daney engoliu seu donut cor-de-rosa.

— Aquilo foi especulação da minha parte. Porque você me pediu para especular. Por tudo quanto sabemos, Malley simplesmente pirou quando soube que Rand estava sendo libertado. Velhas feridas sendo reabertas.

— Ou feridas que nunca fecharam — disse Milo. — O modo como ele olhou para você naquela loja de ferragens.

— É verdade — disse Daney. — Foi um olhar muito intenso aquele. Ainda assim...

— Algum sinal da picape preta?

Daney sacudiu a cabeça.

— Mas eu tenho saído muito.

Milo virou-se, aparentemente distraído. Daney observou-o e depois retornou ao donut cor-de-rosa, que não comeu.

Deixei o silêncio se estender um pouco antes de falar.

— Em prol da discussão, aceitemos a hipótese de que Rand disse a Malley qualquer coisa que o enfureceu. O que você pensa que pode ter sido?

— Hum... Acho que teria sido alguma coisa maliciosa. E não consigo ver Rand querendo confronto com Malley. Rand era basicamente um bom garoto.

Ele esperou a reação de Milo às suas palavras. Não houve.

— A única coisa em que posso pensar — continuou ele — é em algum tipo de falha de comunicação.

— Como o quê, por exemplo? — perguntou Milo.

— Não sei ao certo — respondeu Daney. — Como falei, tudo isso não passa de teoria.

— Entendido — disse Milo —, mas faça uma tentativa, porque não temos mais nada.

— Bem — disse Daney —, quando levamos Rand para casa, ele estava claramente perturbado. Como eu lhe disse. A única explicação que me vem à cabeça é uma culpa persistente. Talvez ele tenha tentado terminar com o problema encontrando-se com Malley cara a cara e se desculpando.

— Ou então Malley abordou Rand e exigiu um pedido de desculpas — falei.

— Claro. Isso também.

— Isso faz mais sentido para mim, reverendo. Malley segue Rand quando ele deixa sua casa para ir à obra onde pensava em arranjar um emprego, faz com que entre na picape, seja convencendo-o ou ameaçando-o com uma arma. Aí então alguma coisa pode ter sido o pedido de desculpas exigido por Malley ou alguma outra coisa sai do controle. O que é que você acha, Doc?

— Faz sentido — concordei.

— Rand tinha problemas de expressão verbal, detetive — disse Daney. — Consigo imaginá-lo dizendo a coisa errada, usando palavras que, de algum modo, desencadeassem o ódio de Malley. Quer dizer, não é assim que muitos crimes se originam?

— Erro de comunicação?

— Dois caras em um bar — disse Daney. — Uma discussão sai fora do controle? Não é uma parte importante do trabalho da polícia?

— Claro — concordou Milo.

Daney deu uma mordida no donut cor-de-rosa. Comeu metade e largou o resto.

— Tem mais uma coisa, detetive. É um tiro no escuro, mas já que estamos teorizando...

— O que é?

Daney hesitou.

— Senhor?

— É algo muito antigo, detetive. Vem do tempo da audiência dos garotos. Eu estava dedicando muito tempo ao caso porque a defesa me pediu que atuasse como apoio. Cherish e eu estávamos presentes a tudo e eu fui olhar as evidências.

— Alguma coisa ficou de fora? — indagou Milo.

— Não, não, nada desse tipo. O que estou querendo dizer é que faz parte do meu ramo aprender a observar. As pessoas, suas reações. Mais ou menos o que o senhor faz, doutor.

Eu assenti.

— Sinto-me um pouco contrafeito ao falar nisso — disse Daney. — Não é uma coisa em que eu assine meu nome embaixo e eu realmente não gostaria de aparecer oficialmente como a fonte. Mas se o senhor puder confirmar isso de forma independente... — ele interrompeu-se. Coçou a barba. Sacudiu a cabeça. — Desculpe por estar indeciso, mas é que...

Ele levantou o queixo e sacudiu a cabeça.

— Eu não sei, talvez não seja uma boa ideia.

Foi Milo quem respondeu.

— Estamos numa péssima, reverendo. *Qualquer coisa* que o senhor possa nos dizer será útil. E se for algo que eu seja capaz de confirmar por via independente, prometo que o farei.

— Certo — disse Daney. — Primeiro, tenho que esclarecer que nunca toquei neste assunto porque os meninos eram, sem dúvida, os autores do crime. Não quer dizer que eu não pensasse que eles mereciam compaixão. Mas todo mundo já tinha sofrido bastante, não era simplesmente o caso.

Ele esticou o braço para outro donut. Pegou às cegas um de maçã. Segurando-o com uma das mãos, ficou olhando os flocos de massa caírem em cima da mesa.

— A cor dos olhos — disse ele, num fio de voz. — A pequena Kristal tinha olhos castanhos. Eu nunca tinha notado, mas no pacote de provas havia fotos da pobre menina. Viva e morta. As fotografias tiradas durante a necrópsia eu não consegui me forçar a ver. As outras eram fotos de bebê, a acusação ia usá-las para angariar compaixão, realçar como era pequena e bonitinha... o que não tinha importância. O caso é que vi as fotos, mas naquela época o fato dos olhos de Kristal serem castanhos não teve maior significado. Até que notei que tanto Lara quanto Barnett tinham olhos claros. Os dela eram azuis ou verdes. Os dele são definitivamente azuis. Não sou especialista em genética, mas aprendi ciência o suficiente para saber que olhos castanhos são dominantes e que pais de olhos claros geralmente não podem ter filhos de olhos escuros. Tive minhas suspeitas, mas como disse, não havia razão para que eu mexesse naquela situação complexa, de que ia servir? Mas ontem à noite, depois que você telefonou e pediu para pensar no caso, fui pesquisar na Internet e vi que é altamente improvável, quase impossível, pai e mãe de olhos claros terem um filho de olhos castanhos.

A fala dele foi ficando cada vez mais rápida e as últimas palavras foram praticamente inaudíveis. Respirou com dificuldade, expirou e largou o donut.

— Não estou aí para caluniar ninguém, mas...

— Kristal não era filha de Malley — disse Milo. — Calma aí!

— É a única conclusão lógica, tenente. E pode ser a fonte do ódio do Sr. Malley.

— Kristal tinha quase 2 anos — disse Milo. — Era de se esperar que a essa altura o Sr. Malley já tivesse sacado.

— Ele me deu a impressão de ser uma pessoa simplória. Trabalhava em rodeios ou algo assim.

— Rodeios?

— Montar, laçar, esse tipo de coisa. Pelo menos foi o que eu soube — disse Daney. — Através da defesa.

— Parece que a Sra. Weider fez seu trabalho de casa.

— Pode apostar. Ela era extremamente trabalhadora e meticulosa. Fiquei satisfeito quando ela pegou o caso.

— Você estava envolvido antes dela pegar o caso? — perguntei. — Eu achava que ela o tivesse chamado para servir de apoio à defesa.

— Na verdade foi exatamente o contrário. Fui eu que a levei para trabalhar como advogada de defesa. Não oficialmente, claro, mas na sua escolha teve meu dedo.

— Como assim?

— Eu conhecia Troy de trabalhar com ele na 415 City. Também conhecia a Sra. Weider de um outro trabalho com jovens que eu fizera. Meu seminário tinha um programa com adolescentes de centros urbanos decadentes. A ideia era tentar envolvê-los em atividades de verão. No decurso desse trabalho desenvolvi alguns contatos com a Defensoria Pública, porque era lá que muitos de nossos garotos terminavam. Conheci diversos defensores, mas achei que ela seria perfeita para os meninos. Pelo fato dela ser tão meticulosa. Telefonei e perguntei se podia ajudar. Respondeu dizendo que havia um sistema regulando esse tipo de coisa, mas ela veria o que podia fazer.

— Como um favor a você.

— Em parte — disse Daney. — Para ser sincero, o caso a atraiu por ser altamente visível. Ela era muito ambiciosa.

— E depois ela perguntou se você poderia permanecer para lhe dar apoio — disse Milo.

— Exatamente.

— Você chegou a comentar com ela essa coisa da cor do olho?

— Não, como falei, não vi motivo.

Milo suspirou.

— Uau... isso é uma bomba, sem dúvida. Muito obrigado, reverendo.

— Não gosto de contar histórias, mas...

— Quer dizer então que você está imaginando que Rand sabia que Kristal não era filha de Malley e contou isso para ele.

— Não, não. Não levei a coisa tão longe assim.

— Mas podia ter acontecido desse jeito.

— Não, sinceramente eu acho que não, tenente, Como Rand poderia ter sabido?

— Do mesmo modo que você. Observando.

Daney sacudiu a cabeça.

— Rand não era tão observador assim. Mas mesmo que realmente soubesse, não teria motivo para jogar a verdade na cara de Malley.

— O que, então?

— O que estou querendo dizer... e isto é *realmente* uma suposição... é que talvez Barnett Malley não fosse uma vítima total.

Daney estremeceu e afastou o donut.

— Sinto-me como se estivesse caminhando num lodaçal e não me sinto realmente confortável. Desculpe.

Levantando a manga do casaco ele consultou o relógio esportivo de mostrador preto. Milo colocou uma mão sobre o braço de Daney e exibiu seu melhor sorriso predador. Daney ficou tenso por um segundo. Arriou os ombros e nos dirigiu um olhar de sofredor.

— Estou com aquela sensação de quem está afundando, caras, como se eu tivesse ido longe demais, sabem como é?

— Você está dizendo que Malley descobriu que Lara o havia traído, teve um ataque de ódio e resolveu agir contra Kristal.

— Não quero falar mais nada — disse Daney. — Porque estou com medo e não tenho vergonha de admitir.

— Medo de Malley? — quis saber Milo.

— Muita gente depende de mim, detetive. É por isso que eu não faço voo livre, piloto moto ou pratico o alpinismo.

— E sente falta?

— Não mais — respondeu Daney. — Olha, preciso realmente ir embora...

— É uma maneira inteiramente nova de encarar o que houve, Milo — falei. Virei-me para Daney: — Malley conheceu Rand e Troy antes do crime?

— Não tenho como saber — respondeu ele.

— Lara ia ao shopping frequentemente, e os garotos também. Assim, houve oportunidade para Barnett vê-los também — falei. Eu me virei para Milo. — Os meninos eram frequentadores daquele fliperama. Pode ser que Malley gostasse também de videogames. Sendo, como era, um sujeito simplório.

Eu e Milo encaramos Daney.

— É possível — disse ele.

— Troy e Rand *nunca* mencionaram ter conhecido Malley? Depois de serem presos?

— Troy com certeza não — disse Daney. — Eu não falava muito com Rand, que naquele tempo praticamente não se comunicava por palavras. Certo, doutor?

— Pode apostar. Mas eu sempre tive a sensação de que ele se continha.

— Na defensiva — disse ele. — Sim, eu sentia a mesma coisa.

— Frustrante.

— Tentei fazer com que ele se abrisse — disse Daney —, mas não sendo psicólogo não quis pisar em território não demarcado. No fim, não teve importância porque o caso foi resolvido do melhor modo possível. Ou pelo menos foi o que pensei.

— Como assim? — indagou Milo.

— Olha só o que aconteceu a Troy. E a Rand.

— Eu ouvi o que o senhor disse, reverendo. A respeito de Rand não ser observador. Mas se ele realmente soubesse que Malley tinha alguma culpa, guardaria isso durante oito anos?

—Talvez — disse Daney — se ele estivesse confuso.

Ele se levantou rapidamente.

— Sinto muito — prosseguiu —, mas isto está ficando complicado demais e não há mais nada que eu possa lhes dizer. Se no fim vier a ajudar vocês da polícia, ótimo. Mas por favor, deixem meu nome de fora.

Ele passou as mãos na camisa, como que se livrando da sujeira.

Milo também se levantou e ficou diante dele, usando a altura como vantagem.

— Com toda certeza, senhor. Eu nem perderia muito sono com isso porque, para ser sincero, não vejo como investigar nada do que foi dito aqui.

Daney fitou-o, espantado.

— Como o senhor disse, especulativo demais.

Daney balançou a cabeça.

— Boa sorte — despediu-se, girando e indo embora.

— Isso só será relevante — prosseguiu Milo — quando conseguirmos provas sólidas contra Barnett Malley e o pusermos atrás das grades. Aí então vou lhe pedir que deponha.

Daney parou. Sorriso fraco.

— Se isso acontecer, detetive, ficarei muito feliz em fazer a minha parte.

Capítulo 37

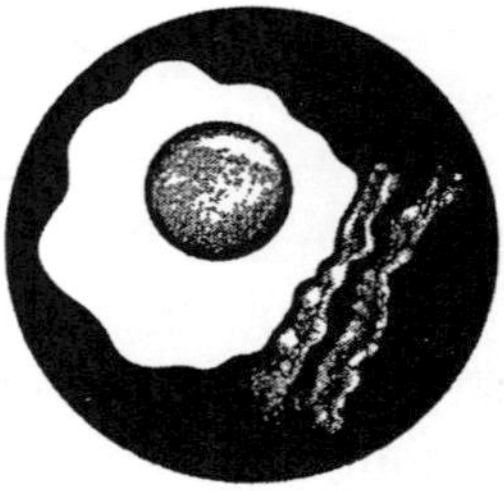

Milo ficou olhando o jipe branco se afastar.

— Gostaria de poder tomar um banho.

Ele pegou um saco plástico para coleta de provas em sua pasta, calçou luvas, selou a xícara de café de Daney e guardou na pasta. Num segundo saco colocou o donut cor-de-rosa comido pela metade.

— Ele comeu aquilo logo antes de nos beneficiar com seu relutante insight sobre cores de olhos — comentei. — E o que aguçou o apetite foi o estímulo do jogo.

— Deixou que soubéssemos que o caubói não era o pai de Kristal. Achou que estava sendo sutil.

— Foi uma emoção dupla: ele consegue ser o herói da história ao lhe passar informações vitais e ao mesmo tempo torna mais intenso o foco sobre Malley.

— Toda aquela conversa assustada sobre o velho e malvado Barnett Malley, para logo depois nos falar do seu comportamento antissocial e sugerir que ele ia querer cobrir seus rastros.

— Pode ter sido mais que uma estratégia destinada a desviar nossa atenção — comentei. — Podia estar atribuindo seu próprio comportamento a Malley, de modo consciente ou não.

— Ele cobriu alguns de seus próprios rastros.

— As mentiras não começaram com os documentos que apresentou para matrícula no seminário. A imagem que cultiva é a do

Cara Divertido com um Lado Sensível e Espiritual. Enquanto você estava fazendo o pedido ele me contou que foi um garoto bem-comportado, criado na igreja. Seria interessante saber como foi realmente sua infância.

Milo guardou os sacos plásticos na pasta.

— Hora de uma investigação séria. Será bom se for mais produtiva que a minha pesquisa sobre Malley. Não consigo encontrar apólices de seguro nos nomes de Lara ou Kristal, o caubói parece usar tanto seu nome quanto seu número do seguro social verdadeiros, não tem registros de prisão, não tem ficha militar e nem imóvel no seu nome. Consegui descobrir sua certidão de nascimento em Alamogordo, Novo México, mas os agentes locais da lei não se lembram dele e não há Malleys morando lá agora. Talvez eu esteja deixando de lado alguma coisa, tem tanto truque desses computadores novos que o Departamento ainda não tem....

Ele pegou o telefone em cima da mesa, digitou um número e pediu para falar com Sue Kramer.

Dois segundos mais tarde:

— Nancy Drew? Aqui é Joe Hardy. Escuta, não sei qual é a sua programação, mas... foi mesmo? Excelente... escuta, Sue, todas aquelas coisas que seus clientes particulares podem pagar e eu não posso... aqueles troços de alta tecnologia... sim, exatamente, preciso que uma dupla seja investigada... ele e também o assessor espiritual — Daney... digamos apenas que ele está se tornando interessante... O usual e qualquer coisa mais que você imagine... quanto mais cedo, melhor, eu pago a você pessoalmente... não, não, me mande uma fatura completa... Estou falando sério, Sue... está certo, ótimo, mas mande alguma coisa... obrigado, tenha um bom dia, espero que os ventos sejam favoráveis.

Desligando, ele disse:

— A vigilância em Beverly Hills acaba de terminar. Ela viu a viúva coreana entrar no apartamento, encontrou-a rezando diante de uma espécie de santuário, chorando e dizendo em voz alta o quanto amava o marido, por que ele tivera que se matar? Assim a teoria do suicídio fica de pé e Sue vai começar a investigar amanhã quando voltar de uma folga para descanso e relaxamento.

— Os ventos — falei. — Velejando? — pensei em sua breve tentativa como investigador particular durante uma suspensão do departamento de Polícia de Los Angeles. O aumento da renda. A praga do tédio. Quando o departamento o aceitou de volta ele voltou como um pombo-correio.

— Velejando no seu barco novo — disse ele. — Como na velha canção do mar.

— Você sente falta da iniciativa privada?

— A falta da burocracia e da rigidez paramilitar? A chance de ganhar dinheiro de verdade? Por que diabos eu ia sentir falta de uma coisa dessas? — ele ficou olhando para o telefone por um instante, antes de fechá-lo com um estalo. — Aquele comentário que Daney fez a respeito de minha atitude confiante. Que foi aquilo, um escárnio?

— Uma indireta para ver se conseguia informações. Ou ambos — sugeri.

— Ele estava claramente querendo se informar quando conduziu a conversa para a questão dos telefones públicos. Quando você disse que era possível rastrear ligações feitas em telefones públicos, ele arregalou os olhos.

— É mesmo, eu notei isso.

— Rand telefonou para mim de um telefone público, mas Daney não teria como saber disso a menos que estivesse presente.

Os olhos de Milo comprimiram-se até se transformarem em duas incisões cirúrgicas.

— Daney estava com Rand no dia em que ele morreu.

— Ou por perto, observando-o dar o telefonema — falei. — O que me faz pensar: e se ele inventou a história sobre a picape preta para desviar a atenção do fato de ter sido *ele* próprio e não Barnett, quem seguiu Rand? Cherish nos disse que ele não se encontrava em casa naquela tarde.

— Saiu para cuidar de uma de suas organizações não-lucrativas — ele passou o telefone de uma mão para a outra. Tamborilou na mesa. Esfregou o rosto.

Finalmente Milo falou:

— Foi Daney quem matou Rand, e não Malley.

— A única razão pela qual nos concentramos em Malley foi porque Daney apontou na sua direção.

— Isso e o fato da sogra de Malley ter dito que ele era um traficante de drogas que maltratava Lara.

— Um traficante de drogas sem prontuário policial ou pseudônimos conhecidos e que usa seu próprio número do seguro social — lembrei. — Que registra suas armas de acordo com a lei. De certo modo, Nina Balquin funciona como uma referência do caráter de Malley. Sente por ele um ódio visceral, mas nunca suspeitou que tivesse matado Lara.

Milo enfia o telefone no bolso. Tira a luva, pega um doce de amêndoas e mastiga, cuspindo os farelos.

— Ainda há a questão da cor dos olhos. Malley tinha que saber que não era o pai de Kristal.

— Talvez Daney tenha razão ao considerá-lo como tão simplório que não tem capacidade de alcançar esse tipo de coisa. No entanto, mesmo que soubesse, a menos que encontrássemos algo de psicótico em seu passado, vai um longo caminho para matar uma criancinha de mais ou menos 2 anos.

— Ao contrário de Daney, que sabemos ser um sujeito *extremamente* perverso.

Assenti.

— Também é possível que Malley soubesse a respeito da verdadeira paternidade de Kristal e não se incomodasse — especulei.

Ele descansou o doce de amêndoas.

— O cara não tem problemas em criar a filha de um outro homem? Vai aí um esforço de outra espécie.

— Os Malleys tiveram problemas de fertilidade durante anos. Lara acabou engravidando, mas e se o problema de fertilidade fosse dele, Barnett, que acabou vindo a aceitar ser um pai sub-rogado.

— Ele deixou outro sujeito transar com Lara?

— Ou Lara dormiu com alguém, ficou grávida e ele aceitou. Se as suspeitas de Balquin sobre uso de drogas têm razão de ser, Lara e Barnett podem ter assumido comportamentos alternativos. Promiscuidade, festas de troca-troca. Ou a boa e antiga infidelidade.

— Ela é emprenhada por alguém numa orgia e Barnett diz que aguenta a mão? Um exagero de tolerância, Alex.

— Você provavelmente tem razão, Milo. Mas de qualquer modo, agora que conhecemos a verdade sobre o caráter de Daney, não podemos ignorá-lo no caso de Rand. Daney não vinha tentando nos orientar para cima de Malley só por obrigação cívica.

Milo fez mais uma tentativa no doce de amêndoas. Fez uma careta e o pôs de lado.

Tomei café. Ele chapinhou no meu estômago. Queimou como o limpador de ralos quando meus pensamentos se desenrolaram.

— Daney nos deu outro boato a respeito do qual ele não devia ter conhecimento. Malley trabalhando no rodeio. Ele afirma que foi Sydney Weider quem lhe disse e talvez tenha sido mesmo. Mas eu li todos os documentos da corte e nunca apareceu nada disso. Na verdade, minha percepção é a de que Sydney não dava a menor atenção aos Malleys. Daney está brincando conosco, Milo. E atrapalhando tudo, num estilo tipicamente de psicopata, porque ele é esperto demais para seu próprio bem.

— Daney matou Rand — disse ele, com o olhar perdido na distância. — Não há razão pela qual isso não faça sentido.

— Uma outra coisa: se os meninos conheciam ou não Lara Burnett é uma questão em aberto. Mas um deles com certeza conhecia Daney. Troy era um psicopata florescente. Daney é a versão totalmente desenvolvida. Ponha os dois juntos e não há dúvida sobre quem dará as ordens.

— Daney fez Troy matar Kristal?

— E agora quer ajudar você a "resolver" o caso.

— Cara — disse ele —, você é cheio de maus pensamentos.

— Já me disseram isso.

— Acho que é como um daqueles incendiários que retornam à cena do crime e salvam pessoas. Ou uma daquelas mães que sofrem da síndrome de Munchausen correndo para ressuscitar os filhos que mataram.

— Ajusta-se ao ato encenado por Daney — falei. — A imagem é importante para ele. Por fora é um homem de fé, um incansável trabalhador pelos jovens, o defensor de adolescentes discriminados. Enquanto você pedia os donuts ele apelou para um monte de psicobobagens, me disse que ele e Cherish escolhiam adolescentes para cuidar porque ninguém mais queria ficar com eles. Se eu não soubesse da verdade, teria acreditado. Enquanto isso, ele segue fraudando o governo, seduzindo menores e engravidando-as intencionalmente. Tirando o time de campo depois dos abortos, mas ainda assim querendo levar um percentual das taxas pagas pelo governo.

— Que príncipe... pelo menos quando o resultado afirmativo para o seu DNA chegar poderemos pegá-lo pelo estupro de Valerie Quezada — Milo sacudiu a cabeça. — Uma reinquirição e *ele* passa a ser o nosso novo Hitler. E o que isso diz sobre a culpa ou inocência de Cherish?

— Não sei. O relacionamento daqueles dois é um grande ponto de interrogação.

— Posso aceitar Daney como sendo uma pessoa desprezível — disse ele. — Mas por falar em pontos de interrogação, qual foi o motivo dele para fazer com que Kristal fosse assassinada?

— Kristal sobreviveu — respondi.

— Sobreviveu a quê?

— O período que ela sobreviveu. Daney tinha alguma coisa a respeito de sua progênie viver e respirar.

— Daney era o pai de Kristal? De onde você tirou essa?

— Tem mais coisas feias aqui — bati na minha testa. — Pensa só nisso: o tesão de Daney é bancar Deus. Gerar vida e terminar com ela. Sabemos que suas excursões sexuais iam além das tuteladas adolescentes, Sydney Weider. Por que não outras mulheres casadas? E por que não jogar o jogo da gravidez com elas também? Sua observação acerca de um assassino serial pré-natal foi na mosca. E este tipo de assassino precisa de doses sempre maiores de estímulo.

— De fetos a vítimas completas — comentou Milo.

— Há mães assim — falei. — Ficam grávidas repetidamente, mas não podem tolerar a ideia de terem filhos. Pais também. De quantos casos tomamos conhecimento em que o pai ou o namorado da mãe sacudiu o bebê com força demasiada. Sempre presumimos que foi uma coisa impulsiva, descontrole em um momento de raiva. Mas talvez não seja bem assim. Sabemos com absoluta certeza que o mesmo acontece com os primatas. As mamães-chimpanzés têm que defender os filhotes dos pais agressivos o tempo todo.

— Eu crio, eu destruo... só que seduzir adolescentes vulneráveis é uma coisa, Alex. Engravidar uma mulher casada significa toda uma série de descuidos e relaxamento.

— Um buraco na camisinha, ou algum outro truque — sugeri. — Beth Scoggins pensa que Daney a drogou. Pode ser que faça isso rotineiramente. E, de certa forma, mulheres casadas podem ser alvos *mais fáceis* que adolescentes. Porque convencê-las a abortar deve ser muito mais fácil. Até que Daney conheceu uma mulher casada que resistiu. Porque *ela* ansiava por ter um bebê há muito tempo.

— Lara — disse Milo.

— Daney tem olhos castanhos. Ele gosta que nós pensemos que ele é o Sr. Observador, mas levou em conta o ângulo genético.

— E agora fica jogando isso na minha cara com toda aquela falsa relutância. Ah, cara.

Adiantei-me e bati na sua pasta.

— Já que você está metido nisso, sugiro mais alguns exames de DNA.

Pegamos a 101 até a 5 South, com a intenção de virar na saída da Mission Street. Milo dirigia depressa demais, parecia distraído.

— Se Malley é inocente, por que não ia querer falar comigo?

— O sistema falhou com ele, ele está cansado... Não sei. A mesma lógica pode ser usada em favor dele: se está escondendo alguma coisa, por que ia querer despertar suas suspeitas?

— Tem razão — disse Milo. — Mas ainda não me sinto à vontade deixando-o de lado. Mesmo que se venha a descobrir que Daney é o pai de Kristal.

— Puxa vida — falei —, uma mente aberta é uma coisa terrível para se desperdiçar.

Milo deu uma risada. Agarrou firmemente o volante e comprimiu mais o acelerador. Deu uma olhada para a pasta que estava em cima do banco de trás.

— De uma hora para outra há todas essas possibilidades. Tenho uma confissão a fazer: se Daney fez tudo que você pensa que ele fez, encontrei um nível de mal que me dá arrepios.

— Ou seja, você é humano.

— Só em dias pares — ele deu outra olhada na pasta. O carro permaneceu na pista. — De qualquer modo, o motivo de Rand é o mesmo, ocultar a verdade a respeito de Kristal, mas ainda há o problema de como ele, Rand, descobriu. E o fato de Kristal ter quase 2 anos de idade vai contra a sua teoria. Se Daney tinha um prazer psicopata em destruir seu próprio esperma, por que iria esperar tanto tempo?

— Talvez ele tivesse tentado convencer Lara a abortar. Ela ficou zangada, recusou-se, acabou com o relacionamento deles. Daney teve que se afastar, mas não aceitou a derrota. Continuou fantasiando. Tramando. E encontrou um garoto de 13 anos que podia contratar para matar.

— Lara fazendo compras no shopping, os meninos zanzando no fliperama.

— Outra possibilidade — acrescentei — é que o relacionamento de Lara com Barnett Malley ficou progressivamente mais e mais abalado e ela decidiu deixá-lo. Porque ela própria tinha suas fantasias.

— Transar com o velho Drew.

— O cara que tinha se acertado com ela biologicamente. Mas pressionar Drew teria sido um erro fatal.

— Ele põe um matador para agir na menina. Pode ter feito o mesmo com Lara.

— Ou a morte dela foi realmente suicídio. Lara teve uma ideia do motivo pelo qual Kristal fora morta, mas não podia fazer nada porque teria se implicado. Sua depressão aumentou e ela acabou por se matar.

— Suicídio por arma de fogo? Tiro na cabeça dentro de um carro? — indagou Milo. — A mesma coisa que Rand? Pois para mim os dois foram mortos pela mesma pessoa.

— Ou quem quer que tenha sido o assassino de Rand imitou o suicídio de Lara.

Ele pressionou as têmporas com os nós dos dedos, mudou abruptamente de pista e aumentou a velocidade.

— Não obstante o caráter de Daney, é Malley quem tem as armas e uma delas matou Lara. E é ele também que gosta das mulheres dos outros — falou. Milo deu um tapa no painel. — Que tal isto aqui como cenário: os Malleys não eram os únicos que gostavam da troca de casais. Conheceram Drew e Cherish numa festa de troca-troca. Drew e Lara se distanciaram, mas Malley e Cherish continuam.

— O que pode explicar Barnett ter aceitado a gravidez de Lara — falei, após pensar um pouco. — Era um produto de uma ação de grupo, a ameaça seria despersonalizada.

— É preciso uma aldeia para criar uma criança, já dizia o provérbio africano — disse Milo. — Qualquer que seja o caso, não há como eu tirar o caubói da minha lista.

Deixamos o carro no estacionamento do legista e entramos no prédio norte. Milo falou com Dave O'Reilly, um homem de cabeça branca, rosto vermelho e fino e intelecto curioso, e perguntou pelas amostras de tecidos de Kristal Malley e do feto abortado por Valerie Quezada.

— Você acaba de entregar o da Quezada — disse O'Reilly. — Surgiu alguma coisa?

— Você não quer saber.

— Certamente que não quero. Está bem, vou mandar que ponham em um saco plástico e numa caixa de isopor à prova de riscos biológicos.

— Tudo oficial — disse Milo. — Eu gosto de tudo oficial.

— E eu gosto de morenas magras de peitos grandes naturais.

Quando voltamos ao carro, Milo pôs a caixa no porta-malas, juntamente com a pasta de executivo, e deu a partida no motor. Uma van branca do legista contornou a parte de trás do prédio e atravessou a área do estacionamento antes de virar na direção da Mission.

— Eu gostaria de saber como era o trabalho da polícia nos tempos em que se descia a borracha.

— Você e o Daney sozinhos em uma sala?

— Eu e quem eu *bem entender* — ele mostrou os dentes. — Acha que Daney estava dizendo a verdade a respeito de conhecer Weider antes do crime?

— Por que ele mentiria?

— Enchendo o peito, mandando aquela bobajada de herói da história, querendo fazer acreditar que tinha contatos importantes com os defensores públicos e que orientou por baixo dos panos a estratégia da defesa.

— Muito fácil de verificar — comentei. — E se ele falou a verdade a respeito de trabalhar com adolescentes de centros urbanos decadentes, interesso-me particularmente em um determinado delinquente que não o Troy.

— Nestor Almedeira.

— E o dedicado advogado que lutou pelos seus direitos.

Não foi tão fácil assim de verificar.

Parados no estacionamento do legista, Milo telefonou para a Defensoria Pública. Diversas transferências mais tarde, ele terminou com um supervisor. Observei a amabilidade inicial ir se transformando em adulações e depois se deteriorar, passando a ameaças veladas. Ele terminou grunhindo.

— Eu só quero o que seria registro normal em uma corte de justiça se Nestor não fosse menor de idade e o processo não fosse lacrado. Posso conseguir isso lá no Hall of Records, mas vai levar tempo. São uns filhos-da-mãe que adoram atrapalhar. Odeiam tiras e tudo mais que for bom e verdadeiro.

— Tente o Lauritz Montez — sugeri.

— Ele gosta de tiras?

— Lauritz é vulnerável e passível de ser convencido.

O telefonema para o escritório de Lauritz Montez em Beverly Hills foi atendido por uma gravação.

Peguei o telefone, liguei para informação e pedi o número da clínica dentária do Dr. Chang na rua Alvarado. Não há nada mais efetivo com o pessoal que trabalha com um doutor, médico ou dentista, que ter também um grau de doutor. Anita Moss atendeu em questão de segundos.

— Como posso ajudá-lo, doutor?

— Sra. Moss, eu estava com o Detetive Sturgis no outro dia...

— *Com* ele? O senhor então não é policial.

— Sou psicólogo e dou consultoria para a polícia...

— Sinto muito, mas estou ocupada...

— Só uma pergunta e estarei fora do seu caminho. Que advogado defendeu Nestor na acusação de homicídio?

— Por quê?

— Pode ser importante. Vamos descobrir de qualquer maneira, mas você pode facilitar.

— Está bem. Uma senhora loura. Com um nome engraçado, Sydney qualquer coisa.

— Sydney Weider.

— Ela pressionou muito minha mãe para estar presente em todas as audiências, embora mamãe não estivesse em bom estado de saúde. Mandou que se sentasse em um lugar onde o juiz pudesse vê-la e chorar muito. Disse a minha mãe que ela teria que depor quando chegasse a hora de Nestor ser sentenciado e mentir a respeito dele ser um bom filho e chorar ainda mais. Treinando minha mãe como se ela fosse uma burra. E como se mamãe não chorasse o tempo todo de qualquer modo.

— Ela formulou uma defesa agressiva.

— Acho que sim. Sempre achei que ela se preocupava mais consigo própria, em ganhar, entende? Caso se preocupasse com minha mãe, não ficaria lhe dando ordens daquele jeito. De qualquer maneira não teve importância. Nestor foi considerado culpado e eles apelaram. O que estava bem para mim. Não queria que minha mãe tivesse que chorar para estranhos.

— Um homem chamado Drew Daney esteve envolvido na causa de Nestor?

— O nome me parece familiar, mas...

— Um estudante de teologia que trabalhava com jovens...

— Ah, sim, ele. O cara da igreja — disse ela. — Poucos meses antes de Nestor matar aquele traficante ele foi mandado para um programa de reabilitação e o cara da igreja trabalhava lá. Ele fez alguma coisa errada? Porque se fez eu me espantaria.

— Por quê?

— Eu gostava dele. Parecia realmente sincero a respeito de querer ajudar Nestor.

— Põe tudo no devido lugar, não põe? — perguntou Milo, manobrando para sair do estacionamento.

— Daney visita Troy em Stockton — falei. — Aproveita a oportunidade para fazer uma visitinha a Nestor e montar um esquema com Troy.

— Enquanto isso Rand está preso em Chino. Acha que foi por isso que Daney o deixou em paz? Por não ter um menor matador plantado lá?

— Mais provavelmente porque Rand não representava uma ameaça. Ainda.

Milo retornou à via expressa.

— Você está disposto a exercer sua profissão?

— Com quem? — perguntei.

— Uma louca.

Capítulo 38

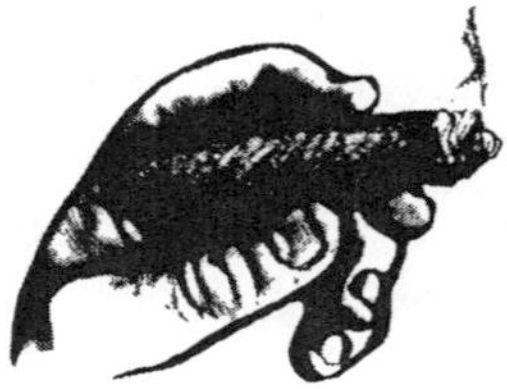

Sydney Weider abriu a porta da frente vestindo uma camiseta branca manchada com o golfinho voador da logomarca do Surfside Country Club logo acima do seio esquerdo, short cinzento e descalça. De perto, via-se que seu rosto estava muito pálido e marcado verticalmente por rugas que começavam nos cantos dos olhos e repuxavam os cantos da boca para baixo. As pernas eram brancas e cheias de varizes, as unhas dos pés cheias de peles soltas e a região em volta dos tornozelos imunda e encardida.

Ela abriu a boca, espantada.

— Madame — disse Milo e mostrou seu distintivo.

Ela lhe deu uma bofetada na cara.

Milo arrastou-a para o carro e a algemou, com Sydney esperneando e chiando. Nessa mesma hora, um ruído metálico soou do outro lado da rua e uma mulher saiu correndo de uma bonita casa em estilo colonial, de persianas pretas.

A mesma vizinha que vira Weider gritar comigo alguns dias atrás.

— Aqui vamos nós — murmurou Milo. — Onde está a maldita câmera de vídeo?

Weider grunhiu e bateu com a cabeça no braço dele. Tentou mordê-lo. Milo a manteve a distância de um braço. — Abra a porta, Alex.

Quando abri, a mulher do outro lado da rua correu para nós.

Trinta e muitos anos, rabo-de-cavalo louro, em boa forma física evidenciada pela calça três-quartos preta e a camiseta sem mangas verde-mar. Um rosto que lembrava Grace Kelly. Sydney Weider quando mais jovem, em tempos mais felizes.

Parecia furiosa; devia ser o sistema de vigilância local montado pelos vizinhos.

Quando chegou mais perto, Milo disse:

— Madame...

— Bem feito! — exclamou ela. — Essa vaca grita o tempo todo com as crianças e as *aterroriza*! Faz com que a vida de todo mundo seja miserável! O que ela fez para que finalmente vocês resolvessem tomar *providências*?

Sydney Weider cuspiu na direção dela. A cusparada foi aterrissar na calçada.

— Você é nojenta — disse a mulher. — Como sempre foi.

Antes que Sydney Weider pudesse responder, Milo abaixou à força sua cabeça, conseguiu fazer com que entrasse no carro e bateu a porta. O rosto dele estava vermelho com o esforço.

— O que foi que ela finalmente fez? — insistiu a mulher. — Seu pessoal dizia que não havia nada que pudesse ser feito...

— Não posso conversar a este respeito, minha senhora. Agora, se a senhora puder fazer o favor...

Tum tum tum, Sydney Weider batendo com os pés no vidro.

— Está vendo só? Ela é louca. Tenho uma lista de coisas que ela fez para o senhor. Só preciso do número do seu fax — falou a mulher do rabo-de-cavalo.

— Ela tem sido um problema tão grande assim? — perguntei.

— *Todo mundo* vai ficar feliz quando ela sair daqui. Vamos ter uma tremenda festa aqui no quarteirão. Se uma criança toca no seu gramado ela sai e berra com toda a força de seus pulmões. No mês passado atirou uma faca de cozinha na Poppy e a Poppy não é uma dessas *shar-peis* agressivas, é um doce, pergunte a quem quiser, todo mundo vai confirmar. Ela corre para cima e para baixo da rua, fala como uma bruxa. Ela é louca, acredite em mim, totalmente louca. Tenho certeza que todo mundo aqui na vizinhança ficará satisfeito em lhe fazer um relato ou prestar depoimento ou o que o senhor quiser.

— Agradeço-lhe muito, madame — disse Milo.

— Bons ventos a levem — disse a mulher, lançando um olhar fulminante pela janela. Sydney Weider estava deitada de costas, pés para cima. Começou a chutar o vidro de novo. Estava descalça, mas chutava com força suficiente para fazer o vidro estremecer.

— O senhor devia amarrar braços e pernas juntos — disse a vizinha. — Como se faz com os porcos.

Ao sairmos, outras portas se abriram mas não apareceu ninguém.

Sydney Weider gritava sem palavras e voltou a chutar a janela. Milo parou o carro, estacionou, apanhou algemas de plástico na mala e defendeu-se das mordidas e dos chutes ferozes de Weider ao mesmo tempo em que lutava para prender seus tornozelos. Saltei e segurei os pés de Weider em mais uma divergência da prática psicológica aconselhável.

Finalmente ele conseguiu dobrá-la e fechar as presilhas de plástico. Sydney sacudiu-se, espumou pela boca e bateu com a cabeça na porta quando o carro arrancou. Tinha desperdiçado todos aqueles anos que passara na faculdade de direito fazendo análises sintáticas e compondo frases elegantes.

Senti pena dela.

Quando Milo chegou no Sunset Boulevard, ela ficou em silêncio. Seus arquejos e depois as respirações ruidosas encheram o carro. Olhei para trás. Ainda estava deitada, olhos fechados, inerte.

Imaginei que ele fosse levá-la para a cadeia da delegacia de Westside, mas ele seguiu para leste através das Palisades e virou no Parque Estadual Will Rogers.

Uma vozinha de menina veio do banco de trás:

— Eu costumava andar a cavalo aqui — disse.

— Meus parabéns — ironizou Milo.

Momentos mais tarde.

— O que foi que eu fiz para enfurecê-lo tanto?

— Que tal agredir um oficial de polícia?

— Ah... Sinto muito, realmente sinto muito, não sei o que aconteceu, só que você me apavorou, eu pensei que tinha sido mandado pelo meu marido para me atormentar, um desses oficiais de justiça que ele manda sempre, um Halloween ele mandou um oficial de justiça fantasiado de duende e eu abri a porta para doce ou travessura e o duende enfiou na minha cara os documentos do tribunal, ele me agarrou e fez contato com meu braço, aquilo foi agressão verdadeira, muito pior que o que fiz eu sou advogada eu sei o que é uma agressão quando vejo, escuta eu realmente não tive intenção de bater em você eu estava me defendendo, você realmente me assustou.

Sem pausa para respirar. A vizinha tinha falado que Weider corria para cima e para baixo no quarteirão, eu me lembrava dela como uma pessoa que falava muito rápido e Marty Boestling a chamara de maníaca.

A única maratona ficava na sua cabeça.

— Sinceramente — disse ela. — Eu sei agora o que fiz e vejo claramente e sinto muito muito muito muito.

Estacionamos no terreno praticamente vazio que ficava diante do campo de polo.

— Não tem cavalos mais, tudo vira merda nesta cidade, por favor — disse Sidney Weider. — Me tira essas coisas que eu odeio ser presa, eu realmente odeio.

Milo desligou o motor.

— Por favor, por favor, eu prometo me comportar direito.

— Por que eu deveria confiar em você, Sydney?

— Porque eu sou uma pessoa honesta. Eu sei que agi irracionalmente, mas já expliquei isso para você, é o meu ex que nunca para, ele não vai desistir de fazer de minha vida um inferno.

— Há quanto tempo ele vem fazendo isso? — perguntei.

— Pelo menos esses troços que prendem meus pés, por favor? Eles machucam e estão dobrando minhas pernas de um jeito que não é bom, estou abafada e é difícil respirar.

Milo saltou, abriu as presilhas de plástico e sentou-a, tendo o cuidado de manter distância dos dentes dela.

Weider sorriu, sacudiu o cabelo e pareceu bonita por um patético segundo.

— Muito obrigada, muito obrigada, você é uma gracinha, obrigada tanto e tanto, que tal tirar as algemas também?

Milo retornou ao banco da frente.

— Então, há quanto tempo o seu ex a vem atormentando?

— Sempre, mas o que estou falando é desde o divórcio sete anos sete longos anos de tortura incessante, ele me roubou tudo que meu pai me deixou, meu pai era produtor de filmes de cinema, um dos manda-chuvas de Hollywood e aquele filho-da-mãe sabia onde tudo era guardado, ele me saqueou, ele me saqueou como uma coisa do tumulto de Watts, nós tínhamos uma casa, carros, mobília Angelo Donghia, tapetes Sarouk, tudo o que você possa pensar que tínhamos, uma grande vida aparentemente...

— Como pode o Sr. Boestling ter ficado tão furioso?

— O que você pensa que ele é, um judeu — respondeu Weider. — Olho por olho dente por dente, eles só te largam quando acabam de te sugar.

— Por que ele quer tanto se vingar?

— Por eu ser superior, por ser... é complicado ele nunca será feliz, ele é obcecado. Obcecado com quê? Com me fazer pagar e pagar e pagar para aquelas pessoas é tudo dinheiro e ele me difama e diz a todo mundo que sou maníaco-depressiva só porque minha energia é superior a ele, que jamais... — Ela parou de repente. — Você. O psicólogo. Você pode me dizer que estou ótima.

Seus olhos brilharam de loucura.

— Claro — falei.

As pálpebras de Milo vibraram. A marca que Weider deixara na sua face esquerda começava a desaparecer.

Ela sorriu de novo.

— Você sabe esse tipo de coisas, você diz para esse policial muito bondoso que sou advogada e mãe e criei dois filhos lindos, você devia ver a oferta que a Microsoft fez aos dois, mas eles não aceitaram. Eles têm seu próprio programa para desenvolver por que vão deixar outra pessoa ficar rica com seu trabalho?

— A despeito disso tudo Marty Boestling quer se vingar — comentei.

— Uma vingança insensata, ele não é nada...

— Talvez — interrompeu Milo — encontrar você com Drew Daney não tenha sido uma experiência realmente divertida para ele.

Weider ficou boquiaberta e recostou-se no banco.

— Você está me culpando pela incompetência dele, você pensa que se ele pudesse... espera aí, você falou com ele, você é realmente da polícia ou um oficial de justiça...

— Não! — berrou Milo. — Sou um tenente da polícia de Los Angeles que não dá a mínima importância ao seu casamento ou à sua vida sexual. Estou interessado em falar sobre Drew Daney.

Weider contorceu o rosto, mexeu o ombro e contemplou o campo de polo.

— O que a respeito dele?

— Que tipo de sujeito ele é?

— Que tipo de sujeito é o que se situa abaixo da escumalha *debaixo* da massa podre de...

— Vocês dois tiveram uma briga de amantes?

— Ha. Hahahaha. Não havia amante nem amor, nem fazer amor, aquilo era direto o que você sabe o que ele era, nada para mim, nenhum deles era.

— Quem?

— Não faça de conta que Marty não lhe contou. Ele disse, não disse, que se excitava, era ele quem gostava de me ver com outros homens e tornou-se um problema apenas quando comecei a agir independentemente quando ele não estava olhando, ele contou?

— Como já declarei, Sydney, sua vida sexual não me interessa...

— Certo, certo, você quer falar sobre Daney, só Daney, tudo que Daney era para mim era um órgão masculino e não dos grandes, quanto ao que você quer saber sobre ele eu digo que ele era um babaca e um mentiroso que pensava que era muito esperto, pensava que podia me fazer jogar o jogo dele.

— E que jogo era esse?

— Você me diz, você é o tenente do Departamento de Polícia de Los Angeles, você me diz por que alguém ia querer fazer uma coisa tão estúpida, você me diz?

— O que era estúpido?

— Espetar um alfinete na camisinha que eu sempre usava, também eu mesma comprava as camisinhas porque os homens pensam com a cabeça debaixo, homens são retardados. E não havia como eu me deixar enrolar daquele jeito e eu não gosto da pílula que dizem que faz bem para a pele, mas na minha me deu acne de adulto e minha mãe morreu de câncer, quem precisa disso se sempre houve camisinhas.

Um sorriso que se abriu lentamente.

— Com umas coisinhas de fazer cócegas.

— Como você sabe que Daney furou uma delas?

— Eu o encontrei numa hora em que se meteu no banheiro — disse ela — ele pensou que eu estava vestindo as coisas cafonas que ele comprava numa loja barateira de lingerie, todas aquelas coisas manjadas, como se eu fosse vestir aquilo para ele, de modo que eu já estava fora do meu banheiro e ele no banheiro de Marty e o ouvi mexendo por lá e entrei e perguntei o que diabos ele pensava que estava fazendo e ele me veio com uma história sem pé nem cabeça a respeito de testar uma amostra para ver se era forte, tinha que ser extracuidadoso, eu vi aquilo e bati nele...

Ela interrompeu-se.

— Ele deixou você furiosa — disse Milo.

— Você também não ficaria se uma pessoa fizesse uma covardia dessas com você? — Weider riu. — Não que ele fosse sair fora, eu abri uma camisinha nova, verifiquei se estava legal e fiz com que ele pusesse na minha frente fazendo piadas sobre comprar tamanho pequeno, acredite em mim aquilo foi água na fervura para mim estava ótimo fui eu que dei o tom.

— Isso terminou com o relacionamento?

— Que relacionamento? Ele era uma ferramenta que terminou. Foi Marty o idiota ferrando com uma reunião de cinema e indo para casa cedo e nos encontrando. Não que eu me importasse com Marty, foi o modo como ele reagiu expulsando Daney lá de casa com aquilo que você sabe o que é enfiado entre as pernas — ela sacudiu o cabelo. — Meu lema sem covardes sem perdedores sem complicações.

— Como foi que Daney reagiu ao rompimento?

— Telefonou telefonou e finalmente desistiu.

— Por que motivo você acha que ele furou a camisinha? — perguntei.

— Você me diz, você é o psicólogo — disse Weider.

— Podia ter sido porque ele queria que você engravidasse?

— Não, porque ele não gostava de crianças.

— Ele lhe disse que não gostava de crianças?

— Claro, mais de uma vez ele disse que sua mulher queria, ela não podia ter, ele disse de jeito nenhum ele não queria o problema.

— Ele confiou em você.

— Ele falava sobre tudo e todas as coisas, eu não conseguia fazer com que parasse de falar, o que ele iria fazer afinal?

— Você nunca pediu a ele para explicar por que tinha tentado perfurar o preservativo?

— Eu disse a você que ele me contou aquela história idiota e eu bati nele no tampo da cabeça, eu não me importava com a explicação dele, o principal era fazer as coisas do meu jeito — outra sacudidela no cabelo — eu não penso que fosse a gravidez em si, acho que era o esperma.

— Como?

— E-S-P-E-R-M-A, ele pensava que era o elixir dos deuses, fazia uns discursos intermináveis sobre o você-sabe-o-quê, como era a vara mágica do futuro. Você podia criar cidades, países, continentes, com uma colherzinha, ele ficava assim depois que tinha seus gloriosos três minutos, tudo o que queria era incursionar na minha geladeira e bostejar.

— Esperma mágico — disse Milo.

— Ele era realmente anormal, obsessivo, qual é aquela outra palavra? Fixado, tem um termo psicológico certo que é o que vocês chamam quando o cara fica fixado.

Assenti.

— Daney tinha uma fixação em esperma — disse Milo.

— Quer saber o que eu acho sobre o Daney? Eu acho que ele tinha fixação em esperma e era um cara que só pensava nele mesmo tudo dele era tão importante que chegou a começar a pensar que era advogado. Queria me dizer como conduzir meu caso. Só que isso não durou muito porque eu o coloquei no devido lugar.

— Você se refere ao caso Kristal Malley?

— Ele viu filmes demais, tinha todas aquelas ideias que os maus filmes de televisão mostram de interrogar os tiras sem parar, até que eles não aguentem mais, ou transferir a culpa para o pai da criança de modo que haja dúvida razoável. Eu disse para ele calar a boca isto aqui não é Perry Mason. Os menores filhos-da-puta foram apanhados com o corpo e admitiram ter matado a menina e se tratava de conseguir o melhor acordo para eles mas eles caíram fora e foi o que aconteceu.

— Daney queria culpar Barnett Malley?

— Ele disse que eu devia escavar o passado de Malley e ver se Malley e a mãe se davam e se havia alguma espécie de conflito, que eu podia sugerir que Malley odiava a mulher Lara e odiava também a menina Kristal e contratara os dois pequenos filhos-da-puta para matar a menina, eu disse que ele era maluco e que era a coisa mais idiota que já ouvira e ele disse que não se Troy confirmasse a história. Eu podia falar com Troy e Troy confiava nele. Troy não diria nada que eu lhe falasse porque nós dois tínhamos afinidade...

— Daney conhecia Troy assim tão bem?

— Ele o conhecia de ter trabalhado como assistente social da juventude. O que é uma piada um líder da juventude que não gosta de crianças ficar tentando me convencer com sua história idiota. Finalmente ameacei não dormir mais com ele. O que estava me pedindo para fazer era suborno, perjúrio, um imbecil os fatos eram claros, o melhor que podemos esperar que funcionem nas circunstâncias atenuantes da infância sofrida deles abuso, negligência e todas essas coisas se você puder encontrar para mim mais abuso mais um pouco de abuso de verdade eu vou ao maldito juiz com isso mas de outra forma pedi para ele ficar de fora não se meter, você pode tirar estas algemas?

— Vai se comportar? — perguntou Milo.

— Não estou me comportando?

— Você não tem tido muitas escolhas, Sydney.

— Mesmo sem as algemas quais são as minas escolhas? Você é três vezes do meu tamanho e em seus braços não passo de uma garotinha.

Sacudidela no cabelo.

— Um passo em falso e as algemas voltam — avisou Milo.

— Beleza, eu entendo, você é o chefe o homem que dá as ordens.

Ele fez outra excursão ao banco de trás. Sydney Weider disse:

— Ahhh é como Joni Mitchel disse. Você não sabe o que tem senão quando acaba, então por que todas essas perguntas sobre Daney? Ele finalmente fez uma coisa burra importante?

Milo contornou o carro, entrou na parte detrás e sentou do lado dela.

— "Burra importante" sendo o contrário de "burra medíocre"?

— Exatamente o que ele sempre foi: um burro medíocre.

— Como foi exatamente que você o conheceu?

— Outro caso — respondeu ela. — Outro pequeno psicopata de Daney fazendo seu trabalho enganador. Ele telefonou e se ofereceu para ajudar. Pensei por que não talvez ele consiga acrescentar uma carta no processo do menino que ajude na sentença.

— A mesma coisa que ele fez por Troy — falei.

— É assim que as coisas funcionam na Defensoria Pública. Noventa e cinco por cento do que fazemos era processar gente culpada e tentar o melhor acordo...

— Você se lembra do nome do outro pequeno psicopata?

— Era um drogado latino que atirou em outros drogados no centro da cidade. Consegui que passasse para homicídio involuntário. Nestor alguma coisa... Almodóvar era isso Nestor Almodóvar.

Milo não a corrigiu.

— Daney escreveu uma carta favorável a Nestor?

— Sua referência básica de caráter era que Nestor era um bom menino de infância difícil, circunstâncias atenuantes blablablá.

— E foi por acaso que Daney trabalhou em outro dos seus casos?

— Não não não — negou Weider. — Daney me telefonou e pediu para que eu defendesse Troy. A princípio eu não queria porque, pode acreditar em mim, eu estava trabalhando demais, quem precisava de mais serviço? Mas ele insistiu e insistiu dizendo que eu era a mais inteligente dos defensores no gabinete da defensoria pública. O que por acaso era verdade. E aí então eu pensei por que não pode ser interessante.

— Como assim? — perguntei.

— Interessante — repetiu Weider. Aí então me encarou, em silêncio, retorcendo a boca que falava sem parar, como uma espécie de compensação pela falta de som.

— Interessante para você aparecer — comentou Milo. — Ver seu nome nos jornais.

Weider virou-se para ele.

— Por que eu não deveria aproveitar um pouco depois de trabalhar tanto e então ganhar um pouco de cobertura?

— E um contrato para fazer um filme — disse Milo.

Weider repetiu o esquema da boca fechada de novo. Mais palpitações, mais acrobacias labiais. Girou a cabeça bruscamente na direção contrária a Milo e fixou o olhar na janela.

— Isso foi depois do caso resolvido, nada de ilegal acontece o tempo todo.

— O filme foi ideia sua ou de Daney?

— Dele — respondeu ela, demasiadamente depressa. — Eu costumava dizer, "Olha só o Marty, um idiota absoluto mas anda de Mercedes e almoça no estúdio, muito embora com as oportunidades que tem pudesse produzir algo de melhor que a porcaria feita para a televisão classe C.

— Daney achou que podia se sair melhor...

— Ele imaginava que se tivesse as oportunidades de Marty teria seu próprio estúdio.

— Delírios de grandeza — disse Milo.

— Delírios de grandeza não atrapalham a vida de ninguém em Hollywood — disse Weider —, eu poderia lhe contar histórias, além do mais eu sabia porque ele fazia aquele discurso.

— Por quê?

Sorriso pretensioso.

— Para ser mais macho é o que ele fazia quando tinha problemas, ele se autoelogiava e punha Marty para baixo, que é o que fazem os homens que querem sobrepujar outros caras, mostrar que tem pau maior.

— Ainda assim — falei — você levou a ideia do filme a sério.

— Como assim?

— Você e o Daney não tiveram umas reuniões?

— Todo mundo se reúne, se não houver mais reuniões a indústria do cinema encolhe como aquele negócio do Daney, que você sabe o que é, quando ele fica nervoso.

— Todo mundo se reúne e você também entrou nessa.

— Ei levei a coisa tão a sério quanto qualquer outra coisa. Por que não? O que havia a perder? Caras vocês têm alguma coisa para beber, estou realmente com sede.

— Sinto muito, não — disse Milo.

— Droga estou desidratada por isso que eu odeio... — a cabeça dela tombou. Olhando para as pernas.

— O que você odeia?

— As pílulas são veneno, eu me recuso a tomar qualquer coisa, ao inferno com os médicos burros, a melhor coisa que há é atividade física. Bota para fora as toxinas. Por falar nisso, estou começando a me sentir realmente confinada, será que não podíamos dar uma caminhada, andar um pouquinho...

— Quem arranjou as reuniões? — quis saber Milo.

— Fui eu, Daney ia junto pensando que ajudava...

— Não foi Marty?

— Marty nos deu alguns nomes. Grande coisa eu já os conhecia por causa de meu pai. Ele tinha um Rolodex. Não ouçam o que Marty diz ele é maluco...

— Você tem uma cópia da primeira versão do filme? — perguntei.

— Não, por que eu teria?

— Chegou a registrá-la na Associação dos Escritores?

— Não, por que eu teria?

— Não seria o procedimento básico?

— Se você estiver interessado — disse ela. — Eu perdi o interesse após duas ou três reuniões. Você podia dizer pela reação que aquilo não ia dar em nada do modo como é a indústria ou é sucesso-instantâneo ou fracasso-instantâneo, erro estúpido, meu erro.

— Qual foi esse erro?

— Deixar Daney escrever. Ele usou a mesma velha porcaria que queria que eu usasse com Troy.

— Culpando Barnett Malley — falei.

— Culpando Barnett Malley, mas chutando tudo para um nível absurdo em que Malley era uma espécie de assassino serial obcecado com poder e controle de partes do corpo.

— Parece um pouco o próprio Daney — comentei.

— Ei — disse ela, alegre. — Você deve ser psiquiatra, psicólogo, psi qualquer coisa.

Capítulo 39

— Eu a levo para casa, Sydney — disse Milo.

— Ainda estou com sede. Podíamos parar em algum lugar?

— Se for possível, eu paro e compro uma Coca para você.

— Que tal Joya Juice? Tem perto da minha casa.

Quando deixamos o parque ela ficou silenciosa e agitada.

— Qual era a sua impressão de Cherish Daney? — perguntei.

— Drew dizia que ela era do tipo verdadeiramente religioso que queria filhos, um bando de filhos, uma ninhada era o termo que ele usava mas ela não podia ter porque era estéril, era um problema.

— Não ter filhos?

— Adoção ela finalmente aceitou. Uma vez que não podia mesmo ter seus próprios filhos decidiu que queria adotar, estava realmente obcecada em adotar mesmo que fosse uma criança da China, Bulgária, Bolívia, um desses lugares, ele não queria, não queria o compromisso, eu disse que tal filhos tutelados em nome do Estado desse modo ela pode brincar de mamãe, depois eles iam embora, você se desligava deles e ainda por cima era pago.

— Drew gostou dessa sua ideia?

— Ele adorou, disse que era brilhante, Sydney Weider você é realmente um gênio, era assim que ele me chamava Sydney Weider, extremamente irritante, um pé no saco, mas ele continuou fazendo, era um grande babaca, quando chegarmos na Joya eu gostaria de alguma coisa com abacaxi está bem?

Ela o dirigiu para uma loja de sucos logo ao norte de Sunset em Palisades Village. Milo deixou-a algemada e entrou.

Mulheres parecidas com Weider havia por toda parte. Ela se deitou esticada no banco de trás do carro. Perguntei-lhe a respeito de Barnett Malley e afirmou que não sabia de nada a respeito dele.

— Nem impressões?

— Por que eu ia me interessar se ele estava do outro lado?

— As teorias dele nunca a deixaram curiosa?

— Aquilo tudo era papo furado.

— E o que você me diz de Malley trabalhando em rodeios?

— Que é isso que você está *falando*?

Milo retornou com um copo gigante e um canudinho. Ela endireitou-se no banco e pediu:

— Tira as algemas que vou precisar da mão.

Ele inclinou-se dentro do carro e levou o canudinho à boca de Sydney.

— Deixa disso — reclamou, mas bebeu avidamente, as bochechas sugadas. Quando fez uma pausa, um restinho de espuma permaneceu no seu lábio inferior. Milo limpou. — Ela o fitou com medo. — Por favor, me deixa segurar.

— Sem mais problemas?

— Eu prometo. De verdade.

— Vai evitar questões com os vizinhos?

Ela sorriu.

— Por que você se importa com isso? Você é um cara importante, é Daney de quem você está obviamente atrás, ele fez alguma coisa de sério, mas eu não ligo a mínima para o que tenha sido.

— Não tem curiosidade?

— Eu não vivo no passado o passado, é como um cadáver que só faz é apodrecer e feder, posso tomar outro gole, por favor, e você pode por favor tirar fora essas malditas algemas?

— Você e Drew não se falam mais?

Risada rouca.

— Não falo com aquele babaca há sete anos. O que é que você pensa que vou telefonar para ele e dizer que você esteve aqui o dia inteiro? O dia que ele tentar chegar perto de mim vou cortar aquele negócio dele que você sabe muito bem o que é.

— Aposto que corta mesmo — disse Milo. Ele libertou as mãos dela e passou-lhe o copo. Sydney permaneceu dócil e em silêncio o resto do trajeto até sua casa.

Quando chegamos, Milo ajudou-a a sair do carro. Sydney ficou olhando para a sua porta da frente como se nunca a tivesse visto antes. Milo segurou-a pelo cotovelo e caminhou com ela até a entrada de carros. No meio do caminho, ele parou. Sydney também parou, sacudiu o cabelo, exibiu os dentes e disse qualquer coisa que o fez sorrir. Por fim ela ficou na ponta dos pés e deu-lhe um beijinho no rosto.

Milo ficou olhando Sydney caminhar até a porta e permaneceu ali parado quando ela cruzou o patamar. Retornou sacudindo a cabeça.

— Qual foi a piada? — perguntei.

— Ah, aquilo. Ela disse "Você está me mandando embora como um passarinho para fora do ninho pipi, pipi, pipi — ele enfiou a chave na ignição. — Aquilo me pegou desprevenido, ela piando como um passarinho. Por um segundo ela me pareceu meio bonitinha — ele franziu a testa. — Aquele beijo. Preciso lavar o rosto.

Um quarteirão depois ele disse:

— Ela é completamente louca, mas tudo o que disse faz sentido. O que é que você pensa da obsessão de Daney por esperma?

— Faz tudo parte da obsessão dele. O que me interessa é que desde o princípio Daney queria desviar a culpa para Barnett Malley. Por que ele iria querer fazer uma coisa dessas a menos que conhecesse Malley antes da morte de Kristal e tivesse algum motivo para sentir ressentimento dele? Falei na história dele montar em rodeios com a Sydney e ela me olhou como se *eu* estivesse maluco. Quer dizer então que Daney mentiu quando falou que tinha sabido disso por intermédio dela. Ou ele conhecia Malley oito anos antes ou pesquisou.

— Talvez a cena da troca de casais, como você sugeriu.

— Ou uma possibilidade mais amena — falei. — Agora que sabemos que há dois casais com problemas de infertilidade.

— Uma clínica — sugeriu Milo. — Eles se conheceram em uma maldita clínica de fertilidade?

— Weider disse que Cherish "finalmente" desistira de ter seus próprios filhos. Isso quer dizer que ela levou algum tempo tentando conceber. O que tinha que incluir tratamento médico.

— Batendo papo na sala de espera, aquele velho ditado que diz que é mais fácil sofrer acompanhado que sozinho.

— Até que Drew e Lara levaram a amizade um passo adiante — falei. — Os dois que por acaso eram férteis. É possível que nem ele nem ela soubessem e tenham sido apanhados de surpresa. Drew imaginou que Lara abortaria por causa das repercussões com o marido. Mas ela se recusou. Ter um bebê significava mais para ela do que salvar o casamento.

— E assim, de repente, os Malleys vão ter um filho e os Daneys não.

— Deixando Cherish doente de frustração e angústia. Três palpites sobre com quem ela foi desabafar.

— Ela fica em cima de Drew, obriga-o a intensificar o tratamento.

— O que seria dispendioso e uma confusão monumental em prol de uma coisa que, para começar, Drew não desejava. Ou ele concordou e não funcionou, ou se recusou. Em qualquer dos casos, Cherish mudou seu objetivo para a adoção. Tornou-se obcecada, por sinal.

— O idiota pensa que é o homem mais esperto do mundo e, de repente, sua vida fica cheia de nós por causa de um problema que *ele* mesmo ajudou a criar. Insulto acrescido de injúria.

— E assim ele decidiu eliminar a fonte do insulto — falei. — Transformou Kristal em uma lição para Cherish. "Está vendo só a alegria que as crianças trazem, querida?" Ao mesmo tempo podia viver sua fantasia de bancar Deus e libertar-se de quaisquer futuras exigências da parte de Lara. E, já que estava limpando a casa, por que não conseguir um contrato para fazer um filme?

Ele se curvou, contraiu o cenho e agarrou o volante, tão relaxado como se estivesse aprendendo a dirigir. O vento salgado passava pelas janelas abertas do carro. Bairro encantador. Quanto tempo antes que Sydney Weider implodira?

— Para fazer uma limpeza permanente, primeiro foi Kristal, depois Nestor porque *ele* matara Troy. E Lara, ou porque quis levar o relacionamento com ele a sério ou porque ela imaginou que ele tinha algo a ver com a morte de Kristal — disse Milo.

— E a Jane Hannabee também, porque Daney não podia ter certeza de que Troy não contara algo a sua mãe.

— E agora Rand... você acha que Drew fez alguma coisa ele próprio ou será que contratou alguém?

— Quem quer que tenha matado Lara também matou Rand. Aposto que neste caso foi Daney. Hannabee pode ou não estar no bolo.

— Seis corpos — disse ele. — E há uma coisa que esqueci de comentar. Procurei garotas chamadas Miranda na lista de tuteladas de Daney. Não há nada nem perto.

— Por que Daney iria hospedar uma garota e não apresentar a conta ao governo? — quis saber Milo.

— Boa pergunta.

— Ah.

— Agora, como diabos vou provar que qualquer um desses casos tem conexões que podem servir de prova?

Eu não tinha resposta para isso.

— É — ele grunhiu — eu receava que você fosse dizer isso.

Ele me deixou em casa às 13h40. Allison não tinha ligado para o meu celular e também não havia um recado dela na secretária.

Dentro de 5 minutos ela estaria em um intervalo entre pacientes. Dei uma olhada no relógio, peguei uma xícara fria de café e telefonei para o consultório dela quando o ponteiro grande chegou no nove.

— Oi — ela atendeu. — Estou no meio de algo, prometo que ligo assim que puder.

— Emergência?

— Algo assim.

— Estamos bem?

Silêncio.

— Claro.

Eram 19h30 quando Allison ligou.

— Emergência resolvida?

— Esta manhã Beth Scoggins entrou em um vestiário no trabalho e trancou-se. Levou algum tempo até que alguém percebesse. Quando a encontraram ela estava sentada no chão, toda encolhida, chupando o polegar. Estava apática, tinha molhado a calça. O gerente discou 911 e a ambulância levou-a para a Emergência onde a examinaram e fizeram uma busca de tóxicos. E por fim alguns residentes experimentaram seus talentos como entrevistadores. Até que ela falou que eu a tratava e o psiquiatra de plantão me ligou. Eu estava conversando com ele na hora em que você telefonou. Cancelei os pacientes da tarde e fui para lá. Acabo de voltar para o consultório.

— Como ela está?

— Ainda regredida, mas já começa a falar. Sobre coisas que nunca falou antes.

— Mais a respeito de Daney ou...

— Não posso entrar nesse detalhe com você, Alex.

— Claro, claro — concordei. — Allison, se eu tive alguma coisa com...

— É evidente que ela estava sentada em cima de uma montanha de problemas, um verdadeiro vulcão. Eu provavelmente fui demasiado despreocupada, devia ter me esforçado mais para que se abrisse.

A mesma coisa, quase que palavra por palavra, que Cherish Daney dissera a respeito de Rand.

A diferença agora era que Allison tinha estudado para aquilo. Cherish tinha se arriscado muito.

Fora do seu elemento.

Talvez não.

Minha cabeça estava inundada de suposições e questionamentos.

— Tenho certeza de que você resolveu tudo magnificamente — o elogio saiu meio chocho.

— Que seja. Escuta, vou ter que telefonar para todos os pacientes cancelados, rearranjar minha agenda, esticar meu horário e depois voltar para o hospital. Vai demorar até que possamos... socializar. Nem mesmo sugira a Milo que ele virá a ter sucesso com essa menina.

— Não está em questão.

— Eu sei o que se encontra em jogo, Alex, mas estamos em lados opostos neste caso. Desculpe, mas é assim que tem de ser.

Três horas mais tarde ela estava diante da minha porta, balançando as chaves do seu carro. Tinha o cabelo preso de um modo descuidado que eu nunca vira antes, preto como o céu noturno às suas costas. Uma das meias tinha corrido um fio do joelho até o meio da perna, o esmalte de uma unha estava trincado e o batom tinha saído quase todo. Presa na lapela do paletó do terninho preto de algodão havia um crachá com sua identidade e um retrato. Privilégios Temporários, Departamento de Psiquiatria. Seus olhos fundos mostravam olheiras de cansaço.

— Não tive intenção de me manter distante. Embora ainda tenha problemas, problemas enormes, com toda essa coisa da manobra com Beth Scoggins.

— Você já jantou?

— Não estou com fome.

— Entra.

Ela sacudiu a cabeça.

— Estou cansada demais, Alex. Só queria dizer aquilo.

— Entra assim mesmo.

Seu queixo tremeu.

— Estou exausta, Alex. Não serei boa companhia.

Toquei no seu ombro. Ela se desviou de mim como se eu fosse um obstáculo. Segui-a até a cozinha onde ela jogou as chaves e a bolsa em cima da mesa e sentou-se olhando para a pia.

* * *

Ela recusou comida, mas aceitou chá quente. Servi uma caneca com um bolinho.

— Persistente — disse ela.

— Já me disseram — peguei uma cadeira diante dela.

— É ridículo — disse ela. — Já tive pacientes em pior estado que esta. Muito pior. Acho que é uma combinação resultante dela própria, talvez eu tenha deixado a contratransferência sair do controle e o fato de você estar envolvido. — Allison levou a caneca aos lábios. — Quando conheci você, soube o que você fazia... aquilo me deixou ligada. Toda essa estória de polícia, essa coisa de heroísmo. Ali estava alguém da minha profissão fazendo algo mais do que permanecer sentado no consultório ouvindo. Nunca lhe disse nada, mas tive minhas fantasias de heroína. Provavelmente por causa do que me aconteceu. Acho que passei a viver *através* de você. Além de tudo isso, você é um homem sexy, sem dúvida. Eu fui uma idiota.

O que havia acontecido a ela foi sofrer violência sexual aos 17 anos. Sofrer uma tentativa de roubo e ser estuprada pela quadrilha alguns anos mais tarde.

Allison olhou para sua bolsa e eu tive certeza de que ela estava pensando na pistolinha cromada.

— O que você faz *ainda* me empolga, mas este foi um rude despertar. Estou me dando conta de que talvez haja aspectos não inteiramente saudáveis.

— Como um engano — falei, acrescentando mentalmente, e segurar os tornozelos de uma mulher para que um detetive pudesse prendê-la.

Allison me dirigiu um olhar penetrante.

— Você mentiu para ela, Alex. Uma garota que não conhecia, sem levar em consideração os riscos. Sei que na maior parte das vezes o risco não é tão grande assim, uma mentirinha a mais no serviço policial e ninguém sai ferido. Desta vez... talvez a longo prazo *venha* a ser bom para ela. Mas agora... — Ela descansou a caneca. — Eu digo e repito a mim mesma que se ela estivesse assim tão perto do limite, mais dia menos dia teria caído do outro lado. Talvez seja meu ego que está ferido. Fui apanhada de surpresa...

Toquei na mão dela. Ela não correspondeu.

— A mentira é aceitável para Milo, eu compreendo o tipo de gente com que os policiais entram em contato. Mas você e eu nos graduamos na mesma faculdade e sabemos o que diz o nosso código de ética.

Ela libertou a mão.

— Você examinou tudo cuidadosamente, Alex?

— Examinei.

— E?

— Não sei se minha resposta vai deixá-la feliz.

— Experimente.

— Quando vejo pacientes em um ambiente terapêutico, as regras se aplicam. Quando trabalho com Milo as regras são diferentes.

— Diferentes como?

— Eu nunca magoo alguém intencionalmente, mas não há promessa de confidencialidade.

— Ou de sinceridade.

Não respondi. Não fazia sentido mencionar o homem que eu matara alguns anos atrás. Legítima defesa, sem sombra de dúvida. Às vezes o rosto dele surgia em meus sonhos. Às vezes eu inventava os rostos dos filhos que ele não teve.

— Não quero atacar você — disse Allison.

— Não me sinto atacado. É uma discussão razoável. Uma conversa que talvez devêssemos ter tido há mais tempo.

— Talvez — disse ela. — Quer dizer então que, basicamente, você compartimentaliza tudo. Isso não cansa?

— Eu resolvo.

— Porque as pessoas ruins às vezes veem o que está por atingi-las.

— Isso ajuda — esforcei-me bastante para manter o tom de voz normal. Para dizer as coisas certas embora me sentisse atacado. Pensar em seis corpos. Talvez sete, sem uma solução óbvia. Pensar em Cherish Daney de um modo que não pudesse desviar meu pensamento.

— A mentira é uma parte importante no que você faz?

— Não, mas acontece. Tento nunca ter que enganar ninguém, mas racionalizo quando me vejo obrigado. Sinto muito o que aconteceu com Beth e não vou pedir desculpa. A única mentira que eu disse a ela foi que eu estava pesquisando pessoas que recebiam tutelados em casa. Não vejo isso como sendo um fator no colapso dela.

— A *entrada* nesse assunto foi justamente o que precipitou o colapso de Beth, Alex. Ela é uma garota extremamente vulnerável que, para começar, nunca deveria ter sido arrastada para uma investigação policial.

— Não havia como saber disso.

— Exatamente. É por isso que aprendemos a valorizar a discrição, agir com calma e examinar cuidadosamente todas as possibilidades. Aprendemos que não devemos causar mal ao outros.

— As testemunhas quase sempre são vulneráveis — falei.

Longo silêncio.

— Quer dizer que você se sente bem com tudo isso — disse ela.

— Teria eu abordado Beth diretamente se soubesse que isso iria descompensá-la? Claro que não. Teria procurado outra maneira de chegar a ela, como através de você, por exemplo? Pode apostar. Porque há muita coisa em jogo, muito mais do que eu lhe disse, e ela era uma fonte potencial de informações cruciais.

— O que há mais em jogo?

Sacudi a cabeça.

— Por que não? — ela perguntou.

— Não é preciso que você saiba.

— Você está com raiva e por isso está querendo retaliar.

— Não estou com raiva, só quero manter você afastada das coisas ruins. — *Assim como eu fazia com Robin.*

— Porque não posso nem ter esperanças de compreender.

Pelo contrário, achei que você entendia. Mas é feio demais.

— Já estou envolvida.

— Como terapeuta.

— Quer dizer então que você quer que eu caia fora, me dedique à clínica e mantenha o nariz fora das suas atividades.

Isso simplificaria tudo.

— Este é um dos casos mais repulsivos em que já trabalhei, Ali. Você já passa seus dias absorvendo as porcarias das outras pessoas. Por que ia querer mais poluição para sua alma?

— E você? O que me diz de sua alma?

— Está do jeito que ela é.

— Não vou aceitar que isso não o afete.

Crianças não nascidas...

Não respondi.

— Você pode lidar com isso, mas eu não posso? — perguntou ela.

— Eu não pergunto a respeito de seus pacientes.

— É diferente.

— Talvez não seja.

— Ótimo — disse ela. — Então agora há um novo tabu no nosso relacionamento. O que nos une? Sexo quente?

Apontei para a torrada.

— E alta cozinha.

Ela forçou um sorriso. Levantou-se e foi levar a caneca para a pia, onde a esvaziou e lavou.

— É melhor eu ir andando.

— Fique.

— Por quê?

Aproximei-me dela por trás e passei o braço pela sua cintura. Senti que seus músculos abdominais se contraíam quando ela ficou tensa. Removeu minha mão, virou-se e me encarou.

— Eu provavelmente introduzi uma espécie de cunha entre nós. Talvez eu acorde amanhã e me sinta como uma idiota de primeira, mas neste instante ainda sinto alguma indignação legítima ardendo dentro de mim.

— A pior hipótese é que estejamos às voltas com seis homicídios, talvez sete, se incluirmos a garota que sucedeu Beth como assistente de Daney. Ela parece ter desaparecido e seu nome não aparece nas listas de tutelados.

Ela afastou-se, amparou-se na bancada da pia e olhou pela janela.

— Mais uma criança pequena — prossegui. — Dois meninos adolescentes, três mulheres e um jovem mentalmente prejudicado. E até agora nenhum modo de provar nada disso.

Ela abaixou a cabeça na pia, e tentou vomitar inutilmente.

Tentei ampará-la enquanto seu corpo se sacudia.

— Desculpe — ela lamuriou-se, afastando-se. Jogou água fria no rosto e secou com a manga. Pegou a bolsa e o chaveiro e deixou a cozinha.

Emparelhei com ela quando abriu a porta da frente.

— Você está exausta. Fique. Eu durmo no sofá.

Seus lábios estavam ressecados e minúsculas manchas de sangue salpicavam-lhe as bochechas. Petéquias causadas pelas ânsias de vômito.

— É uma boa oferta. Você é um bom homem.

— Gosto de ser um bom homem.

Ela desviou o olhar.

— Preciso ficar só.

Capítulo 40

Voltei para a cozinha, comi a torrada que fizera para Allison e pensei no que acabara de acontecer.

Amanhã eu também podia acordar péssimo, se é que eu ia conseguir dormir. Naquele instante sentia-me satisfeito por estar sozinho, podendo me dedicar à torrente de possibilidades que inundara minha cabeça.

Eram 23h15. Imaginei que Milo também não estaria dormindo. E se estivesse, azar o dele.

— Que horas são? — perguntou Milo, voz rouca.

— Cherish Daney me disse que tentou fazer com que Rand se abrisse, que gostaria de ter conseguido. Pelo bem dele. Mas e se ela tivesse outro motivo? E se ela tivesse descoberto o que Drew fizera e quisesse que Rand lhe falasse sobre o envolvimento de Drew na morte de Kristal?

Milo tossiu ruidosamente umas duas vezes e pigarreou.

— Boa-noite para você também. De onde vem tudo isso?

— Você sempre disse que Cherish tinha que saber alguma coisa. Talvez ela tivesse suas suspeitas, mas negasse até finalmente poder empunhar algo flagrante.

— Como o quê?

— Troféus. Uma pessoa com a obsessão por controle de Drew podia muito bem guardar troféus. Para quem tinha prazer em enganar a mulher como ele tinha, um esconderijo com troféus seria muito divertido. Mas a arrogância leva ao descuido. Talvez tenha se descuidado e deixado algo que ela encontrou. Ou todas as viagens com suas "assistentes" deixaram Cherish desconfiada e ela passou a bisbilhotar a casa. Se ela própria não for um monstro, a descoberta de provas físicas dos crimes de Drew a horrorizou. Também pode ter ficado com medo, preocupada consigo: se a verdade um dia viesse à tona ela com certeza incorreria na suspeita de ser cúmplice. Uma maneira de enfrentar isso seria apresentar uma prova que lhe fosse favorável. Fazer com que Rand corroborasse o envolvimento de Drew na morte de Kristal seria um grande passo nessa direção.

— Daney molesta e mata por anos a fio e ela é a Pequena Miss Ignorante até agora?

— Nada que tenhamos descoberto até agora nos diz que ela fez algo de pior que exceder o limite de crianças tuteladas. Beth Scoggins declarou que ela passava os dias cozinhando, limpando e ensinando. Minha aposta é que ela se mantinha assim tão ocupada para não pensar.

— Para não falar em 7 mil dólares por mês.

— Para Drew era o dinheiro — falei. — Talvez fosse para ela também. Mas o seu carro é um velho calhambeque e ela vive com simplicidade. Ademais, você viu como trabalhava, ensinando a Valerie. Paciente, a despeito do ressentimento da menina.

— A dona de casa zelosa — disse ele. — Enquanto Drew está na rua às voltas com seu esperma... Ainda não estou convencido de que ela é totalmente inocente, mas tudo bem, vamos deixar assim por ora. Ela quer que Rand traia Drew, faz terapia com ele, e depois?

— Ela falha. Os erros mais comuns que terapeutas não qualificados cometem são avançar muito depressa e falar demais. Acrescente a ansiedade de Cherish e com certeza ela terá forçado muito a barra. Precisava que Rand tivesse visto Drew contratar Troy para matar Kristal. Quer ele tivesse ou não.

— Ela tentou plantar isso na cabeça dele?

— Começou durante as visitas na prisão. Sugerindo, insinuando, na esperança de acender uma centelha na cabeça de Rand. Rand tinha uma personalidade submissa, impressionável, de modo que talvez tenha se lembrado de alguma coisa, de ter visto Drew falar com Troy pouco antes do crime, um comentário qualquer feito por Troy sobre Drew. Ou ele pensou que viu. Porque um adulto planejando tudo seria ótimo para *ele*. Reduziria sua própria culpa.

— "Eu sou uma boa pessoa."

— "Eu sou uma boa pessoa porque *Daney* estava por trás da trama e *Troy* foi o seu capanga e *eu* estava no lugar errado na hora errada". Cherish pode inclusive ter lhe sugerido essa argumentação.

— Se ele foi na onda dela, por que não se abriu?

— Oito anos na cadeia sendo espancado, esfaqueado e deixado para se defender por conta própria o ensinaram a ser precavido. Mesmo assim, a ideia plantada por Cherish criou raízes e o aterrorizou: estava vivendo sob o mesmo teto do demônio que arruinara sua vida. *Esta* é a razão pela qual ele se mostrou tão ansioso quando foi libertado para ir para a casa dos Daneys.

— Então por que ele foi para lá?

— Não tinha alternativa. Sem família, sem recursos, sem noção de como era o mundo fora da prisão. Tinha também que ter cuidado para não atrair a desconfiança de Drew com uma mudança súbita de plano. Mas aposto como pretendia sair de lá o mais depressa possível. Assim que pudesse conseguir que alguém o ouvisse.

— Você.

— A ansiedade de Cherish pode tê-lo deixado ainda mais receoso. Lauritz Montez o defendera seguindo uma fórmula. Ele com certeza não via a promotoria ou a polícia como simpáticos. Só restava eu.

— Modéstia, modéstia. Aí então ele conta uma história mentirosa aos Daneys, dá no pé e de um jeito ou de outro consegue se afastar o bastante para lhe telefonar de Westwood.

— Não creio que Rand tenha se afastado tanto sozinho. Ele não conseguia controlar sua ansiedade e Drew *percebeu* que havia alguma coisa de errada. Drew estava fora de casa quando Rand saiu. Mas podia estar por perto, à espreita. Ou então telefonou e ela disse que

Rand saíra para ir à obra. Isso o encheu de suspeitas, porque sabia que a obra não funcionava aos sábados, exceto para faxina. Foi atrás de Rand. Localizou-o e lhe deu carona no jipe.

— E o levou para a cidade? Por quê?

— Para amenizar os receios de Rand — respondi. — Rand, caminhando sem rumo, desorientado, procurando um telefone público ou apenas tentando clarear a cabeça. Daney cruza por ele, todo sorrisos, diz entra aí, vamos comer qualquer coisa. Apanhado desprevenido, Rand viu-se forçado a fazer o que o outro dizia, de modo a não aparentar nervosismo. Daney sobe a colina e passa para o outro lado depois de desarmar Rand com sua conversa fiada. Deixa-o na entrada do Westside Pavilion com um dinheirinho para as despesas, diz para que ele se divirta e que o apanhará mais tarde. Ninguém do shopping se lembra de Rand, ele pode nunca ter entrado lá. Aquele era um garoto confuso e obtuso que crescera atrás das grades. Era como se tivesse desembarcado em Marte.

— Por que Daney se daria a tanto trabalho? Por que não levá-lo a um lugar reservado e matá-lo de uma vez?

— Daney tinha suas suspeitas, mas ainda não tinha certeza de que matar Rand seria necessário. Outra morte relacionada com a morte de Kristal podia desencadear toda uma sequência de eventos que ele não seria capaz de controlar. Exatamente o que ocorreu. Depois de largar Rand ele ficou por perto a fim de observar. Viu Rand afastar-se do shopping e encaminhar-se para uma cabine de telefone público. Rand estava agitado quando ligou para mim, sua linguagem corporal devia ser fácil de interpretar. Quando Rand saiu da cabine, Drew foi atrás de sua presa.

— Pegá-lo de novo — acrescentou Milo. —Desta vez teria que ser sob a ameaça de uma arma. Rand não iria acompanhá-lo voluntariamente.

— A perversão de Drew não pode ser deixada de lado. Posso vê-lo contando uma mentira, Cherish de repente adoecera, eles precisavam voltar depressa para casa. E pode ser que Rand pensasse que se ele não aparecesse na pizzaria eu faria soar um alarme qualquer e alguém iria ajudá-lo.

Neste caso, ele me superestimara.

— Certo — disse Milo —, de um modo ou de outro ele volta para o jipe e Drew toca para um lugar escondido. Provavelmente foi no sopé das colinas de Bel Air. Rand, sem conhecer a cidade, não percebe que Drew pegou um desvio. Drew encontra um ponto favorável e para. E aí?

— Rand era grande e forte, de modo que Drew precisava manter um clima amigável. Prepara-se para abrir a janela do banco do carona. Seu aspecto é calmo, paternal, quase espiritual. Rand devia estar olhando fixamente em frente, amedrontado e confuso, mas lutando para manter a calma quando Drew comprimiu a arma de encontro à sua têmpora e puxou o gatilho. Drew teve tempo de sobra para limpar internamente o jipe e procurar a bala. Em seguida retornou ao Sunset Boulevard depois da noite cair, tomou a rampa, certificou-se de que ninguém olhava e despejou o corpo. No dia seguinte provavelmente lavou o jipe. Mas pode haver ainda algum tipo de resíduo: sangue, pólvora, fragmentos mínimos de osso.

— Boa história, Alex. Grande história, faz todo sentido do mundo. Mas bons enredos não ganham mandados judiciais.

— Você já tem base para um mandado — falei. — Os estupros cometidos por Drew em suas tuteladas — retruquei. — Interesse o Juizado de Menores, reviste a casa e inclua o jipe na papelada.

— Para isso eu preciso que o exame de DNA prove o que Daney fez com Valerie — disse ele. — Ou da declaração de uma das outras garotas.

— Você o viu com Valerie na clínica.

— Eu o vi esperando por ela e levando-a no carro. É sugestivo, mas não é comprobatório. Algum progresso com Beth Scoggins?

— Não.

— Assim, sem mais aquela.

— Sem mais aquela.

— Allison continua inflexível?

— Vamos deixar como está.

Silêncio.

— Alguma outra sugestão?

— Isolar Cherish e conversar com ela — respondi. — Não mencionar de pronto os assassinatos, dizer o que sabe sobre o aborto de Valerie e que você suspeita que Drew é o pai. Ela pode estar querendo admitir suas suspeitas quanto aos abusos sexuais ou mesmo falar sobre Kristal.

— Se ela está tão preocupada em se explicar, por que não aproveitou a oportunidade depois que Rand foi assassinado?

— Tal como Rand, ela vive sob o mesmo teto que Drew. Talvez se preocupe por não ter provas suficientes para garantir que ele seja preso.

— Faz sentido — disse Milo. — Mas deixamos uma coisa de fora: Cherish e Malley. Se ele é caso dela, por que Cherish não lhe contaria? E se ela contou, por que ele não cooperou comigo? Alguma coisa ainda está errada neste quadro, Alex. Ainda não estou pronto para pôr Barnett e Malley na lista dos mocinhos.

— Nós *sabemos* em qual lista Drew se encontra e que ele está morando com oito garotas menores de idade. E ainda tem a Miranda.

— Não estou ignorando a situação difícil — disse Milo.

— Não quis dar a entender que você estivesse.

— Deixa que eu durma com isso, por assim dizer. Pela manhã farei com que Binchy dê uma olhada na casa dos Daney bem cedo, o que não será muito fácil, com a rua deles sendo tão quieta. Se Cherish sair primeiro, Sean a seguirá e a entregará para mim. Se Drew sair antes, Sean fica com ele e eu vou fazer uma visitinha a Cherish.

— De um jeito ou de outro, me avisa — pedi.

— Você pode muito bem estar lá.

Capítulo 41

A campainha, seguida por batidas muito enérgicas na porta, me acordou às 7 horas da manhã. Meu cérebro confuso adivinhou o que estava acontecendo: Allison viera antes de ir para o trabalho a fim de fazer as pazes.

Saí tropeçando da cama e fui descalço e de cueca samba-canção até a porta, que escancarei com um sorriso de boas-vindas.

Dei de cara com Milo, usando um blazer verde muito batido, calça-cinza, camisa amarela e gravata marrom. Segurava uma caixa de donuts da Daffy com uma das mãos e com a outra dois copázios de café da mesma loja. Ele me olhou de lado como se eu pertencesse a uma espécie rara e repugnante.

— Vingança? — perguntei.

— De quê?

— Por ter acordado você ontem com um telefonema.

— Ah — aquilo. Não, eu cochilei numa poltrona. Fiquei acordado até as 3 da manhã, estudando uma porção de cenários.

Ele entrou e passou por mim. Deixei-o na cozinha e fui vestir um robe. Quando retornei a caixa de donuts estava aberta, revelando um sortimento de cores gritantemente destoantes. A mão enorme de Milo envolvia um dos copos de café. Ele já tinha feito admirável progresso em um doce de amêndoas do tamanho de um cachorrinho.

A mesma coisa que ele comera durante o segundo encontro com Drew Daney e eu assinalei a coincidência.

— É verdade, eu estava inspirado — concordou ele, cuspindo as migalhas. — É preciso dar à fritura seu devido valor — ele apontou para o outro copo de café. — Beba e acorde, rapaz.

— Daffy em vez de Dipsy?

— Meu fornecedor local, fabricação independente. Estou dando minha parcela de colaboração para a livre empresa.

Tomei um gole do café, que tinha gosto de cobre misturado com água usada para lavar pratos e algo que lembrava vagamente café. Lutando contra a vontade de cuspir, perguntei:

— Levantou alguma hipótese nova?

— Não, decidi ficar com a que você me deu: primeiro Cherish tentou bancar a psicóloga, avançou depressa demais e quase matou Rand de susto.

Ele enfiou o que restava do doce de amêndoas na boca. Os lábios açucarados se viraram para cima.

— E eu que pensava que o ritmo *lento* que vocês terapeutas seguem, todos aqueles meses de hum-hum e "estou ouvindo você", era para fazer com que o pagamento continuasse a entrar.

— E *eu* que pensava que os tiras nem sempre sacrificavam seus pâncreas à sacarose — fiz uma pausa para bocejar antes de prosseguir. — Vamos sair para algum lugar hoje de manhã ou há mais assunto para tratarmos?

— A gente sai quando o Sean ligar.

— E quando ele vai ligar?

— Eu disse a ele para começar a vigiar a casa às 7 horas e telefonar de hora em hora. Termine seu café e vá se arrumar.

Quando voltei ele estava esparramado no sofá, celular no ouvido, fazendo que sim com a cabeça e balançando a perna esquerda.

— Obrigado, foi ótimo, realmente ótimo.

Fechando o celular com um estalo ele se levantou.

— Você ainda parece meio adormecido.

— Você não — retruquei. — O que o deixou tão animado?

— A remota possibilidade de que as coisas possam se acertar. Eu estava falando com Sue Kramer, Deus a abençoe. Ela também acordou com as galinhas para seguir pistas em regiões de outros fusos horários. Se eu fosse hetero casava com ela.

— Ela já é casada.

— Exigente, exigente. De qualquer forma ela descobriu algumas coisas sobre nossos meninos. Vamos andando, eu conto no carro.

Milo me pediu para dirigir e, assim que dei a partida no Seville, a cabeça dele pendeu sobre seu peito. Quando entrei no Beverly Glen Boulevard na direção do Valley, ele roncava com gosto. No Mulholland Drive, ele endireitou a cabeça e começou a falar como se nem tivesse cochilado.

— O caubói nasceu em Alamogordo, como falei. Mudou-se para Los Alamos quando tinha 10 anos porque a fazenda onde seu pai trabalhava fechou e o velho conseguiu um trabalho de zelador no laboratório nuclear. A família morou lá por dez anos. Uma irmã mais velha, casada e com filhos, trabalha para a prefeitura de Cleveland. Depois de concluir o ensino médio, Barnett trabalhou dois anos como motorista de caminhão e então foi trabalhar no Departamento de Polícia de Santa Fé.

— Ele era tira?

— Foi patrulheiro por 18 meses até que algumas queixas de uso indevido de força obrigaram o departamento e ele a chegarem a um entendimento mútuo.

— Ele pediu demissão, não houve ação judicial.

Milo assentiu.

— Após isso ele declarou renda nula durante alguns anos, tanto quanto Sue pôde ver, e andou sem destino como trabalhador braçal. Entrou para o circuito de rodeios dez anos atrás e mudou-se para a Califórnia. Depois de se casar passou a trabalhar em manutenção de piscinas. A não ser o pavio curto no tempo em que tinha 21 anos, não tem nada duvidoso no seu passado. A impressão superficial parece resumir tudo: um solitário taciturno cuja vida acabou não sendo essas coisas.

— Ao contrário de Drew Daney.

— A razão pela qual *ele* foi difícil de rastrear foi ter mudado de nome. Foi batizado como Moore Daney Andruson e é cinco anos mais velho do que consta em sua carteira de motorista. Foi criado na região rural do Arkansas, um de sete filhos, dos quais pelo menos três terminaram na prisão por terem cometido crimes violentos. Seus pais eram pregadores itinerantes no circuito caipira.

— A parte sobre ter nascido na igreja era verdade — falei.

— Seria melhor dizer que foi criado em barracas onde os crentes se reuniam para reviver sua fé. O pai era um daqueles pastores que seguravam serpentes em êxtase religioso que supostamente os protegeria contra o veneno. Até que um dia não protegeu.

— Como Sue descobriu tudo isso?

— A despeito dele ser um delinquente, a troca de nome foi legal e Daney *vinha declarando* imposto de renda, de maneira irregular, desde que tinha 18 anos. Sua história financeira sob o nome de Moore D. Andruson atingiu o ponto mais baixo 12 anos atrás. Um monte de contas não pagas, duas ou três falências.

— Eu gostaria de saber por que ele se dava ao trabalho de preencher os formulários do imposto de renda — comentei.

— Ele não tinha muita escolha. Seus primeiros empregos eram assalariados e requeriam recolhimento na fonte, contribuição previdenciária, esse tipo de coisa. Agora que ele apresenta a fatura dos serviços ao Estado é preciso uma papelada diferente.

— De que tipo de empregos estamos falando?

— Adivinha.

— Programas recreacionais, educacionais e sociais voltados para jovens.

— Conselheiro de acampamento, conselheiro de abuso de drogas, professor substituto, professor de escola dominical, treinador de educação física, tudo isso sempre em cidades de pequeno porte. Nos formulários que preenchia para se candidatar aos empregos ele declarava possuir falsos diplomas, o que acabou por fazer com que fosse chutado de três empregos em três diferentes cidades. Após isso tentou os subúrbios abastados, dirigiu um ônibus escolar em uma escola secundária para meninas em Richmond, Virginia.

— Que surpresa.

— Foi lá que ele conheceu Cherish. A esta altura já se chamava Drew Daney. Conseguira se diplomar em uma escola religiosa e ensinava crianças especiais em uma outra escola.

— Ele não tem sotaque sulista — falei. — Mais reinvenção. Seus empregadores descobriram que as credenciais eram falsas *depois* que o contrataram. Ou seja, ficaram desconfiados por causa de alguma coisa e aí o investigaram.

— Sem dúvida, mas ninguém está sendo generoso com detalhes. Sue teve que se esforçar muito para que eles pelo menos admitissem que o conheciam.

— Ou seja, eles preferiam manter a coisa entre quatro paredes, Alguém difundiu o esquema das credenciais falsas?

— Nada disso. Eles simplesmente mandaram que fizesse as malas.

— Para procurar sua próxima vítima.

— Então o que mais é novo? — perguntou Milo. — Ele passou a ter um prontuário policial, mas não do tipo que entraria no Centro de Informação Nacional do Crime ou qualquer outro arquivo nacional. Desnudamento indecente reduzido para delito leve em Vivian, Louisiana; cheques sem fundos pagos por reembolso, sem cumprir tempo na cadeia, em Keswick, Virginia; agressão sexual em Carrol County, Georgia. Este último processo foi extinto. O xerife disse que sabia que Andruson tinha feito aquilo de que o acusavam, mas a vítima que teria seduzido sofria de paralisia cerebral e mal podia falar. Acharam que ela não teria como testemunhar e quiseram poupá-la do sofrimento.

— Moral da história, ataque quem for vulnerável.

— Pedi a Sue para descobrir o que pudesse a respeito da garota desaparecida, a Miranda. Dei a ela o telefone de Olivia. Falei sobre um encontro de mentes.

Vindo do bolso de dentro do paletó de Milo ouviu-se um toque musical. Não era mais Beethoven, e sim um ritmo latino qualquer. Ele conseguiu enfiar a mão e desprender o celular. O aparelho continuou tocando tango enquanto ele verificava o número de quem estava chamando. Milo tinha reprogramado o toque. E eu que pensava que quem fazia isso era só a garotada.

— Sturgis... sim, oi. Não, não há estacionamento na propriedade. Tenho certeza, Sean. Você garante que não perdeu nada? Bem, isso complica definitivamente as coisas... espero que não... sim, sim, verifique tudo isso, devemos chegar aí em 15, 20 minutos, eu ligo para você a menos que você descubra alguma coisa que sacuda a terra.

Clique.

— Sean estava vigiando desde 6h45. Nem o jipe de Daney nem o Toyota de Cherish estão a vista. Idem para a picape preta de Malley. O portão está fechado e por isso ele não pode dizer se tem alguém em casa. Não dá para ver ou ouvir nada, mas ele está a 30 metros de distância. Eu disse para que ele listasse as placas dos carros que estivessem na quadra e verificasse os registros no departamento de trânsito.

— Os dois fora, carros separados — falei.

— Talvez tenham ido comprar donuts — disse Milo. — Por que você não dirige um pouco mais depressa?

Acelerei através do trânsito matinal e finalmente cheguei em Vanowen pouco depois das 8 horas. Milo ligou para Sean e perguntou pelo registro dos carros estacionados.

— Não, continue... não, não... espera aí, repita este último... interessante. Certo, fique aí até aparecermos. Muito obrigado, garoto.

— Apareceu alguma coisa?

— Cadillac DeVile estacionado bem em frente à casa — disse ele. — E adivinha quem paga as multas?

O reverendo, Dr. Crandall Wascomb, dava a impressão de que tivera sua fé testada e de não saber ao certo se passara na prova.

Ele abriu o portão segundos depois de Milo começar a bater e recuou, atônito.

— Dr. Delaware?

O crachá que Milo apresentou fez o reverendo arriar os ombros. Não por desalento, mas de alívio.

— Polícia. Graças a Deus. Foi Cherish quem chamou vocês também, não foi?

— Quando foi que ela o chamou, senhor? — retrucou Milo.

— Hoje de manhã, bem cedo — disse Wascomb. — Logo depois das seis.

Seu cabelo branco flutuava acima da testa e ele tinha se vestido de qualquer maneira: um cardigã cinza-escuro abotoado fora de sequência, de modo que se juntava no meio do peito, camisa branca com a ponta do colarinho virada, gravata marrom com o laço dado bem abaixo da linha do pescoço. Atrás dos óculos de armação preta seus olhos estavam lacrimosos e incertos.

— O que ela queria, reverendo?

— Ela disse que precisava de minha ajuda imediatamente. A Sra. Wascomb não está bem e eu tirei o telefone da mesinha-de-cabeceira e passei para o corredor a fim de não acordá-la. O toque me acordou, mas naquela hora presumi que fosse engano e não me levantei. Quando tocou de novo atendi e era Cherish, pedindo desculpas por me perturbar. Disse que tinha acontecido algo e me implorou para ir à sua casa assim que pudesse. Tentei fazer com que explicasse. Ela disse que não havia tempo, que eu simplesmente precisava acreditar nela, não tinha sido sempre uma estudante leal. — Wascomb fez uma pausa e piscou. — E é verdade. Ela sempre foi.

— Ela estava perturbada? — Perguntei.

— Mais para ansiosa, mas de um modo eficiente. Como se tivesse se defrontado de repente com um desafio e tivesse crescido segundo as necessidades da ocasião. Imaginei que uma das crianças ou Drew tivesse caído doente. Perguntei de novo o que havia acontecido e ela, mais uma vez, assegurou-me que contaria tudo assim que eu chegasse. Se é que eu iria. Eu disse que ia e fui me vestir. A Sra. Wascomb tinha se agitado e eu lhe disse que estava com outro dos meus episódios de insônia e que ela devia voltar a dormir. Instruí a governanta para ficar de olho nela, pus-me apresentável, peguei o carro e saí.

Seus olhos se comprimiram quando se desviaram de Milo para mim.

— Ao chegar, o portão estava aberto, mas não havia ninguém dentro de casa. A porta da frente fora deixada apenas encostada e presumi que Cherish queria que eu entrasse direto. A casa estava vazia. Olhei em torno e saí. Comecei a ficar alarmado. Aí então surgiu uma jovem vinda lá de dentro.

Ele fez um gesto com a cabeça indicando um par de edificações externas. Uma garagem convertida pintada de azul para combinar com a casa. Ligeiramente mais recuado, o estranho bloco de cimento em forma de cubo, sem pintura.

A porta do cubo estava entreaberta.

— Eu a deixei aberta para que as garotas não se sentissem confinadas — disse Wascomb. — Lá só tem uma janela e está trancada. Duas delas estavam naquela outra construção, a azul, mas eu as reuni todas em um único lugar até que chegasse o socorro.

— O senhor pediu ajuda?

— Eu estava pensando em quem chamar quando vocês chegaram. Parece não haver nenhuma crise, além do fato de Cherish e Drew não estarem aqui. — Outro olhar para o cubo. — Nenhuma delas parece saber o que está acontecendo, mas talvez Cherish não tivesse querido preocupá-las.

— Sendo ainda garotas.

— Sim, o rebanho.

— O rebanho?

— Foi como Cherish se referiu a elas nas instruções.

— Que instruções?

— Ah, meu Deus — lamentou-se Wascomb. — Estou pondo o carro adiante dos bois, isso tudo tem sido tão confuso... — ele tirou de um dos bolsos do cardigã duas folhas de papel dobradas do tamanho de um cartão-postal.

Milo desdobrou-as, leu e projetou o maxilar inferior.

— Onde encontrou isto, senhor?

— Quando examinei a casa, dei uma olhada no quarto de dormir e vi em cima da escrivaninha — Wascomb lambeu os lábios. — Notei porque estava em cima da mesa, em cima do mata-borrão. Como se ela quisesse que eu visse.

— Estava dobrado?

— Não, estava reto. Parecia mesmo que ela desejava que eu visse.

— Alguma coisa mais em cima da mesa?

— Canetas, lápis — respondeu Wascomb. — E um cofre. Do tipo que os bancos usam. É claro que não mexi nele.

Milo me passou as duas folhas de papel, cobertas de caligrafia inclinada para a direita.

O Rebanho: Instruções para os Cuidados Diários

1. *Patrícia: sensível à lactose (leite de soja na geladeira). Precisa de ajuda especial com leitura e caligrafia.*
2. *Gloria: Ritalin 10 mg antes do café da manhã, problemas de autoestima, vai bem em todas as áreas destinadas a vencer suas dificuldades de aprendizagem, mas precisa de muito encorajamento verbal explícito.*
3. *Amber: Ritalin 15 mg antes do café da manhã, 10 mg antes do jantar, Allegra 180mg necessária para a febre do feno, alergia à penicilina, alergia a mariscos, não gosta de carne mas deve ser encorajada a comer um pouco de frango; matemática, leitura, caligrafia...*

— Parece que ela se preparou para uma longa ausência — disse Milo.

— Cherish sempre foi uma aluna organizada — acrescentou Wascomb. — Se ela se afastou por um período de tempo prolongado, tenho certeza de que sua razão foi legítima.

— Como por exemplo?

— Eu não poderia lhe dizer, tenente. Mas tenho o mais profundo respeito por ela.

— O que já não acontece em relação a Drew.

Wascomb cerrou o queixo.

— Tenho certeza de que o doutor lhe falou sobre os nossos problemas com Drew.

— Ele também desapareceu — disse Milo.

— Drew e Cherish são marido e mulher.

— O senhor pensa que eles desapareceram juntos.

— Não sei o que pensar, senhor — disse Wascomb.

— Quando Cherish telefonou ela mencionou alguma viagem, reverendo?

— Não. O senhor é tenente? Não, não falou nada, tenente. Eu tinha praticamente certeza de que a encontraria. E se Cherish não o chamou, posso perguntar por que o senhor está aqui?

— Proteger e servir, reverendo.

— Entendo — disse Wascomb. — O senhor ainda vai precisar de mim? É com prazer que me comprometo a garantir o apoio do seminário Fulton às crianças no futuro próximo. No entanto...

— O senhor poderia permanecer mais um pouco? — pediu Milo. — Para me mostrar o cofre?

— Está bem em cima da mesa, tenente. Tenho que voltar para cuidar da Sra. Wascomb.

A mão de Milo pousou na manga de Wascomb.

— Fique mais um pouco, reverendo.

Wascomb alisou inutilmente o cabelo.

— Claro.

— Agradeço muito, senhor. Agora vamos cuidar do rebanho.

O interior do cubo era um quadrado de 1m50 de lado, com o chão de cimento vermelho e as paredes pintadas de bege-rosado. Nele havia três beliches duplos de madeira encostados nas paredes, dois à esquerda e um à direita. Uma divisória de fibra de vidro branca no canto direito mais distante tinha a etiqueta *toalete*. Adesivos de flores decoravam a porta.

Um espaço estreito na parede hospedava três armários de metal com dois níveis. Dois deles tinham adesivos na parte de baixo. Um deles dizia que o armário fora remanejado dos excedentes do Distrito Escolar Unificado de L.A. e o outro aconselhava a prática de atos espontâneos de bondade.

A única janela ficava na parede dos fundos, telada e aparafusada. A abertura era larga o bastante para deixar entrar luz, difusa e insuficiente. A cortina de tecido estampado com animais fora aberta e a visão oferecida pela janela era o muro dos fundos da propriedade e a linha do telhado da garagem do vizinho, preta por causa do isolamento de asfalto.

Embaixo do peitoril havia uma cômoda de seis gavetas. Animais de pelúcia compartilhavam o topo, juntamente com tubos, frascos e jarros de cosméticos. A um lado, uma pilha de bíblias.

Oito garotas estavam sentadas nos três beliches inferiores, usando pijamas de cores pastel e meias brancas e felpudas.

Oito pares de olhos adolescentes nos avaliaram. Pequena a diferença de idade entre suas donas; meu palpite era de 15 a 17 anos. Seis garotas hispânicas, uma negra e uma branca.

O aposento cheirava a hormônios, goma de mascar e creme facial.

Valerie Quezada estava sentada na frente do beliche de trás da esquerda. Irrequieta, mexendo os ombros, brincado com as pontas do cabelo comprido e ondulado. Duas outras garotas moviam-se inquietas. As outras estavam quietas.

— Bom-dia, meninas — cumprimentou Crandall Wascomb. — Tenho aqui comigo dois policiais, que são muito simpáticos. Este cavalheiro aqui é um tenente da polícia e está aqui para ajudá-las, tanto um quanto o outro querem ajudar vocês... — ele nos dirigiu um olhar de desamparo e silenciou.

— Oi, pessoal — cumprimentou Milo.

Valerie apontou um dedo.

— Você já esteve aqui antes.

Milo me deu a deixa com um movimento de cabeça quase imperceptível.

— Sim, estivemos aqui sim, Valerie — falei.

— Você sabe meu *nome* — tom acusatório.

Algumas das garotas riram nervosamente.

— Onde está Cherish, Valerie? — perguntei.

— Foi embora.

— Quando ela foi embora?

— Quando estava escuro.

— Mais ou menos a que hora?

Ela me encarou como se a pergunta fosse absurda.

Não havia relógio no quarto, nem rádio, nem televisão. A luz que entrava pela janela era o único árbitro do tempo.

O quarto era limpo — imaculado, o piso de cimento varrido recentemente. Cada uma das seis camas era arrumada identicamente com dois travesseiros pequenos brancos e um cobertor rosa sobre uma colcha branca.

Os cobertores eram dobrados segundo o estilo militar.

Não vi Wascomb mandando que fizessem as camas. Elas seguiam uma rotina.

— Alguém aí tem uma ideia da hora em que Cherish saiu?

Duas cabeças sacudiram negativamente. Cabeças muito bem penteadas, por sinal. As garotas pareciam estar bem nutridas. Com que frequência deixavam a propriedade? Aquele quarto? As refeições eram feitas na casa principal ou ali mesmo? A escola em casa se estenderia para eventuais excursões na rua? Talvez fosse este o motivo pelo qual ninguém atendera o telefone quando liguei alguns dias atrás. Ou...

O que causaria ao seu senso de realidade habitar aquele espaço apertado e estéril?

— Alguma de vocês gostaria de dar um palpite? — perguntei.

— Elas não sabem de nada — disse Valerie. — Fui eu quem a viu sair. Somente eu.

Aproximei-me dela. Mais risinhos.

— Você falou com ela, Valerie?

Silêncio.

— Ela chegou a dizer alguma coisa?

Uma relutante sacudidela de cabeça.

— O que foi que ela disse?

— Ela disse que tinha que sair, que uma pessoa tomaria conta de nós.

Uma das outras garotas deu uma cotovelada para chamar a atenção da vizinha.

— Algum problema? — perguntou Valerie.

— Não tenho nenhum problema — réplica pronta, mas voz humilde.

— Melhor não ter.

— É melhor manter a calma, meninas — falou o Reverendo Wascomb.

Foi a vez de Milo perguntar.

— E o que me dizem do Sr. Daney? Quando foi que ele saiu?

— Drew saiu antes — respondeu Valerie.

— Antes de Cherish?

— Ontem. Ela ficou furiosa com ele.

— Cherish?

— Ã-hã.

— Por que ela estava furiosa?

Encolher de ombros.

— Como você podia dizer que ela estava com raiva? — perguntei.

— O rosto dela — Valerie olhou para as outras em busca de confirmação. Apontou para uma garota de óculos e cabelo fino e liso. Ela começou a fazer uma espécie de guinchos com a ponta da língua de encontro aos dentes. O olhar furioso de Valerie não conseguiu fazer com que parasse. Meu sorriso conseguiu.

— Quer dizer então que Cherish estava furiosa com Drew — falei.

Valerie bateu com o pé no chão.

— Trish? — apontando para uma garota de pernas compridas, cabelo de menino e um rosto de ossos finos marcado pela acne.

Trish, abreviatura de Patrícia: *sensível à lactose (leite de soja na geladeira). Precisa de ajuda especial com leitura e caligrafia.*

Patrícia não respondeu.

— Você pode dizer que ela está furiosa só de ver cara dela. *Diz* isso — confirmou Valerie.

Trish sorriu, olhos sonhadores. Seu pijama era azul-celeste com arremates brancos.

— Diga! — exigiu Valerie. — A *cara* dela.

Trish bocejou.

— Ela nunca ficou com raiva de mim.

— Só de Drew — falei.

— Ele não veio para casa ontem à noite, deve ter sido isso que a deixou furiosa. — disse outra garota.

— Ela não gostou quando ele não veio para casa.

— Não gostou nada.

— Acontece sempre?

Dar de ombros.

Valerie enrolou a trança grossa de cabelo preto em torno do dedo. Deixou que desenrolasse sozinha e observou-a cair abaixo de sua cintura.

Virei-me de novo para ela.

— Acontecia uma vez por semana? Algo parecido com isso?

Ela virou os olhos para o colchão que ficava a alguns centímetros acima de sua cabeça. Mexeu os ombros, bateu com os dedos e marcou um ritmo com um dos pés.

— Valerie?

— Hora do banho — disse ela.

— Onde você toma banho?

— No outro lugar.

— Na casa principal?

— No *outro* lugar.

— O prédio ao lado.

— Ã-hã.

Tentei Trish de novo.

— Drew saía muito?

— Ele estava aqui exceto quando saía — e para Valerie: — Como quando saía com *você* — sorriso se alargando vagarosamente.

Os olhos de Valerie faiscaram.

— Conte a ele — prosseguiu Trish. — Você sai o *tempo* todo. É por isso que você sempre *precisa* tomar banho.

Valerie levantou-se do beliche e avançou contra a outra. Trish balançou os braços compridos inutilmente. Coloquei-me entre as duas e empurrei Valerie para longe. Barriga mole, mas os braços eram firmes e os ombros pareciam blocos de granito.

— É verdade — disse outra garota.

Outra voz ainda opinou.

— Ele saía com você o tempo todo, você *tinha* que tomar banho.

— Você ia dormir no outro lugar — disse uma voz de um beliche no fundo do quarto.

— Para tomar banho quando quiser.

— Porque você é suja.

Val grunhiu e lutou para libertar-se de mim. Suava e o suor voou de seu rosto e alcançou o meu.

— Ela está tendo um ataque.

— Como sempre.

— Ele sai com você a toda *hora*! — acusou Trish

Valerie despejou uma torrente de obscenidades.

Wascomb encolheu-se.

— Ela se levanta de noite — disse Trish — e fica andando pela casa como um... como um vampiro. É por isso que viu Cherish..

— Ela nos acorda. Melhor que fique no outro lugar.

— Conte para eles, Monica. Você também dorme no outro lugar.

A única garota branca, uma loura de nariz chato e cabelos ruivos amarelados, fixou o olhar nos joelhos.

— Monica sai.

— Monica tem que tomar banho.

— Vacas! — gritou Valerie. Ela havia parado de lutar, mas sacudiu o punho fechado para um grupo de garotas e depois para o outro. Seus olhos eram secos, duros, determinados. — Calem a boca!

— Admita, Monica! Você tem que tomar banho!

— Ele leva você também, Monicaaaaa!

Monica baixou a cabeça.

— Admita, Monica!

Os comentários individuais aglutinaram-se num canto. — *Admita! Admita! Admita! Admita!*

Monica começou a chorar.

— Vá se foder! — berrou Valerie.

Wascomb interveio.

— Esse tipo de linguagem realmente não é...

— É você que é uma filha-da-puta — disse Trish. — Você e Monica fodem com ele todas as noites e depois têm que tomar banho.

— *Valerie fode! Monica fode! Valerie fode! Monica fode!*

Wascomb amparou-se na parede. Sua pele parecia um giz. Ele abria a boca, mas fosse o que fosse que estivesse dizendo era abafado pelo barulho das garotas.

Val sacudiu-se com mais força e quase se libertou.

Milo aproximou-se e junto comigo tirou-a do cubo.

A cantoria continuou até ir enfraquecendo e acabar. Atrás de nós a voz de Crandall Wascomb, fina e trêmula, passou a ser ouvida.

— ...uma oração. Que tal os Salmos? Alguém tem um Salmo favorito?

Capítulo 42

Levei Valerie para uma cadeira no gramado do lado de fora. A mesma que Cherish Daney ocupara na primeira vez em que tínhamos estado ali. Solene e chorosa. Lendo um livro sobre como lidar com as perdas.

A dor dela naquele dia parecia genuína. Agora eu imaginava qual teria sido a verdadeira causa de suas lágrimas.

— Quero tomar um banho.

— Daqui a pouco, Valerie.

— Eu quero *água* quente — ela juntou os joelhos, coçou um. Olhou para o céu. Estalou a boca. Deu uma olhada para o cubo, agora em silêncio. — É a porra da minha água, eu quero. Aquelas cadelas não podem usar.

— Sinto muito que elas tenham feito o que fizeram, Valerie.

— *Cachorras* — ela ergueu uma trança de cabelo do ombro, passou pela boca e lambeu.

— Você sabe mais que todas — falei. — Tem alguma ideia de para onde Drew e Cherish foram?

— Eu *falei* para você.

— Você disse que Drew saiu antes e que Cherish estava furiosa com ele.

— Exato.

— Mas aonde eles foram, Valerie? É importante.

— Por quê?

— Cherish está furiosa com Drew. E se ela passar a gritar com ele?

— Ele está bem — respondeu ela. — Ele vai a lugares.

— Tipo o quê?

— Lugares.

— Que tipos de lugares?

— Organizações sem fins lucrativos.

— Ele leva você nesses lugares.

Silêncio.

— Você o ajuda e as outras garotas ficam com ciúme.

— *Cachorras.*

— Ele confia em você.

— Eu *entendo.*

— Entende o quê?

Silêncio.

— Você entende e por isso o ajuda — insisti.

— Ã-hã.

— O que é que você entende?

Longo silêncio.

— Valerie? O que é que você...

— Amor.

— Você entende amor.

— Ele provavelmente foi a uma igreja — disse ela. — Eu não sei os nomes. Eu quero tomar banho...

— Uma igreja.

Silêncio.

— Valerie, eu sei que estas perguntas são chatas, mas são importantes. Cherish ficava furiosa com Drew muitas vezes?

— Às vezes.

— Por quê?

— Por não ganhar dinheiro — ela largou o cabelo, cerrou o punho e olhou para a casa principal.

— Ela achava que ele não ganhava dinheiro suficiente — insisti.

— É.

— Dinheiro para quê?

— Ela queria viajar a Vegas.
— Foi ela que lhe disse?
Silêncio.
— Drew contou a você.
De volta a mexer com o cabelo.
— Drew lhe disse que Cherish queria ir a Vegas.
Encolher de ombros.
— Parece que ele lhe falava sobre todos os assuntos.
— Ã-hã.
— Ele queria dinheiro?
— De jeito nenhum. Ele era pela alma. — Ela me encarou.
— A alma?
— Trabalho de Deus — disse ela, tocando um seio. — Ele foi escolhido.
— E Cherish?
— Ela fazia por dinheiro, mas que se dane, ele não dava.
— Drew tinha dinheiro que não dava a ela?
Um sorriso espalhou-se nos seus lábios.
— Dinheiro secreto — eu insisti.
Ela fechou os olhos.
— Valerie?
— Eu *tenho* que tomar um banho.

Ela cruzou os braços em cima do peito, manteve os olhos fechados e quando eu falava, cantarolava sem abrir a boca. Estávamos assim sentados em silêncio há diversos minutos quando Milo saiu do cubo com Crandall Wascomb. Ele olhou para mim enquanto escoltava o velho.
Voltou com as sobrancelhas erguidas.
— Tudo bem?
— Valerie foi muito útil, mas ela e eu terminamos por ora.
Movimento sob as pálpebras da garota.
— Útil? — falou Milo.
— Valerie diz que Drew tem dinheiro do qual Cherish não tem conhecimento.
Os olhos de Valerie abriram-se.

— O dinheiro é *dele*. Ela não pode pôr a mão.

— Nunca ouviu falar de "achado não é roubado"? — indagou Milo.

Ela não respondeu. Fechou os olhos com força.

O barulho vindo da frente da propriedade os abriu.

Um policial uniformizado entrou pelo portão.

— Agora é que a coisa vai ficar barulhenta — disse Milo.

O policial da patrulha da delegacia de Van Nuys foi seguido por seu parceiro, e depois pelos seis membros de uma esquadra criada recentemente, especializada em crimes contra menores e que chegaram usando jaquetas azul-marinho do Departamento de Polícia de Los Angeles. Cinco mulheres detetives, um homem, todos de olhos brilhantes e empolgados, prontos para prender alguém. Pouco depois um detetive de Van Nuys chamado Sam Crawford e especializado em crimes sexuais apareceu com ar de quem estava se sentindo explorado. Conferenciou com a chefe da equipe de crimes contra menores e foi embora.

A chefe era uma morena corpulenta de cabelo crespo com seus 40 anos. Milo colocou-a a par do que acontecia, ela deu a ordem, e todos, menos um dos integrantes da sua esquadra, entraram no cubo. Uma detetive mais jovem que se apresentou como Martha Vasquez assumiu a custódia de Valerie dizendo, "Claro, querida, você pode sim", quando a garota pediu para tomar banho. Levou-a para a garagem convertida ao mesmo tempo em que aproveitava para esquadrinhar a propriedade.

Milo fez um gesto para que eu me aproximasse, apresentou-me a morena como sendo Judy Weisvogel e lhe disse quem eu era.

— Psicólogo — disse ela. — Isso pode vir a ser bastante útil.

Milo estendeu-se mais um pouco nas explicações, realçando a questão dos abusos sexuais cometidos por Drew Daney, mencionando a suspeita de homicídios mas poupando o mais que pôde os detalhes.

— Bom-dia, mundo, vai ser complicado — comentou Weisvogel. — Temos uma cena de crime lá dentro? — ela indicou a casa principal.

— Ainda não tive tempo para investigar nada — respondeu Milo. — No mínimo, no mínimo, é um lance de fuga.

— Desaparecidos pervertido e esposa. Certeza de que foram em carros separados? As garotas dizem que eles saíram separadamente e ambos os carros sumiram.

— Quanto tempo decorreu entre suas respectivas fugas?

— Pelo que dizem as meninas um dia, mais ou menos.

— Certo. Vou telefonar para pedir um mandado e também técnicos suficientes para vasculhar tudo. Vou precisar também de um bando de assistentes sociais, mas essa gente só chega no escritório às 9 horas.

— Vida civil — disse Milo.

— Não é uma festa? Nenhuma ideia de onde o Sr. e Sra. Pervertidos estarão?

— Nenhuma. E pode ser que ela não seja pervertida.

— Como queira — Weisvogel pegou o bloco. Passe-me os nomes deles para que possamos emitir um boletim de "Procura-se".

— Drew Daney. Pode estar viajando como Moore Daney Andruson. — Milo recitou.

— Anderson com e ou com o?

Milo soletrou.

— O carro dele é um jipe branco. O dela é um Toyota. Cherish — C- H- E- R- I- S- H .

— Que nome. Você acha que eles podem ter se encontrado em algum ponto e depois se separado?

— Uma das meninas disse que ela estava furiosa com ele — disse Milo.

— Por que ela descobriu o que estava se passando?

— Sei lá. As garotas sabem do que ocorre. Provocaram ao máximo duas que eram sexualmente ativas com Drew.

— Se a patroa descobriu isso, não deve ter deixado passar em branco, não acha? — perguntou Weisvogel. — O que é que o senhor acha, doutor, um desses casos de negativa patológica do que se passa diante da pessoa?

— É possível — respondi.

— Entrei naquele cômodo, vi aquelas garotas e a primeira coisa que me veio à cabeça foi a palavra "harém". Deus sabe o que vamos encontrar quando elas forem examinadas.

— Parece que ele era um sujeito realmente seletivo. Escolhia uma ou duas e lhes concedia privilégios especiais. A garota com quem falei pensa que ele a ama.

Weisvogel pôs as mãos nas cadeiras. Tinha pulsos tão grossos como os de um homem.

— Há quanto tempo você vem observando esse fino cidadão, Milo?

— Por causa de um homicídio, há mais ou menos uma semana. As outras coisas surgiram depois.

— As outras *coisas* — repetiu Weisvogel. — Bem, obviamente isso vai levar muito tempo para desenredar. Por falar nisso, doutor, alguma chance de podermos contar com o senhor, no que diz respeito à terapia? Tanto faz com quantas garotas ele andou fazendo safadezas, o fato é que todas serão afetadas, não é mesmo? Os psicólogos do departamento estão demasiadamente ocupados fazendo avaliações pessoais e nós vamos precisar de ajuda.

— Claro — respondi.

Ela pareceu surpresa com minha pronta concordância.

— Ótimo, excelente, obrigada. Manterei contato. Até lá, vamos ter que nos manter mutuamente informados, Milo.

— Tudo bem, Judy. A propósito, tem um cofre em cima de uma escrivaninha no quarto de dormir. Cherish deixou-o à vista, junto com suas instruções. As instruções foram colocadas em cima do mata-borrão como uma oferta. Para mim é o mesmo que um convite claro para examinarmos o cofre.

— As tais instruções — disse Weisvogel — me fizeram lembrar de uns memorandos idiotas que a gente recebe no serviço. Ela abandona as garotas e escreve um manual. O marido estupra as meninas, mas elas não podem deixar de tomar seus remédios e de fazer seus substanciais cafés-da-manhã. Que coisa mais maluca.

— Seria interessante ver o que tem dentro do cofre, Judy.

Ela sacudiu a cabeça.

— Antes de conseguirmos um mandado e que os técnicos do laboratório cheguem aqui? De jeito nenhum.

— Daney é suspeito em seis homicídios, talvez sete. Posso justificar dizendo que as circunstâncias nos forçaram a agir assim.

Weisvogel pareceu ficar na dúvida.

— Judy, ele levou as garotas para fora da propriedade a fim de molestá-las, de modo que a casa não será nossa cena de crime principal. O carro sim. Precisamos encontrá-lo o mais cedo possível e pode ser que dentro do cofre haja algo que nos ajude a chegar perto dele. — Milo disse.

— O quê? Você acha que a maluca deixou um mapa?

— Há mapas e mapas, Judy.

— Enigmático demais, Milo. Não me sinto confortável mexendo tão prematuramente em coisas que podem ser importantes. Já estou vendo um advogado de defesa protestando por termos interferido nos indícios.

— O cofre está à vista de todos, a despeito das óbvias oportunidades que ela teve para escondê-lo — disse Milo. — Isso não é um convite para abri-lo?

Weisvogel sorriu.

— Você devia ter sido advogado. Passa direto por cima do trabalho honesto.

— Eu podia ter aberto o cofre antes de você chegar, Judy.

— Certamente que podia — Weisvogel o encarou. Seus olhos eram verdes, mais claros que os de Milo, quase amarelos, com pontos azuis esparsos. Resolutos. — E se o cofre estiver trancado?

— Tenho ferramentas.

— Não foi isso que perguntei.

Milo sorriu.

— Diabos, se estiver fazendo tique-taque — continuou Weisvogel — está bem, sei que você vai mandar vir um robô. A sério, pode causar problemas com as provas do caso, Milo.

— Problemas podem ser resolvidos. Vamos achar o filho-da-mãe antes que ele cause mais danos e depois a gente decide sobre os detalhes.

Weisvogel olhou para a casa. Estalou os dentes. Passou a mão pelo cabelo de cachorro terrier.

— Quer dizer então que você está me ordenando, como meu superior hierárquico, a abrir o cofre suspeito.

— Estou pedindo que você seja um pouco mais flexível...

— O que estou *ouvindo* é você se aproveitando de sua posição de superioridade para cima de mim. E o que estou vendo é que sou apenas uma detetive classe II e você é alta patente.

— Eu sou alta patente? — perguntou Milo, como se tivesse ouvido um diagnóstico de doença maligna.

— Desculpe ter esclarecido esse detalhe tão repentinamente — disse Weisvogel. — Quer dizer então que estou entendendo direito essa coisa da cadeia de comando?

Ainda sorridente.

— Está bem, está bem. Se alguém reclamar, a ideia foi toda minha.

— Então suponho que não tenho escolha — disse Weisvogel — *Tenente*.

Ela reuniu seus detetives no cubo e Milo me disse:

— Para o carro.

— Para quê?

— Pegar ferramentas.

— Não tenho nenhuma.

— Você tem que ter pelo menos uma chave de roda. E eu tenho isto — enfiando a mão em um dos bolsos do paletó ele pegou uma lanterninha e uma penca de gazuas de aço inox.

— Você carrega isso sempre?

— Às vezes — respondeu ele. — Quando acho que objetos importantes vão ser deixados ostensivamente à vista.

A casa estava em ordem, exatamente como da primeira vez, cozinha lavada e esfregada, corredores limpíssimos.

Antes de entrar no quarto principal vislumbrei no fim do corredor a lavanderia convertida onde Rand dormira.

Milo entrou e eu o segui. A mesa ficava à esquerda da cama de casal. A mesa era simples e instável, pintada de marrom, uma peça tipicamente comprada em loja de objetos usados, não se ajustava à pequena alcova de casal de Drew e Cherish Daney.

Milo calçou as luvas de látex e examinou o armário.

— As coisas dele estão aqui, mas as dela, não. Parece que ela arrumou as malas para uma longa viagem.

— E ele não.

— Isso não é intelectualmente instigante? — ele se aproximou da mesinha. As pernas dela eram oscilantes e o tampo inclinado. Uma jarra de vidro continha lápis e canetas. O mata-borrão verde que Cherish usara para emoldurar suas instruções ainda estava lá. Um de seus cantos era mantido no lugar pela caixa.

A caixa era um cofre fabricado em uma liga metálica de cor cinza-azulada. Tamanho extragrande, do tipo que os bancos oferecem a clientes preferenciais.

Milo examinou a fechadura, levantou a caixa e inspecionou a parte de baixo.

— Um carimbo da Poupança Columbia. Uma firma que já fechou há séculos.

— Material de segunda mão, como os armários escolares — falei. — Eles são parcimoniosos.

Milo franziu a testa.

— Todo aquele dinheiro do condado entrando e eles vivendo desse jeito.

— Se a Valerie está certa, há muitos conflitos sobre dinheiro. Talvez porque Drew estivesse desviando recursos e escondendo em outra parte.

— Seu esconderijo secreto. Pode também ser uma mentira que ele contou à garota para impressionar.

— Aposto na realidade. Ele tinha todo o poder desde o início com Valerie, não precisava provar nada — apontei para o cofre.

Ele o colocou em cima da mesa e examinou de novo a fechadura. Depois estudou suas gazuas e escolheu uma. Erguendo a caixa ele avaliou o peso.

— Meio leve. Talvez Cherish tenha encontrado a grana, apanhado e partido. A questão é, onde *ele* iria com todas as suas roupas aqui?

— Ele pode ter apanhado o dinheiro primeiro. Pressentiu a desconfiança de Cherish, sentiu que as paredes estavam se fechando em torno dele e foi embora.

— Sem roupas?

— Ele viaja sem bagagem. Estou pensando em Vegas porque ele disse a Valerie que Cherish queria ir lá.

— O velho jogo das projeções? É, Vegas se ajustaria ao estilo dele, é fácil para um delinquente sumir por lá. Muito bem, chega de conjecturas. Passa isso aí — Milo guardou a gazua no bolso e pegou a chave de roda.

Ele enfiou sua ponta achatada debaixo da tampa do cofre e abaixou. A tampa saiu sem resistência e o desequilibrou. Ele lutou para não cair e eu tive que me desviar rapidamente para não ser atingido pela ferramenta.

— Ela a deixou destrancada — disse ele.

— Aí está o convite que você queria.

Primeiro tinha um feltro cinzento do tipo usado para proteger baixelas. Nenhum dinheiro por baixo, mas a caixa estava cheia pela metade.

Milo removeu cada objeto e colocou em cima da mesa.

Nada que pesasse muito.

Um recorte de um jornal de Stockton datado de sete anos e meio atrás. A cobertura local do assassinato de Troy Turner ocorrido na prisão. O nome de Troy sublinhado com lápis vermelho, juntamente com uma sentença em que era ligado ao caso Malley. O nome de Kristal Malley era sublinhado duplamente.

Um par de brincos pendentes de jade.

— Algum palpite? — perguntou Milo.

— Talvez fossem de Lara.

Um estojo preto rígido de óculos. Dentro meia colher escurecida, um isqueiro barato, uma seringa tosca adaptada de um conta-gotas e uma agulha hipodérmica. Uma substância viscosa escura manchava o vidro. No veludo vermelho que forrava o estojo o endereço em letras douradas de um oculista na Alvarado.

Debaixo do endereço, um pedaço de papel colado na tampa.

Propriedade de Maria Teresa Almedeira.

— A mãe de Nestor — falei. — Nestor furou-o para guardar suas drogas. Depois que Daney o matou, passou a ser seu suvenir.

Milo meteu a mão na caixa de novo e tirou uma blusa de tricô muito fino, azul-real com uma faixa horizontal vermelha. — Feita na Malásia, tamanho P. Pode ser também de Lara.

— É de Jane Hannabee — falei. — Ela a estava usando no dia em que a encontrei perto da cadeia. Nova em folha. Weider queria ver se a embelezava.

— E Daney a enfeou... — Milo examinou a blusa detidamente. — Não parece ter sangue.

— Ele a esfaqueou enquanto dormia. Não estaria usando uma coisa nova. Ele a embrulhou num plástico, revistou suas coisas e levou um suvenir.

— Certo, se os brincos forem de Lara, talvez sua mãe possa reconhecê-los.

Fotocópia de um documento do condado. Formulário para assumir a tutela legal de uma menor.

A menor de idade em questão era uma garota de 16 anos chamada Miranda Melinda Schulte. Drew e Cherish Daney tinham assinado os papéis, mas nunca os tinham apresentado.

— Número sete — falei.

Milo esfregou os olhos.

— Não há provas de que ele tenha matado nenhuma das outras garotas. Por que ela, Alex?

— Ela estava aqui somente há uma semana, mas Beth Scoggins descreveu-a como sendo agressiva, querendo assumir o status de abelha-rainha de Beth. Daney precisava que elas fossem passivas. Talvez ela fosse excessivamente afirmativa. Ou pensava que desejava as atenções dele, mas quando chegou a hora, resistiu.

— Não quis jogar o joguinho dele — disse Milo. — Pode ser que tenha uma família não sei onde, imaginando o que possa ter acontecido.

Ou o que é pior, pode ser que não haja essa família.

— Quando o encontrarmos, pode ser que venhamos a saber onde foi que ele a enterrou.

— Adoro o seu otimismo — ele colocou o formulário da adoção em cima da mesa. Olhou-o fixamente. Voltou ao cofre.

Um cartela farmacêutica para nove comprimidos, com apenas dois redondos e brancos, na diagonal. Em cima da linha central a palavra "Hoffman" gravada e o número "1" na parte de baixo.

A etiqueta da cartela dizia: Rohypnol, 1 mg (flunitrazepam).

— Pílulas de festa — falei.

— Continuando — disse Milo.

E de dentro do cofre saiu a identidade de Rand Duchay na C.Y.A. A foto mostrava uma expressão confusa de Rand.

Por fim, no fundo, um envelope de papel pardo não muito maior que uma carta de baralho, fechado por um cordão e um orifício. As mãos enluvadas de Milo se atrapalharam com o cordão. Ele xingou e finalmente conseguiu desenroscar o cordão. Trouxe o envelope para cima da mesa e sacudiu cuidadosamente.

De dentro dele saiu uma pulseirinha. Cubos de plástico brancos presos num fio cor-de-rosa.

Sete cubos. Uma letra em cada um.

K R I S T A L

Capítulo 43

Tal como o cubo de cimento, a garagem convertida tinha uma única janela. Não sendo maior que o cubo, por ter apenas duas camas, parecia muito mais espaçoso.

— Valerie — perguntei —, onde Drew guardava o dinheiro dele? É importante.

Ela sentou-se na cama. Eu estava a um metro de distância em uma cadeira de plástico cor-de-rosa.

Uma cama de verdade, não beliche. Cabeceira em madeira, decorada com folhas de videira e flores em alto-relevo. Uma cômoda combinando com os mesmos enfeites. Um tapete cinzento surrado cobria a maior parte do piso cimentado.

Divisórias de aglomerado criavam um banheiro a um canto, banheiro completo com chuveiro, xampu, sabonetes de hotel e loções ainda fechadas.

Um rebanho de bichos de pelúcia em cima da cama de Valerie. A de Monica, do outro lado do quarto, tinha apenas um ursinho azul.

Hierarquia evidente. Instalações caprichadas para a tutelada favorita e sua substituta. Que razão Drew dera a Cherish? O que ela *pensara*?

O cabelo preto de Valerie reluzia. Ela brincava com uma toalha que dizia *Sheraton Universal*. Seus olhos eram seixos de rio.

— Numa caixa? — perguntei. — Ele guardava seu dinheiro em uma caixa de metal cinzenta?

Os seixos rolaram em torno das molduras quando ela desviou o olhar. Pupilas contraídas. Suas mãos dançavam sobre os joelhos.

— Nós encontramos a caixa, Valerie, mas não havia dinheiro dentro dela, de modo que eu acho que Drew inventou essa história.

— Não! Eu vi!

— Você viu o dinheiro?

Ela evitou meus olhos.

— Se é o que você diz. — Dei de ombros.

— Estava lá.

— Sumiu.

— *Cadela*!

— Você acha que Cherish pegou o dinheiro?

— Ela *roubou!*

— Não era dela?

— Fomos *nós* que ganhamos! Nas não-lucrativas!

Os olhos em fogo. Devoção. Beth Scoggins contara como Daney a deixara de lado depois do aborto. Tinham se passado alguns dias desde o aborto de Valerie e ela ainda acreditava que Daney a amava.

— Acho que Cherish descobriu onde ele escondia o dinheiro — sugeri.

Silêncio.

— Como você acha que ela descobriu?

Dar de ombros.

— Nenhuma ideia, Valerie?

— Limpando. Provavelmente.

— Limpando onde?

Ela se levantou e circulou pelo quarto. Passou pela cama de Monica e puxou uma ponta do cobertor.

Brincando de dona de casa.

Circulou pelo quarto de novo.

— Limpando onde? — repeti a pergunta. — Se vamos encontrar o seu dinheiro, temos que saber onde.

Ela parou. Andou mais um pouco. Disse algo que não consegui ouvir.

— Como?

Outro murmúrio inaudível.

Aproximei-me dela.

— Onde, Valerie?

— Debaixo.

— Debaixo da casa?

Silêncio.

— Tem realmente um lugar embaixo, Valerie?

— Aqui! — correndo para sua própria cama e batendo nas cobertas. Espancando. Socando. — Eu limpei bem limpo, mas ela roubou! *Cadela*!

Devolvi Valerie à custódia de Judy Weisvogel. Milo me deu um par de luvas e nós dois deslocamos a cama. O piso de cimento no trecho que se limitava com a parede norte da garagem tinha sido remendado anos atrás, uma espécie de impermeabilizante cinza espalhado generosamente por todas as frestas e pedaços que estavam se esfarelando. Resíduos de manchas de graxa visíveis através da tinta branca evocavam a função original do cômodo. No canto, a mancha era limitada por quatro cortes retos. Com a forma aproximada de um quadrado de uns 50 centímetros de lado, marcando o chão.

Exatamente no mesmo nível que o piso, sem uma alça ou protuberâncias, não havia como perceber sua existência se não estivesse olhando.

Cherish Daney percebera. Há muitos e muitos modos de se limpar uma casa.

Milo agachou-se e examinou os sulcos.

— Marcas de pé-de-cabra.

Ele usou minha chave de roda e a tampa foi removida facilmente. Escondia um espaço vazio, com mais ou menos meio metro de fundura.

— Não tem nada — falou Milo. — Não, retiro o que disse...

Ele enfiou o braço de novo e quando retirou segurava uma caixa de madeira empoeirada.

Uma etiqueta Smith & Wesson dentro da tampa. O fundo era de espuma com um recorte no formato de um revólver.

Seu dedo enluvado apertou a espuma.

— Gostaria de saber quem teve sorte primeiro.

Deixamos a propriedade, agora isolada por uma fita da polícia. Judy Weisvogel estava ao lado do cubo falando suavemente com Valerie. A garota enrolava o cabelo e balançava o corpo, passando o peso de um pé para outro. Weisvogel pegou um lenço de papel e secou suas lágrimas. Quando passei, os olhos de Valerie encontraram os meus e estreitaram-se, com desprezo. Ela me mostrou o dedo. Judy Weisvogel franziu a testa e a afastou.

O que Allison pensaria de minha técnica?

O que eu pensava?

Afastei-me, concentrado numa pulseirinha de plástico de criança pequena.

— Parece que você fez uma fã — ironizou Milo.

— Valerie está ressentida porque Cherish entrou no quarto. Furiosa comigo por ter arrancado informações dela. Outra violação do seu território.

— Território. Como uma mulherzinha. Doente.

— Vai ser preciso muito tempo para se dar conta do que ele lhe fez.

— Sem dúvida. É por essa e por outras que seu trabalho é mais difícil que o meu.

Entrei na via expressa e acelerei o Seville.

— Acho que está bastante claro. Cherish definitivamente queria que alguém encontrasse os suvenires. Deixou o cofre aberto e à vista para Wascomb, na esperança de que ele o abrisse. Sabia que mesmo que ele não o fizesse, chamaria as autoridades e a verdade viria à tona.

— Não creio que Cherish estivesse tão interessada na verdade, Alex. Ela abandona as crianças e some levando todas as suas roupas. Possivelmente também com o dinheiro e a arma, a menos que Drew tenha chegado primeiro. O que, pensando melhor, é bem possível que tenha acontecido. Canalha como ele era, seu faro para encrenca devia ser ótimo. Por tudo quanto sabemos, a esta hora ele pode estar dando uma festa no Caesar's Palace, de posse de uma nova identidade.

— Valerie disse que ele foi chamado à noite. Para uma igreja. Você podia tentar descobrir todos os lugares onde ele trabalhava e ver se é possível levantar seu paradeiro. Se é que o telefonema não foi um golpe para atraí-lo.

— Se? — indagou Milo.

— Ainda há outra possibilidade — lembrei. — Cherish pegou o dinheiro e a arma. Alem disso, Cherish tem um namorado.

A ida para Soledad Canyon levou 40 minutos. Parei o carro antes da área para camping e andamos um pouco. Milo soltou a arma, mas deixou-a no coldre.

Nada de corvos, falcões ou qualquer outro sinal de vida no céu cinzento. A despeito do meu pé pesado, a viagem fora chata, marcada por grandes trechos em silêncio, escavações para retirada de seixos ou saibro, depósitos de sucata e casas feias edificadas em lotes poeirentos que naquele dia pareciam ainda mais deprimentes. As imobiliárias sugariam aquela área enquanto pudessem. Famílias se mudariam para ali, teriam filhos e estes filhos se transformariam em adolescentes. Adolescentes entediados iriam se atritar quando o calor, o silêncio e os dias que esbarravam uns nos outros parecessem estar se repetindo incessantemente. Uma dose tão exagerada de nada ia gerar problemas. Gente como Milo jamais perderia o emprego.

Idem para gente como eu.

Quando nos aproximamos da entrada da sede da área para camping intitulado Mountain View Sojourn, Milo parou, pegou o telefone e checou para ver se a polícia conseguira localizar o jipe branco de Drew Daney.

— Nada — ele parecia quase satisfeito com a notícia negativa.

* * *

Os negócios seguiam fracos no acampamento. Dois trailers estacionados, o gerador em silêncio. Isso e mais uma nova camada de poeira e o céu apático davam ao local um ar de desolação.

Nenhum sinal de Bunny MacIntyre, a dona. Seguimos direto por entre as árvores.

A picape preta de Barnett Malley estava estacionada exatamente no mesmo lugar da primeira vez, em frente à cabana de cedro.

Janelas erguidas.

Milo empunhou sua arma. Ele fez um gesto mandando que eu ficasse para trás e prosseguiu vagarosamente. Examinou a picape de todos os lados. Continuou depois para a porta da frente da cabana.

Toque-toque.

Nada de "Quem é?"

O capacho de boas-vindas estava no lugar, coberto por folhas secas e titica de passarinho. Milo desapareceu atrás do lado sul da cabana, exatamente como fizera da primeira vez. Voltou e experimentou a porta da frente. Ela abriu. Ele entrou. E me chamou:

— Vem.

Rústico, forrado de madeira, limpíssimo e cheirando a Lysol. Tão vazio quando o esconderijo de Drew Daney.

Exceto pelo piano. Um Gulbransen escuro, vertical, partituras presas com um grampo de roupa na estante.

"Last date", de Floyd Cramer em cima. Por baixo: "Canções Country de fácil execução". "Desperado", dos Eagles. "Lawyers, Guns and Money", de Warren Zevon.

Um estojo para arma vazio na parede. Por entre a fragrância do desinfetante veio o cheiro de suor masculino, roupas velhas e óleo de máquina.

Uma voz atrás de nós:

— O que *diabos* vocês pensam que estão fazendo aqui!

Bunny MacIntyre no vão da porta. Seu cabelo castanho-avermelhado com ondulação permanente estava envolvido por um xale laranja e ela usava uma camisa de caubói enfiada por dentro dos jeans retos. Um colar circulava o pescoço enrugado. Em prata e turquesa, um símbolo da paz pendurado na pedra central.

Barnett Malley o usava no dia em que tentamos falar com ele.

MacIntyre percebeu a arma de Milo e disse:

— Nossa, guarda essa coisa idiota.

Milo obedeceu.

— Eu fiz uma pergunta — disse ela.

— Parece que a senhora está com sua cabana vaga, madame.

— E vai permanecer assim.

— Que surpresa, senhora. E eu aqui pensando em morar na zona rural.

— Então vá morar em algum outro lugar. Aqui é minha casa. Vai ser um estúdio de pintura — disse MacIntyre. — Devia ter feito isso muito tempo atrás. Agora saiam vocês, não têm minha permissão para entrar. Vamos.

Um aceno nos enxotando.

Mas sempre sorrindo. Milo adiantou-se rapidamente para junto dela. Quando estava a 30 centímetros de distância o sorriso dele tinha desaparecido e a expressão do rosto ficara sombria.

MacIntyre sustentou sua posição, mas precisou se esforçar.

— Quando Malley viajou e para onde foi? — indagou Milo. — E nada de mentira.

Os cílios cor-de-rosa de MacIntyre agitaram-se.

— Você não me assusta — disse ela, mas a tensão afinou sua voz de fumante.

— Não quero assustar ninguém, madame, mas vou algemá-la e levar presa por obstruir a justiça se vier com mais mentiras.

— Não pode fazer isso!

Milo forçou-a a se virar e puxou seu braço para trás. Cautelosamente. O arrependimento enfraqueceu os olhos dela.

Um olhar que dizia *Uma velha. É o que sou.*

— Seu *valentão* maldito! O que *quer* de mim? — gritou Bunny MacIntyre protestando.

A voz dela era pura tensão, uma oitava mais alta. Milo soltou seu braço e fez com que ela girasse para encará-lo.

— A verdade.

Bunny MacIntyre esfregou o pulso.

— Seu grandalhão corajoso. Vou fazer queixa de você.

— Tenho certeza de que foi animado tê-lo aqui — disse Milo. — Um sujeito mais jovem, não estou julgando. Mas agora que ele se foi com uma mulher da idade dele e as coisas do mundo real piorando a cada instante, já é tempo de se desfazer de suas fantasias de amor com um homem mais moço e me ajudar a encontrar a verdade.

Bunny MacIntyre ficou boquiaberta. Sorriu. Bateu com a mão do lado do corpo e deu a maior gargalhada.

Quando finalmente sua respiração voltou ao normal ela disse:

— Você pensou que ele fosse meu *namorado*? Cara, você é muito *burro*! — mais risadas.

— Você o está protegendo — disse Milo. — Tudo por um relacionamento platônico?

MacIntyre riu até ficar rouca.

— Burro, burro, burro! Ele é da minha *família*, seu imbecil. Filho da minha irmã. Ela morreu de câncer, assim como o pai dele. E a despeito do que o governo alega, você nunca me convencerá que não foi por causa da radiação.

— Los Alamos.

Ela pestanejou.

— Deixa que eu lhe diga uma coisa, há todo tipo de coisas malucas acontecendo lá. Poucos anos atrás houve um grande incêndio que queimou milhares de acres, mas poupou o laboratório. Tem lógica uma coisa dessas? Supostamente o fogo foi ateado de propósito pela polícia florestal a fim de conter um incêndio, mas o vento forte fez com que eles perdessem o controle da operação — ela deu uma risada escarninha. — Conte isso para outra.

— Barnett é seu sobrinho.

— Até a última vez que eu soube é assim que se denomina o filho da irmã de alguém. Sou tudo o que resta a ele, "seu" detetive. Ele é *órfão*, entende? Eu estava disposta a acolhê-lo desde o princípio, mas Barnett não queria caridade e por isso mandei-o para trabalhar com Gilbert Grass. Quando Gilbert aposentou-se eu disse a ele que precisava realmente de sua ajuda. O que era verdade. Ajudar a família da gente é ilegal agora?

— Ele tem uma irmã no Ohio.

MacIntyre contraiu os lábios.

— Ah, aquela. Casou com banqueiro, é rica e esnobe. Sempre fez pouco de Barnett porque ele não gostava muito de estudar. Não é burro, não vá pensar que ele é burro. Tinha problemas para ler, mas com um empurrãozinho aqui e ali, ou uma ajudinha acolá, ele acaba lendo mais depressa que um raio.

— Bom para ele. Agora, onde é que ele está?

— Ele é um bom menino — disse MacIntyre. — Por que não o deixa em paz?

— Onde ele está, senhora?

— Não sei.

— Sra. MacIntyre...

— Você está *surdo?* — ela esfregou de novo o pulso. — Você pode me espancar até amanhã que não vou dizer nada. Porque *não sei*. Ele não me *disse*.

— Saiu sem uma palavra?

— Quando saiu ele me agradeceu por tudo que fiz, disse que estava na hora de partir. Não fiz perguntas porque não gosto de fazer perguntas e Barnett não gosta de responder. Ele já passou por muita coisa. O homem é vegetariano, isso não lhe diz nada?

— Ele gosta de animais.

— Ele é pacífico.

— Quando ele viajou?

—Três dias atrás.

— A picape dele está aí.

— Nossa! Sherlock Holmes engordou um pouco.

— Qual é o carro que ele está usando?

Silêncio.

— Senhora?

— Ele tem outra.

— Outra picape? Não está registrada.

— Está registrada no meu nome.

— Então é sua responsabilidade, não dele.

— Suponho que sim.

— Que tipo?

MacIntyre não respondeu.

— Se alguma coisa acontecer — disse Milo —, a responsabilidade legal é sua. E já que está registrada no seu nome, tudo o que tenho que fazer para saber o que quero é dar um telefonema.

Ela contraiu a boca.

— Se não estiver registrada — prosseguiu ele —, a senhora está encrencada.

— Ainda não atualizei a papelada. Era de Gilbert. Comprei da viúva dele.

— Qual é a marca?

— Também é Ford.

— A cor?

— Também é preta.

— Onde Barnett a guarda?

— Em Santa Clarita, não sei onde e não pergunte porque não sei mesmo.

— Uma garagem dessas automáticas?

— Uma dessas oficinas que personalizam carros. Ele tinha mandado fazer umas coisas. Aumentar a potência do motor, colocar pneus de tala larga, sabe como é — essas coisas que os meninos gostam. Você não acha que ele tem direito a um pouco dessas diversões de garoto?

— Ele está viajando sozinho?

— O senhor acaba de dizer que ele tinha uma namorada.

— A senhora sabia disso antes que eu lhe dissesse?

— Ele mencionou que tinha uma amiga, mas ficou só nisso, não sei o nome dela.

— Nunca a viu?

— Não, mas ela é boa para Barnett e isso é tudo o que importa.

— Como sabe que ela é boa para ele?

— Ele está começando a se sentir um pouco feliz.

Capítulo 44

Milo verificou mais uma vez se a polícia tinha encontrado alguma coisa enquanto eu dava a partida no Seville. Ele sacudiu a cabeça.

— Agora passei a maltratar velhinhas — disse, referindo-se a Bunny MacIntyre.

— Ela sobreviverá.

— Obrigado pelo apoio — disse ele. — Onde está seu lado sensível?

— Dormente. Quer que eu vá a Santa Clarita procurar a oficina onde Barnett reformou a outra picape?

— Muito trabalho para pouco resultado. Malley e Cherish já caíram na estrada. Resta saber que estrada é.

— Há também o Toyota de Cherish.

— Você acha que eles estejam viajando separadamente? Ouviu o que a tia disse, ele está feliz.

— Seria preciso mais que um romance para trazer alegria à vida dele.

— Como assim?

— Talvez ele tenha se recusado a cooperar com você por ter seu próprio plano. A palavra "encerramento" devia ser descartada do nosso idioma, mas um cara na posição dele, com a vida encerrada, podia imaginar que conseguiria diminuir sua dor se conquistasse certa forma de satisfação. E Cherish era capaz de ajudá-lo.

— Compensação — disse Milo.
— É outra palavra para isso.

Na hora em que voltamos ao Valley o sol estava começando a cair. Fui direto para o parque onde Kristal Malley fora assassinada, na esperança de uma simples simetria de sangue. Só que em vez do corpo de Drew encontramos um espaço pequeno e triste cheio de lixo.

Milo sacou sua lanterninha e vasculhou com seu facho raquítico os mesmos lavatórios públicos descritos no relatório policial assinado por Sue Kramer, a mesma caçamba, agora cheia de lixo malcheiroso.

Os mesmos balanços, onde dois jovens assassinos tinham se sentado para fumar e beber cerveja.

Não havia crianças agora. Na verdade ninguém. A distância, eram visíveis os telhados planos das unidades da 415 City, com suas lâmpadas de segurança a lutar com a escuridão. Uma sirene da polícia uivou e depois desapareceu no silêncio. Gritos, risadas e tambores permeavam a noite. O ar era pesado e opressivo e perigoso, como um par de mãos em torno de um pescoço.

Milo guardou a lanterna no bolso.

— Valeu — exclamou. — Eles podem estar em qualquer parte. Talvez Cherish quisesse realmente ir para Vegas.

— Onde exatamente Lara foi encontrada?

Milo sentou-se em um dos balanços. A corrente rangeu em protesto. Ele telefonou para Sue Kramer, repetiu a pergunta e ouviu atentamente. Fez mais algumas anotações, desligou e me passou o papel em que escrevera.

— Pelo que possa valer — disse.

A Reserva de Vida Selvagem da Represa de Sepulveda tem 225 acres daquilo que passa por ser o habitat natural de L.A. Criada em torno de uma represa cheia de água não potável e canais para controle da drenagem construídos pela engenharia do exército e plantados com vegetação nativa, a Reserva fica ensanduichada entre duas vias expressas movimentadíssimas, mesmo que lindas. Os pássaros a amam e umas duzentas espécies, mais ou menos, estão sempre saindo e chegando em movimentos migratórios. Pessoas são bem-vindas com algumas condições. Nada de caçar, pescar, andar de bicicleta, alimentar os patos. Nada de se afastar das trilhas bem demarcadas.

Seguindo as instruções de Sue Kramer, entrei no Balboa Boulevard, logo abaixo da Birmingham High School e cruzei um trecho de rua sem árvores. Pouco depois o rio Los Angeles apareceu, uma calha de concreto vazia e grafitada naquele inverno atormentado pela seca.

— Ela estacionou bem ali — disse Milo apontando para um ponto na margem do rio meio escondido por eucaliptos.

Nenhum sinal de qualquer veículo.

Continuei dirigindo.

— Para onde agora? — indagou Milo.

— Talvez a parte alguma.

— Então por que se dar ao trabalho?

— Tem algo melhor para fazer?

Continuando para o sul na direção do Burbank Boulevard, virei à esquerda e atravessei o limite sul da reserva. Ali havia muitas árvores. Placas indicavam a direção da represa. Não havia mais aves do que tínhamos visto em Soledad Canyon. Talvez elas soubessem de alguma coisa.

Nós dois vimos ao mesmo tempo.

Jipe branco na extremidade de um pequeno estacionamento no Burbank.

O único veículo à vista. Cartazes informavam que o estacionamento autorizado terminara uma hora antes.

— Bem à vista de qualquer um — disse Milo. — Dá vontade de pegar aquele carro e enfiar o pessoal do "procura-se". Onde estão os nazistas dos estacionamentos quando a gente precisa deles?

Parei atrás do jipe.

— Nenhuma preocupação de esconder o carro — insistiu Milo.

— Aí está seu convite para examiná-lo — retruquei.

* * *

Mais um par de luvas. Quantas Milo carregava? Ele andou em torno do jipe, examinou a parte de baixo e depois as janelas. As portas estavam trancadas e o interior do carro vazio. Visão clara do compartimento de bagagem pela janela da porta de trás. Nada.

— Disposto a dar uma caminhada? — sugeriu Milo.

Uma trilha de terra acompanhava a parte de cima da represa. Árvores mais grossas — mais eucaliptos, sicômoros, carvalhos e sempre-vivas. Muitas oportunidades para sair nas trilhas pavimentadas que se dirigiam para os bulevares Burbank e Victoria, mas permanecemos na de terra. Vinte metros para dentro, a vegetação ficou ainda mais densa e a trilha escura; o anêmico facho de luz da lanterna de Milo morria um metro à nossa frente.

Pedras, terra e insetos fugindo apressados.

— Você veio bem preparado — falei.

— Os tempos de escoteiro — disse ele. — Quase fui promovido a Lobinho. Se eles soubessem...

Nós já estávamos a meio caminho dentro da reserva e nada tínhamos encontrado. A empolgação que eu sentira ao encontrar o jipe começou a desaparecer.

Íamos dar meia-volta quando o barulho denunciou o que procurávamos.

Um zumbido baixo e insistente, quase abafado pelo ruído dos automóveis na via expressa.

Moscas.

Milo usou as pernas compridas e chegou lá em questão de segundos.

Quando me juntei a ele, a lanterna estava focalizada em um sicômoro de uns 12 metros de altura.

O tronco era grosso, com galhos inchados e sarapintados. Diferentemente dos sempre-verdes e carvalhos, perdera quase todas as folhas, à exceção de umas poucas completamente secas e marrons.

Drew Daney, vestindo abrigo esportivo escuro e tênis, estava pendurado em um galho baixo, os pés balançando a uns 5 centímetros do chão. A cabeça estava torcida para um lado, os olhos esbugalhados pareciam prestes a saltar das cavidades e a língua, cor de berinjela, projetava-se para fora da boca aberta.

Milo dirigiu o foco luminoso para a cabeça de Daney. Um único tiro de arma de fogo na têmpora esquerda. Ferimento de entrada em forma de estrela e o de saída maior. Formigas minúsculas e hipercinéticas rastejavam para dentro e para fora das duas cicatrizes. As moscas pareciam preferir a saída.

Tomou algum tempo, mas ele encontrou o buraco na árvore onde a bala se alojara. Os olhos e a língua de Daney diziam que ele fora enforcado primeiro.

— Exagero eu disse — pensando em Daney balançando na corda, a uma distância pequena da segurança. Agarrado na corda, tentando içar o corpo.

Usando seu tronco musculoso. Talvez tivesse conseguido adiar a morte por segundos, até mesmo minutos.

Fracassando, inevitavelmente. Sentindo a vida ir embora.

Milo abaixou o raio da lanterna.

— Olha só isso aqui.

A virilha de Daney era um lugar concorrido. Uma cavidade lacerada, esfarrapada nas bordas onde o algodão da calça de ginástica tinha sido detonado.

Ali as moscas reinavam supremas.

Milo chegou mais perto e inspecionou. Alguns poucos insetos se afastaram, mas a maioria permaneceu cumprindo suas tarefas.

— Parece que atiraram... Muitos tiros — ele abaixou-se e examinou o tronco da árvore, na parte de baixo. — É... aqui estão.... quatro, não, cinco balas... é, cinco.

— Esvaziando o revólver de seis tiros — falei. — Uma arma típica de caubói.

— Alguma coisa mais ali — ele iluminou e apontou. — Dois anéis.

Dei um passo à frente e vi duas alianças de ouro enfeitadas com minúsculas pedras azuis. As mesmas que vi na cadeia oito anos atrás.

Cravadas no que restara do órgão de Daney.

— As alianças de casamento de Drew e Cherish — falei. — Ela fez sua declaração.

Milo recuou, afastando-se do cadáver. Examinou-o de alto a baixo. Olhar inexpressivo.

Sacando o telefone celular ele ligou para a delegacia de Van Nuys.

— Aqui é o tenente Sturgis. Cancele a ordem de procurar o fugitivo desaparecido chamado Daney. *Daney*. Eu soletro para você.

Capítulo 45

Milo e eu nos afastamos do corpo e esperamos.

— Enforquem bem alto — disse ele. — Foi mais tipo enforquem baixo.

Ele estava inquieto, foi examinar os tênis de Daney. Os 5 centímetros fatais.

— Não pode ter sido confortável. Acha que usaram a arma de Drew ou Barnett recorreu ao próprio arsenal?

— Deve ter sido a arma de Drew. A tentação da justiça poética.

— Juntamente com o dinheiro. Se Cherish estava a fim de ser irônica, por que se conter?

Considerando a necessidade de seguir a pé pela trilha de terra, não demorou muito para que seis policiais uniformizados chegassem. Depois foram quatro detetives e a van branca do legista transportando dois investigadores.

Milo esclareceu a um dos investigadores muito rapidamente e depois veio para onde eu estava sentado, junto da fita de isolamento pelo lado de fora.

— Pronto para jantar?

— Acabou?

— Agora é problema de outro.

* * *

Comemos massa e vinho no Octavio's, no Ventura Boulevard, em Sherman Oaks.

Sem conversa até que Milo terminou a metade do seu linguine com mariscos.

— Maravilha — disse ele então.

— É verdade.

Um copo de Chianti mais tarde eu disse:

— Cherish pode não ter tido a intenção, mas ajudou a montar o esquema para Rand ser assassinado. Talvez só quisesse que ele denunciasse Drew, mas seu plano foi negligente. Devia ter visto que ele não era esperto o bastante para esconder sua ansiedade. O ódio que sentia pelo marido a cegou.

— Negligência não é crime — ele partiu um pedaço de pão e mergulhou no molho. — Delicioso.

— Você realmente deu o caso por terminado — falei.

— Não vejo motivo para não ser assim.

— E o que me diz deles dois, Cherish e Barnett, enforcando Daney e depois estourando seus culhões?

— Um troço bem do gênero do Oeste Selvagem — disse ele, enrolando linguine no garfo. Caiu um pouco, ele recuperou, comeu e ficou com molho no queixo. — E eu não sou o xerife de Dodge City.

— Está certo — concordei.

— Não temos certeza de que Malley e Cherish estão por trás disso, temos? Um cara como Drew podia ter todo o tipo de inimigos.

Olhei para ele espantado.

Milo limpou o queixo com o guardanapo.

— De qualquer modo, os rapazes da delegacia do Valley irão até o fim lógico do caso.

— Se é você quem diz, eu acredito.

— O que, *você* não considera o caso terminado?

— Acho que sim, considero. A não ser pela terapia das meninas. No caso da detetive Weisvogel telefonar.

— Aquilo me surpreendeu — disse ele. — Tendo em vista sua atitude sobre compromissos de longo prazo. O que foi, ela pegou você com a guarda baixa?

— Deve ter sido.

Ele mergulhou de novo no prato de comida e voltou à superfície para respirar.

— Desculpe se o estou desiludindo, Alex, mas estou exausto.

— Não o culpo.

— Estou falando *seriamente* cansado. Como em acordar e não querer sair da cama e depois me arrastar o dia inteiro no trabalho.

— Sinto muito — falei.

Ele pegou outra garfada de linguine e sugou um por um como as crianças pequenas gostam de fazer.

— Ficarei bem.

Dois dias mais tarde ele telefonou.

— Daney pode até ter esfregado o jipe branco de cima a baixo, mas o carro é a alegria de qualquer laboratório de criminalística. Pelos púbicos, sêmen, gotículas de sangue na estrutura sob a porta. Recebi também um telefonema da cidade. Meu pedido para um exame de DNA foi aprovado e será encaminhado para o Cellmark brevemente. Se eu não tiver notícias dentro de 90 dias, é para dar um telefonema.

— Alguma notícia sobre Cherish e Barnett?

— Não que eu saiba. Mas pode ser que eu não tenha sabido.

— Não vazou no seu círculo.

— O único círculo de que tenho conhecimento é aquele de corda em torno do pescoço do filho-da-mãe. De qualquer modo, Rick e eu estamos de partida para o Havaí e eu pensei em telefonar para avisar a você.

— Que legal!

— Apartamento alugado na grande ilha, dez dias.

— Achei que você não conseguisse ficar bronzeado.

— Mas fico queimado. Ou melhor, fritado.

— Quando vocês viajam?

— Em 20 minutos, se a informação do quadro eletrônico estiver certa.

— Você está no aeroporto?

— Adoro isto aqui. Duas horas de medidas de segurança operadas por débeis mentais. Tive que tirar os sapatos, inspecionaram minha bagagem de mão, me revistaram. Enquanto isso, todos os outros, inclusive um cara que podia ser irmão gêmeo de Osama Bin Laden, passaram direto, numa boa.

— Deve ser sua aparência perigosa.

— Se eles soubessem...

A detetive Judy Weisvogel não telefonou naquele dia, mas na manhã seguinte quando voltei da minha corrida encontrei uma mensagem do serviço de recados. Tive esperanças de que fosse Allison, mas não era. Disse a mim mesmo que ela devia estar muito ocupada e que talvez eu mesmo precisasse de um pouco daquilo.

Encontrei a Weisvogel no seu escritório no centro da cidade.

— Obrigada por responder a minha ligação, doutor. Ainda disposto?

— Ainda.

— Pelo que podemos dizer, o senhor tinha razão. Ele só molestou Valerie e Monica Strunk. Valerie não quer falar com o senhor, mas Monica não tem problema. O senhor é mais qualificado que eu para avaliar, mas para mim ela parece tremendamente obtusa, quase retardada. Ou talvez seja o trauma.

— Isso se encaixa — falei. — Valerie era sua escolha número um. Monica foi trazida como reserva.

— Filho-da-mãe — disse ela. — Não posso dizer que estou perdendo o sono com o que lhe aconteceu.

— Como Valerie aceitou as notícias?

— Ela ainda não sabe. E não saberia mesmo que eu lhe tivesse contado, já que ainda fala a respeito dele como se fosse Jesus. Maldita síndrome de Estocolmo. O que é que o senhor acha?

— Encontre uma pessoa com quem ela possa se relacionar e peça a essa pessoa.

— Boa ideia. Valerie não tem família a não ser uns primos distantes que não querem coisa alguma com ela.

— Pobre criança.

— Pobre todo mundo. Então quando o senhor pode começar?

— Amanhã.

— Formidável. Temos as assistentes sociais envolvidas e todas as garotas estão hospedadas em um abrigo para jovens no centro da cidade. Administrado por uma igreja Pentecostal, mas as pessoas encarregadas não estão fazendo catequese e eu sei, de experiências passadas, que são gente direita.

Ela me deu um endereço na Sixth Street.

— Estarei lá às dez — prometi.

— Muito obrigada mais uma vez, doutor. Em termos de localização a longo prazo, se o senhor tiver algum conselho, somos todos ouvidos. O abrigo é bom, mas é temporário. Não consigo pensar em mandá-las para novos lares adotivos sem uma verificação prévia realmente cuidadosa — ela riu. — Olha eu aqui bancando a assistente social.

— Faz parte do trabalho.

— A menos que se queira manter esse tipo de coisa fora da lista de suas obrigações — e não estou pronta para isso ainda.

Capítulo 46

Allison telefonou naquela noite.

— Estou no carro, a dez minutos da sua casa. Posso passar aí?

— Claro.

Deixei a porta da frente aberta. Sete minutos mais tarde ela entrava.

Maquiada, usando joias, cabelo solto e brilhante. Bela blusa branca de seda enfiada na calça comprida cor de vinho. Sapatos abertos de camurça do mesmo tom. Minúsculas correntes de ouro atravessadas no peito do pé.

Pegou meu rosto com ambas as mãos e beijou-me nos lábios, sem demorar muito.

Sentamos na sala, um ao lado do outro. Segurei a mão dela. Ela apertou minha perna.

— Parece que faz séculos — disse ela. — Desde que nos divertimos um pouco.

— *Faz* séculos.

— Eu soube a respeito de Drew Daney. Apareceu no noticiário — alguma coisa na represa de Sepulveda. Não havia muitos detalhes.

— Você quer detalhes?

— Não. Você está indo bem?

— Ótimo. E você?

— Eu também — seus olhos mergulharam num desvio.

— O que há de errado?

— Quem me dera proporcionar um pouco de diversão, Alex. Mas tenho que viajar para Connecticut daqui a dois dias. Minha avó caiu e quebrou o quadril e Wes diz que parece que teve consequências na sua cabeça, ela não é mais a mesma. Pegarei o avião hoje de noite, mas ainda tenho Beth com que me preocupar. Ela está melhor, muito melhor e há uma residente muito boa que quer trabalhar com ela. Beth parece gostar da moça, mas ainda não se desenvolveu uma afinidade entre as duas e tem toda a questão do abandono para ser tratada. Minha esperança é convencê-la a aceitar a residente por uns dois dias. Para entender que minha ausência será temporária. — Ela suspirou. — Eu não contaria isso a ninguém, mas nada me emocionaria mais que voltar para descobrir que ela prefere a residente.

— Sei como você se sente.

— Estou tão *esgotada*, Alex. Em cada minuto que não estou no consultório, trabalho no hospital. Agora a vovó. Às vezes eu sinto como se fosse uma hospedeira e todos os demais fossem parasitas. Não é horrível? E ninguém me forçou a aceitar esse emprego.

Passei o braço em torno dos seus ombros. Ela pareceu tensa por um instante e depois deixou cair a cabeça no meu ombro. Seu cabelo fez cócegas no meu nariz, mas eu aguentei.

Poucos momentos mais tarde ela disse:

— Eu sei que há muita coisa que preciso lhe dizer, mas simplesmente não tenho forças. Assim, poderíamos simplesmente ir para a cama e não fazer sexo? Vou compreender se você disser que não, mas se puder encontrar essa generosidade no seu íntimo eu ficarei muito agradecida.

Levantei-me e segurei a mão dela.

— Muito obrigada. Pelo menos tenho um amigo.

Allison gosta do próprio corpo e geralmente se despe na minha frente. Desta vez tirou a roupa no banheiro e saiu de lá de calcinha e sutiã. Eu estava nu debaixo das cobertas. Quando ela se deitou e senti o colchão balançar, tive uma ereção e me virei para que não visse.

Mas assim mesmo ela percebeu, rolou o corpo para o meu lado, apertou, soltou.

— Está tão pronto — disse. — Desculpe — deitada de costas ajeitou o braço branco e macio em cima dos olhos.

— Não são necessárias desculpas — falei. Nem precisava ter me importado. Allison tinha caído no sono e respirava pela boca, o peito subindo e descendo.

Eu sabia que não iria sentir sono. Por causa do meu biorritmo e por ter muitas coisas na cabeça.

A manhã do dia seguinte. Que abordagem eu deveria adotar com Monica Strunk?

Valerie conseguiria se comunicar com a outra terapeuta?

Onde estava Miranda?

Será que meu papel de auxiliar da polícia tornaria *qualquer* abordagem com as meninas inútil e eu terminaria relatando meu fracasso a Judy Weisvogel?

Homem na árvore.

Pulseirinha de bebê.

Tentei respirar para manter-me calmo, trabalhei a ideia de dar o caso por encerrado.

Pensei no telefonema que eu precisaria dar mais cedo ou mais tarde.

Mais cedo que mais tarde, dadas as circunstâncias.

Enquanto Allison dormia, ensaiei mentalmente.

Ring ring ring.

Sou eu.

Ah, ei.

Como vai?

Vou bem. E você?

Vou levando.

Que bom.

Pensei em dar uma passada aí. Visitar Spike.

Claro, sem problema. Estarei aqui também.

Este livro foi composto na tipologia Goudy Old Style,
em corpo 11/14, impresso em papel off-white 80g/m^2,
no Sistema Cameron da Divisão Gráfica
da Distribuidora Record.